해 양 인 문 학 총 서

XVII

중국 문학의
감　상

해 양 인 문 학 총 서

XVII

중국 문학의
감　상

김창경 · 공봉진
김태욱 · 이강인 지음

이 저서는 2018년 정부(교육부)의 재원으로 한국연구재단 대학인문역량강화사업(CORE)의 지원을 받아 수행된 저서임.

들어가는 말

요즘 인문학을 강조하고는 있지만 문학은 여전히 홀대받고 있는 듯하다. 실질적으로 대학마다 문학작품 읽기와 관련된 수업은 많지 않다. 대학의 교양과목에서 글쓰기 수업이 갑자기 많이 개설되어 있는데, 무슨 이유일까? 만약 문학작품을 많이 읽고, 자신의 전공 관련 도서를 많이 읽는다면 글쓰기에 어느 정도 도움이 되지 않을까?

대학에서 중국 관련 학과에 개설된 교과과정에서도 다소 한쪽으로 치우쳐 있는 경향이 있다. 중국과 관련된 사회과학 분과도 중요하다. 오늘날의 중국을 알기 위해서는 정치와 경제 통상 사회 등을 잘 알아야 한다. 하지만 특정한 분과 학문에만 치우쳐서는 중국을 잘 알 수 없다.

중국의 역사와 문학을 안다는 것은 중국을 아는 기초적인 출발점이다. 특히 중국 문학 작품을 읽게 되면 중국 역사가 보일 것이고, 오늘날 중국이 강조하고 있는 문화산업이 보일 것이며, 중국의 문화굴기와 중화굴기를 알 수 있을 것이다.

과거 우리나라 대학의 고급중국어를 배우는 수업에는 언제나 문학작품 읽기가 있었지만, 오늘날에는 그렇지 못한 상황이다. 사실, 중국 문학 작품은 오늘날 여러 방면에서 많이 활용되고 있다. 특히 오늘날 중국에서 문화콘텐츠로 활용되는 것은 대부분 중국 문학작품이다. 그리고 중국 국가주석이 외국 순방을 할 때 많이 언급되는 것이 중국 고전이었고, 이백과 두보의 시였다.

≪시경(詩經)≫에 나온 내용이 중국 대중가요에 사용되기도 한다. 우리가 잘 알고 있는 '요조숙녀(窈窕淑女)'라는 용어도 ≪시경≫에 들어 있는 말이다. 나이 70을 고희(古稀)라고 하는데, 이 말은 두보의 '주채심상행처유(酒債尋常行處有) 인생칠십고래희(人生七十古來稀)'에서 기원한다.

중국의 문학작품을 읽다보면 오늘의 중국이 보인다. 특히 중국의 드라마, 영화, 애니메이션에도 소재로 많이 활용되고 있다. 최근 몇 년 간 회자되었던 중국과 관련된 스토리텔링, 문화산업, 문화원형, 문화콘텐츠 등의 내용을 쉽게 이해하려면 중국문학작품을 두루두루 많이 읽기를 추천한다.

사실, 우리나라에서 중국의 문학작품은 낯설지 않다. 고구려 유리왕의 황조가(黃鳥歌)는 ≪시경≫에 있는 내용과 많이 닮아 있고, 조선시대에는 두보시를 번역한 ≪두시언해≫가 있기도 하다. 그 밖에 ≪삼국지≫, ≪서유기≫, ≪수호지≫는 우리나라의 만화나 애니메이션에 많이 활용되었던 내용이다.

한편, 오늘날 우리나라 대학에서 인문학을 홀대하는 편인데, 사회 진출을 하여 직장생활이나 특정한 기관에 재직하다보면 특강 내용 중 대부분은 중국 문학 작품이거나 철학이다. '인문융합'이나 '고전과 인간경영'이라는 말이 자주 등장하는데, 거기에는 중국의 문학작품이 주요 지위를 차지하고 있다. 그래서 본 책에서는 중국의 주요 문학작품 중, 몇 편의 작품을 선별하여 감상하고자 한다.

제1부에서는 중국 고대문학작품 중 시와 산문을 감상한다. 제1장에서는 ≪시경(詩經)≫을 감상하고, 제2장에서는 ≪사기(史記)≫의

<열전>을 감상한다. 제3장에서는 시선(詩仙)이라 불리는 이백(李白)의 작품을 감상한다. 제4장에서는 시성(詩聖)이라 불리는 두보(杜甫)의 작품을 감상한다. 제5장에서는 현실 상황을 직접적인 표현으로 풍자를 많이 한 현실주의 시인 백거이(白居易)의 작품을 감상한다.

제2부에서는 중국 고대문학작품 중 명청시기의 소설인 5대 명저를 감상한다. 제6장에서는 나관중(羅貫中)의 ≪삼국지연의(三國志演義)≫를 감상한다. 제7장에서는 오승은(吳承恩)의 ≪서유기(西遊記)≫를 감상한다. 제8장에서는 시내암(施耐庵)의 ≪수호지(水湖志)≫를 감상한다. 제9장에서는 난릉소소생(蘭陵笑笑生)의 작품으로 추정되는 ≪금병매(金瓶梅)≫를 감상한다. 제10장에서는 청대 조설근(曹雪芹)의 작품인 ≪홍루몽(紅樓夢)≫을 감상한다.

제3부에서는 중국 현대문학작품 중 소설, 산문, 희곡을 감상한다. 제11장에서는 현대소설 중 루쉰(魯迅)의 ≪아Q정전≫과 라오서(老舍)의 ≪낙타샹쯔(駱駝祥子)≫를 감상한다. 제12장에서는 위화(余華)의 ≪허삼관 매혈기≫를 감상한다. 제13장에서는 주쯔칭(朱自淸)의 ≪아버지의 뒷모습(背影)≫과 후스(胡適)의 ≪차부뚜어 선생(差不多先生)≫을 감상한다. 제14장에서는 현대 산문 중 저우쭤런(周作人)의 ≪오봉선(烏篷船)≫과 린위탕(林語堂)의 ≪생활의 발견≫을 감상한다. 제15장에서는 현대 희곡 작품 중, 차오위(曹禺)의 ≪뇌우≫, 샤옌(夏衍)의 ≪임가포자(임씨네 가게)≫, 톈한(田漢)의 ≪명배우의 죽음(名優之死)≫을 감상한다.

2018. 10.

김창경

목 차

제3부 현대문학 : 소설 산문 희곡

제1부

시와 산문

제1부에서는 중국 고대문학작품 중 시와 산문을 감상한다.

먼저 시는 춘추전국시대 북방문학을 대표하는 ≪시경(詩經)≫과 당(唐) 대 주요 시인인 이백(李白), 두보(杜甫), 백거이(白居易)의 작품을 감상한다. ≪시경≫의 작품은 오늘날 중국 드라마의 주제곡으로도 활용되고 있다. 또 우리가 잘 아는 요조숙녀(窈窕淑女), 전전반측(輾轉反側)이라는 사자성 어도 ≪시경≫에 나온다. 뿐만 아니라 고구려의 유리왕이 지었다는 황조가 (黃鳥歌)와 유사한 시구가 ≪시경≫에 나온다.

중국 시인 중에서 우리나라 사람들이 가장 많이 알고 있는 시인으로는 시선(詩仙)이라 불리는 이백, 시성(詩聖)이라 불리는 두보, 현실 문제를 직 접적으로 풍자한 백거이일 것이다. 특히 두보의 시는 조선시대에 ≪두시언 해(杜詩諺解)≫라는 한글 번역서로 나왔고, 국어시간에도 많이 접했던 작품 이다. 또 70세를 '고희(古稀)'라고 부르는데, 이는 두보의 작품인 '곡강(曲 江)'에서 유래되었다.

한편, 이백의 행로난(行路難)과 두보의 망악(望嶽)에 나오는 시구는 중국 국가주석이 미국을 방문하였을 때 인용되기도 하였다. 이백과 두보의 시로 중국의 마음을 미국 정부에 표현하였던 것이다.

산문으로는 사마천(司馬遷)이 지은 ≪사기≫의 <열전>을 감상한다. 오늘 날 한국기업의 리더십 특강에서 많이 다루어지는 내용 중의 하나가 ≪사기 ≫의 <열전> 부분이다. 열전 중에서 '백이와 숙제 이야기'와 '화식열전(貨 殖列傳)'의 내용을 감상한다.

◎ 초사(楚辭)

诗经·楚辞

≪초사≫는 남방문학을 대표하는 작품이다. ≪시경≫보다 약 200년 늦게 지어진 ≪초사≫는 장강지역에 위치해 있던 초나라의 굴원을 시작으로 창작되었다. ≪초사≫는 '초 지방의 노래'를 의미하고, 초나라의 언어를 이용하여 만들어진 시가이다. 이와 관련하여, 송나라 황백사(黃伯思)는 ≪익소서(翼騷序)≫에서 "모든 작품이 초나라 말을 쓰고 초나라 곡조를 내며 초나라 땅을 기록하고 초나라의 물이름을 붙였으므로 이를 '초사'라고 불렀다."라고 하였다.

'초사'에서 '이소(離騷)'가 가장 이름이 높았기 때문에, '초사'를 '초소(楚騷)' 혹은 '소체(騷體)'라고도 불렀다. 대표적인 작가로는 굴원(屈原, BC 340 ~ BC 278), 송옥(宋玉), 경차(景差) 등이 있다. 한 대의 작가로는 회남수산(淮南水山), 동방삭(東方朔), 장기(莊忌), 유향(劉向), 왕일(王逸) 등이 있다.

'초사'에 기록된 작품들 중 <이소>, <구가(九歌)> 11편, <천문(天問)>, <구장(九章)> 9편 등은 초나라 때 지어진 것으로 추정된다. 그리고 <원유(遠遊)>, <복거(卜居)>, <어부(漁父)> 등은 한나라 때 지어진 것으로 추정된다. ≪초사≫는 이러한 작품 총 28개로 구성되어 있다.

초나라 때 지어진 것으로 보이는 작품은 보통 각 구가 6자 내지 7자로 이루어져 있다. 특징은 구의 중간이나 끝 부분에 '혜(兮)'가 들어 있는 경우가 있다.

한나라 때 지어진 것으로 보이는 작품에는 각 구가 8자로 이루어진 것이 등장한다. 그리고 끝부분에 '사(些)'가 있는 경우도 있다.

보통 초나라 때 지어진 것을 '사(辭)'라 부르고, 한나라 때 지어진 것을 '부(賦)'라 부른다. 둘을 각각 '초사(楚辭)'와 '한부(漢賦)'라고도 부른다. 또 ≪초사≫의 '사(辭)'와 한나라의 '부(賦)'를 합쳐 '사부(辭賦)'라고도 부른다.

동한시대 왕일은 ≪초사장구≫를 썼는데, 이는 '초사'에 관한 가장 오래된 책이다. 굴원의 <이소>, <구가>를 비롯한 총 7명의 17편 작품이 수록되어 있다.

제1장 시경(詩經)

1. 작품 소개

1) 개요

≪4서 5경≫의 하나인 ≪시경≫은 중국 최초의 시가(詩歌) 총집(總集)으로 알려져 있다. ≪시경≫은 북방문학을 대표하는데, 남방문학을 대표하는 ≪초사(楚辭)≫와 더불어 중국 고대문학의 쌍벽을 이룬다.

≪시경≫은 원래는 '시(詩)', '시삼백(詩三百)', '시삼백편(詩三百篇)'이라 불렸다. 한(漢) 무제(武帝) 때 '경(經)'으로 높여져 5경의 하나가 되었고, ≪시경≫으로 불리기 시작하였다. ≪시경≫의 내용은 '통치자의 전쟁과 사냥, 귀족의 부패, 백성들의 애정·일상생활 등' 다양하다.

≪논어(論語)≫에서 말하고 있는 '시'는 보통 ≪시경≫을 가리키거나 ≪시경≫에 나오는 '시'를 의미한다. 시가 300편 이상임을 알 수 있는 대목이 ≪논어≫에 나오는데, 그 내용을 살펴보면 다음과 같다.

먼저, <자로편(子路篇)>에 "시 3백을 외워도 정사를 맡아 제대로 하지 못하고, 사신이 되어 외국으로 나가더라도 외교 업무를 제대로 수행하지 못하면, 시를 많이 외운들 어디에 쓰겠는가(誦詩三百, 授之以政, 不達; 使於四方, 不能專對。雖多, 亦奚以爲)"라고 하였다.

<위정편(爲政篇)>에는 "시 3백을 한 마디로 요약하면 생각에 간사함이 없는 것이다"(詩三百。一言以蔽之。曰。思無邪)라고 하였다.

그리고 ≪시경≫을 왜 알아야 하는 지도 ≪논어≫에 보인다.

공자가 논어의 여러 글에서 ≪시경≫을 매우 중시하였음을 알 수 있다.

<술이편(述而篇)>에 "공자께서 항상 말씀하신 바는 시, 서, 지켜야 할 예이다. 모두 항상 하시는 말씀이었다."(子所雅言詩書執禮, 皆雅言也)라고 하였다.

<계씨편(季氏篇)>에는 "너는 시를 배웠느냐? 시를 배우지 않으면 말을 할 수가 없다."(學詩乎 … 不學詩 無以言)라고 하였다. <계씨편>에는 "사람이 되어가지고 주남(周南)과 소남(召南)을 배우지 않으면 얼굴을 담장에 대고 서 있는 거와 같다"(人而不爲周

南召南, 其猶正墻面而立也與)라고 하였다.

<양화편(陽貨篇)>에는 "제자들아 너희는 어이하여 시를 배우지 않느냐. 시는 흥하게 할 수 있고, 관찰할 수 있으며, 모이게 할 수 있고, 원망할 수 있다. 가까이는 아버지를 섬기고 멀리는 군주를 섬긴다. 조수와 초목의 이름을 많이 알게 된다"(小子何莫學夫詩 詩可以興 可以觀 可以群 可以怨 邇之事父 遠之事君 多識於鳥獸草木之名)라고 하였다.

공자는 시를 알아야 예를 알고, 말을 할 수가 있으며, 사람 노릇을 할 수 있고 흥하거나 관찰하건 모이게 할 수 있다고 했다. 그리고 원망도 할 수 있다고 강조했다.

'4언'을 위주로 하고 있는 ≪시경≫은 총 311편이다. 하지만 제목만 있고 가사가 없는 6편의 생시(笙詩)를 제외하면 305편이다. 그리고 생시는 '금곡(琴曲)'이라고도 불린다.

≪시경≫에서 시를 분류할 때 '사시육의(四始六義)'설을 많이 언급한다. 여기서 '사시(四始)'는 '풍(風), 대아(大雅), 소아(小雅), 송(頌)'을 말한다. '육의(六義)'는 '풍(風), 아(雅), 송(頌), 비(比), 부(賦), 흥(興)'이다. 이 중 '풍·아·송'은 내용에 따라 분류한 것이고, '비·부·흥'은 표현 기법에 따라 분류한 것이다. 이 여섯 가지를 '시경(詩經) 육의(六義)'라고 한다. 또 '풍·아·송'을 '삼경(三經)'이라 일컫고, '비·부·흥'을 '삼위(三緯)'라고 일컫는다.

≪시경≫의 '6의'에 관한 최초의 기록은 ≪주례(周禮)≫ <춘관(春官)>이다. ≪주례≫에서는 '육시(六詩)'라 지칭하며, 이 중에서 '풍·아·송'과 '부·비·흥'을 함께 언급하고 있지만 나누지는 않았다. ≪주례≫에서는 '육시'를 '풍·부·비·흥·아·송'으로 뒤섞어 놓았는데, 이는 '육시' 전체를 음악적으로 다루었기 때문이다. 한 대에 이

르러 《시경》은 가사만 남아 있었기 때문에 '부·비·흥'의 분류는 불가능하게 되었다.

한 대 모시서(毛詩序)에서 "시에는 육의가 있다. 첫째는 풍이라 칭하고 둘째는 부라 칭하며, 셋째는 비라 칭하고, 넷째는 흥이라 칭하며, 다섯째는 아라 칭하고 여섯째는 송이라 칭한다. (故詩有六義 焉: 一曰風, 二曰賦, 三曰比, 四曰興, 五曰雅, 六曰頌)"라고 적고 있다. '풍·아·송'에 대해 살펴보면 다음과 같다.

먼저 '풍'은 민간에서 채집한 노래로, 악기 반주가 필요 없는 청창(淸唱)이다. 풍의 작품은 모두 160편이다. '풍'은 여러 나라의 노래가 수집되어 있다고 하여 '국풍(國風)'이라고도 부른다. '국풍'은 각 나라의 채시관(採詩官)이 거리에서 백성들의 노래를 수집한 것이다.

'국풍'에는 주남(周南)·소남(召南)·패(邶)·용(鄘)·위(衛)·왕(王)·정(鄭)·제(齊)·위(魏)·당(唐)·진(秦)·진(陳)·회(檜)·조(曹)·빈(豳)의 15개국 노래로 분류된다. '국풍'은 대부분 서정시로서 남녀 간의 사랑이 주류를 이룬다. 수집된 노래는 태사(太師)에게 바쳐졌고, 태사는 바쳐진 노래 중 음률에 맞는 것을 골라 천자에게 바쳤다고 전해진다.

'아'는 대아(大雅) 31편과 소아(小雅) 74편으로 구성되어 있다. '대아'는 조정의 조회 때 사용하는 것이고, '소아'는 일반 연회 때 사용하는 것이다. '아'는 악기로 반주하는 가창(歌唱)이다. '아'는 궁중에서 쓰이던 작품이 대부분이지만, 형식적·교훈적으로 서사적인 작품들도 있다.

'송'은 신과 조상에게 제사를 지낼 때 사용되었던 악곡을 모은 것이다. 송은 음악과 동작이 곁들여진 가무(歌舞)이다. 총 40편으로 주송(周頌) 31편, 노송(魯頌) 4편, 상송(商頌) 5편으로 구성되어 있다.

주송은 주나라 초기의 왕들이었던 무왕(武王)·성왕(成王)·강왕

(康王)・소왕(昭王) 때의 작품이
다. 노송은 노나라 희공(僖公)
때의 시이다. 상송은 상나라 조
정에서 쓰여지던 악가(樂歌)로,
≪시경≫ 중에서 가장 오래된
시로 여겨져 왔다.

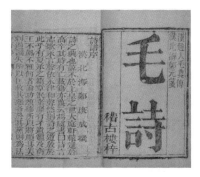

후한 이후에는 '고문 시경' 즉
'모시'만을 유일한 시경으로 인정하였다.

≪시경≫은 한 대에 네 종류
가 전해졌다. 보통 이를 가리켜
'4가시(四家詩)'라고 부른다. 노(魯)
나라 신배(申培, BC219?-BC135, 申公, 申培公)가 전한 '노시(魯詩)', 제
(齊)나라 원고(轅固, BC194-BC104, 轅固生)가 전한 '제시(齊詩)', 연(燕)
나라 한영(韓嬰, BC200-BC130)이 전한 '한시(韓詩)', 노(魯)나라 모
형(毛亨, ?-?)과 조(趙)나라 모장(毛萇, 小毛公)이 전한 '모시(毛詩)'이다.
현존하는 것은 한 대의 '모시'이다. 그래서 ≪시경≫을 '모시'라고도 부
르고, '고문(古文)시경'이라고도 부른다.

한편, '노시', '제시', '한시'는
예서(隸書)로 기록되어서, '금문
(今文)시경'이라고 부른다. 그리고
한 대에 훈고학으로 복원된 ≪시
경≫을 '금문경'이라 한다. 지금
은 모두 소실되었고, ≪한시외전
(韓詩外傳)≫ 10권만 남아 있다.

한시외전

모시를 제외한 것을 '삼가시(三家詩)'라고 부른다. 삼가시는 한 무제 때에 노(魯) 공왕(恭王)이 자기의 정원을 늘리기 위해 공자의 생가를 철거하다가 벽속에서 ≪시경≫의 원문이라 여겨지는 죽간본 '고문경(古文經)'을 발견할 때까지 시경연구의 주류를 이루었다. '고문(古文)'이란

원전 22권의 경우에는 송 대 때 고려에 책이 있는지 물어보면서 있으면 전해달라고 요청한 기록이 있다.

'벽중서(壁中書)'에 사용된 자체를 말한다. 벽 속에 나왔다는 책으로는 ≪예기(禮記)≫·≪상서(尙書)≫·≪춘추(春秋)≫·≪논어≫·≪효경(孝經)≫ 등이 있다. 고문경이 발굴된 이후, 모시가 인정받기 시작하였고, 이로 인해 삼가시는 점점 사라졌다. '노시'는 '서진' 대에, '제시'는 위 대에, '한시'는 북송 초에 소실하였다.

2) 주해서

≪모시정의(毛詩正義)≫

현존하는 ≪시경≫의 판본은 모장의 '모시'인데, 한 대 정현(鄭玄, 127-200)의 ≪전(箋)≫과 당 대 공영달(孔穎達, 574-648)의 ≪모시정의(毛詩正義)≫는 소(疏)가 포함되어 있는 고문가의 책이다.

남송 때 주희(朱熹)가 쓴 ≪시집전(詩集傳)≫은 주석본 중에서도 영향력이 큰 편이다. 청대에 들어와서 ≪시경≫에 대한

연구는 활발하였다. 주석본으로는 요제항(姚際恒)의 ≪시경통론≫, 위원(魏源)의 ≪시고미(詩古微)≫, 진환(陳奐)의 ≪시모씨전소(詩毛氏傳疏)≫가 대표적이다.

2. 저자 소개

≪시경≫의 저자는 명확하지 않다. ≪시경≫은 대개 채시(採詩), 진시(陳詩), 헌시(獻詩)의 방법으로 수집된 것을 당시 악관(樂官)들이 선정하여 편집한 것으로 추정하고 있다. 고대에는 왕들이 채시관을 두었는데, 매년 봄과 가을이 되면 이들을 각 지방에 파견하여, 시를 모으도록 하였다. 채집된 시를 보고 백성들의 정치에 대한 반응과 민심을 살펴, 정치를 펼치는데 참고로 삼았다는 기록이 있다.

한편, ≪시경≫을 만드는 데 쓰인 시들을 모은 방법에 관해서 세 가지 설이 있다. 즉, '왕관채시(王官採詩)', '공자산시(孔子刪詩)', '헌시설(獻詩說)'이 있다. 이 중에서 공자(孔子, BC 551-BC 479)가 편집했다는 설이 강하지만, 주(周)나 초(楚)에 이미 ≪시경≫이 편찬되었다는 설도 있다. '왕관채시'는 ≪한서(漢書)≫에 기록되어 있다.

공자의 산시설(刪詩說)을 살펴보면 다음과 같다. 사마천(司馬遷)에 의하면 ≪시경≫은 공자에 의해 편찬되었다고 한다. 고대로부터 중국 북방에는 약 3,000수의 시들이 전해지고 있었는데 공자가 그 중에서 예악(禮樂)에 합당한 305편을 골라 편찬하였다는 것이다..

산시설의 근거로는 ≪사기≫ <공자세가>에 "옛날에 있었던 3천여 편의 시를 공자가 중복된 것을 버리고 예의에 사용할 수 있는 것을 골라 3백 여 편으로 만들었다(古者詩三千餘篇, 及至孔子, 去其重, 取可

施於禮義)"는 기록이 있기 때문이다.

반면, 이를 부정하는 사람들도 많다. 그 이유는 다른 제자서에서 시를 말할 때 모두 '시 3백'이라고 말하고 있기 때문이다. 또, ≪좌전≫ 양공 29년에 오(吳)의 공자(公子) 계찰(季札)이 노(魯)에 와서 ≪시경≫ 의 '풍·아·송'을 다 감상했다는 기록이 있다. 그런데 이 때 공자의 나이가 8살에 불과하였다.

3. 작품 감상

1) 관저 / 관저(關雎) : 국풍(國風) 주남(周南)

관저는 ≪시경≫의 첫머리를 장식하고 있다. 관저에는 우리가 잘 알고 있는 사자성어인 '요조숙녀(窈窕淑女)', '전전반측(輾轉反側)'이 나온다.

(1) 내용

물수리새

꾸욱꾸욱 물수리새는
황하 모래톱에 노니네
아리따운 아가씨는
군자의 좋은 짝이라네

크고 작은 노랑어리연꽃이
이리저리 흐르네
아리따운 아가씨는
자나깨나 구하네

구해도 얻지 못하여
자나깨나 생각하네
생각하고 생각하니
잠 못자며 뒤척이네

노랑어리연꽃

크고 작은 노랑어리연꽃을
이리저리 따 담네
아리따운 아가씨는
거문고와 비파를 벗으로 삼는다네

크고 작은 노랑어리연꽃을
이리저리 삶아 낸다네
아리따운 아가씨는
종과 북을 타며 즐긴다네

關關雎鳩　在河之州　窈窕淑女　君子好逑
參差荇菜　左右流之　窈窕淑女　寤寐求之
求之不得　寤寐思服　悠哉悠哉　輾轉反側
參差荇菜　左右採之　窈窕淑女　琴瑟友之
參差荇菜　左右芼之　窈窕淑女　鐘鼓樂之

(2) 감상

이 작품은 애정시로, 사랑의 완성을 노래하였다. 이 시에 담겨 있는 정서는 서민의 것으로 본다. 하지만, 이 작품을 유교적 교훈으로 해석하는 관점도 있다.

<모시대서(毛詩大序)>에서는 "관저편은 후비의 덕이고, 풍의 시작이니, 이로써 천하를 풍동하고 부부를 바르게 하는 바이라. 그러므로 향인에게 쓰고 방국에 쓰니라. 풍은 바람이고 가르침이니 바람으로써 움직이고 가르침으로써 교화하니라.(關雎 后妃之德也 風之始也 所以風天下而正夫婦也, 故 用之鄕人焉 用之邦國焉. 風 風也 敎也 風以動之 敎以化之)"라고 하였다.

2) 큰 쥐 / 석서(碩鼠) : 위풍(魏風)

이 시는 3절로 구성되어 있는데, 제목인 '석서'는 '큰 쥐'라는 뜻이다. 석(碩)은 '큼'을 의미한다.

(1) 감상

큰 쥐여 큰 쥐여, 우리 기장 먹지 마라
삼 년을 섬겼건만 나를 돌봐 주지 않네
이제 너를 떠나 즐거운 곳에 갈 테야
즐거운 땅 그곳에는 내 살 곳 있으리라

큰 쥐여 큰 쥐여, 우리 보리 먹지마라
삼 년을 섬겼건만 나의 공덕 무시하네
이제 너를 떠나 즐거운 나라로 갈 테야
즐거운 나라 그곳에서 내 뜻을 펼치고파

큰 쥐여 큰 쥐여, 우리 나락 먹지 마라
삼 년을 섬겼건만 나의 공로 무시하네
이제 너를 떠나 즐거운 시골로 갈 테야
즐거운 시골 그곳에서 긴 한숨 없으리라

碩鼠碩鼠　無食我黍　三歲貫女　莫我肯顧
逝將去女　適彼樂土　樂土樂土　爰得我所

碩鼠碩鼠　無食我麥　三歲貫女　莫我肯德
逝將去女　適彼樂國　樂國樂國　爰得我直

碩鼠碩鼠　無食我苗　三歲貫女　莫我肯勞
逝將去女　適彼樂郊　樂郊樂郊　誰之永號

(2) 감상

　시에서 임금의 세금 착취를 견디지 못한 백성들이 '걱정 없이 잘
사는 곳(낙토(樂土))'으로 찾아 떠나려는 갈망을 반복적으로 노래하고
있다. 원문에 나오는 낙토는 '도(도덕정치)가 있는 나라'를 가리킨다.
　시에서 '큰 쥐'는 '백성들을 수탈하는 관리'를 비유한 것이다. '세
금이란 명목으로 다 빼앗아 가지 말라'고 노래하고 있다.

<모시서(毛詩序)>에는 '석서는 과중하게 세금을 거두는 것을 풍자한 것이다. 나라 사람들은 왕이 과중하게 세금을 거두어 백성들을 잠식하며, 정사를 닦지 않고 탐욕스러우며 사람들을 두려워하여 큰 쥐와 같다.(碩鼠, 刺重斂也. 國人, 刺其君重斂, 蠶食於民, 不脩其政, 貪而畏人, 若大鼠也)'라고 풀이되어 있다.

조선시대 다산 정약용은 탐관오리들을 쥐로 묘사하여 노래하기도 하였다. '이노행(狸奴行)'의 내용의 일부를 살펴보면 다음과 같다.

> "들쥐는 구멍 파서 여린 낱알 숨겨두고,
> 집쥐는 집을 파서 모든 집안 살림과 물건 훔치네.
> 백성들 쥐 피해로 날마다 초췌해져
> 기름 말라 피말라 뼈골마저 말랐다네."

3) 귀뚜라미 / 실솔(蟋蟀) : 당풍(唐風)

'실솔(蟋蟀)'은 '귀뚜라미'를 말한다. 귀뚜라미는 마무리를 상징하기도 한다.

수확이 끝나고 귀뚜라미가 울면 추워지기에 한가로울 때 얼른 옷을 짜서 입으라는 뜻을 갖고 있다. 그래서 촉직(促織)이라고 한다.

(1) 내용

귀뚜라미 집안에 드니
한 해도 어느덧 저물어 가네
지금 내가 즐기지 않으면
세월은 덧없이 지나가리
그러나 지나치게 즐기지만 말고

항상 집안일도 생각해야지
즐거워도 지나치지 않도록
훌륭한 선비는 조심한다네

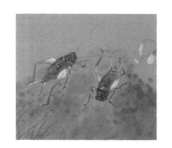

귀뚜라미 집안에 드니
이 해도 어느덧 가누나
지금 내가 즐기지 않으면
세월은 덧없이 지나가리
그러나 지나치게 즐기지만 말고
항상 바깥일도 생각해야지
즐거워도 지나치지 않도록
훌륭한 선비는 부지런하다네

귀뚜라미 집안에 드니
행역 갈 수레도 쉰다
지금 내가 즐기지 않으면
세월은 덧없이 지나가리
그러나 지나치게 즐기지만 말고
항상 걱정스런 일 생각해야지
즐거워도 지나치지 않도록
훌륭한 선비는 분발한다네

蟋蟀在堂 歲聿其莫　今我不樂 日月其除
無已大康 職思其居　好樂無荒 良士瞿瞿

蟋蟀在堂 歲聿其逝　今我不樂 日月其邁

無已大康 職思其外　好樂無荒 良士蹶蹶

蟋蟀在堂 役車其休　今我不樂 日月其慆
無已大康 職思其憂　好樂無荒 良士休休

(2) 감상

실솔은 '매우 검소함'을 비유하는 말이기도 하다. <모시서(毛詩序)>
에는 "실솔은 진 희공을 풍자한 것이다. 검소하여 예(禮)에 맞지 않
았다. 그래서 이 시를 지어 민망히 여기고, 그 때에 미쳐 예(禮)로써
스스로 즐거워하고자 한 것이다. 이것은 진나라 시인데 당이라 부른
다. 그 풍속을 근본으로 하여 근심이 깊고 생각이 원대하며, 검소하
면서도 예를 따른다. 이는 요의 유풍이 있었기 때문이다.(蟋蟀, 刺晉
僖公也, 儉不中禮. 故作是詩以閔之, 欲其及時以禮自虞樂也. 此晉也而謂之唐,
本其風俗, 憂深思遠, 儉而用禮, 乃有堯之遺風焉)"라고 적고 있다.

4) 갈대 / 겸가(蒹葭) : 진풍(秦風)

겸가(蒹葭)는 '갈대'인데, 이 시는 만나고 싶은 사람을 만나지 못
하는 안타까운 심정을 표현하고 있다. ≪시경≫ <겸가>는 중국 드라
마인 '운중가(大漢情緣之雲中歌)'의 주제가이기도 하였다.

(1) 내용

갈대는 푸르고 푸른데
흰 이슬 서리되네

사모하는 그 사람

강물 저편에 있는데

물결 거슬러 올라가 따르려 해도

길 험하고 멀어

물결 따라서 내려가 따르려 해도

따라 쫓아가보니 물속 가운데에 있네

갈대는 우거져 무성한데

흰 이슬 아직 촉촉하네

사모하는 그 사람

강물 가에 있는데

물결 거슬러 올라가 따르려 해도

길 험하고 가팔라

물결 따라서 내려가 따르려 해도

따라 쫓아가보니 물 한 가운데 작은 섬에 있네

갈대는 더부룩한데

흰 이슬 아직 안 말랐네

사모하는 그 사람

강물 가에 있네

물결 거슬러 올라가 따르려 해도

길 막히고 꾸불꾸불하여

물결 따라 내려가 따르려 해도

따라 쫓아가보니 물 한 가운데 모래톱에 있네

蒹葭蒼蒼 白露爲霜 所謂伊人 在水一方

遡洄從之　道阻且長　遡游從之　宛在水中央

蒹葭淒淒　白露未晞　所謂伊人　在水之湄
遡洄從之　道阻且躋　遡游從之　宛在水中坻

蒹葭采采　白露未已　所謂伊人　在水之涘
遡洄從之　道阻且右　遡游從之　宛在水中沚

(2) 감상

이 시는 대표적인 애정시로 알려져 있다. 시 내용은 사모하면서도 가까이할 수 없는 안타까운 마음을 노래하였다. <모시서>에는 '겸가는 양공을 풍자한 것이니, 주나라의 예를 쓰지 아니하여 장차 그 나라를 견고하게 할 수가 없어서였다.(蒹葭, 刺襄公也, 未能用周禮, 將無以固其國焉)'라고 풀이되어 있다.

오늘날 이 내용을 토대로 한 대중 가요도 있다. 오늘날 조부가(曹芙嘉)의 '在水一方'라는 유행가 가사에 활용되어 대중의 사랑을 받는다.

5) 황조(黃鳥) / 꾀꼬리 : 진풍(秦風)

황조(黃鳥)는 꾀꼬리이다. 진(秦) 목공(穆公)은 죽어 옹성(雍城)의 동쪽에 묻혔다. 목공의 장례는 서융(西戎)의 풍속에 따라 산 사람을 순장했다. 이 때 순장된 사람이 177명이나 되었다. 그 중에는 삼량(三

良)이라 불리던 거씨(車氏) 3형제도 포함되었다. 백성들은 거씨 3형제
의 죽음을 애도하기 위해 '황조(黃鳥)'라는 시를 지어 노래 불렀다.

(1) 내용

꾀꼴꾀꼴 꾀꼬리
가시나무에 앉네
누가 목공을 따르는가
자거씨 엄식이네
이 엄식이란 분은
백 사람 중에 특별하네
그 무덤에 임하여
두려움에 떨었을 것인데
저 푸른 하늘이여
우리 어지신 분을 죽이려하시나
되사서 바꿀 수만 있다면
백 사람이 그 분의 몸을 대신하련만

꾀꼴꾀꼴 꾀꼬리
뽕나무에 앉네
누가 목공을 따르는가
자거씨 중행이네
이 중행이란 분은
백 사람을 이겨낼 사람
그 무덤에 임하여
두려움에 떨었을 것인데

저 푸른 하늘이여
우리의 어지신 분을 죽이려하시나
되사서 바꿀 수만 있다면
백 사람이 그 분의 몸을 대신하련만

꾀꼴꾀꼴 꾀꼬리
가시나무에 앉네
누가 목공을 따르는가
자거씨 아들 침호라네
이 침호란 분은
백 사람을 막아낼 사람
그 무덤에 임하여
그 두려움에 떨었을 것인데
저 푸른 하늘이여
우리의 어지신 분을 죽이려하시나
되사서 바꿀 수만 있다면
백 사람이 그 분의 몸을 대신하련만

交交黃鳥　止于棘
誰從穆公　子車奄息
維此奄息　百夫之特
臨其穴　　惴惴其慄
彼蒼者天　殲我良人
如可贖兮　人百其身

交交黃鳥　止于桑

誰從穆公　子車仲行
維此仲行　百夫之防
臨其穴　惴惴其慄
彼蒼者天　殲我良人
如可贖兮　人百其身

交交黃鳥　止于楚
誰從穆公　子車鍼虎
維此鍼虎　百夫之禦
臨其穴　惴惴其慄
彼蒼者天　殲我良人
如可贖兮　人百其身

(2) 감상

　시에서 산 사람을 죽은 사람과 함께 장례지내는 순장이 있었음을 알
수 있다. <모시서>에는 "황조는 훌륭한 세 사람을 슬퍼한 것이니, 나라
사람들은 목공이 사람을 따라 죽게 함을 풍자하여 이 시를 지은 것이
다.(黃鳥, 哀三良也, 國人, 刺穆公以人從死, 而作是詩也)"라고 풀이되어 있다.
　이 시와 관련된 이야기가 전해지는데, 진 목공이 죽자 자거씨의
세 아들인 엄식(奄息), 중항(仲行), 침호(鍼虎)가 따라서 죽었다. 사람
들은 애석하게 여겨 노래를 지어 불렀다고 한다.

6) 갈가마귀 / 소변(小弁) : 소아(小雅)

변(弁)은 날면서 부익(扶翼)하는 모양이다. 갈가마귀로 해석하는 여(鷽)는 아오(雅烏)로 여긴다. 아오는 생김새가 작고 배 아래쪽이 하얗다. 강동에서는 '필오(鵯烏)'라고 부른다. 아오는 부모에게 은혜를 갚지 않는 새로 알려져 있다.

(1) 내용

푸덕푸덕 갈가마귀
떼지어 날아가네
백성들은 무심한데
나 홀로 걱정하네
어찌 하늘에 처벌받나
나의 죄는 무엇인가
내 마음의 근심이여
이를 어쩌하다 할까나

평탄한 대로에
잡초가 무성하다
내 가슴 도려내듯
쓰리고 아프구나
잠 못 들며 탄식하고
근심으로 늙어가네
내 마음에 쌓인 근심
깨질 듯이 아픈 머리

가래나무 뽕나무도
공경함을 다하는데
어디를 쳐다봐도 아버지 얼굴
언제나 안기고픈 어머니 품
어느 하나 부모 발부에 속하지 않고
어느 하나 부모 몸속에서 받지 않았으랴
하늘이 날 낳았거니
내 편한 날 언제일까

우거진 저 버드나무 속에
요란한 매미 소리
깊고 깊은 연못가엔
무성한 갈대
조각배 같은 이내 신세
닿을 곳 알지 못하네
내 마음의 슬픔이여
잠 한 숨 잘 수 없네

사슴들은 달릴 때도
나란히 함께 가네
아침에 장끼 울어
까투리 찾건만
부러진 나무 신세
가지도 다 말랐네
내 마음 근심이여
알아주는 이 없네

그물에 빠진 토끼도
먼저 구해주기도 하고
길에 죽은 사람도
묻어주는 자 있는데
임의 마음 쓰심은
어찌 이리 모지는가
내 마음의 근심이여
눈물만 흘러 떨어지는구나

임이 모함의 말 믿는게
권하는 술 받는 것 같네
임이 은혜롭지 못함이
자세히 살피지도 않네
당기면서 나무 베고
결을 따라 장작 패지
죄 있는 자 놓아두고
나만 닦달하네

높지 않으면 산이 아니고
깊지 않으면 샘이 아니네
임이여 쉽게 말하지 마오
담장에도 귀가 있으니
내 어살에 가지 마오
내 통발에 가지 마오
내 몸조차 못 돌보니
뒷일 걱정 어이할까

弁彼鸒斯　歸飛提提　　民莫不穀　我獨于罹
何辜于天　我罪伊何　　心之憂矣　云如之何

踧踧周道　鞫爲茂草　　我心憂傷　怒焉如擣
假寐永歎　維憂用老　　心之憂矣　疢如疾首

維桑與梓　必恭敬止　　靡瞻匪父　靡依匪母
不屬于毛　不罹于裏　　天之生我　我辰安在

菀彼柳斯　鳴蜩嘒嘒　　有漼者淵　萑葦淠淠
譬彼舟流　不知所屆　　心之憂矣　不遑假寐

鹿斯之奔　維足伎伎　　雉之朝雊　尙求其雌
譬彼壞木　疾用無枝　　心之憂矣　寧莫之知

相彼投兔　尙或先之　　行有死人　尙或墐之
君子秉心　維其忍之　　心之憂矣　涕旣隕之

君子信讒　如或酬之　　君子不惠　不舒究之
伐木掎矣　析薪杝矣　　舍彼有罪　予之佗矣

莫高匪山　莫浚匪泉　　君子無易由言　耳屬于垣
無逝我梁　無發我笱　　我躬不閱　遑恤我後

(2) 감상

이 시는 버림을 받아 쓸쓸하게 살아가는 사람, 외로운 사람의 슬픈 노래라 할 수 있다. <모시서>에는 유왕(幽王)을 풍자한 시라고 한다. 유왕이 포사(褒姒)를 총애하여 태자 의구(宜臼)를 폐하였기에, 태자의 스승이 이 시를 지었다는 것이다. 주희는 의구의 자작시라 하였고, '삼가시'에는 윤길보(尹吉甫)의 아들 백기(伯奇)의 작품이라 했다.

7) 꾀꼬리 / 황조(黃鳥) : 소아(小雅)

<모시서>에 '주 선왕(宣王)의 실정을 비난한 시'라고 했다. 그러나 주희는 '다른 나라에 유랑생활을 하고 있던 백성들이 그 불우한 처지를 한탄하며 이 시를 지었다.'라고 했다.

(1) 내용

꾀고리여, 꾀꼬리여
닥나무에 앉지 마라
쪼지마라 우리 벼 없어진다
이 나라 사람들이
나를 잘 대접하지 않는구나
돌아가리 돌아가리
내 나라 내 가족에게로

꾀고리여, 꾀꼬리여
뽕나무에 앉지 마라
우리 조를 쪼지 마라

이 나라 사람들이
나를 믿지 못하는구나
돌아가리 돌아가리
다시 우리 형제에게로

꾀꼬리여, 꾀꼬리여
도토리나무에 앉지 마라
우리 기장 쪼지 마라
이 나라 사람들이
나와 같이 살려하지 않는 구나
돌아가리 돌아가리
다시 우리 삼촌들에게로

黃鳥黃鳥　無集于穀
無啄無粟　此邦之人
不我肯穀　言旋言歸
復我邦族

黃鳥黃鳥　無集于桑
無啄我梁　此邦之人
不可與明　言旋言歸
復我諸兄

黃鳥黃鳥　無集于栩
無啄我黍　此邦之人
不可與處　言旋言歸
復我諸父

(2) 감상

원문에서 '곡(穀)'은 '나무이름 저(楮)'라고도 하며 '닥나무'를 가리
킨다. 형주(荊州), 양주(揚州), 광주(廣州) 등에서는 '곡'이라 부르고 하
남을 중심으로 한 중원에서는 '저'라고 한다.

송인(宋人) 여조겸(呂祖謙)은 "주 선왕 말년에 살 곳을 잃은 백성들
이 딴 나라는 살만하다고 생각해서 그 곳에 갔지만, 고향만큼 살기
가 좋지 못했다. 그래서 고향이 그리워진 백성들이 돌아가려고 한
것이다. 주 선왕의 초년에 안정된 생활을 했던 백성들이 그 말년에
그렇게 된 것은 처음과 끝이 달랐기 때문이었다."라고 말하였다.

8) 고사리를 캐다 / 채미(采薇) : 소아

이 시는 전쟁터로 떠난 병사의 심정을 노래한 시이다. 이 시는 변
경을 지키기 위해 수자리 나간 한 병사가 군역을 끝내고 귀향 도중
에 지어 부른 노래다. 여기서 수자리는 '국경을 지키는 일이나 그 일
을 하는 병사'를 일컫는다.

(1) 내용

고사리 캐세 고사리 캐세
고사리 돋아나네
돌아가세 돌아가세
올 해도 저물어가니
집이 없다네 집이 없다네
험윤 때문이지

편히 쉴 겨를 없다네
험윤 때문이지

고사리 캐세 고사리 캐세
고사리도 부드러워진다네
돌아가세 돌아가세
마음에 또한 근심이 있다네
시름이 깊어지네
굶주리고 목 마르네
나는 정처없이 떠돌아
돌아가 문안할 수도 없다네

고사리 캐세 고사리를 캐세
고사리도 쇠어졌다네
돌아가세 돌아가세
올 해도 벌써 시월이 되었다네
나라 일이 끝나지 않아
쉴 겨를이 없다네
근심하는 마음 큰 병이 되어도
나는 가서 돌아오지 못하네

저 화려한 것 무엇인가
아가위 꽃이라네
저 길가에 있는 것은 무엇인가
장수의 수레라네
병거에 매인 것

네 필 말은 튼튼하다
어찌 머물러 쉬겠는가
한 달에 세 번은 싸워 이겨야 하리

수레에 매인 네 필의 말
네 필 말은 튼튼하다
장수가 의지하고
병사들은 호위하네
가지런한 네 필 말
상아 마고자에 물고기 옷 입혔네
어이 날마다 경계하지 않으리
험윤이 너무 날뛰나니

지난 날 내가 출발할 때
버드나무 무성했는데
내가 돌아갈 생각하니
눈과 비가 흩날린다
가는 길은 더디고
목도 마르고 배도 고파라
우리 마음 쓰라려도
우리 슬픔 아무도 모르네

采薇采薇　薇亦作止　曰歸曰歸　歲亦莫止
靡室靡家　玁狁之故　不遑啓居　玁狁之故

采薇采薇　薇亦柔止　曰歸曰歸　心亦憂止

憂心烈烈　載飢載渴　我戌未定　靡使歸聘

采薇采薇　薇亦剛止　曰歸曰歸　歲亦陽止
王事靡鹽　不遑啓處　憂心孔疚　我行不來

彼爾維何　維常之華　彼路斯何　君子之車
戎車旣駕　四牡業業　豈敢定居　一月三捷

駕彼四牡　四牡騤騤　君子所依　小人所腓
四牡翼翼　象弭魚服　豈不日戒　玁狁孔棘

昔我往矣　楊柳依依　今我來思　雨雪霏霏
行道遲遲　載渴載飢　我心傷悲　莫知我哀

(2) 감상

<모시서>에 말하기를 '채미는 수자리 나간 군사가 그 아픔을 노래
한 시가다.'라고 했다.

한나라 시기에 언제부터인가 버드나무를 꺾어 길 떠나는 사람에
게 주는 관습이 생기기 시작하였다고 한다. 버드나무는 꺾어다 아무
데서나 심어도 잘 자라므로 길 떠나는 사람이 새로운 곳에 잘 정착
하길 바란다는 의미와, 심은 버드나무를 볼 때마다 자신을 잊지 말
라는 의미이다.

그리고 발음이 '머무를 류(留)'와 비슷하여 떠나가지 말고 머물러
달라는 '만류(挽留)'의 심정을 상징한다고 한다. 그래서 사람들은 버드
나무 가지를 꺾어 주기 시작하였다 한다. 이후로 버드나무(柳) 또는

'버드나무 가지를 꺾음(折柳)'이란 표현이 이별시에 등장한다.

9) 은하수 / 운한(雲漢): 대아(大雅)

'운한(雲漢)'은 '은하수'라는 뜻이다. 운한은 주 선왕이 신령에게 비를 비는 시가다. 이 시는 ≪선왕변대아(宣王變大雅)≫ 6편 중 첫째 편이다. 나머지 다섯 편 제목은 ≪숭고(崧高)≫, ≪증민(蒸民)≫, ≪한혁(韓奕)≫, ≪강한(江漢)≫, ≪상무(常武)≫이다. <모시서>는 이 시를 가리켜 잉숙(仍叔)이라는 인물이 주 선왕을 칭송하기 위해 지은 시라고 했다.

(1) 내용

밝은 저 은하수여
하늘에 밝게 둘러 있구나
임금께서 말씀하시기를, 아아
지금 사람들이 무슨 죄인가
하늘이 난리를 내리시어
흉년만 거듭해서 든다
모든 신에게 제사드려
제물을 아끼지 아니하고
옥구슬까지 다 바쳤어도
내 말은 들어주지 아니하신다

가뭄이 너무 심하여
뜨거운 기운만 흑흑 오른다

끊임없이 제사를 정결하게 지내어
하늘 제사에서 조상제사에 이르기까지
위 아래로 제물 바치며
모든 신을 높이었는데
후직께서는 모르는 체하시고
상제께서도 강림하지 않으시어
세상을 멸망시키려 하시니
정녕 이 몸으로 화를 받구나

가뭄이 너무 심하여
물리칠 수 없게 되었네
두렵고 불안하여
천둥과 벼락치는 것 같구나
주나라에 남은 백성들까지도
몇 사람 안 남을 것 같네
넓은 하늘에 계신 상제께서는
나를 남겨 두시지 않으려는 것 같도다
이 어이 두렵지 않으리오
선조의 제사가 끊어지겠구나

가뭄이 너무 심하여
막을 수도 없게 되었도다
메마르고 뜨거워져
내 몸 둘 곳 없네
나라의 운명도 다한 듯하니
아무도 돌보아주지 않는다

선왕과 선왕을 도왔던 신하들은
나를 도와주지 아니한다 하여도
부모님이나 선조님들께서는
어이 차마 나를 보시고만 계실까

가뭄이 너무 심해
산과 냇물이 말라버렸다
가뭄 귀신이 날뛰어
마치 불붙어 타는 듯하도다
내 마음은 더위에 지쳐서
근심스런 마음 마치 타는 듯하도다
선왕과 선왕을 도왔던 신하들
내 말을 들어주지 않고
넓은 하늘의 상제님은
나를 도망치게 하셨도다

가뭄이 너무 심하여
애쓰며 두려움에 도망치려 한다
어찌하여야 나를 가뭄으로 괴롭힐까
진정 그 까닭을 알지 못하노라
올해도 일찍이 풍년을 빌었고
갖가지 제사도 지냈지만
넓은 하늘의 상제님
나를 도와주시지 않는구나
신명을 공경하고 정성 다해서
원망하고 성내시지 않으실 것이로다

가뭄이 너무 심하여
어지러워 기상이 없어졌도다
여러 관청의 대신들 궁지에 빠져 있고
여러 고관들 병이 났도다
말 다스리는 관리와 왕 모시는 관료
음식 맡은 신하와 다른 여러 신하들
아무도 구하지 못하고
그 가난을 막을 수도 없도다
넓은 하늘 우러러보니
이 시름을 어찌하면 좋을까

넓은 하늘 우러러보니
별들만 반짝인다
대부와 관리들
실수없이 제사를 지낸다
나라의 운명은 다해 가지만
그대들은 직책을 버리지 말라
어이 나만을 위해 빌겠는가
여러 대신들도 안정시키고 싶도다
넓은 하늘 우러러보니
언제나 편안해지리요

倬彼雲漢 昭回于天
王曰於乎 何辜今之人
天降喪亂 饑饉薦臻
靡神不舉 靡愛斯牲

圭璧旣卒　寧莫我聽

旱旣大甚　蘊隆蟲蟲
不殄禋祀　自郊徂宮
上下奠瘞　靡神不宗
后稷不克　上帝不臨
耗斁下土　寧丁我躬

旱旣大甚　則不可推
兢兢業業　如霆如雷
周餘黎民　靡有孑遺
昊天上帝　則不我遺
胡不相畏　先祖于摧

旱旣大世　則不可沮
赫赫炎炎　云我無所
大命近止　靡瞻靡顧
羣公先正　則不我助
父母先祖　胡寧忍予

旱旣大甚　滌滌山川
旱魃爲虐　如惔如焚
我心憚暑　憂心如熏
羣公先正　則不我聞
昊天上帝　寧俾我遯

旱旣大甚　蘊隆蟲蟲
胡寧瘨我以旱　憯不知其故
祈年孔夙　方社不莫
昊天上帝　則不我虞
敬恭明神　宜無悔怒

旱旣大甚　散無友紀
鞫哉庶正　疚哉冢宰
趣馬師氏　膳夫左右
靡人不周　無不能止
瞻卬昊天　云如何里

瞻卬昊天　有嘒其星
大夫君子　昭假無贏
大命近止　無棄爾成
何求爲我　以戾庶正
瞻卬昊天　曷惠其寧

(2) 감상

운한은 ≪시경≫의 편명이다. 주 선왕 때에 가뭄이 발생하였으나 재변(災變)을 해소하려고 노력하였다. 이에 백성들이 임금의 교화가 다시 행해질 것을 기뻐하여 지은 시이다.

5. 문학적 평가

《시경》은 현실을 반영하고 비판하며 백성의 고통과 국가 장래를 염려하는 문학 전통을 수립했다. 《시경》 국풍 부분의 현실성과 민중성은 중국 고전 문학에 있어서 현실주의 문학의 출발점이 되었다. 《시경》의 문학적 의의를 살펴보면 다음과 같다.

첫째, 《시경》은 4언이 주를 이루나 3언에서 9언까지 형식이 다양하다. 후대에 발생하는 시체(詩體)의 기원을 모두 《시경》에다 끌어대는 동인으로 작동한다.

둘째, 강유범(江有氾)과 진진로(振振鷺) 같은 삼언시는 이태백의 천마가(天馬歌)로 이어졌다고 한다. 예를 들면, '수위작무각(誰謂雀無角) 하이천아옥(何以穿我屋)'과 같은 5언시는 한 대 오언시가 출현하는 기원이 되었다고 한다. 또 6언과 7언은 악부(樂府)에 많은 영향을 주게 되었다는 것이다.

제2장 사기(史記)열전

<table>
<tr><td colspan="2" align="center">사기 열전의 인물</td></tr>
<tr><td>1. 백이 열전(伯夷列傳)</td><td>36. 장승상 열전(張丞相列傳)</td></tr>
<tr><td>2. 관안 열전(管晏列傳)</td><td>37. 역생육가 열전(酈生陸賈列傳)</td></tr>
<tr><td>3. 노자한비 열전(老子韓非列傳)</td><td>38. 부근괴성 열전(傅靳蒯成列傳)</td></tr>
<tr><td>4. 사마양저 열전(司馬穰苴列傳)</td><td>39. 유경숙손통 열전(劉敬叔孫通列傳)</td></tr>
<tr><td>5. 손자오기 열전(孫子吳起列傳)</td><td>40. 계포난포 열전(季布欒布列傳)</td></tr>
<tr><td>6. 오자서 열전(伍子胥列傳)</td><td>41. 원앙조조 열전(袁盎晁錯列傳)</td></tr>
<tr><td>7. 중니제자 열전(仲尼弟子列傳)</td><td>42. 장석지풍당 열전(張釋之馮唐列傳)</td></tr>
<tr><td>8. 상군 열전(商君列傳)</td><td>43. 만석장숙 열전(萬石張叔列傳)</td></tr>
<tr><td>9. 소진 열전(蘇秦列傳)</td><td>44. 전숙 열전(田叔列傳)</td></tr>
<tr><td>10. 장의 열전(張儀列傳)</td><td>45. 편작창공 열전(扁鵲倉公列傳)</td></tr>
<tr><td>11. 저리자감무 열전(樗里子甘茂列傳)</td><td>46. 오왕비 열전(吳王濞列傳)</td></tr>
<tr><td>12. 양후 열전(穰侯列傳)</td><td>47. 위기무안후 열전(魏其武安侯列傳)</td></tr>
<tr><td>13 .백기왕전 열전(白起王翦列傳)</td><td>48. 한장유 열전(韓長孺列傳)</td></tr>
<tr><td>14. 맹자순경 열전(孟子荀卿列傳)</td><td>49. 이장군 열전(李將軍列傳)</td></tr>
<tr><td>15. 맹상군 열전(孟嘗君列傳)</td><td>50. 흉노 열전(匈奴列傳)</td></tr>
<tr><td>16. 평원군우경 열전(平原君虞卿列傳)</td><td>51. 위장군표기 열전(衛將軍驃騎列傳)</td></tr>
<tr><td>17. 위공자 열전(魏公子列傳)</td><td>52. 평진후주보 열전(平津侯主父列傳)</td></tr>
<tr><td>18. 춘신군 열전(春申君列傳)</td><td>53. 남월 열전(南越列傳)</td></tr>
<tr><td>19. 범수채택 열전(范雎蔡澤列傳)</td><td>54. 동월 열전(東越列傳)</td></tr>
<tr><td>20. 악의 열전(樂毅列傳)</td><td>55. 조선 열전(朝鮮列傳)</td></tr>
<tr><td>21. 염파인상여 열전(廉頗藺相如列傳)</td><td>56. 서남이 열전(西南夷列傳)</td></tr>
<tr><td>22. 전단 열전(田單列傳)</td><td>57. 사마상여 열전(司馬相如列傳)</td></tr>
<tr><td>23. 노중련추양 열전(魯仲連鄒陽列傳)</td><td>58. 회남형산 열전(淮南衡山列傳)</td></tr>
<tr><td>24. 굴원가생 열전(屈原賈生列傳)</td><td>59. 순리 열전(循吏列傳)</td></tr>
<tr><td>25. 여불위 열전(呂不韋列傳)</td><td>60. 급정 열전(汲鄭列傳)</td></tr>
<tr><td>26. 자객 열전(刺客列傳)</td><td>61. 유림 열전(儒林列傳)</td></tr>
<tr><td>27. 이사 열전(李斯列傳)</td><td>62. 혹리 열전(酷吏列傳)</td></tr>
<tr><td>28. 몽염 열전(蒙恬列傳)</td><td>63. 대원 열전(大宛列傳)</td></tr>
<tr><td>29. 장이진여 열전(張耳陳餘列傳)</td><td>64. 유협 열전(遊俠列傳)</td></tr>
<tr><td>30. 위표팽월 열전(魏豹彭越列傳)</td><td>65. 영행 열전(佞幸列傳)</td></tr>
<tr><td>31. 경포 열전(黥布列傳)</td><td>66. 골계 열전(滑稽列傳)</td></tr>
<tr><td>32. 회음후 열전(淮陰侯列傳)</td><td>67. 일자 열전(日者列傳)</td></tr>
<tr><td>33. 한신노관 열전(韓信盧綰列傳)</td><td>68. 귀책 열전(龜策列傳)</td></tr>
<tr><td>34. 전담 열전(田儋列傳)</td><td>69. 화식 열전(貨殖列傳)</td></tr>
<tr><td>35. 번역등관 열전(樊酈滕灌列傳)</td><td>70. 태사공 자서(太史公自序)</td></tr>
</table>

1. 개요

1994.6.25 중국우정 1994-9
중국고대문학가(2) 사마천

사마천(司馬遷, BC145-?)이 지은 ≪사기≫는 신화부터 BC 2세기 말 한 무제 시대까지의 약 2600년의 역사를 다루고 있다. ≪사기≫는 전한(前漢) 선제(宣帝) 때 사마천의 외손인 양운(楊惲, ?-BC54)에 의해 세상에 알려졌다.

≪사기≫의 서술 방식은 기전체(紀傳體)로, 역사서의 본보기가 되었다. 다른 나라에서도 역사서를 저술할 때 ≪사기≫의 기전체를 모범으로 삼았다.

≪사기≫의 본래 명칭은 ≪태사공기(太史公記)≫, 혹은 ≪태사공서(太史公書)≫였다. ≪사기≫라는 명칭은 ≪삼국지위지(三國志魏志)≫의 <왕숙(王肅)전기>에서 처음 등장하였다.

≪사기≫는 후세 전기문학(傳奇文學)의 선구가 되었을 뿐만 아니라, 산문 발전에 큰 공헌을 하였다.

2. 저자

≪사기≫의 저자는 '동양 역사의 아버지'로 평가되고 있는 사마천이다. 사마천은 하양(夏陽, 오늘날 섬서성 한성(韓城)) 사람으로, 자는 자장(子長)이다.

한 무제 시기의 역사가이며 산문가인 사마천은 아버지인 사마담(司馬談)의 관직을 이어받아 태사령(太史令)을 지냈다. 태사령은 문서를 정리하고 기록을 담당하는 관직이다. BC110년에 사망한 사마담은 사마천에게 자신이 저술하던 역사서 편찬을 완성해 달라고 하였다.

한편, 사마천은 흉노에 투항한 이릉(李陵, ?-BC74)을 변호했다는 죄목으로 궁형(宮刑)을 당하였다. 사마천은 치욕스러움을 견디고 아버지의 유지를 받들어 역사서 편찬을 완성하고자 하였다. 이 때 사마천의 나이는 36세였고, ≪사기≫를 완성한 시기는 55세 때였다.

죽간에 쓰인 사기. 죽간과 목간에 526,500자의 글을 칼로 새겨 기록하였다고 한다.

사마천은 친구 임안(任安)에게 보낸 편지에 자신이 고통과 치욕을 참으면서 살아야 했던 이유를 적었다.

문왕은 갇힌 몸이 되어 주역(周易)을 연역하였고, 공자는 곤란한 처지를 당하여 ≪춘추(春秋)≫를 지었다. 굴원(屈原)은 쫓겨 가서 ≪이소(離騷)≫를 썼고, 좌구(左丘)는 실명한 뒤에 ≪국어(國語)≫를 지었다. 손자(孫子)는 발이 잘리고 병법(兵法)을 편찬하였고 여불위(呂不韋)는 촉(蜀)에 유배되어 세상에 ≪여람(呂覽, 여씨춘추(呂氏春秋))≫을 전했고, 한비(韓非)는 진나라에 갇힌 몸이 되어 ≪세난(說難)≫ ≪고분(孤憤)≫ 두 편을 남겼고, ≪시경≫의 300편 시는 대개 성현이 발분(發憤)하여 지은 것이다. 이 사람들은 모두 가슴 속에 맺힌 바가 있어 그 하고자 하는 바를 통할 수 없었기 때문에 지나간 일을 서술하여 후세의 사람들이 자신의 뜻을 알아줄 것을 생각했던 것이다. 좌구와 같이 눈이 없고 손자와 같이 발이 잘린 사람은 끝끝내 세상에서 아무런 소용이 없지만 물러나 서책(書冊)을 써서 자신의 분한 생각을 펴고 이론적인 문장을 세상에 남겨 자신을 드러냈다. 저도 감히 겸손치 못하게도 무능한 문장에 스스로를 맡기려고 하였다.

이소(離騷)란 조우(遭憂), 즉 근심을 만난다는 뜻이며 373구 2,490자의 장편 서사시이다. 굴원에서 시작된 '초사'라는 새로운 문학의 세계가 열리자 많은 작품들이 생겨나기 시작했다. 그 중 「이소(離騷)」라는 작품이 매우 뛰어나다.

3. 구성과 판본

≪사기≫는 과거 사실들을 연대순으로 정리하지 않고 5개 부분으로 분류하여 기술하였다. ≪사기≫는 '<본기(本紀)> 12권, <서(書)> 8권, <표(表)> 10권, <세가(世家)> 30권, <열전(列傳)> 70권'으로 구성되어 있다.

<본기>는 주요 사건을 시간의 흐름에 따라 기술한 것이다. <오제본기(五帝本紀)>에서부터 <한무제본기(漢武帝本紀)>까지인데, 구체적으로는 오제(五帝), 하(夏), 은(殷), 주(周), 진(秦), 한(漢) 제왕들의 사적 기록이다. 예외적으로 항우(項羽)와 여후(呂后, ?-BC180; 여치)가 기록되어 있다.

≪사기≫에는 삼황(三皇)에 관한 기록이 없었다. 현존본의 <삼황

본기(三皇本紀)>는 당 사마정 (司馬貞, 679-732)이 첨가한 것 이다. 사마정은 <삼황본기>를 <오제본기> 앞에 넣었다. 사마 정은 당 현종(玄宗) 개원(開元) 연간(713-741) 초기에 국자박 사(國子博士)를 지냈으며, ≪사 기색은(史記索隱)≫ 30권을 편 찬하였다.

복희(伏羲)씨는 3황5제 중의 한 명이다. 백성에게 어업 · 수렵 · 농경 · 목축 등을 처음으로 가르치고, 팔괘와 문자를 만들었다고 한다.

<서>는 여러 가지 제도와 연혁을 정리한 것으로, 예(禮), 악(樂), 율(律), 역(曆), 천관(天官), 봉선(封禪), 하거(河渠), 평준서(平準書)를 설명하고 있다.

<표>는 역사상의 인물과 사건을 중심으로 일목요연하게 적은 것으로, 연표를 중심으로 하여 기술하고 있다. 춘추 · 전국시대의 제후(諸侯), 한(漢) 대의 제후 · 왕족 · 중신(重臣) 등으로 분류하였다.

<세가>는 제후의 계보와 역사를 개별적으로 기술한 것이다. 제후 가 아니었던 공자와 진섭(陳涉, ?-BC 208)을 <세가>에 포함시켰다. 공자가 혼란한 시대에 왕도(王道)를 세우기 위해 의례와 법도를 세웠 다는 점을 높이 평가하였다. 진섭은 일반적으로는 진승(陳勝)으로 불 리는데, 진(秦)나라의 폭정에 처음 반란을 일으켰다는 점을 높이 평가 한 것이다. 진섭은 "왕후와 장상의 씨가 어찌 따로 있다는 말인가(王 侯將相寧有種乎)!"라는 말을 하여 더욱 유명해졌다. 봉기한 지 1개월 만에 스스로 왕이 된 진섭은 진지(陳地)를 수도로 삼았고, 나라 이름 을 '초나라를 넓힌다'라는 의미의 '장초(張楚)'라고 지었다. 장초는 중 국 역사상 농민 반란에 의해 건국된 최초의 나라였다.

<열전>은 개인들의 기록으로, 다양한 사람들이 등장한다. 사상가, 정치가, 장군, 역인(役人), 협객, 상인, 시정(市井)의 인물까지 망라하였다. 주요 내용으로 <백이열전(伯夷列傳)>, <관안열전(管晏列傳)>, <노자한비열전(老子韓非列傳)>, <조선열전(朝鮮列傳)>, <화식열전(貨殖列傳)> 등이 있다.

≪사기≫는 후한 때부터 일부 내용이 빠지기 시작하였고, 후대에 가필된 부분이 많게 되었다. 후한 반고(班固, 32-92)의 ≪한서(漢書)≫에는 ≪사기≫의 내용 10여 편이 없어졌다고 적고 있다. 잃어버린 <효무본기(孝武本紀)>는 후세인이 봉선서(封禪書)의 기술을 이용하여 보필되었다.

≪사기≫의 주석은 여러 학자에 의해 만들어졌다. 남조 송(宋)의 배인(裴駰)의 ≪사기집해(史記集解), 80권≫, 사마정의 ≪사기색은, 30권≫과 당 장수절(張守節)의 ≪사기정의(史記正義), 30권≫이 유명하다. 세 권은 '삼가주(三家注)'로 불린다.

송(宋) 대에 이르러 '삼가주'를 합각한 판본이 나타났다. 가장 오래된 것은 북송 때 ≪경우감본(景祐鑑本)≫이다. 경우(景祐)는 인종(仁宗, 1034-1038) 조정(趙禎)의 연호이다. 청대의 통용본은 ≪무영전본(武影殿本)≫이다.

≪사기평림(史記評林)≫

한편, 대한민국 규장각에 소장된 ≪사기≫는 ≪사기평림(史記評林)≫이다. ≪사기평림≫은 명나라 능치륭(凌稚隆)이 ≪사기≫에 대한 제가(諸家)의 설을 모두 모아 둔 책이다.

능치륭의 아버지 능약언(凌約言)은 ≪사기평초(史記評抄)≫를 편찬하였다. 능치륭은 이 책을 읽고 영향을 받아 ≪사기평림≫을 간행하였다.

4. 열전

'전(傳)'이란 신하들의 사적을 나열해 놓아 후세에 전해지게 하는 것이다. 이를 '열전(列傳)'이라 부른다. 열전은 총 70편으로, 왕과 제후 외에 역사적으로 중요한 인물을 다루었다.

70편의 열전 중에서 맨 앞의 '백이 열전'과 맨 뒤의 '화식열전'을 살펴보는데, '백이 열전'이 순결한 정신을 옹호한 내용을 담고 있다면, '화식열전'은 부의 추구에 관한 내용을 담고 있다.

1) 백이 열전(伯夷 列傳)

'백이열전'에는 우리나라에도 많이 알려져 있는 백이(伯夷)와 숙제(叔齊)에 관한 이야기가 실려 있다. 조선시대 성삼문(成三問, 1418-1456)의 "수양산 바라보며 이제(夷齊)를 한하노라, 주려 죽을 진들 채미(採薇)도 하는 것가, 비록애 푸새엣 것인들 그 뉘 따에 낫거니."라고 읊었는데, 여기서 이제가 백이와 숙제이다. '백이열전'의 내용을 살펴보면 다음과 같다.

'백이열전'에 "무릇 학자들이 공부하는 서책은 광범위하다고 말할 수 있지만, 믿을 수 있는 기록은 단지 육예(六藝)일 뿐이다."라는 내용이 있다. 여기에서 '육예'는 '육경(六經)'을 가리키는 것으로, ≪시경≫, ≪서경(書經)≫, ≪예경(禮經)≫, ≪악경(樂經)≫, ≪춘추(春秋)≫, ≪역경(易經)≫을 말한다. 이중 ≪악경≫은 잃어버렸고, ≪서경≫은 진시황의 분서갱유(焚書坑儒) 때 없어졌는데, 이후 후세 사람들이 편집한 것이다.

'백이열전'에 "시경과 서경은 비록 결손(缺損)되었으나, 우(虞)나하(夏) 시대 때의 글을 보면 알 수 있다."라는 내용이 있다. 이는 진시황의 분서갱유 때 ≪시경≫, ≪서경≫의 일부가 없어진 것을 말하며, ≪상서(尙書)≫의 요전(堯典), 순전(舜典), 대우모(大禹謨) 편에 선양(禪讓)에 관한 내용이 있다. 요(堯)는 당(唐), 순(舜)은 우(虞), 우(禹)는 하(夏)로 통칭된다.

'백이열전'에 "당요(唐堯)가 임금의 자리에 물러나면서, 우순(虞舜)에게 양위했고, 우순이 하우(夏禹)에게 양위할 때는 4악(四嶽)과 12목(牧)의 추천을 받아, 하우를 일정한 자리에 올려 시험 삼아 수십 년동안 그 직을 수행하게 하였다. 그 공적의 결과가 나타난 연후에야넘겨주었다. 이는 천하는 귀중한 그릇이고, 제왕이란 가장 중요한법통이기 때문에 천하를 전하는 일은 이처럼 어렵다는 사실을 말한다."라는 내용이 있다.

여기서 4악(四嶽)이란 '요 임금 때 사방의 제후들이 거느리고 있던관리들을 관장하던 벼슬의 명칭'으로 '태악(太嶽)'이라고도 한다. 12목(牧)은 요임금이 전국을 12주로 나누고, 그 지방장관을 '목'이라고불렀다. 이어서 하나라를 세운 우임금이 구주(九州)로 다시 나누었다. 구주란 천하의 땅을 크게 아홉으로 나눈 구역을 말한다. 그 명칭은 기주(冀州), 연주(兗州), 청주(靑州), 서주(徐州), 양주(揚州), 형주(荊州), 예주(豫州), 양주(梁州), 옹주(雍州)이다. 이와 관련된 구주우적(九州禹跡)이라는 말이 있는데, '우 임금이 천하(天下)의 전역(全域)을 나눈 자취'란 뜻이다.

'백이열전'에 "그러나 혹자는 말한다. 요임금이 천하를 허유(許由)

에게 전하려고 하자, 허유는 받지 않고, 그것을 치욕으로 느끼고 도망가 숨어버렸다."라는 내용이 있다.

허유(許由)는 요임금 시절의 은자(隱者)다. 전하는 바에 의하면 요임금이 허유에게 왕의 자리를 넘기려 하자, 받지 않고 영수(潁水) 북쪽의 기산(箕山)으로 숨어버렸다. 기산은 오늘날 하남성 등봉시(登封市) 동남쪽에 있는 산 이름이다. 그 뒤 다시 요임금이 구주(九州)의 장을 맡기려고 했지만, 허유는 오히려 그 말은 들은 자신의 귀가 더럽혀졌다고 영수의 물가로 달려가 귀를 씻었다고 했다.

허유에 관한 고사는 ≪장자(莊子)≫의 소요유(逍遙遊), 서무귀(徐無鬼), 양왕(襄王) 등의 편에 수록되어 있다. '영천세이(潁川洗耳)'란 '영천에 귀를 씻다'라는 뜻으로 허유라는 인물이 영천이라는 냇물에서 귀를 씻었다는 고사에서 유래한 말이다.

허유와 소부 고사

허유와 관련된 고사로 '소부천우(巢父遷牛)'라는 말이 있다. 허유가 영천에서 귀를 씻고 있는데, 이때 소부(巢父)라는 사람이 소에게 물을 먹이러 영천에 왔다가 허유를 보고는 왜 귀를 씻고 있는지 물었다. 허유가 그 사연을 들려주자 소부는 오히려 허유에게 "당신이 은자라는 소문이 널리 퍼졌으니 그런 말을 듣는 것이 아니오. 진정한 은자라면 그 이름이 알려지지 않아야 하는 법인데, 당신은 자신이 은자라는 것을 퍼뜨려 명성을 얻은 것이 아니오?"라고 하며 크게 야단쳤다. 그리고는 허유가 귀를 씻어 더럽혀진 물을 소에게 먹일 수는 없다며 소를 상류로 데려가 물을 먹였다고 한다. 이 이야기를 '소부천우(巢父遷牛)'라고 한다.

‘백이열전’에 “하나라 때는 변수(卞隨)와 무광(務光)이 있었다. 그런데 어째서 이들을 칭송되고 있는 것일까?”라는 내용이 있다. 변수와 무광은 상나라 때의 은자(隱者)들이다. 하나라 걸(桀)왕을 멸(滅)한 상나라 탕(湯)이 왕의 자리를 변수와 무광에게 물려주려 하자, 두 사람은 이를 치욕으로 생각하고 강물에 몸을 던져 자살하였다고 전해진다. 이 이야기는 ≪장자≫ <양왕(襄王)>편에 보인다.

이러한 내용에 이어 사마천의 말이 실려 있다.

‘백이열전’에 “태사공이 말한다. 내가 기산에 올랐었는데, 그 산 위에는 허유의 무덤이 있다고 했다. 공자가 옛날 인자(仁者), 성인(聖人), 현인(賢人) 등을 차례로 열거하였다. 오태백(吳太伯), 백이(伯夷)와 같은 사람은 매우 상세하게 말하고 있다. 나도 허유와 무광의 덕행이 고귀하다는 것을 알고 있지만, 시(詩)와 서(書)에 적힌 글에는 기록이 조금도 보이지 않은데, 그것은 무슨 이유 때문인가?”라는 내용이 실려 있다.

여기서 오태백은 주나라 태왕인 고공단보(古公亶父)의 장남이다. 후에 오나라의 시조가 되어 오태백이라 불린다.

‘백이열전’에 “공자께서 말씀하셨다. ‘백이, 숙제는 남의 지난날의 잘못을 기억하려 하지 않았다. 그러기에 남으로부터 원망 받는 일이 드물었다.’ 또 말씀하셨다. ‘그들이 어진 것을 구함으로 해서 어진 것을 얻었는데, 무슨 원망할 필요가 있겠는가?’ 그러나 내가 백이의 마음이 비통하다고 생각하게 된 이유는 일시(軼詩)를 보고 이상하게 생각했기 때문이다.”라는 내용이 있다.

일시(軼詩)는 ‘채미(采薇)’라는 시(詩)를 가리킨다. 즉 백이(伯夷, ?-?)가 수양산에 들어가 불렀다는 ‘채미’라는 시가 ≪시경≫에 수록되지 않았다고 해서 '일시'라고 부른 것이다. 백이는 고죽국의 아미(亞微) 묵태초(墨太初)의 세 아들 중 맏이이다. 장남인 자신에게 군주의 자리를 넘겨주려는 동생의 뜻을 거절하고 나라 밖으로 피신한다. 백(伯)은 첫째라는 뜻이고 이(夷)는 시호인데, 후세에 이 둘을 합한 백이라는 이름으로 불리게 되었다. 그리고 숙제(叔齊, ?-?)는 묵태초의 막내이다. 자신이 물려받은 군주의 자리를 거절하고 장남인 백이에게 양보하려 한다. 백이가 도망치자 형제의 의리를 지키기 위해 따라서 도망쳐 나온다. 숙(叔)은 셋째라는 뜻이고 제(齊)는 시호인데, 후세에 이 둘을 합한 숙제라는 이름으로 불리게 되었다.

'백이열전'에 "전하는 바에 의하면, 백이와 숙제는 고죽군 왕의 두 아들이다. 아버지는 숙제를 그 후계로 세우려 했다가 행하지 못하고 죽었다. 숙제는 왕위를 백이에게 양보하였으나, 백이는 '아버지의 명이었다.'라고 말하면서 달아나 버렸다. 숙제도 왕위에 오르는 것을 달갑게 생각하지 않고 나라 밖으로 달아났다. 백성들은 가운데 아들을 왕으로 세웠다."라는 내용이 있다.

여기서 고죽군은 고죽국을 가리키며, 은나라 때 제후국의 하나였다.

'백이열전'에 "백이와 숙제는 서백(西伯) 창(昌)이 노인들을 잘 공경한다는 것을 듣고 주나라로 달려가 귀의하려고 했다. 그런데 그들이 당도했을 때는 서백은 이미 죽고, 그의 아들 무왕이 서백 창을 받들어 문왕이라고 추존하였다. 동쪽으로 나아가 은 주왕(紂王)을 정벌하려고 했다. 백이와 숙제는 무왕이 탄 수레를 끌던 말의 고삐를 붙잡고 출전을 만류하며 간했다. '부친이 죽어 아직 장사도 지내지 않고 군사를 일으켜 전쟁을 일으키니, 이것을 효라 할 수 있습니까? 신

수양산에 들어간 백이와 숙제

하된 자가 군주를 살해하려고 하는 행위를 인(仁)이라고 할 수 있습니까?' 무왕 곁의 병사들이 두 사람을 죽이려고 하자 태공(太公)이 말했다. '이 사람들은 의인이다.' 백이와 숙제를 부축하게 하여 돌아가게 하였다. 이윽고 무왕이 상나라 주왕의 폭정을 평정하자 천하는 모두 주나라에 속하게 되었다. 그러나 백이와 숙제는 그것을 치욕으로 여기고 의(義)를 지켜 주나라의 곡식을 먹지 않겠다고 하면서 수양산으로 들어가 은거하였다."라는 내용이 있다.

　태공 여상은 성이 강(姜)이고 이름이 상(尙)이다. 강자아(姜子牙), 강아(姜牙), 여망(呂望) 등의 별호가 있다. 보통 '강태공(姜太公)' 혹은 '강자아'라고 많이 불린다. 강자아의 선조가 여(呂)나라에 봉해졌으므로 여상(呂尙)이라 불렸고, 강태공으로 널리 알려졌다. 뜻을 함께할 주군(主君)을 찾던 태공망은 주나라의 문왕(文王)을 그 대상으로 점지하고 문왕을 만나기 위해 위수(渭水)에서 낚시질을 하면서 세월을 기다렸다. 드디어 문왕을 만나 문왕의 스승이 되었다. 훗날 문왕의 아들 무왕(武王)을 도와 은(殷)나라를 멸하여 천하를 평정하였다.

병서(兵書) ≪육도(六韜)≫는 강자아의 저서라 전해진다. 중국에서는 매년 음력 8월 3일을 강태공천추제사일(姜太公千秋祭祀日)로 정하고 성대하게 제사를 모시고 있다.

‘백이열전’에 “백이와 숙제는 고사리를 뜯어 먹었다. 굶주림 끝에 죽으려고 할 때 노래를 지었는데, 그 가사는 이러했다. ‘저 서산에 올라 고사리를 뜯네, 포악한 것을 포악한 것으로 바꾸었으니, 그것이 옳지 않다는 사실을 모르는구나. 신농(神農), 우순(虞舜), 하우(夏禹)의 시대는 홀연히 지나가버렸으니, 나는 어디에 의지해야 한단 말인가? 아! 우리는 죽음뿐이로구나 쇠잔한 우리의 운명이여!’ 두 사람은 수양산에서 굶어죽었다.”라는 내용이 있다.

신농(神農)은 ‘염제 신농씨’를 가리키며 3황5제 중의 한 명이며, ‘농사의 신’, ‘의약의 신’으로 불린다.

‘백이열전’에 “백이와 숙제와 같은 이는 선인이라고 할 수 있지 않은가? 그들과 같이 인의와 고결한 덕행을 쌓았지만 굶어 죽지 않았는가? 공자는 70여 명의 제자들 중 유독 안연(顏淵)만이 학문에 싫증을 내지 않았다고 천거했다. 그러나 안연도 가난해서 조강(糟糠)으로도 배를 불리지 못하다가 요절(夭折)하고 말았다. 하늘이 선한 사람들에게 복을 내린다고 한다면 어떻게 그런 일이 일어날 수 있겠는가?”라는 내용이 있다.

안연(顏淵, B.C.521-B.C.490)은 본명이 안회(顏回)이고, “보는 것, 듣는 것, 말하는 것, 행하는 것 네 가지를 경계해야 한다”고 하였다.

‘백이열전’에 “도척(盜蹠)은 매일 죄 없는 무고한 사람을 죽이고, 그

간을 꺼내어 먹으며, 흉악한 짓을 서슴없이 저지르며, 수천 명의 도당을 이끌고 천하를 횡행하다 천수를 누리고 죽었다. 그것은 도대체 도척이 행한 어떤 덕행에 의해서인가?"라는 내용이 있다. 도척(盜跖)은 ≪장자≫라는 책의 편명으로 중국 고대전설 상의 유명한 도적 이름이다.

  '백이열전'에 "근자에 들어서서, 올바르지 않은 품행으로 정도를 걷지 않고, 사람이 꺼리고 금하는 일만 골라서 하면서도, 그 몸은 종신토록 인생을 즐기며 부귀와 영화를 대대로 이어 끊어지지 않게 하는 사람이 있다. 혹은 발을 내딛을 때는 항상 조심해서 마른 땅만을 고르고, 생각을 말할 때는 몇 번이고 생각한 다음에 말하고, 길을 갈 때는 지름길이나 좁은 길을 택하지 않으며, 공명정대하지 않은 일에는 결코 힘써 행하지 않는데, 오히려 화를 입게 되는 사람이 수없이 많이 있는 것은 도대체 어찌 된 일인가? 나는 이것을 참으로 이해하지 못하겠다. 만약 이를 천도라고 한다면, 과연 옳은 것인가, 옳지 않은 것인가?"라는 내용이 있다.
  이 말은 오늘날 현대사회에서도 그대로 일어나는 일이다. 늘 반문하는 일이다. 타의 모범이 되어야 할 사람들이 그렇지 못한 경우가 많다. 위정자를 비롯하여 기업을 운영하는 사람, 교육자 중 많은 사람들이 좋지 못한 일로 뉴스에 오르내리고 있다. 반면, 옳은 일을 하고서도, 바른 말을 하고서도, 인정을 받지 못할 뿐만 아니라 이미 정해진 질서 속에서 해코지를 당하는 일이 빈번하다. 과연 범인(凡人)들은 어떻게 살아야 할까?

  '백이열전'에 "공자가 말하기를 '도부동(道不同), 불상위모(不相爲謀)'라고 했는데, 사람은 저마다 자기의 뜻에 따라 행해야 한다는 뜻이다. 고로 '만약 구해서 얻을 수 있는 것이 부귀(富貴)라고 한다면, 비록 채찍을 들고 행하는 천한 일이라고 할지라도 나는 그 일을 할 것이다. 그러나 얻을 수 없다고 한다면 내가 좋아하는 일을 쫓을 것이다.'라고 말했다. 또한 '추운 겨울이 되어야만 송백(松柏)이 시들지 않는다는 사실을 알 수 있는 법이다.'라고 했다. 온 세상이 혼탁해졌을 때야 청렴한 선비들이 드러나는 것이다. 그것은 바로 세속의 사람들은 부귀를 중시여기고 청렴한 사람은 이처럼 부귀를 가볍게 여기기 때문인 것인가?"라는 내용이 있다.

'도부동(道不同), 불상위모(不相爲謀)'는 《논어》 <위영공(衛靈公)편>에 나오는 말로 '걷는 길이 서로 같지 않은 사람과는 같이 일을 도모할 수 없다.'라는 뜻이다.

'백이열전'에 "공자는 '군자는 자기가 죽은 뒤에 그 이름이 칭송되지 않을 것을 걱정한다.'라고 말했다. 가자는 '탐욕스러운 사람은 재물 때문에 목숨을 잃고, 열사(烈士)는 명분 때문에 목숨을 바치며, 권세를 과시하는 사람은 권세 때문에 죽고, 일반 중인들은 자기의 목숨에만 매달린다.'라고 말했다. '같은 종류의 빛은 서로가 비추어 주고, 같은 종류의 물건은 서로가 구한다.' '구름은 용을 따라 다니고 바람은 범을 따라 일어난다. 그와 같이 성인이 나타나면 세상 만물이 모두 뚜렷이 그 모습을 드러내게 될 것이다.'"라는 내용이 있다.

여기서 가자는 가의(賈誼, BC200-BC168)를 가리킨다. 가의는 낙양(洛陽) 출신으로 전한 초기의 정치가이자 문장가이다. 굴원의 뒤를 이은 《초사(楚辭)》의 작가이며 33살에 요절했다. 대표작품으로는 진나라의 멸망 원인을 분석한 <과진론(過秦論)>과 굴원의 죽음을 애도한 <조굴원부(弔屈原賦)>라는 시가가 있다.

'백이열전'에 "백이와 숙제가 비록 현인이기는 했지만 공자의 칭송을 듣고서야 그의 이름이 더욱 빛나게 되었다. 안연이 비록 학문을 즐겨 했지만 천리마의 꼬리에 붙여져서야, 덕행이 더욱 뚜렷해진 것이다. 산 속 굴속에 사는 은사들은 출세와 은퇴를 시의에 맞게 행하는데, 그와 같은 사람들의 이름이 인멸(湮滅)되어 불리지 않는다면 어찌 슬프지 않겠는가? 시골의 벽진 곳에 살면서 덕행을 연마하여 이름을 세우려고 하는 사람으로서, 청운(靑雲) 거사에 부합하지 않는다면 어찌 그의 이름을 후세에까지 전할 수 있겠는가?"라는 내용이 있다.

원문 부기미(附驥尾)는 '천리마의 꼬리에 붙어서 천리를 간다'는 뜻이다. 여기서는 안연이 공자에게 칭송을 받음에 따라 명성이 후세에까지 떨치게 된 것을 비유하였다.

2) 화식열전(貨殖列傳)

<화식열전>은 춘추전국시대와 한 무제 때까지의 부자들에 관한 기록이다. '화(貨)'는 '재산'을 뜻하며 '식(殖)'은 '증식'을 뜻하므로 '재산을 늘려 부자되는 방법'에 관한 기록이다. 사마천은 인간의 사회적 지위와 도덕관념 및 지방의 습속들 모두가 경제 상황에 의해 좌우된다고 인식했다.

대개 서민들은(凡編戶之民)
상대방 재산이 자신의 것보다 열 배가 되면 이를 헐뜯고(富相什
則卑下之)
백 배가 되면 이를 두려워하고(伯則畏憚之)
천 배가 되면 그의 심부름을 달게 하고(千則役)
만 배가 되면 그의 하인이 되는데(萬則僕)
이것은 만물의 이치다(物之理也)

한 마디로, "평범한 사람들은 상대방의 재산이 자기보다 열 배가 많으면 헐뜯고, 백 배가 많으면 두려워하고, 천 배가 많으면 그의 일을 하고, 만 배가 많으면 그의 하인이 되는데 이것이 사물의 이치다."라는 것이다.

화식(貨殖)은 글자 그대로 '재산을 늘리는 것'이다. 춘추 말기부터 한나라 초까지 상업으로 부자가 된 사람들을 기록한 것이다. 사마천은 부를 얻는 데는 상업이 최상이라고 말하고 있다. 그리고 부유해지는 데는 직업의 귀천이 없다고 하면서도 범려(范蠡, BC517- ?) 같이 깨끗하게 돈을 벌어 가난한 사람과 주위 사람들에게 나누어 주는 부자의 상도를 말하고 있다. 이것이 이른바 "부유하면 그 덕을 행한다(富好行其德者)"는 것이다.

아래는 <화식열전서(貨殖列傳序)>의 번역문과 원문의 내용이다.

'화식열전'에 "노자가 말했다. '정치를 아주 잘하면 이웃 나라가 서로 보이고, 닭 우는 소리와 개 짖는 소리가 서로 들릴 정도이다. 백성들은 각각 자신들의 음식을 달게 먹고 그들의 의복을 아름답다고 여긴다. 자기들의 풍속에 만족하고, 그들의 일을 즐기며, 늙어 죽을 때까지 서로 왕래하지 않는다.' 필히 이것으로 힘쓰고자 하여 근세를 돌이키고 백성들의 귀와 눈을 막는 것은 거의 행해지지 않는다."라는 내용이 있다. 노자는 "가장 이상적인 정치는 이웃 나라가 서로 바라다 보일 만큼 가까워서 닭 우는 소리와 개 짖는 소리가 마주 들린다 하여도, 백성들이 각기 제 나라의 음식을 맛있다 하고, 제 나라의 의복을 아름답다 하며, 자기 고장의 풍속을 편히 여기고, 자신들의 일에 만족하여, 늙어 죽을 때까지 다른 나라에 서로 내왕 하지 않는 것이다."라고 했다.

'화식열전'에 "태사공이 말한다. "신농(神農)씨 이전에 대해서는 내가 잘 모른다. ≪시경≫이나 ≪서경≫에 기록된 우(虞)나 하(夏) 이래로 눈과 귀는 아름다운 소리와 모습을 매우 좋아하고, 입은 고기 맛을 보려고 했다. 몸은 편안과 쾌락을 좋아하고 마음은 권력과 재능의 영광스러움을 자랑하려고 했다. 백성들이 이러한 풍속에 물든지 오래 되었다. 비록 오묘한 이론을 가지고 집집마다 다니며 설명을 해도 교화시킬 수 없다. 그러므로 정치를 잘하는 자는 자연스러움을 따르고, 그 다음은 백성을 이롭게 하고 이끌어주며, 그 다음은 백성을 가르쳐 깨우치며, 그 다음은 백성을 다스리며 가장 못하는 자는 백성과 다툰다."라는 내용이 있다.

노자의 훌륭한 가르침을 아무리 들려준다하더라도, 백성들의 삶이 젖어들었는지 오래되었기 때문에 쉽게 바꿀 수는 없다. 그래서 가장 훌륭한 정치가는 백성을 마음으로 다스리고, 그 다음으로는 이익을 통하여 백성을 이끌어야 한다. 그 다음은 백성들을 가르쳐 깨우쳐 주는 것이고, 그 아래 방법은 강제로 백성들을 규제하는 것이다. 최악의 정치는 백성들과 다투는 것이다.

'화식열전'에 "산서 지방에는 목재·대나무·검정소·옥석이 풍부하고, 산동 지방에는 물고기·소금·옻나무·명주실·가무와 여색이 훌륭하다. 강남지방에는 녹나무·가래나무·생강·계수나무·금·주석·납·단사·무소 뿔·대모·상아와 같은 동물의 이빨·가죽이 많이 생산된다. 용문산과 갈석산 북쪽에서는 말·소·양·모전·갖옷·짐승의 근육과 뿔이 많이 생산된다. 동과 철은 천리 사방에서 나와 마치 바둑판 위에 바둑돌을 펼쳐 놓은 것 같다. 이것이 대체적인 상황이다. 이것들은 모두 백성들이 좋아하는 것으로 의복이나 음식 및 산 사람을 받들고 죽은 사람을 보내는데 사용하는 용품이다. 그러므로 농부를 기다렸다가 음식을 먹고(농부가 농사를 지어야 밥을 먹을 수 있고), 어부나 사냥꾼이 있어야 그것(생산물)이 나오고, 장인이 있어야 (물건을)만들어지며, 상인이 있어야 유통이 된다. 이것들이 어찌 국가의 명령, 징발, 약속이 있어서 있겠는가?"라는 내용이 있다.

농사꾼은 양식을 공급하고, 나무꾼은 연료를 공급하며, 기술자들은 필요한 물건을 만들고, 장사꾼들은 이러한 상품들을 유통시킨다. 그런데 이러한 활동들을 정부에서 이래라 저래라 하며 간섭한다고 해서 되는 것은 아니다.

'화식열전'에 "사람들은 각기 자기의 능력에 따라 힘을 다해 원하는 것을 얻는 것이다. 그래서 물건이 싸다는 것은 비싸질 조짐이고 비싸다는 것은 싸질 조짐이다. 사람들이 자기 일에 힘쓰고 자기가 종사하는 일을 즐겁게 여기면 이는 마치 물이 아래로 흐르는 것과 같이 밤낮 쉬는 때가 없다. 그래서 백성을 불러들이지 않아도 스스로 오고, 시키지 않아도 백성들은 스스로 생산에 힘쓰게 된다. 이 어찌 도리에 부합되는 일이 아니며 자연스러움의 증거가 아니겠는가?"라는 내용이 있다.

물건 값이 싸면 비싼 곳에 팔고 비싼 물건은 싼 곳에서 가져다 와서 팔면 된다. 이렇게 자기가 맡은 일에 충실한 것은 물이 높은 것에서 낮은 곳으로 흐르는 것과 같다. 그래서 끊이지 않고 계속될 수 있고, 물건을 만들어 낼 수 있는 것이다.

'화식열전'에 "≪주서(周書)≫에 이르기를, 농부가 생산하지 않으면 식량이 부족하고, 공인이 물건을 만들지 않으면 물자가 모자라게 되며, 상인이 교역하지 않으면 삼보(三寶) 유통이 단절된다. 우인(虞人)이 없으면 물자가 적어지고 물자가 적어지면 산림과 하천이 개발되지 않는다. 이 넷은 백성이 입고 먹는 근원이다. 근원이 많으면 풍요롭고 근원이 적으면 빈곤해진다. 위로는 나라를 부강하게 하고 아래로는 가정을 풍부하게 한다. 빈부의 이치는 억지로 빼앗거나 줄 수 없는 것이며, 재주가 있는 자는 항상 여유가 있고 영리하지 못한 자는 항상 부족한 게 된다."라는 내용이 있다.

여기서 삼보는 '식량, 물건, 상품'을 가리킨다. 우인(虞人)은 나무꾼을 가리킨다. 빈부라는 것은 스스로의 능력에 따라 결정되는 것이다. 따라서 재주가 있는 사람은 부유해지고 모자라는 사람은 가난할 수밖에 없다고 말하고 있다.

'화식열전'에 "태공망이 영구(營丘)지방에 봉해졌을 때 그곳 땅은 염분이 많고 백성의 수도 적었다. 이에 태공이 부녀들에게 베를 짜도록 장려하고 기술을 높이 끌어올리고, 생선과 소금을 유통시키니 사방에서 사람과 물자가 모여들었다. 그래서 제나라의 갓·띠·의복·신발을 천하 사람들이 살용하게 되었다. 동해와 태산 일대 제후들이 옷깃을 여미고 제나라에 조견하러 왔다. 그후 제나라가 쇠약해져 있으나 관자(管子)가 다스리면서 재정비하여 아홉 개의 관부(輕重九府)를 설치했다. 이로 인해 환공(桓公)이 패업을 달성하여 여러 차례 제후를 소집하여 천하를 바로잡았다. 관중 또한 삼귀(三歸)를 가지고 있어, 지위는 제후의 신하였으나 다른 나라 군주보다도 더 부유했다. 이리하여 제나라의 부강함은 위(威)왕과 선(宣)왕에까지 이르게 되었다."라는 내용이 있다.

여기서 관자는 관중(管仲, BC723-BC645)을 가리키며, 책이름이기도 하다. 춘추 시대 제나라의 재상으로, 제나라 환공을 최초의 패자로 만들었다. 친구인 포숙아(鮑叔

관중과 포숙아의 팔배지교

牙)와의 깊은 우정으로 관포지교(管鮑之交)라는 고사성어를 탄생시켰다. 그리고 경중구부(輕重九府)는 화폐와 관련한 일을 담당하던 아홉 개의 관부를 가리킨다.

'화식열전'에 "그래서 이르기를 '창고가 꽉 차야 예절을 알게 되고 의복과 식량이 넉넉해야 영욕을 알게 된다'라고 했다. 예(禮)는 재산이 있으면 생기고 없으면 사라지는 것이다. 그러므로 군자가 부유해지면 덕 베풀기를 좋아하고 소인이 부유해지면 자기의 능력에 맞게 행동하게 된다. 연못이 깊어야 물고기가 살고, 산이 깊어야 짐승이 모여들 듯이, 사람도 부유해야 인의(仁義)가 붙고, 부유한 자가 세력을 얻으면 더욱 드러나고, 부유하지만 세력을 잃으면 찾아오는 사람이 없어 즐겁지 못하다. 이적(夷狄)에게서 이런 경향이 더욱 심하다. 속담에 이르기를 '천금을 가진 부잣집 자식은 시장에서 죽지 않는다.'라고 했는데 공연한 말이 아니다. 그래서 이르기를 '천하는 기뻐하며 이익을 위해 모여들고, 천하가 무너지면 어지럽게 이익을 위해 떠난다'라고 했다. 천승의 마차를 가진 왕, 만호를 다스리는 제후, 백실을 소유한 군(君)들도 빈곤한 것을 두려워하는데, 하물며 일반 백성이야 말할 것이 있겠는가?"라는 내용이 있다.

여기서 <화식열전>에서도 창고가 꽉 차야 예절을 알게 되고 의복과 식량이 넉넉해야 영욕을 알게 된다고 했다. 또 인심은 곳간에서 나온다는 얘기가 있다. 그러나 사람의 삶에서 이러한 말이 반드시 맞는 것은 아니다. 가난하지만 서로 나누어 사는 사람들도 많다. 어떠한 마음을 갖고 사는 지가 더욱 중요하다고 하겠다.

5. 《사기》에 대한 평가

《사기》는 중국 25사(史)의 효시로, 형식면에서 기전체라는 형식을 만들어 냈다. 중국의 정사 대부분이 《사기》의 형식을 따랐다.

《사기》는 인물 전기의 효시로 인정되어, 소설과 중국 전기(傳記) 문학 발전에 커다란 영향을 끼쳤다.

《사기》가 가지고 있는 특징은 내용이 상세하고 확실할 뿐만 아니라 상황을 생생하고 묘사하고 있다. 그리고 인물을 형상화하는 것도 매우 뛰어나다. 이러한 점에서 《사기》가 뛰어난 문학적 가치를 가지고 있다고 할 수 있다. 사마천이 이렇게 할 수 있었던 것은 사마천이 직접 자료를 광범위하게 수집하였다고 본다. 사마천은 당시 전해 오던 《세본(世本)》, 《국책(國策)》, 《진기(秦記)》, 《국어》 등 약 103종의 저서를 열람했다. 또 금석문(金石文), 문물, 회화, 건축 등에서도 자료를 찾았다. 문헌 자료나 문물 등의 자료가 없는 경우에는 직접 각지를 다니면서 자료를 수집하였다.

당시(唐詩)

당(唐) 대의 시는 4개의 시기, 즉 '초당(初唐)·성당(盛唐)·중당(中唐)·만당(晚唐)'으로 구분한다.

초당은 618-712년까지(건국 초에서 현종까지 약 100년간)로, 율시와 절구의 기반을 닦은 시기이다. 주요 시인으로는 왕발(王勃, 650-676), 양형(楊炯, 650-693?), 노조린(盧照隣, 635?-689?), 낙빈왕(駱賓王, 640?-684), 유희이(劉希夷), 왕한(王翰) 등이 있다. 이중, 왕발, 양형, 노조린, 낙빈왕을 초당사걸(初唐四傑)이라고 부른다.

성당은 713-765년까지(현종-숙종 50년간)로, 당시의 전성기로서 현종의 치세를 중심으로 국력이 강한 시기였다. 주요 시인으로는 이백(李白), 두보(杜甫), 맹호연(孟浩然), 왕유(王維), 고적(高適), 잠참(岑參), 왕창령(王昌齡) 등이 있다. 중국문학사에서 이백은 시선(詩仙), 두보는 시성(詩聖)으로 일컬어진다.

중당은 766-835년까지(대종-문종 70년간)로, 성당의 작품 수준을 뛰어넘을 수는 없었으나 시 자체는 널리 보급되었다. 주요 시인으로는 백거이(白居易), 원진(元稹), 한유(韓愈), 유종원(柳宗元), 경위(耿湋) 등이 있다.

만당은 836-906년까지(문종-당말 80년간)로, 쇠퇴기에 해당된다. 새로운 발전도 없었고, 화려한 표현의 시로 흘렀다. 주요 시인으로는 두목(杜牧), 이상은(李商隱) 등이 있다. 두목과 이상은을 가리켜 '소이두(작은 이백·두보)'라고 지칭하기도 한다. 혹은 '만당의 이두(李杜)'로 통칭된다. 두목은 두보와 구분하기 위해 '소두(小杜)'라고 부른다.

고시(古詩)는 근체시(近體詩)가 형성되기 이전까지의 시의 형태로, 5언고시(五言古詩)와 7언고시(七言古詩)가 있다. 한 문장(一句)이 5자 혹은 7자로 구성되는 것이 기본이며, 자유롭게 길거나 짧게 구성할 수도 있다. 동일한 글자를 쓰는 것이 허용되었으며 율시와 같은 엄격한 법칙이 없었다.

근체시(近體詩)는 당 대이후에 널리 쓰여 졌던 시의 형태로 한시의 작법이 엄격했던 한시의 형태이다.

오언절구(五言絶句): 한 문장(一句)이 다섯 자(五字)로 구성된 4행으로 지어진 시.
오언율시(五言律詩): 한 문장(一句)이 다섯 자(五字)로 구성된 8행으로 지어진 시.
오언배율(五言排律): 한 문장(一句)이 다섯 자(五字)로 구성된 12행으로 지어진 시.
칠언절구(七言絶句): 한 문장(一句)이 일곱자(七字)로 구성된 4행으로 지어진 시.
칠언율시(七言律詩): 한 문장(一句)이 일곱자(七字)로 구성된 8행으로 지어진 시.
칠언배율(七言排律): 한 문장(一句)이 일곱자(七字)로 구성된 12행으로 지어진 시.

시선(詩仙) 이백(李白), 시성(詩聖) 두보(杜甫)

시귀(詩鬼) 이하(李賀), 시불(詩佛) 왕유(王維)

唐诗三百首

초당시인: 낙빈왕(駱賓王), 왕발(王勃), 노조린(盧照鄰), 송지문(宋之問), 두심언(杜審言), 양형(楊炯), 진자앙(陳子昂), 심전기(沈全期), 왕적(王績), 이세민(李世民)

성당시인: 이백(李白), 두보(杜甫), 장구령(張九齡), 왕유(王維), 맹호연(孟浩然), 황보염(皇甫冉), 왕창령(王昌齡), 하지장(賀知章), 왕지환(王之渙), 이기(李頎), 최호(崔顥), 고황(顧況), 원결(元結), 류장경(劉長卿), 잠참(岑參), 구위(邱爲), 고괄(高適), 조영(祖詠), 왕한(王翰), 전기(錢起), 기무잠(綦毋潛), 상건(常建)

중당시인: 류종원(柳宗元), 맹교(孟郊), 한유(韓愈), 백거이(白居易), 노륜(盧綸), 이하(李賀), 이익(李益), 류우석(劉禹錫), 가도(賈島), 장계(張繼), 위응물(韋應物), 이곤원(李坤元), 진장호(積張祜), 두추낭(杜秋娘), 장적(張籍), 대숙륜(戴叔倫)

만당시인: 이상은(李商隱), 온정균(溫庭筠), 두목(杜牧), 진도(陳陶), 마대(馬戴), 두순학(杜荀鶴)

이백, 두보, 백거이, 이상은

제3장 이백(李白)

1. 생애

"달아 달아 밝은 달아 이태백이 놀던 달아!" 우리나라 가요에 나오는 가사다. 여기서 이태백은 당(唐)대 시인 이백(701-762)을 가리킨다. 이백의 자(字)는 '태백(太白)'이고, 호(號)는 '청련거사(靑蓮居士)'이다. 이백은 태어날 때 모친이 태백성(太白星)이 품에 드는 꿈을 꾸었다 하여 이름을 '백(白)', 자를 '태백(太白)'으로 하였다고 한다.

'시선(詩仙)'이라 불리는 이백!

'시선(詩仙)'이라 불리는 이백! 후대 사람들이 이백을 '시선'이라 불렀는데, 그 이유는 이백의 시작(詩作) 기교나 시의 기풍이 신선과 같다고 여겼기 때문이었다. 혹은 이백의 시가 도가적이고 시풍이 자유로워서 신선과 같다고 여겼기 때문이었다.

이백은 두보와 함께 '이두(李杜)'로 병칭된다. 이백과 두보는 각각 서로를 소재로 한 시를 남기고 있다. 먼저 두보를 소재로 한 이백의 시로는 '사구성 아래에서 두보에게 부치다(沙丘城下寄杜甫)', '가을날 노군 요사정에서

44세(744년) 때 이백은 장안을 떠났고, 여름 낙양에서 11살 차이가 나는 두보를 만났다.

두보궐과 범시어와 이별주를 마시다(秋日魯郡堯祠亭上宴別杜補闕范侍御)', '노군 동쪽 석문에서 두보를 보내다(魯郡東石門送杜二甫)', '희롱하며 두보에게 주다(戱贈杜甫)'가 대표적이다. 그리고 이백을 소재로 한 두보의 시도 매우 많다. '봄날 이백을 그리며(春日憶李白)', '이백에게 줌(贈李白)', '금릉으로 떠나는 이백에게(贈李白別金陵)', '하늘 끝 멀리 있는 이백을 그리다(天末懷李白)', '겨울철 이백이 생각나다(冬日有懷李白)', '꿈에 이백을 보다(夢李白)' 등이 대표적이다.

이백은 오균(吳筠)과 하지장(賀知章)의 추천을 받아 한림공봉(翰林供奉)이란 벼슬을 얻었다. 그래서 '이한림(李翰林)'·'이공봉(李供奉)' 등의 호칭이 있게 되었다. 그밖에 '기경인(騎鯨人)', '적선인(謫仙人)'이라고 불리기도 하였다.

이백의 출생지와 혈통에 관해서는 다양한 설이 있다. 촉(蜀)의 면주(綿州: 지금의 사천성 창명현(彰明縣))에서 출생했다는 설, 5세 때 아버지와 함께 서역(西域)에서 이주해왔다는 설, 서북 지방의 이민족이었다는 설 등이 있다. 또 중종 신룡(神龍, 705-707) 초에 촉의 검남도(劍南道) 면주 창륭현(昌隆縣) 청련향(靑蓮鄕)으로 옮겨 산동에서 살았기 때문에 산동 사람이라고도 전해진다. 일반적인 설에 의하면, 이백의 집안은 감숙성에 살았으며, 아버지는 서역의 상인이었다고 전한다. 조적(祖籍)은 농서(隴西) 성기(成紀, 지금의 감숙성 천수시(天水市) 진안현(秦安縣))이라고 한다.

유대걸(劉大杰)의 ≪중국문학발전사(中國文學發展史)≫에는 "이백의 조숙은 감숙이고, 서역에서 태어나, 사천에서 자랐으며, 오랑캐와 한족 사이의 혼혈아다.… 산동과 금릉은 모두 그가 중년에 잠시 거처한 곳이거나 그의 먼 조상의 관적일 것이다"라고 적혀 있다. 또한 이양빙(李陽氷)의 ≪초당집서(草堂集序)≫와 범전정(范傳正)의 ≪당좌습유한림학사이공신묘비(唐左拾遺翰林學士李公新墓碑)≫에서는, 이백의 조상은 수(隋)나라 말기 전쟁을 피하여 서역 일대를 떠돌며 살다가, 중종 신룡 초에 서촉(西蜀)의 광한(廣漢)에 정착하였다고 전하고 있다.

이백은 어렸을 때부터 매우 뛰어난 것으로 알려져 있다. 5세에 육갑(六甲, '육십갑자'의 준말)을 외울 수 있었고, 10살에 제자백가(諸子百家)의 서적을 읽어서 황제(黃帝)시기 이후의 일들을 알게 되었다고 한다. 또 책을 보다가 두는 곳이 제 자리고, 글을 지어도 싫증을 내지 않았다고 한다.

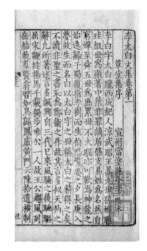

이양빙의 ≪초당집서≫

18세에 글공부를 위해 대광산(大匡山)에 들어가 약 4년여에 걸친 생활을 하였다. 그리고 재주(梓州: 지금의 사천성 삼대현(三臺縣))로 가서 ≪장단경(長短經)≫을 쓴 종횡가(縱橫家) 조유(趙蕤)에게 왕도와 패도의 통치술을 약 1년 동안 배웠다고 한다.

20세 무렵에는 임협(任俠)의 무리와 어울렸고, 칼로 사람을 베었다는 기록도 있다. 20대 중반에 촉을 떠난 이백은 약 10년 간 안릉(安陵: 지금의 호북성에 있음)을 중심으로 생활하였고, 27세경 허어사(許圉師)의 손녀와 결혼하였다.

30세(730년)에 관직을 얻기 위해 장안으로 떠났다. 장안 부근 종남산(終南山)에 은거할 때, 하지장을 만났다. 이 때 하지장의 나이는 84세였고, 이백은 42세였다. 하지장은 이백을 보고 '적선인(謫仙人)'이란 별명을 붙여주었다. 이후 이백은 '천상에서 지상으로 귀양 온 선인(天上謫仙人)'이라는 별칭을 얻게 되었다.

36세(736년)에 임성(任城: 지금의 산동성 제녕(濟寧))에 기거하였다. 이곳에서 40세(740년) 때에 한준(韓準)·배정(裵政)·공소부(孔巢父) 등을 알게 되었고, 다음해 장숙명(張叔明)·도면(陶沔) 등과 더불어 조래산(徂徠山)의 죽계(竹溪)에서 술과 시를 즐기며 놀았다. 이를 '죽계육일(竹溪六逸)'이라고 불렀다.

42세(742년) 때에는 가족을 이끌고 남쪽으로 내려갔다. 이백이 월(越) 땅에 머물 때 도사(道士) 오균을 만나 친구가 되었다. 오균과 태자빈객(太子賓客)으로 있던 하지장의 추천으로 장안에서 관직에 올랐다.

장안에서 이백이 하지장, 이적지(李適之), 왕진(王璡), 최종지(崔宗之), 소진(蘇晋), 장욱(張旭), 초수(焦遂)와 술과 시로써 어울리니, 두보는 이들을 '음주팔선인(飮酒八仙人)'이라고 하였다.

이백이 벼슬을 한 기간은 불과 3년 정도이다. 이 기간 동안 고력사(高力士)에게 신발을 벗기고, 양귀비(楊貴妃)에게 묵을 갈게 하고, 고력사에게 벼루를 들고 있게 했다는 일화를 남겼다.

이경윤, <역사탈화(力士脫靴)> 술에 취한 이백이 당시 최고의 권세가였던
환관 고력사에게 자신의 신을 벗기게 했다는 일화를 그린 것이다.

55세(755년) 때 안사(安史)의 난이 일어났고, 12월 낙양이 함락되었다. 당시 이백은 장강을 따라 선성(宣城: 지금의 안휘성에 있음) 각지를 떠돌아다니고 있었다.

이백은 안록산(安祿山)을 토벌하기 위해 참가했으나 체포되어 심양(潯陽: 지금의 강서성 구강시(九江市))의 감옥에 갇혔다. 주변 사람들의 도움으로 석방되었지만, 대역죄가 추가되어 야랑(夜郎: 지금의 귀주성 서북부)으로 유배되었다. 59세(759년) 때 이백은 야랑으로 가던 도중 장강 상류에 위치하고 있는 백제성(白帝城)을 지날 때 사면을 받게 되었다. 이백은 장강 중류의 동정호 부근에서 시인 가지(賈至: 718-772)를 만난 뒤 강남에서 지냈다.

62세(762년) 때 이백은 당도(當塗: 지금의 안휘성에 속함)의 현령이었던 이양빙(李陽冰, 먼 일가)에게 병든 몸을 의탁하고 있었다. 겨울이 가까워지면서 병세가 악화되었다. 그해 11월 무렵 이양빙에게 시문의 초고를 맡기고 죽었다. ≪구당서(舊唐書)≫에는 이백의 죽음이 과도한 음주 때문이었다고 기록되어 있다.

만당 시인인 피일휴(皮日休, 833?-883?)는 칠애시(七愛詩)에서 이백의 병세를 자세하게 설명하고 있다. 이백의 병은 알코올 중독으로 인한 만성늑막염일 것으로 추측하기도 한다. 곽말약(郭沫若)은 ≪이백과 두보≫라는 책을 쓰면서 이 얘기를 그대로 인용하였다.

2. 작품

이백의 시는 ≪이태백시집(李太白詩集)≫에 약 1,000여 수가 전해지고 있다. 이백의 시문은 사후 이양빙에 의해 ≪초당집(草堂集)≫(10권)으로

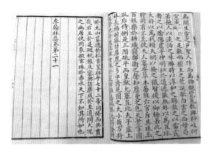

이한림집

묶여졌다. 또 친구 위호(魏顥)도 ≪이한림집(李翰林集)≫을 펴냈다. 당대의 ≪이백시집≫은 일찍이 산실되었다.

북송의 송민구(宋敏求)는 지리학자인 요사(樂史, 930-1007)의 판본인 ≪이한림집 30권≫을 대폭 증보하여 ≪이태백집, 30권≫을 펴냈다. 이 책을 증공(曾鞏, 1019-1083)이 재정리하여 ≪이백시집(李白詩集) 20권≫을 펴냈고, 소주의 장관 안처선(晏處善)이 1080년에 ≪이태백문집(李太白文集)≫을 간행하였다. 이를 '안씨간본(晏氏刊本)' 혹은 '소주본(蘇州本)'이라고 부른다. 안씨간본은 실전되었지만, 그 계통을 이은 송본 ≪이태백문집≫ 30권이 현존하는 가장 오래 된 전본이다.

주석서로서 가장 앞선 것은 남송 양제현(楊齊賢)의 주에 원초(元初) 소자윤(蕭士贇)이 보충한 ≪분류보주이태백시(分類補注李太白詩)≫ 25권이다.

청대의 왕기(王琦)는 양(楊)·소(蕭) 2가(家)의 주를 보정하고, 여기에 명대 호진형(胡震亨, ?-?)의 주 ≪이시통(李詩通)≫과 자신의 주를 첨가하여 상세한 집주를 만들고, 산문에도 주를 달았다. 그리고 연보와 관련한 자료를 종합하여 ≪이태백문집≫ 36권을 간행하였다. 이 문집은 이백 시의 주석 중에서 가장 기본적인 것으로 간주된다.

≪이시통(李詩通)≫

3. 작품 감상

1) 친구를 보내며 : 송우인(送友人)

'5언 율시'인 이 시는 벗과 이별하는 심정을 표현하였다.

(1) 내용

푸른 산 북녘 성곽에 누웠고
맑은 강은 동쪽 성곽 돌아가네
이곳에서 이별하면
외로운 나그네 만 리 길 떠난다네
떠가는 구름은 나그네 마음이고
지는 해는 옛 벗의 정이라네
손 내저으며 떠나가니
말 울음소리 더욱 구슬프지네

靑山橫北郭　白水遶東城
此地一爲別　孤蓬萬里征
浮雲遊子意　落日故人情
揮手自玆去　蕭蕭班馬鳴

(2) 감상

이 시는 벗과 헤어지는 아쉬운 심정을 표현하고 있다. 특히 정처
없이 떠다니는 구름과 지는 해를 통해 자신을 심정을 표현하였다.
원문의 '부운유자의(浮雲遊子意)'는 시에서 일종의 관형구로 쓰인다.
떠가는 구름과 불어오는 바람을 멀리 떠나는 나그네의 모습으로 비
유한 것이다. 원문의 '소소(蕭蕭)'는 의성어로 두 가지 의미를 지닌다.
말의 울음소리인 '히힝'을 의미하기도 하고, 바람이 부는 소리인 '휘
휘'를 의미하기도 한다.

2) 산중문답 : 산중문답(山中問答)

7언 절구인 이 시는 산중의 삶을 제제로 삼았다. 그리고 자연 속
에서의 한가로운 삶을 얘기한다.

(1) 내용

그대에게 묻노니, 왜 푸른 산에 사는가.
웃고 대답 않으니 마음이 한가롭네.
복사꽃 시냇물에 아득히 흘러가나니,
다른 천지라, 인간 세상 아니로다.

問余何事棲碧山　笑而不答心自閑
桃花流水杳然去　別有天地非人間

(2) 감상

이 시에서 이백의 자유로운 삶을 알 수 있다. 속세를 벗어나 한가
로움과 자유를 마음껏 즐기며 살아가고자 하는 이상 세계를 형상화
하고 있다.

3) 젊은이의 노래 : 소년행(少年行)

이 시에서 이백은 통치계급의 자제들의 무절제한 생활과 오만한
태도를 규탄하고 있다. 이백은 주로 낭만주의적인 시를 많이 지은
것으로 알려져 있다. 하지만 이 시처럼 당시 사회문제를 소재로 한
시도 적지 않게 지었다.

(1) 내용

오릉의 젊은이들이 금시의 동쪽에서
은 안장 흰 백마 타고 봄바람 가르며 달리네
떨어진 꽃잎 짓밟으며 어디에서 놀려고
웃으며 서역 여인의 술집으로 들어가네.

五陵少年金市東　銀鞍白馬度春風
落花踏盡遊何處　笑入胡姬酒肆中

(2) 감상

오릉(五陵)은 장안 서북쪽 기슭의 지역이다. 그곳에는 한나라 고조를 비롯하여 다섯 황제의 능이 흩어져 있어 '오릉'이라 불렀다. 이곳은 높은 관리와 부호들이 모여 사는 부촌으로 유명하였다. 금시(金市)는 '서시(西市)를 가리킨다. 서시는 서역 여러 나라 상인들이 몰려와 진귀한 서역 물건을 파는 시장이었다. 오행설에서 금(金)은 서쪽에 해당한다.

원문의 호희(胡姬)를 보통 오랑캐 여인이라 번역하지만 서역 여인으로 해석하는 게 나을 듯하다. 서시의 술집에는 눈이 파랗고 살갗은 희고 코가 높은 서역 여자들이 많이 들어와 있어 젊은이들에게 인기가 높았다.

4) 고구려(高句驪)

이 시는 5언 4구의 시로, 742년에 고구려 남자 무용수의 춤을 보고 지은 것이다. 그리고 이 시는 ≪전당시(全唐詩)≫ 및 ≪악부시집(樂府詩集)≫에 실려 있다.

(1) 내용

금꽃의 절풍모를 쓰고
백마 타고 유유히 거닐네
넓은 소매 날아가듯 춤추니
해동에서 날아온 새 같구나.

金花折風帽　白馬小遲回

翩翩舞廣袖　似鳥海東來

(2) 감상

이백이 42세 때 지은 시로 장안에서 고구려 무용수의 춤을 보고
느낀 감회를 읊은 시이다. 이 시는 고구려 유민들의 춤을 보고 지은
것이라고 알려져 있다. 2000년 중국에서 출간된 《당대절구상석(唐
代絶句賞析)》에는 이 시를 "고구려는 당(唐)의 이웃나라이다"라 전제
하고 이백이 이국(異國)의 풍정(風情)을 노래한 작품이라고 했다.

원문의 절풍모(折風帽)는 절풍건(折風巾)을 말한다. 고구려, 백제,
신라, 가야의 각 지역에서 성행하던 가장 오래된 고깔형 관모(冠帽)
이다. 《수서(隋書)》에는 "고구려 사람은 모두 피관(皮冠)을 쓰고 사
인(使人)은 새깃을 덧꽂았다."하였고, 《북사(北史)》에는 "사람마다
머리에 절풍을 썼는데 그 모양이 고깔형과 같으며 사인(士人)은 2개
의 새깃을 덧꽂았다."고 하였다.

원문의 해동은 발해의 동쪽에 있다는 뜻으로 고대한국을 일컫던
이름이다.

5) 봄날 취중에서 깨어나 적다 : 춘일취기언지(春日醉起言志)

이백의 '봄날 취중에서 깨어나 적다'라는 시는 서양에도 소개되었
다. 한스 베트게(Hans Bethge)는 중국의 한시를 독일어로 번역한
<중국의 피리(Die Chinesische Flote)>라는 시집을 펴내었다. 그리고
한스 베트게의 독일어 시를 구스타브 말러(Gustav Mahler, 1860-1911)
가 고친 것이 "봄에 취한 자(Der Trunkene im Frühling)"이다.

(1) 내용

세상살이 큰 꿈같아

어찌 그 삶을 힘들게 살까

이것이 온종일 취하게 하네

홀연히 앞 기둥에 누웠다가

깨어나 뜰 앞을 곁눈질해 보니

한 마리 새가 꽃 사이에서 우네

지금이 어느 때냐고 물어보니

봄바람이 나는 꾀꼬리와 이야기하네

이에 감탄하여 탄식하려는데

술을 보니 다시 절로 술을 기울이네

큰 소리로 노래 부르며 밝은 달 기다리니

노래 끝나고 그 마음 이미 잊어버렸네

處世若大夢　胡爲勞其生

所以終日醉　頹然臥前楹

覺來盼庭前　一鳥花間鳴

借問此何時　春風語流鶯

感之欲嘆息　對酒還自傾

浩歌待明月　曲盡已忘情

(2) 감상

'봄날 취중에서 깨어나 적다'는 술 한 잔을 통해, 세상살이 피곤하
게 살지 말자는 이백의 마음을 잘 드러내고 있는 시이다.

　한스 베트게가 번역한 <중국의 피리>라는 시집에는 이백을 비롯

해 맹호연, 전기, 왕유 등의 시가 수록되었다. 그런데 이 시집에 수록된 이백의 시를 본 구스타브 말러는 <중국의 피리> 중에서 골라 '대지의 노래(Das lied von der erde)' 여섯 곡을 작곡하였다. 당시 사랑하는 딸의 죽음과 심장병으로 심신의 고통을 겪고 있던 말러는 <중국의 피리>라는 시집을 읽고, 당시(唐詩)의 초탈(超脫)한 정취는 이루 말할 수 없는 느낌을 얻었다.

말러가 "봄에 취한 자"를 완성한 것은 1908년 봄 티롤(Tirol)의 토블라크라는 곳에서였다.

---

1. Das trinklied vom jammer der erde 현세의 고통에 대한 술 노래
2. Der einsame im herbst 가을에 슬픈 사람
3. Von der jugend 젊음에 대하여
4. Von der schonheit 아름다움에 관하여
5. Der trunkene im frühling 봄에 취한 자
6. Der abschied 고별

---

6) 세상살이 어려워라 : 행로난(行路難)

'행로난'은 2006년 4월 미국을 방문한 후진타오(胡錦濤) 국가주석이 인용해 화제가 되었다. 당시 후 주석은 시애틀 지역의 기업계 및 우호단체와의 오찬에서 이백의 '행로난' 중 첫 수의 마지막 두 구절을 인용했다.

(1) 제1수

금잔의 맑은 술은 한 말 값이 만 냥
옥반에 좋은 안주 일만 냥의 값어치라.
잔 멈추고 젓가락 던져 먹지 못하고

칼 빼어 동서남북 둘러봐도 마음은 아득하다.
황하를 건너려니 얼음이 내를 막고
태항산에 오르려니 온 산에 눈이 가득하네
한가로이 푸른 시내에 낚싯대 드리워
홀연히 배에 올라 해 곁으로 가는 꿈꿀까
살아가기 어려워라, 살아가기 어려워라.
갈림길도 많았거니 지금 어디 있는거냐?
바람을 타고 물결을 깨트리는 때가 오면
높은 돛 바로 달고 창해를 건너리라.

金樽清酒斗十千　玉盤珍羞直萬錢

停杯投箸不能食　拔劍四顧心茫然

欲渡黃河冰塞川　將登太行雪滿山

閑來垂釣碧溪上　忽復乘舟夢日邊

行路難　行路難　多歧路　今安在

長風破浪會有時　直掛雲帆濟滄海

(2) 제2수

세상의 큰 길 푸른 하늘과도 같은데
나 홀로 나가질 못했구나.
장안의 귀공자 따르기는 부끄러워하나니
붉은 닭 흰 개 싸움에 배와 밤 내기를 한다.
칼을 두드리며 노래 불러 괴로움을 아뢰리라.
왕문(王門)에 옷자락 끌어감은 내 뜻이 아닌 것을.
회음(淮陰)의 시정배들 한신을 비웃었고

한조의 공경들은 가생을 시기했다.
그대는 보지 못하였나? 옛날 연나라가 곽외를 중히 함을
빗자루 잡은 듯 수그리며 꺼리고 시기함이 없었거니.
극신 악의 은혜에 감격하여
간 내고 쓸개 쪼개 그 재주를 다 바쳤다.
소왕의 백골은 잡초에 묻혔으니
누구 있어 또다시 황금대를 쓸거나
살아가기 어려워라 돌아갈지어다.

大道如靑天 我獨不得出
羞逐長安社中兒 赤雞白狗賭梨栗
彈劍作歌奏苦聲 曳裾王門不稱情
淮陰市井笑韓信 漢朝公卿忌賈生
君不見昔時燕家重郭隗 擁篲折節無嫌猜
劇辛樂毅感恩分 輸肝剖膽效英才
昭王白骨縈蔓草 誰人更掃黃金臺
行路難 歸去來

(3) 제3수

귀 있어도 영천 물에 씻지 말고
입 있어도 수양산 고사리를 먹지 말지니.
빛을 감추고 세상에 섞이어 이름 없음 귀하거니
무엇하러 고고하게 구름과 달에 나를 비기리
내 보니 옛날부터 현달한 사람
공 이루고 물러나지 않다가 모두 그 몸을 죽였나니.

자서는 오강에 버려지고

굴원은 상수에다 몸 던졌다네

육기의 웅재 어찌 제 몸이나 지켰던가

이사의 쉴 곳 괴롭게도 일찍 도모 못했거니

화정에 학 울음을 어찌 가히 들으리까

상채의 푸른 매를 어찌 족히 말하리까

그대는 보지 못하였는가

오나라 사람 장한은 통달한 사람이라

가을바람에 홀연히 강동으로 돌아갈 생각했다네

살아생전 한 잔 술을 즐길지니

죽고 나서 천 년 뒤에 그 이름을 무엇하리

有耳莫洗潁川水　有口莫食首陽蕨

含光混世貴無名　何用孤高比雲月

吾觀自古賢達人　功成不退皆殞身

子胥旣棄吳江上　屈原終投湘水濱

陸機雄才豈自保　李斯稅駕苦不早

華亭鶴唳詎可聞　上蔡蒼鷹何足道

君不見　吳中張翰稱達生　秋風忽憶江東行

且樂生前一杯酒　何須身後千載名

(4) 감상

　첫 수의 '바람을 타고 물결을 깨트리는 때가 오면 높은 돛 바로 달고 창해를 건너리라.'라는 말은 중국인들은 고난과 역경을 헤치고 나가면 반드시 원대한 꿈이나 목적을 이룰 수 있다는 의미로 이 시구를 자주 인용한다.

후진타오 국가주석은 "이 구절은 어려움과 위험을 두려워하지 않고 용감하게 곧장 앞으로 나아가는 정신을 표현한 것"이라고 설명했다. 중·미관계가 마찰과 이견도 있지만, 이를 극복하여 안정적인 관계로 발전시켜 나가겠다는 희망과 의지를 내비쳤다. 후진타오는 시를 인용하며 중·미 관계 발전에 대한 자신의 의지를 밝혔다.

2011년 8월 홍콩을 방문한 리커창(李克强) 중국 상무부총리가 홍콩특구 정부가 주최한 환영만찬 연설에서 '바람을 타고 물결을 깨트리는 때가 오면 높은 돛 바로 달고 창해를 건너리라.'라는 구절을 인용하면서, 홍콩의 발전을 축원했다. 2014년에는 시진핑 국가주석이 서울대 특강에서 이백의 행로난을 읽으면서 한중관계 발전의 염원함을 시사하였다.

7) 달 아래 홀로 술을 마시며 : 월하독작(月下獨酌)

'월하독작'은 이백의 음주시(飮酒詩) 중에서도 대표작이다.

(1) 월하독작 (1)

꽃 사이에서 한 동이 술을
친구 없이 혼자 마신다.
잔 들어 밝은 달을 맞이하고
그림자를 마주하니 셋이 되었네
달은 술을 마시지 못하고
그림자만 나를 따라 오네
잠시 달과 그림자와 벗하며
즐거움을 누리는 게 봄에야 가능하리

내가 노래하면 달도 따라다니고
내가 춤을 추면 그림자도 흐트러진다
깨어서는 함께 서로 기뻐하고
취한 뒤에는 저마다 흩어지리니
정에 얽매이지 않는 사귐을 영원히 맺어
저 아득한 은하에서 다시 만나세

花間一壺酒　獨酌無相親
舉杯邀明月　對影成三人
月旣不解飮　影徒隨我身
暫伴月將影　行樂須及春
我歌月徘徊　我舞影零亂
醒時同交歡　醉后各分散
永結無情游　相期邈雲漢

(2) 월하독작 (2)

하늘이 만약 술을 좋아하지 않았다면
주성은 하늘에 없고
땅이 만약 술을 좋아하지 않았다면
땅엔 응당 주천이 없을 것이다
하늘과 땅이 이미 술을 좋아하였으니
술을 좋아함이 하늘에 부끄럽지 않구나.
이미 들었다네, 청주는 성인에 견주고
탁주는 현인과 같다네
성인과 현인이 이미 마셨으니

어찌 반드시 신선되기를 바랄까
석 잔을 마시니 도를 통하고
한 말을 마시니 자연과 합치되도다
모두가 술에 취한 중에 얻었는바
술 깬 사람들은 전하지 말라

天若不愛酒　酒星不在天
地若不愛酒　地應無酒泉
天地旣愛酒　愛酒不愧天
已聞淸比聖　復道濁如賢
聖賢旣已飮　何必求神仙
三杯通大道　一斗合自然
俱得醉中趣　勿謂醒者傳

(3) 월하독작 (3)

삼월의 함양성은
온갖 꽃이 낮에 비단 같네.
누가 봄에 홀로 수심에 빠져 있으랴,
봄 맞아 일단 마셔보리라.
궁하고 통하는 것과 길고도 짧은 것은
조물주가 일찍이 정해놓은 것이라네.
한 통 술에 삶과 죽음 같아 보이니,
만사가 본디 알기 어려운 것.
취하면 세상천지 다 잊어버리고
홀연히 홀로 잠에 들면,

내 몸이 있음도 알지 못하니
이 즐거움이 최고라네.

三月咸陽城　千花晝如錦
誰能春獨愁　對此徑須飮
窮通與修短　造化夙所稟
一樽齊死生　萬事固難審
醉後失天地　兀然就孤枕
不知有吾身　此樂最爲甚

(4) 월하독작 (4)

궁핍을 겪는 근심은 천만 가지이고
좋은 술도 삼백 잔,
수심은 많고 술은 비록 적으나
술잔을 기울이면 수심이 사라지네.
그래서 주성이란 뜻 알겠네
술이 거나하니 마음이 절로 열리네
곡식을 사양하고 수양산에 쓰러졌고
어려운 처지에 굶주렸던 안회는
당대에 술이나 즐기기 않고
헛된 이름 남기어 어디에 쓰려했나.
게와 조개 안주는 신선약이고
술지게미 언덕은 봉래산이라네.
모름지기 좋은 술 마시고
달빛 타고 높은 누대에서 취해 보련다.

窮愁千萬端　美酒三百杯
愁多酒雖少　酒傾愁不來
所以知酒聖　酒酣心自開
辭粟臥首陽　屢空飢顔回
當代不樂飲　虛名安用哉
蟹螯即金液　糟丘是蓬萊
且須飲美酒　乘月醉高臺

(5) 감상

이백이 달빛 아래에서 현실의 근심을 잊고자 술을 즐겼다고 한다.
제4수의 '사속와수양(辭粟臥首陽) 루공기안회(屢空飢顔回)'에서, '사속
와수양'은 백이숙제 형제가 은나라를 멸망시킨 주나라의 곡식을 거
절하고 수양산에 살면서 고사리를 캐어 먹다가 굶어 죽은 고사를 인
용한 표현이다. '루공기안회(屢空飢顔回)'는 공자의 제자 안회가 가난
하여 자주 양식이 떨어져 굶기를 자주 했다는 이야기이다.

8) 아침에 백제성을 떠나 : 조발백제성(早發白帝城)

7언절구인 이 시는 이린(李璘) 사건에 연루된 이백이 유배되어 야
랑이라는 곳으로 가는 도중에 백제성에 이르러 사면되었다는 소식
을 듣고 강릉으로 돌아가면서 지었다. 백제성은 역사적으로 공손술
(公孫述), 유비(劉備), 제갈량(諸葛亮)과 깊은 관련이 있는 곳이다. 백
제성 옆에는 두보초당(杜甫草堂)이 있다.

(1) 내용

아침에 오색구름 속 백제성을 하직하고
천리 떨어진 강릉을 하루 만에 돌아왔네
양쪽 언덕 원숭이 울음소리 그치지 않고
가벼운 배는 어느새 만 겹 산을 지나네

朝辭白帝彩雲間　　千里江陵一日還
兩岸猿聲啼不住　　輕舟已過萬重山

(2) 감상

이 시는 이백이 59세 때 유배를 가다가 사면을 받아, 기뻐서 노래
한 것이다. 명의 호응린(胡應麟)은 ≪시수(詩藪)≫에서 이 시를 '신품
(神品)'에 속한다고 격찬했다.

원문의 '양안원성제부주(兩岸猿聲啼不住) 경주이과만중산(輕舟已過
萬重山)'은 유명한 구절이다. 여기서 '원숭이 울음'은 애절함을 의미
한다. 원숭이는 가족애와 모성애가 강하기로 유명한 데, 가족을 잃
은 원숭이의 울음소리는 사람들의 애간장을 녹인다. 그리고 여기에
나오는 원숭이는 긴팔원숭이로 추측되고 있다. 예부터 중국인들은
긴팔원숭이를 군자(君子)를 상징하는 고상한 동물로 여긴 것으로 알
려져 있다.

'양안'은 '무산(巫山)과 협산(峽山)의 양쪽 언덕'을 가리킨다. 그런데,
강기슭을 뜻하던 양안은 오늘날 '중국과 대만'을 지칭할 때 많이 사
용한다. 이는 1970년대부터 중국과 대만을 가리키는 말이 되었는데,
이는 미국 국무장관인 헨리 키신저와 관련이 있다. 백제성은 한나라

말엽에 공손술(公孫述)이 스스로 백제(白帝)라 칭하여 쌓은 성이다.

9) 촉으로 가는 길 어려워 : 촉도난(蜀道難)

이 시는 장안에서 촉(蜀), 즉 사천 지역으로 갈 때 지나는 잔도(棧道)로 이어진 길의 험난함을 노래한 것으로, 상화가사(相和歌辭) 중의 하나이다. 상화가사는 여러 시인들이 같은 제목으로 지은 시가의 모음집이다.

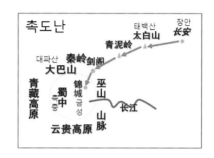

'촉도난행(蜀道難行)'이라는 옛 노래가 있었다고 하지만, 오래전에 없어졌다. 다만 남조 양(梁) 이후 소강(蕭綱, 503-551), 유효위(劉孝威, 496-549), 음갱(陰鏗, 511-563) 등의 '촉도난(蜀道難)'만 전할 뿐이다.

(1) 내용

어휴! 험하고 높구나!
촉도의 어려움이 푸른 하늘 오르는 것보다 어렵구나
잠총과 어부 같은 촉나라 왕들이
나라를 연 것이 어찌 그리 아득한가
개국이래로 사만팔천년에
비로소 진나라 변방과 인가가 통하였다네
서쪽으로 태백산과 통하는 험한 조도가 있어
아미산 꼭대기를 가로 자른다
땅이 무너지고 산이 꺾기고 장사가 죽어서야

구름다리와 돌길이 비로소 놓였다네
위에는 육룡이 해를 둘러싸 정상을 알리는 표시가 있고
밑에는 물결을 찌르고 거슬러 꺾어져 돌아가는 냇물이 있다
황학이 날아도 이르지 못하고
원숭이가 건너려 해도 걱정스러워 나뭇가지 휘잡네
청니령 고개는 어찌 그렇게 돌아가나
백 걸음에 아홉 번을 꺾어 바위 봉우리를 감쌌네
參星을 어루만지고 井星을 지나 숨이 막혀 주저 앉아
손으로 가슴 만지며 앉아서 길게 탄식하나니
그대에게 묻노니, 서쪽으로 떠나면 언제 돌아오나
위태로운 길 칼날같은 바위 부여잡을 곳 없네
단지 새들은 고목 사이에서 구슬피 울며
수컷 날면 암컷 따라다니며 숲 속을 돌아다닌다
또 두견새 울고
밤에 뜬 달은 빈산을 슬퍼한다

촉도의 어려움은 푸른 하늘을 오르기보다 어렵구나
이를 들은 사람은 붉던 얼굴 창백해지네
연이은 봉우리들 하늘에서 떨어진 거리 한 자도 못되고
마른 소나무 거꾸로 걸리어 절벽에 의지해있네
나는 듯한 여울, 사납게 흐르는 물결 다투어 소란하고
얼음 언 언덕에서 굴러 떨어지는 돌, 온 골짜기에 우뢰소리
그 험함이 이와 같도다
아, 당신 길 떠나는 사람이여
어떻게 오시려오
검각산은 가파르고도 높아라
한 남자가 관을 지키면
만 남자들도 열지 못하리
지키는 곳이 익숙하지 못하면
변하여 이리나 승냥이 되리라
아침에는 사나운 범 피하고
저녁에는 긴 뱀 피하네
이를 갈고 피를 빨아
사람 죽인 것이 삼대같이 많다네
금성이 비록 즐거우나
일찍 집에 올라옴만 못하도다
촉도의 험난이여
푸른 하늘로 오르는 것보다 어렵도다
몸 돌려 서쪽 바라보며 늘 탄식 하네

噫籲嚱, 危乎高哉! 蜀道之難難於上靑天!
蠶叢及魚鳧, 開國何茫然!

爾來四萬八千歲, 不與秦塞通人煙。

西當太白有鳥道, 可以橫絕峨眉巔。

地崩山摧壯士死, 然後天梯石棧相鉤連。

上有六龍回日之高標, 下有沖波逆折之回川。

黃鶴之飛尚不得過, 猿猱欲度愁攀援。

青泥何盤盤, 百步九折縈岩巒。

捫參曆井仰脅息, 以手撫膺坐長歎。

問君西遊何時還? 畏途巉岩不可攀。

但見悲鳥號古木, 雄飛雌從繞林間。

又聞子規啼夜月, 愁空山。

蜀道之難難於上青天, 使人聽此凋朱顏!

連峰去天不盈尺, 枯松倒掛倚絕壁。

飛湍瀑流爭喧豗, 砯崖轉石萬壑雷。

其險也如此, 嗟爾遠道之人, 胡爲乎來哉

劍閣崢嶸而崔嵬, 一夫當關, 萬夫莫開。

所守或匪親, 化爲狼與豺,

朝避猛虎, 夕避長蛇, 磨牙吮血, 殺人如麻。

錦城雖雲樂, 不如早還家。

蜀道之難, 難於上青天, 側身西望長咨嗟!

(2) 감상

이 시는 이백이 하지장에게 보여준 작품이다. 하지장은 다 읽기도 전에 네 번이나 찬탄하며, 하늘에서 귀양 온 신선이라는 뜻의 '적선 (謫仙)'이라는 별명을 붙여주었다. 그리고는 허리에 찼던 금거북을 술과 바꾸어서 함께 취하도록 마셨다고 한다.

잠총(蠶丛)은 촉나라를 세웠다고 ≪화양국지(華陽國志)≫에 전해진다. 잠총은 누에를 잘 치는 사람이었다. 그는 세로 눈을 한 특이한 모습이었고, 누에를 가르치러 다닐 때 항상 푸른 옷을 입었기에 후세 사람들은 청의신(青衣神)이라고 부른다. 잠총이 죽은 후 잠총의 시체는 석관매장(石棺埋藏)하였다. 잠총은 툭 튀어나온 눈을 가졌던 것으로 묘사된다. 이는 삼성퇴(三星堆)에서 발견된 유물의 형태와 비슷하다. 잠총 다음에 백관(柏灌)이 임금이 되었고, 백관 다음

잠총

≪촉도난≫에 "劍閣峥嵘而崔嵬
一夫當關, 萬夫莫開"라는 말이 있다.

에는 어부(魚鳧)가 임금이 되었다고 한다.

검각산(劍閣山)은 중국 익주(益州)에 있는 산 이름으로, 중국의 북쪽에서 익주로 올 때 반드시 거쳐야 하는 곳이다. 지세가 험하여 군사 요충지이다.

10) 고요한 밤의 향수 : 정야사(靜夜思)

이 시는 이백이 부친으로부터 막대한 자금을 얻어 중앙 무대로 등장하였지만, 1년 만에 탕진하고 병든 몸으로 양주에 머물며 지었다.

(1) 내용

침상 앞에서 달빛 보니

땅 위의 서리 같도다
머리 들어 산위의 달 바라보고
고개 숙여 고향 생각하네

床前看月光
疑是地上霜
擧頭望山月
低頭思故鄕

(2) 감상

고향의 이미지이기도 하고 어머니의 얼굴이기도 한 '달'을 소재로
한 시이다. 이 시는 1300년 동안, 현재도 13억 중국인의 영원한 고향
을 형상화하는데 성공한 중국 최고의 시로 사랑을 받고 있다.

청 대 1763년 형당퇴사(衡塘退士) 손수(孫洙)가 편집한 ≪당시삼백
수≫에는 제1구와 제3구가 모두 명월로 바뀌어 수록되어 있다. 이 판
본이 현재 중국에서 널리 퍼져있고, 일반적으로 중국인들은 정야사는
아래의 싯구로 외우고 있다.

침상 앞 밝은 달빛
땅 위의 서로 같도다.
머리 들어 밝은 달 바라보고,
고개 숙여 고향 생각하네.

床前明月光 疑是地上霜
擧頭望明月 低頭思故鄕

4. 이백에 대한 평가

이백은 고시(古詩)와 절구(絶句)를 특기로 했다. 이백은 왕창령(王昌齡: 698-755?)과 함께 당대 7언절구의 최고봉으로 평가되고 있다. 후세에 그의 작품은 '신품'(神品)으로 일컬어졌다. 이백의 시재(詩才)는 '천래(天來)의 재', 즉 '천재(天才)'라고 했다.

두보(杜甫)의 <이백에게 보내는 시 20운(寄李十二白二十韻)>에는 "붓을 들면 비바람이 놀래고 시가 이루어지면 귀신조차 울었어라. 명성이 이로부터 커져 벽지에서 하루아침에 유명해졌네. 훌륭한 저술로 남다른 은혜 입어 세상에 전함이 출중하도다.(筆落驚風雨, 詩成泣鬼神。 聲名從此大, 汩沒一朝伸。 文彩承殊渥, 流傳必絶倫)"라고 적고 있다.

명대 호응린(胡應麟)의 ≪시수(詩藪)≫에는 "이태백의 5,7언 절구는 글자마다 신의 경지에 들었고, 편편마다 귀신의 작품이다."라고 적고 있다.

청대 심덕잠(沈德潛)의 ≪설시수어(說詩晬語)≫중에는 "칠언절구는 말은 가깝고 정은 멀며, 머금기도 하고 토하기도 하여 드러나지 않음을 위주로 한다. 다만 눈앞의 경치와 구두어(口頭語)로 읊은 듯하지만 현(弦) 밖에 음(音)이 있고 맛 밖에 또 맛이 있어 사람으로 하여금 귀신과 같이 멀게 느껴지도록 하는 것은 이백의 시뿐이다"라고 말하고 있다.

사천성의 한 주류회사에서는 '시선태백주(詩仙太白酒)'를 만들었다. 1959년에 전국명주품평회에서 국경절 10주년 기념석상의 공식술로 지정되었고, 1984년에는 국가관광국에서 일본까지 수출하였다.

제4장 두보(杜甫)

1. 생애

조선시대에 특별히 좋아했던 두보!

시성(詩聖)이라 불리는 성당(盛唐) 시대의 시인 두보(712-770)! 이백(李白)과 더불어 '이두(李杜)'라고 불리는 두보!

두보의 자는 '자미(子美)'이다. 호는 '소릉야로(少陵野老)', '두릉야로(杜陵野老)', '두릉포의(杜陵布衣)'이다. 또 두보가 장안 성 밖의 소릉(少陵)에서 초당을 지어 거주해서 '두소릉(杜少陵)', '두초당(杜草堂)'이라 부른다. 이렇게 두보를 지칭하는 용어는 매우 많다.

먼저, 두보를 '시성(詩聖)'이라고 부르는데, 이는 중국고전시가에 매우 중대한 영향을 주었기 때문이다. 또, 두보를 '시사(詩史)'라고 부르는데, '시로 표현된 역사'라는 의미로, 후세 사람들이 두보의 고체시(古體詩)가 주로 사회성을 표현하였기 때문에 그렇게 부른다.

두보를 '노두(老杜)'라고 부르는데, 이는 두목(杜牧)이라는 시인과 구별하기 위함이다. 두목은 두보와는 먼 친척으로, 초당4걸 중의 한 명인 두심언(杜審言)의 손자이다.

두보를 후세 사람들이 '두습유(杜拾遺)' 혹은 '두공부(杜工部)'라고도 부르는데, 이는 두보가 좌습유(左拾遺)와 검교공부원외랑(檢校工部員外郎)을 역임하였기 때문이다.

두보는 일찍이 어머니를 여의고, 아버지가 외지에서 벼슬을 하였기 때문에 어릴 때에는 낙양에 사는 고모집에서 자랐다. 두보는 7세 때부터 시를 지었고, 10세에는 당대 문인들과 대화를 나눌 정도로 총명했다고 한다.

23세(735년) 때에 과거시험을 봤지만 낙방하였고, 이후 유랑하다가 744년 낙양에서 이백을 만났다. 두보는 이백과 11살이나 차이가 났지만, 산동 등지를 함께 돌아다녔다.

두보가 장안에서 10년을 지내는 동안, 당은 부정부패가 심각해졌다. 이로 인해 백성들의 생활은 점점 어려워졌고 참담했다. 이에 두보는 지배층에 대한 잔혹함을 폭로하였고, 백성들의 지지를 얻기 시작했다.

두보가 44세 때 안록산의 난이 일어났다. 피난길에 올랐던 두보는 반란군의 포로가 되었다. 겨우 탈출에 성공한 두보는 숙종에게 찾아갔고, 벼슬을 얻게 되었다. 하지만, 숙종의 노여움을 사 지방으로 좌천되기도 하였다.

48세 때 두보는 관직을 버리고 성도(成都) 부근에 정착하였는데, 이 때 가족과 함께 지냈고, 두보의 일생에서 가장 평화로운 때였다. 770년 두보는 악양(岳陽)에서 홍수를 당하였다. 두보는 배를 타고 악양루 아래 정박해 있었고, 이후 악양(岳陽)과 장사(長沙)를 왕래하다가 식량이 떨어져 그해 가을에 배 안에서 객사했다.

2. 작품

두보의 시집(詩集)은 60권이 있었다고 하지만, 전해지지 않는다. 현재에는 북송 왕수(王洙)의 ≪두공부집(杜工部集)≫ 20권과 1,400여 편의 시, 그리고 소수의 산문이 전해진다. 두보가 죽은 뒤, 윤주(潤

州) 자사 번황(樊晃)이 대력(大曆) 년간(770—780)에 ≪두보소집(杜甫小集)≫을 지어 두보의 290수를 수록하였다. 그리고 ≪두공부소집서(杜工部小集序)≫를 지었는데, 서(序)에서 "문집 60권이 장강과 한수(漢水) 부근 지방에서 읽히고 있다"고 서술하였다. ≪구당서≫ <문원전(文苑傳)>에도 '두보의 문집 60권'이라고 기록되어 있다.

오대(五代) 진(晉)나라 개운(開運) 2년(945)에 관서본(官書本) ≪두공부집(杜工部集)≫이 있었다는 것이 남송(南宋) 오약(吳若)의 ≪두공부집후기(杜工部集後記)≫에 나타나 있다. 이것이 두보 시집의 첫 간행본으로 추정된다.

주석서 중에서는 1181년 남송 곽지달(郭知達)의 ≪구가집주(九家集註)≫는 훈고(訓詁)에 뛰어나다. 그리고 청대(淸代) 전겸익(錢謙益)의 ≪두시전주(杜詩箋注)≫, 구조오(仇兆鰲)의 ≪두시상주(杜詩詳註)≫, 포기룡(浦起龍)의 ≪독두심해(讀杜心解)≫, 두양륜(杜楊倫)의 ≪두시경전(杜詩鏡銓)≫ 등이 있다. 이 중에서 구조오의 ≪두시상주≫는 여러 주석서 가운데 자료 가치가 가장 풍부한 것으로 알려져 있다.

한편, 두보의 시 작품과 시풍이 한국에 미친 영향은 크다. 고려시대에 이제현(李齊賢)과 이색(李穡)이 크게 영향을 받았고, 남송 채몽필(蔡夢弼)의 저작인 ≪두공부초당시전(杜工部草堂詩箋)≫, 황학(黃鶴) 보주(補註)의 ≪두공부시사보유(杜工部詩史補遺)≫ 등이 복간(複刊)되었다.

조선시대에 들어와서 두보의 작품이 높이 평가되었다. ≪찬주분류두시(纂註分類杜詩)≫가 5차례나 간행되었다. 한글이 창제된 뒤에, 왕명으로 두보의 시 전체가 번역되어진 ≪두시언해(杜詩諺解)≫(원제는 ≪분류두공부시언해(分類杜工部詩諺解:杜詩諺解)≫)가 간행되었다. ≪두시언해≫는 세종 25년(1443)에 착수되어 38년 만인 성종 12년(1481)에 간행되었다. 이는 개인의 시집을 국가사업으로 처음 번역한 사례이다. 또 이식(李植)의 ≪찬주두시택풍당비해(纂註杜詩澤風堂批解)≫ 26권은 두보의 시가 한국에 들어온 이후 유일한 전서(專書)이다.

한편, 두보초당(杜甫草堂)은 두보가 삶의 일부를 보낸 곳으로 사천성 성도인 성도(成都)에 위치하고 있다. 두보는 이곳에서 몇 년간 머물며 200편이 넘는 시를 지었다. 이곳은 1985년에 두보를 기리는

두보초당

사당이자 박물관이 되었다. 두보의 시집을 비롯한 다수의 서적 자료와 유물이 전시되어 있다. 이곳은 초가집과 거대한 정원, 관련 건물들로 이루어져 있다.

두보의 시가(詩歌)는 크게 네 개의 시기로 구분하여 정리하기도 한다. 즉, 청년시기, 안사의 난 시기, 성도 시기, 노년시기의 대표적인 시작품을 소개하면 다음과 같다.

먼저 청년 시기의 작품으로는 '망악(望嶽)'을 들 수 있다. 이 작품은 25세에 지은 것으로, 현존하는 두보의 시 중 가장 오래된 시이다.

두 번째는 안사의 난 시기로, '춘망(春望)', '석호리(石壕吏)', '문관군수하남하북(聞官軍收河南河北)'을 들 수 있다.

세 번째는 성도 시기로, '촉상(蜀相)', '춘야희우(春夜喜雨)', '양개황리명취류(兩個黃鸝鳴翠柳)', '절구(絕句)', '모옥위추풍소파가(茅屋爲秋風所破歌)'를 들 수 있다.

네 번째는 노년시기로, 등고(登高), 등악양루(登岳陽樓), 강남봉이구년(江南逢李龜年)을 들 수 있다.

3. 작품 감상

1) 돌아가는 기러기 : 귀안(歸雁)

이 시는 오언 절구로 두보가 53세(764년) 때 안록산의 난으로 피난지인 성도에서 지은 작품이다. 그리고 ≪분류두공부시언해≫ 중간본 권 17에 실려 있다.

(1) 내용

봄에 온 만 리 밖 나그네
난이 그쳤으니 언제 돌아갈까
강가 성 기러기는 애간장을 끊나니
높이 높이 북으로 날아 가네

春來萬里客 亂定幾年歸
斷腸江城雁 高高正北飛

(2) 감상

이 시는 두보가 고향이 있는 방향으로 날아가는 기러기를 바라보며 나그네의 고독과 향수를 기러기에 의탁하여 읊은 망향시(望鄕詩)이다. 이 작품은 작자의 마음을 이야기하고 뒤에 그런 마음이 일어난 이유를 이야기하는 형식으로 되어있다.

2) 봄밤의 반가운 비 : 춘야희우(春夜喜雨)

이 시는 두보가 49~50세에 성도에서 지은 작품이다. 2009년에 개봉된 정우성 주연의 '호우시절(好雨時節)'은 이 시의 한 구절인 '호우지시절(好雨知時節)'에서 따왔다.

(1) 내용

좋은 비는 시절을 알아
이번 봄에도 내리네.
바람 따라 몰래 밤에 숨어들어
소리 없이 촉촉이 만물을 적시네
들길 구름 낮게 깔려 어둡고
강 위 뜬 배 불만 밝다
새벽녘 붉게 물든 곳을 바라보면
금관성 꽃들이 활짝 피었구나.

이 영화는 한중합작영화로,
두보초당을 장소적 배경으로
하고 있다.

好雨知時節　當春乃發生
隨風潛入夜　潤物細無聲
野徑雲俱黑　江船火燭明
曉看紅濕處　花重錦官城

(2) 감상

이 시는 봄날의 반가운 비를 제재로 하여 봄날 밤의 서정을 나타내었다. 특히 4구 <윤물세무성(潤物細無聲)>은 숭고한 정신과 감성을 나타낸 구라 하여, 예로부터 회자되었던 구절이다. 그리고 금관성(錦

官城)은 사천성 성도의 별칭으로, 촉의 특산품인 비단을 관장하는 곳이 성도에 있었으므로 유래된 말이다.

3) 강가 마을 : 강촌(江村)

늙은 아내 바둑판 그리고
어린아이 낚시 바늘 만드네

이 시는 7언 율시로, 760년(두보 49세)에 지은 시이다. '강촌'은 '강가에 있는 마을'로, 두보는 금강(錦江) 곁에 초당을 짓고 짧은 기간 동안이었지만 여유로운 생활을 할 수가 있었다.

(1) 내용

맑은 강물 한 굽이 마을을 휘감아 흐르고
해 긴 여름 강가 마을은 일마다 한가하네
스스로 갔다 오는 것은 대들보 위 제비
서로 친해 가까이하는 물 속 갈매기
늙은 아내는 종이에 바둑판을 그리고
어린 아이는 바늘 두들겨 낚시 바늘 만드네
병이 많아 바라는 것은 오직 약물이라
하찮은 이 몸이 이것 외에 무엇을 구할까

清江一曲抱村流　長夏江村事事幽
自去自来梁上燕　相親相近水中鷗
老妻畵紙爲碁局　稚子敲針作釣鉤
多病所須唯藥物　微軀此外更何求

(2) 감상

이 시를 지을 무렵 두보는 여러 사람들의 도움으로 가족과 함께
안정적인 삶을 살며 안락한 생활을 누렸다.

4) 춘망 : 춘망(春望)

이 시는 두보가 46세 때 봉선현(奉先縣)에 있는 처자를 만나러 갔
다가 섬서성 백수(白水)에서 안록산의 군대에 붙잡혀 장안에 연금되
었을 때 지은 작품이다.

(1) 내용

나라는 망해도 산과 강은 그대로다
성안에 봄이 오니 초목이 무성하구나
시절을 느끼면 꽃을 봐도 눈물 흘리고
이별을 한스러워하며 새소리에도 놀라네
봉화는 3개월 동안 계속 피어오르고
집에서 온 편지는 일만금 만큼 소중하구나
대머리 긁어 더욱 빠지고
상투를 틀려 해도 비녀를 이기지 못하는구나.

國破山河在 城春草木深
感時花濺淚 恨別鳥驚心
烽火連三月 家書抵萬金
白頭搔更短 渾欲不勝簪

(2) 감상

이 시는 가족과 헤어져 지내는 두보의 심정을 노래하고 있다. 자연의 아름다움과 전란으로 인한 인간사의 고통을 대비하여 전체적으로 애상적인 느낌을 준다.

5) 악양루에 올라 : 등악양루(登岳陽樓)

두보가 유랑 중이던 57세 때, 악양루에 올라 말로만 듣던 동정호를 바라보고 그 감회를 읊은 시이다.

(1) 내용

예부터 동정호 들어왔지만
이제 악양루에 오르니
오와 초는 동남에서 갈려있고
하늘과 땅은 밤낮으로 떠 있네
친척과 벗은 편지 한 장 없고
늙은 몸 외로운 배로 떠도니
관산의 북쪽에는 전란이 계속되니
난간에 기대어 눈물만 흘리네

昔聞洞庭水 今上岳陽樓
吳楚東南坼 乾伸日夜浮
親朋無一字 老去有孤舟
戎馬關山北 憑軒涕泗流

(2) 감상

이 시는 성당의 '오언율시' 중 최고로 평가되는 작품이다. 특히 제 3구와 제4구에서 광활한 동정호의 경관을 10개의 글자로 압축하고 있는데, 이를 통해 두보의 천재성을 엿볼 수 있다.

관산(關山)은 경계를 이루는 산으로, 촉산(蜀山)을 가리킨다. 악양 (岳陽)은 현재 호남성 북부에 있는 도시로 예로부터 군사요충지였다.

6) 높은 곳에 올라 : 등고(登高)

이 시는 두보의 가장 유명한 7언율시로, 시인이 세상을 떠나기 3 년 전인 대력(大曆) 2년(767)에 사천성 기주(夔州)에 머물 때 지었다

(1) 내용

바람은 세차고 하늘은 높은데 원숭이 울음소리는 슬프고
맑은 물가 새하얀 모래톱에 새들이 날아 돌아오네
아득히 먼 곳의 숲에는 낙엽이 쓸쓸히 떨어지고
다함이 없는 장강은 도도하게 흘러간다.
만 리 밖 슬픈 가을에 언제나 나그네가 되어
늘그막에 병든 몸으로 홀로 높은 대에 오르네
가난하고 힘든 삶의 한으로 서리 빛 귀밑머리 성성하고
늙고 쇠약해져 새롭게 탁주잔도 끊었다네.

風急天高猿嘯哀　渚淸沙白鳥飛廻
無邊落木蕭蕭下　不盡長江滾滾來
萬里悲秋常作客　百年多病獨登臺

艱難苦恨繁霜鬢 潦倒新停濁酒杯

(2) 감상

중양절에 두보가 병든 몸을 이끌고 높은 곳에 올라 본 감회를 쓴 것이다. 두보의 율시 중에서도 최고의 경지에 오른 작품의 하나로 인식되고 있다.

명 대 문인 호응린(胡應麟, 1551-1602)은 ≪시수(詩藪)≫에서 두보가 지은 이 시의 글자 한자도 다른 글자로 치환할 수 없는 일기가성(一氣呵成)의 작품으로 고금의 7언율시 중 최고라고 평가하였다.

7) 태산을 바라보며 : 망악(望嶽)

이 시는 두보의 나이 29세(開元 28년, 740)에 지은 것으로, 현존하는 그의 시 중에서 가장 오래된 것이다.

(1) 내용

태산은 대저 어떠한가
제와 노에 걸친 푸르름이 끝이 없네
천지의 신령함과 빼어남이 모두 모이고
산의 밝음과 어두움을 밤과 새벽으로 갈라놓았네
층층이 펼쳐진 운해 가슴 후련히 씻겨 내리고
눈 크게 뜨고 돌아가는 새를 바라본다.
반드시 산 정상에 올라
뭇 산들의 작은 모습을 보리라.

岱宗夫如何　齊魯靑未了
造化鍾神秀　陰陽割昏曉
盪胸生曾雲　決眥入歸鳥
會當凌絶頂　一覽衆山小

(2) 감상

두보가 과거에 낙방한 이후 오늘날 산동성과 하북성 일대를 여행할 때 태산을 보고 쓴 시이다. 이 시는 후대인들에 의해 태산 위에 시비(詩碑)로 세워져 있을 만큼 데 최고의 걸작으로 꼽힌다.

"회당릉절정(會當凌絶頂) 일람중산소(一覽衆山小)"는 2006년 후진타오 국가주석이 미국을 방문했을 때 만찬장에서 대만 국가가 연주되는 등 미국의 결례가 계속되자 한 오찬 모임 답사에서 웃으면서 한 말로 유명하다. 후진타오는 미국이 교만하게 행동하지만 언젠가는 압도하겠다는 기세를 이 구절을 인용해 표현했다.

8) 술 마시는 여덟 신선의 노래 : 음중팔선가(飲中八仙歌)

'음중팔선가(飲中八僊歌)'라고도 적혀 있다. 이 때 '선'(僊)은 '선(仙)'과 같은 자이다. 현종 대의 유명한 술꾼 여덟 명을 노래한 시이다. 8선은 '하지장(賀知章), 소진(蘇晉), 이진(李璡), 이적지(李適之), 최종지(崔宗之), 장욱(張旭), 초수(焦遂), 이백(李白)'이다.

(1) 내용

하지장은 말 탄 게 배 탄 것 같고,
몽롱하여 우물 가운데 떨어져 잠드네

여양은 서 말 술을 마셔야 조정에 나가고
길에서 누룩 실은 수레만 만나도 침 흘렸으며
주천으로 봉작되어 가지 못함을 한스러워 한다

좌승상은 하루의 흥을 위해 만 냥을 쓰고
마실 때는 큰고래가 많은 강물을 빨아들이듯 하고
술잔을 들면 청주를 즐기고 탁주를 싫어한다 하네

종지는 수려한 미소년인데
잔 들고 흰 눈으로 푸른 하늘 바라보면,
하얗게 빛나는 품이 옥수가 바람 앞에 서 있는 듯

소진은 수불(繡佛) 앞에서 오랜 시간 재계했는데
취중에는 종종 좌선하다 도망쳐 나오기를 잘 했다네.

이백은 술 한 말 마시면 시 백 편을 썼고,
장안 시장의 술집에서 잠자며,
천자가 오라고 불러도 배에 오르지 않고
스스로 신은 술 속의 신선이라 하였다네.

장욱은 석잔 술에 초서의 성인으로 전하고,

모자를 벗고 王이나 귀족 앞에서도 맨 머리를 보였고
종이에 구름과 연기처럼 일필휘지로 쓴다.

초수는 다섯 말 술은 마셔야 비로소 오연해졌고,
고상한 애기와 웅변으로 사람들을 놀라게 했다네.

知章騎馬似乘船　眼花落井水底眠
汝陽三斗始朝天　道逢麴車口流涎
恨不移封向酒泉
左相日興費萬錢　飮如長鯨吸百川
銜盃樂聖稱世賢
宗之瀟灑美少年　擧觴白眼望靑天
皎如玉樹臨風前
蘇晉長齋繡佛前　醉中往往愛逃禪
李白一斗詩百篇　長安市上酒家眠
天子呼來不上船　自稱臣是酒中仙
張旭三盃草聖傳　脫帽露頂王公前
揮毫落紙如雲烟
焦遂五斗方卓然　高談雄辯驚四筵

(2) 감상

　원문에 백안(白眼)이 나오는데, 진(晉)의 완적(阮籍)은 속물을 대할
때는 백안(흘겨봄)으로 보고, 고결한 인물을 대할 때는 청안(靑眼, 반
듯한)으로 보았다는 애기가 있다.
　'낙성칭피현(樂聖稱避賢)'에서 청주(淸酒)는 성인(聖人), 탁주(濁酒)는

현인(賢人)에 비유하였다. 위나라 조조가 금주령을 내리자 애주가들이 은어로 사용하였다.

서생 초수(焦邃)는 원래 말더듬이로 알려져 있다. '그런 초수가 닷 말 술에 의기충천(焦邃五斗方卓然) 고담웅변이 사람들을 놀래어라(高談雄辯驚四筵).'하니 술의 위력이 대단함을 알 수 있다.

어떤 사람은 2구 또는 3구로 읊고 있는데, 이백만은 4구로 읊고 있다. '이백일두시백편(李白一斗詩百篇)'은 이백의 시와 술의 경지를 표현한 명구로 많이 인용되고 있다.

9) 가을비를 탄식하다 : 추우탄(秋雨歎)

≪두소릉집≫ 권3에 3수의 <추우탄>이 실려 있다. 천보 13년 가을, 장마가 60여 일 동안 계속되어 농작물에 극심한 피해를 주었다. 이에 현종은 무척 걱정했다. 하지만, 양국충(楊國忠)이 잘 자란 벼만 베어 현종에게 보고 하고, 비가 많이 오긴 했으나 농사를 망칠 정도는 아니라고 거짓말을 했다.

(1) 내용

비 속에 온갖 풀이 가을에 시들어 죽어
섬 돌 아래 결명초는 빛이 새롭구나
붙어 있는 잎가지에 가득하여 푸른 깃 덮고
핀 꽃은 무수히 많아 황금 돈이로구나.
서늘한 바람이 쓸쓸히 너에게 빠르게 불어오니
두렵구나, 이후에 네가 홀로 서 있기 힘든 것이
고당 위의 서생이 부질없이 머리가 희어졌으니

바람을 맞아 세 번 향내 맡으며 눈물을 흘린다네

싸늘한 바람과 숨은 비가 가을에 흩날리니
온 세상이 모두 한 가지 구름 빛이구나.
어둑한 날씨에 가는 말과 오는 소를 구별 못하고
흐린 경수와 맑은 위수를 어찌 구별할 수 있을까
벼 끝에 귀가 생겨나고 기장의 이삭은 썩어 검은데
농부들은 부역 나가 소식 하나 없구나.
성안에서는 쌀 한 말과 이불을 바꾸는데
서로 허락했으니 두 가격이 적당한지 어찌 논할까

장안의 포의를 그 누가 셈에 넣겠는가?
도로 형문을 잠그고 좁은 울만 지키노라.
늙은이 나다니지 않으니 쑥만 길게 자라고
아이들은 근심 없이 비바람 속을 뛰노는구나.
비는 죽죽 쏟아져서 이른 추위 재촉하는데
북쪽 기러기 날개 젖어 높이 날지 못하네.
가을 들어 아직도 맑은 날을 못 보겠으니
진흙으로 더럽혀진 이 땅이 언제나 마를까

雨中百草秋爛死　階下決明顏色新
著葉滿枝翠羽蓋　開花無數黃金錢
涼風蕭蕭吹汝急　恐汝後時難獨立
堂上書生空白頭　臨風三嗅馨香泣

闌風伏雨秋紛紛　四海八荒同一雲

去馬來牛不復辯　濁涇清渭何當分
禾頭生耳黍穗黑　農夫田父無消息
城中斗米換衾禂　相許寧論兩相直

長安布衣誰比數　反鎖衡門守環堵
老夫不出長蓬蒿　稚子無憂走風雨
雨聲颼颼催早寒　胡雁翅濕高飛難
秋來未曾見白日　泥汚后土何時乾

(2) 감상

이 시는 3수로 구성되어 있다. 농촌의 고통스런 생활을 보고 가을
비를 탄식하는 '추우탄(秋雨嘆)'을 지었다. 이 시는 두보가 43세 때
석 달 간의 큰 장마로 생활이 힘들어졌을 때 가족을 섬서성으로 대
피시키던 무렵의 작품이다. 이 시기의 많은 백성들은 참담한 생활을
하였고, 두보는 이를 직접 눈으로 보고 몸으로 느꼈다.

10) 굽은 강 : 곡강(曲江)

곡강(曲江)은 '곡강지(曲江池)'라고도 한다. 장안 중심에 있는 유명
한 연못 이름이다. 풍광이 아름답기로 유명했으며 봄이면 그곳을 찾
는 사람들로 붐비었다고 한다. 강가에서 1년간 머물며 몇 편의 시를
남겼는데 곡강이란 시도 그때 지었다.

(1) 내용

꽃잎 하나 날려도 봄이 가는데
수만 꽃잎 흩날리니 슬픔 어이하나
경치를 다 보려하니 꽃은 잠깐 사이 눈앞 스쳐가니
지는 꽃 보고 어른거림 잠깐 사이려니
어찌 봄 상할까 두렵다고 술을 마시지 않으리
강위 작은 정자 물총새가 둥지 틀고
부용원 뜰가 높은 무덤엔 기린 석상 뒹굴고
사물의 이치 헤아려 즐겨야 하리니
어찌 헛된 이름에 이 한 몸 얽맬소냐

조회에서 돌아오면 날마다 봄옷 저당 잡곤
매일 곡강에서 만취하여 돌아오네
술 먹은 외상값 가는 곳마다 있건만
인생살이 칠십년은 예부터 드문 일이라네
꽃 사이 맴도는 호랑나비는 보일랑 말랑하고
강물 위 스치는 물잠자리는 유유히 나누나
아름다운 경치도 모두 흘러가는 거라 말하니
잠시나마 서로 어기지 말고 상춘(賞春)의 기쁨 나누자

一片花飛減却春　風飄萬點正愁人
且看欲盡花經眼　莫厭傷多酒入脣
江上小堂巢翡翠　苑邊高塚臥麒麟
細推物理須行樂　何用浮名絆此身

朝回日日典春衣　每日江頭盡醉歸
酒債尋常行處有　人生七十古來稀
穿花挾蝶深深見　點水蜻蜓款款飛
傳語風光共流轉　暫時相賞莫相違

(2) 감상

이 시에 '술 먹은 외상값 가는 곳마다 있건만 인생살이 칠십년은
예부터 드문 일이라네(酒債尋常行處有　人生七十古來稀.)'란 부분에서
'고(古)'자와 '희(稀)'자만을 써서 '고희(古稀)'란 단어를 만들어 70세
로 대신 쓴 것이다.

이 시는 두보가 숙종이 싫어하는 재상 방관(房琯)이 억울하게 내쫓
기려 하자 상소를 올려 방관을 변론해 주다 숙종에게 미운털이 박혀
조정에서 괴로운 나머지 술을 자주 마시게 되면서 지었다고 한다. 현
재 처한 두보 자신의 현실을 가슴 깊이 아파하는 심정을 담고 있다.

원문의 '원(苑)'은 당나라의 황실정원인 부용원을 가리킨다. 부용
원의 면적은 144만 ㎡였다. 꽃 피는 계절이 오면 장안엔 부용원의
꽃내음이 가득하였다고 한다. 관료들은 부용원에서 배를 띄우고 봄
을 즐겼다고 한다. 그리고 봄철이 되면 곡강에 꽃구경하는 사람으로
붐볐다고 한다. 당시 곡강의 면적은 70만㎡이었다고 한다.

4. 두보에 대한 평가

초나라의 굴원, 진(晉)나라의 도연명, 당나라의 이백과 두보를 중
국의 '4대 시인'이라 부른다. 이들 중 두보는 사실주의(寫實主義)의

개조(開祖)라고 말할 수 있다. 두보의 시는 오늘날까지 약 1,450여 편이 전해지고 있다.

두보는 5언을 즐겨 지었고, 율시와 고시(古詩)를 많이 지었다. 두보의 시는 전란 시대의 어두운 사회상을 반영하여 사회악에 대한 풍자가 뛰어나다. 두보가 만년에 지은 작품은 애수에 찬 것이 특징이다.

두보의 시는 ≪시경≫의 풍유 정신을 계승한 것으로 평가된다. 백거이와 원진(元稹)이 두보의 시를 존중한 것도 풍유의 정신을 계승하기 위함이었다. 두보의 시는 북송의 왕안석(王安石)·소식(蘇軾)·황정견(黃庭堅) 등에 의해 높이 평가되어 오늘날까지 여전히 민중을 위한 시인으로 널리 존중되고 있다.

왕안석은 "두보는 슬픔과 기쁨(悲歡), 막힘과 통함(窮泰), 밖으로 발함과 안으로 거두어들임(發斂), 아래로 내리누름과 위로 올라감(抑揚), 빠름과 느림(疾徐), 종횡(縱橫) 등 이 모든 것을 아우르고 있다. 그래서 그의 시에는 평담(平淡)하고 간이(簡易)한 것이 있고, 화려하고 정확한 것이 있고, 삼군(三軍)의 장수 같은 엄함과 위엄이 있고, 천리마같이 치달림이 있고, 산골짜기 은사 같은 담백하고 정간(精簡)함이 있고, 고귀한 공자(公子) 같은 풍류가 있다. 두보의 시는 들어가는 실마리가 치밀하고 사상 감정이 깊기 때문에, 보는 자가 그 속내까지 깊이 들여다보지 않는다면 그 묘처를 알기가 쉽지 아니하니, 견문이 얕은 자가 어찌 쉬이 두보의 시를 엿볼 수 있으리오? 이것이 바로 두보가 전무후무한 위대한 시인이 되는 까닭이다."라고 평하였다.

소동파는 "두보의 시, 한유의 문장, 노공(魯公, 顏眞卿)의 서예는 모두 각 분야의 집대성한 것들이다. 시를 배울 때는 마땅히 두보를 스승으로 삼아야 하는데, 규칙과 법도가 있기 때문에 배울 만하다."라고 평하였다.

다산 정약용(丁若鏞)은 "시는 마땅히 두보를 공자(孔子)로 삼아야한다. 그의 시가 백가의 으뜸이 되는 것은 ≪시경≫ 3백 편을 이었기 때문이다. ≪시경≫ 3백 편은 모두 충신, 효자, 열부, 양우(良友)들의 진실하고 충후한 마음의 발로이다. 두보의 시는 고사를 인용함에 있어 흔적이 없어서 언뜻 보면 자작인 것 같지만 자세히 살펴보면 모두 출처가 있다. 바로 두보가 시성(詩聖)이 되는 까닭이다."라고평가하였다.

제5장 백거이(白居易)

1. 생애

우리나라에 백낙천(白樂天)으로 더 많이 알려져 있는 백거이 (772-846)! 당시의 정치상을 시를 통해 폭로하였고, 백성들의 고난을 시로 표현하였기에, 더욱 사랑받은 시인이다.

백거이는 성당(盛唐) 때의 시인으로, 대력(大曆) 7년(772), 정주(鄭州) 신정현(新鄭縣, 지금의 하남성 신정시(新鄭市))에서 태어났다. 이

중국에서는 백거이를 '시마(詩魔)' 또는 '시왕(詩王)'이라고도 칭한다.

백이 죽은 지 10년, 두보가 죽은 지 2년 후에 태어난 백거이는 같은 시대의 한유(韓愈, 한퇴지, 768-824)와 더불어 '이두한백(李杜韓白)'으로 불린다.

백거이의 자는 '낙천(樂天)'이고 호는 '취음선생(醉吟先生)'과 '향산거사(香山居士)'이다. 백거이의 이름인 '거이(居易)'는 ≪중용(中庸)≫의 "군자는 편안한 위치에 서서 천명을 기다린다(君子居易以俟命)"는 말에서 취했다. 자인 '낙천(樂天)'은 ≪역(易)·계사(繫辭)≫의 "천명을 즐기고 알기 때문에 근심하지 않는다(樂天知命故不憂)"는 말에서 취했다고 전해진다.

'취음선생'이란 호는 백거이가 58세가 되던 해(829)에, 이름만 있는 직책에 자족하면서 '시(詩), 술(酒), 거문고(琴)'를 '삼우(三友)'로 삼

아 생활할 때 지은 것이다. '향산거사'라는 호는 831년 원진(元稹) 등 옛 친구들이 세상을 떠난 뒤, 낙양 교외에 있는 향산사(香山寺)를 보수 복원하여 생활하면서 삼은 것이다. 이후 백거이는 불교에 심취하였다.

한편, ≪고금중외명인색인≫에 백거이를 한인(漢人)이라고 소개하고 있다. 그러나 백거이가 한인인지 호인(胡人)인지에 대한 이설이 있다. 이는 백거이가 호인이라는 기록이 정사에 보이기 때문이다. 고학힐(顧學頡)은 ≪후한서·반고전≫과 ≪신당서(新唐書)≫ 231권 <서역열전>을 근거로 <백거이세계·가계고>(1982)를 발표하면서 백거이의 조상은 한인이 아니고 서역 귀자국(龜玆國, kucīna)의 왕족이라고 명시했다. 귀자국은 서돌궐(西突厥) 통치 하의 10개 부족 중 하나였던 서니시(鼠尼施, 바인부루커(巴音布鲁克) 초원에 있던 옛 부족)였다. 귀자국 경내에 백산(白山)이 있어 그 후손들이 '백'이라는 성씨를 가지게 됐다고 했다. 이는 한 왕조에서 하사한 성씨로 당나라 때까지 바뀌지 않았다.

백거이가 친히 쓴 원고나 현재 낙양 백서재(白書齋)에 보존돼 있는 ≪백씨보계서≫ 초고에는 백거이에게 대를 이을 아들이 없어서 형의 아들 중 경수(景受)를 양자로 들였다고 적고 있다. 이때부터 낙양의 백씨 일가는 백경수의 후예이고, 백거이는 일가의 시조가 되었다.

백거이의 생애에 관한 자료는 ≪구당서(舊唐書)≫ <백거이전(白居易傳)>, ≪신당서≫ <백거이전>, ≪백씨장경집(白氏長慶集)≫ 등에 잘 나타나 있다.

백거이가 벼슬에 나선 때는 덕종(德宗, 재위 780-805) 21년인 정원(貞元) 16년(800년)으로, 29세의 나이에 진사과(進士科)에 합격하였고, 32세에 황제 친시(親試)에 합격하였다. 그리고 헌종(憲宗, 재위

805-820) 원화(元和) 2년(807년)에
는 집현교리(集賢校理), 한림학사(翰
林學士)에 임명되었다. 이듬해 4
월에는 황제를 가까이 모시면서
백관을 탄핵하고 황제에게 간

언을 올리는 좌습유에 임명되었다. 이때부터 강주(江州, 지금
의 강서성 구강시(九江市))로 좌천되기 전까지 정치와 사회의 부정
을 비판하고 조정의 부패를 폭로하는 풍유시(諷諭詩)를 많이 썼다.

한편, 원진은 백거이의 문집인 ≪백씨장경집≫ 서문에서, "계림의
상인이 저자에서 절실히 구하였고, 동국의 재상은 번번이 많은 돈을
내고 시 한 편을 바꾸었다"라고 적어두었다. 이를 보면 백거이의 글
이 신라에까지 알려져 있었음을 알 수 있다.

백거이는 810년에 헌종이 신라 헌덕왕(憲德王, 재위 809-826)에게
보내는 국서를 지었다. 그리고 821년에서 822년 사이에 신라에서 온
하정사(賀正使) 김충량(金忠良)이 귀국할 때 목종(穆宗, 재위 821-824)
이 내린 제서(制書)도 지었다.

원화 10년(815년), 백거이는 재상 무원형(武元衡)이 암살된 사건의
배후를 캐라는 상소를 올렸다가, 강주의 사마(司馬)로 좌천당했다.

71세 때인 무종(武宗) 회창(會昌) 2년(842년)에 형부상서(刑部尙書)
라는 관직에서 물러났다. 74세에 자신의 글을 모아 ≪백씨문집(白氏
文集)≫ 75권을 완성하였다.

2. 백거이의 작품 특색

1) 백거이의 시문집

백거이의 시는 3,800여 수이며, 여덟 차례에 걸쳐 자신의 시문집을 편찬했다. 그리고 백거이는 자신의 창작물이 후대에 전해지도록 하기 위해서 시문집을 절에 보관하기도 하였다. 그리고 "이 세상의 부귀는 나와 연분이 없으나, 사후 나의 문장은 분명 명성을 얻으리라. 기세가 거칠고 말이 거창하다고 탓하지 마오. 내 이제 막 시집 15권을 엮었노라."라고 읊기도 했다.

백거이 시문집을 ≪백씨문집≫이라고 하며, 전후집(前後集)으로 구성되어 있다. 전집을 ≪백씨장경집(白氏長慶集)≫이라 하고, 후집을 ≪백씨문집(白氏文集)≫이라 한다. 전후집을 합쳐 75권이 되어야 하지만, 4권이 실전되어 71권만이 전해지고 있다.

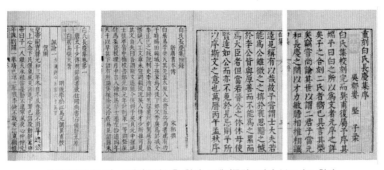

≪백씨장경집≫과 ≪백씨문집≫을 합쳐 ≪백씨문집≫이라 부르기도 한다.

≪백씨장경집≫은 백거이의 의뢰로 친구인 원진이 목종 장경(長慶) 4년(824)에 엮은 것으로 모두 50권이다. 체제는 '풍유(諷諭), 한

적(閑適), 감상(感傷), 잡률(雜律)'의 네 가지로 분류하고, 순서에 따라 배열한 다음 잡문(雜文)을 수록하는 방식을 취했다. 이 전집에는 백거이 문학 초기의 대표작이라 간주되는 '신악부(新樂府)' 50수가 수록되어 있다.

후집인 ≪백씨문집≫은 전 25권이다. ≪장경집(長慶集)≫ 출간 이후에 지은 작품을 백거이 자신이 엮었다. 완결을 본 것은 백거이 74세 때인 무종 회창 5년(845)이다. 체제는 ≪장경집≫에서도 시도한 4대 분류법을 폐기하고 격시(格詩)와 율시(律詩)라는 2대 분류법을 시도했다.

백거이는 '짧은 문장으로 누구든지 쉽게 읽을 수 있는(平易暢達)' 것을 중시하는 시풍(詩風)을 갖고 있다. 북송 시승(詩僧)인 혜홍(惠洪, 1070-1128, 석혜홍(釋惠洪)으로 알려져 있다.)이 지은 ≪냉재야화(冷齋夜話)≫에는 백거이의 시 특징을 언급하고 있다.

≪냉재야화≫에는 "낙천은 시를 한 편 지으면 노파에게 보이고, 그가 알겠다면 그대로 기록해 발표했고, 그가 모르겠다면 다시 고쳤다"라는 내용이 있다. 그래서 사대부 계층뿐 아니라 기녀(妓女), 목동 같이 신분이 낮은 사람들도 백거이의 시를 애창하였다.

한국의 많은 책에서는
'냉재시화(冷齋詩話)'로 소개되고 있다.

백향산시집(白香山詩集)

백거이의 글을 시(詩)와 문(文)으로 나눈 판본도 있다. 이 판본은 남송 소흥(紹興) 연간(1131-1162) 초년에 나온 것으로 북경도서관에 소장되어 있다. 명 대 마원조(馬元調)가 만력(萬曆) 34년(1657)에 간행한 마본(馬本)은 이를 저본으로 했다.

판본 중 명 신종(神宗) 만력 46년에 일본 나파도원(邢波道圓)이란 자가 조선 동활자본을 근거로 복각(覆刻)한 ≪나파본(邢波本)≫이 북송 판본 계통을 간직한 선본이다.

청 대 강희(康熙) 41년(1702)에는 왕립명(汪立名)이 백거이 글 중 시만을 편정(編訂)한 ≪백향산시집(白香山詩集)≫ 40권을 만들어 내었는데, 이를 '왕본(汪本)'이라 칭한다.

2) 백거이와 신악부운동(新樂府運動)

백거이가 한림학사와 좌습유라는 벼슬을 하고 있을 때, 당나라는 정치와 사회가 혼란하였다. 이때 정치와 사회에 대한 비판을 담은 '신악부'라 불리는 작품들을 많이 지었다. 신악부란 한 대 악부시와 구별하기 위함이었다.

백거이는 '신악부 운동'을 전개하여 부패한 사회와 정치의 실상을 비판하는 '풍유시(諷喩詩, 風諭詩)'를 많이 지었다. 신악부운동은 백거이, 원진, 이신(李紳) 등이 추진하였다.

한 무제는 '악부'라는 관서를 설치하였다. ≪한서≫<예악지(禮樂

志)>에 "무제에 이르러 교사(郊祀)의 예를 정하고 악부를 세워 시를 채집하며 밤마다 읊게 하였는데, 조(趙)·대(代)·진(秦)·초(楚) 지방의 민요가 있었다.(至武帝定郊祀之禮, 乃立樂府, 採詩夜誦, 有趙·代·秦·楚之謳.)"고 하였다. 각 지방마다 채집한 민가와 그 관청에서 새로이 작곡한 음악으로 조정의 행사 때 사용하기도 하였는데, 이러한 노래가사들을 가리켜 악부시(樂府詩)라 하였다. 악부시는 《시경》의 완곡하게 에둘러 풍자하는 표현 방식을 이어받았다.

반면, 신악부시는 당대 현실의 부조리와 참상을 직접 눈으로 보고 자극 받아 읊은 시가이다. 신악부시는 악부시보다 사회의식과 실천 의지가 한층 더 증강되었다. 그리고 민생과 국정에 관련된 주요 현안을 적극 다루었다. 신악부시는 직설적인 표현을 써서 단도직입적으로 풍자하여 독자가 쉽게 뜻을 이해하고 깊이 깨우칠 수 있도록 하였다.

백거이는 《시경》 300편의 필법을 본받아 "시는 반드시 '육예(六藝)'에 부합되어야만 가치가 있는 것"이라 여겼다. 그래서 백거이의 풍유시에는 '풍아비흥(風雅比興)'의 색채가 농후하게 나타난다. 백거이 자신도 풍유시를 가장 높게 평가하였다. <진중음>과 <신악부>로 대표되는 172수의 풍유시를 통해서 혼란한 당시의 정치와 사회상을 철저하게 파헤쳤다.

<신악부서(新樂府序)>에 "총 9252자를 50편으로 나누었다. 각 편에는 정해진 구수(句數)가 없고, 각 구에는 정해진 자수(字數)가 없으며, 내용(의미)에 중점을 두었지 문식(文飾)에 중점을 두지 않았다. 첫 구에는 시의 제목을 나타내었으며, 마지막 장에서는 그 뜻을 명백히 드러내었다. 이것이 바로 《시경》 300편의 방법이다."라고 하였다. 여기에서 백거이의 풍유시에 관한 태도가 잘 반영되어 있다.

백거이는 현실적 상황과 관련된 정치의식이 농후한 시들을 통칭하여 '풍유시'라 하였다.

백거이는 강주사마로 좌천된 뒤, 일상의 작은 기쁨을 주제로 한 '한적시(閑適詩)'를 많이 지었다.

3) 진중음(秦中吟)

백거이가 덕종과 헌종 연간인 785-810년 사이에 장안(長安)에 머무는 동안, 보고 들은 일 중에서 기억나는 일들을 10수의 시로 지어 <진중음(秦中吟)>이라고 이름을 붙였다. '진중음'의 창작 시기는 810년 경으로 백거이가 비교적 젊었을 때이다. '진중음'은 '진(秦)'의 수도 장안에서 읊는다'는 뜻이다.

<진중음> 10수는 백거이가 지은 풍유시의 대표작이다. 형식은 모두 5언고시로 되어 있고, 글자수도 비교적 많은 편이다. 내용은 당시 백성들의 어려운 생활상과 혼란한 정치사회 문제를 그대로 반영하고 있다.

<진중음서(秦中吟序)>에서는 "정원(貞元), 원화(元和) 때에 내가 장안에서 보고 들은 것 중에 슬퍼할 만한 것이 있어 그 사실을 바로 노래하고 이름을 '진중음'이라 하였다.(貞元元和之際, 予在長安聞見之間, 有足悲者, 因直歌其事, 命爲秦中吟.)"라고 하여, <진중음>의 저작 시기와 동기를 적고 있다.

백거이는 교서랑(校書郞)이 되기 전인 정원 10년(29세) 이전에는 풍유시를 쓰지 않았다. 또 원화 10년(44세) 강주(江州)로 좌천된 이후에도 풍유시를 거의 쓰지 않았다. 그렇게 때문에, 정원 10년에서 원화 10년 사이에 쓰여진 것으로 추측한다. 백거이가 "문장은 시대

를 위해서 지어야 하고 시가는 시사(현실)를 위해서 지어야 한다."는 시론에 입각하여 본격적으로 풍유시를 쓴 것은 한림학사가 된 이후의 일로 보인다.

<진중음> 10수는 "1. 의혼(議婚: 혼인을 논하다), 2. 중부(重賦: 과중한 세금), 3. 상택(傷宅: 호화저택으로 인한 상심), 4. 상우(傷友: 벗으로 인한 상심), 5. 불치사(不致仕: 퇴직하지 않는 관리들), 6. 입비(立碑: 비석 세우기), 7. 경비(輕肥: 가벼운 가죽옷과 살찐 말), 8. 오현(五絃: 오현금), 9. 가무(歌舞: 노래와 춤), 10. 매화(買花: 꽃을 사다)"이다.

3. 백거이의 시 분류

1) 네 가지 분류 : 풍유(諷諭)·한적(閑適)·감상(感傷)·잡률(雜律)

백거이는 강주에 있을 때 자신의 시가를 정리하면서 풍유(諷諭)·한적(閑適)·감상(感傷)·잡률(雜律) 4개 부문으로 분류하였다. 특히, 백거이의 산문집인 ≪여원구서(與元九書)≫에서 자신의 시를 풍유시, 한적시, 감상시, 잡률시로 분류하였다. 이 중에서 풍유시와 한적시를 비교적 중시했다. 백거이는 풍유시가 '세상 구제'를 반영한다고 여겼고, 한적시는 '자기 수양'을 드러낸다고 여겼다.

백거이가 자신의 시집 15권을 처음으로 편집한 시기는 헌종 원화 15년(815) 때이다. 그때 자신의 시를 풍유, 한적, 감상, 잡률로 나누었고, 목종 장경 4년(834)에 시문을 함께 담은 ≪백씨장경집≫을 편집했을 때도 4가지 분류 방식을 취하고 있었다.

백거이는 ≪여원구서≫에서 "문장은 시대에 부합되게 지어야 하고, 시가는 현실에 부합되게 지어야 한다(文章合爲時而著, 詩歌合爲事而作)" 고 했다. 백거이의 시가는 사회 모든 방면에 걸쳐 폐단을 드러내고 권문귀족의 잘못된 행위에 대한 비판 의식을 드러낸 작품이 많다.

(1) 풍유시

백거이의 시가 중에서 가장 중요한 부분은 풍유시라고 할 수 있다. <신악부> 50수와 <진중음> 10수 등의 대표작도 여기에 속한다. 이들 작품은 중당 시기의 사회 각 방면 주요 문제를 반영하고 있다. 그리고 중당 시기의 어두운 사회와 백성의 고통을 사실적으로 묘사하고 있다.

여기에서 거론된 주요 내용은 ① 백성들의 고통스런 생활상 ② 과중한 세금과 부역 ③ 권문세가와 귀족들의 사치와 낭비 ④ 세력자들의 권력남용과 횡포 ⑤ 쓸데없는 전쟁 ⑥ 권력자에 아부하거나 위선에 찬 세상인심 ⑦ 부녀자의 문제 등이다.

풍유시는 풍자시로서, 내용은 정치의 좋고 나쁨과 민생의 고락 등을 노래한 것이다. 이것은 국풍(國風)에서 그 방법을 취한 것으로 <모시대서>에서 밝히고 있는 "문장을 가지고 넌지시 간하니 말하는 자는 죄가 없고, 그것을 듣는 자는 족히 경계해야 한다.(<毛詩大序>: 主文而譎諫, 言之者無罪, 聞之者足以戒.)"는 것과 같은 것이다.

(2) 한적시

백거이는 시절을 감상하고 늙음을 탄식하거나 자식과 친구를 슬퍼한 몇 편의 시를 제외하고는 대체적으로 한적한 생활을 표현하였다. 그래서 백거이는 주로 자연의 풍광(風光)과 마음의 평정을 읊은 시를 한적시라 불렀다. 백거이는 풍유시 다음으로 한적시를 중요하게 여겼다.

한적시에서 전원에 은거해 조용히 살아가고자 하는 바람과 자기 자신을 고결하게 지키고자 하는 백거이의 의지가 드러나고 있다. 백거이는 강주로 좌천된 후부터는 <방어(放魚)>, <문백상(文柏牀)>, <심양삼제(潯陽三題)>, <대수(大水)> 6수를 제외하고는 풍유시를 거의 쓰지 않았다.

백거이는 어린 아들과 딸을 잃었다. 게다가 백거이도 잦은 병치레를 했다. 병치레로 인한 육체적 고통, 가족과의 이별 등으로 인한 정신적 우환은 백거이의 시가 한적시로 바뀌는 원인 중의 하나가 되었다.

(3) 감상시

감상시는 인생의 경험에서 감정적으로 강렬하게 느껴지는 것, 즉 인생에 대한 허무, 애상, 인정, 세정(世情), 추억, 우정 등에 관한 감회와 감정을 노래한 것이다. 주로 노년기에 썼는데, 그 수는 매우 적은 편이다. 그리고 엄격한 의미에서 보면, 감상시는 한적시와 구분하기 쉽지 않다.

감상시 중에서도 장편 서사시 <장한가(長恨歌)>와 <비파행(琵琶行)>은 사람들의 입에 자주 오르내리는 백거이의 작품 중에서도 가장 유명하다. "아이들도 <장한곡>을 이해하고 읊을 수 있었고, 오랑캐 아이들도 <비파편>을 부를 수 있었다(童子解吟長恨曲, 胡兒能唱琵琶篇)"고 한 것에서 알 수 있듯이 당시에도 크게 유행했음을 알 수 있다.

(4) 잡률시

잡률시는 어떤 사물에 정감을 느끼고 흥취가 일어나서 짓거나 아름다운 형식과 격률에 치중한 시의 한 체재를 가리킨다. 잡률시 중에서 작품성이 있고 독자에게 감동을 주는 시는 경물을 묘사한 서정성이 넘치면서 길이는 다소 짧다.

여기에 속하는 작품으로는 격시(格詩)라는 형식을 취하고 있다. 편수는 모두 2203수로 가장 많다. 그러나 잡률시 중에는 풍유시에 속하는 것도 있고 한적시나 감상시에 속하는 것도 있다.

2) 두 가지 분류 : 격시와 율시(律詩)

문종(文宗) 대화(大和) 2년(828)에 ≪백씨장경집≫ 이후의 시문을 모아 후집 5권을 세 차례 편집하였을 때는 이미 있던 작품은 그대로 두었다. 그리고는 새로운 작품만을 분류하면서 격시와 율시라는 두 종류로만 분류하였다. 하지만 백거이는 분류 기준에 대해서는 언급하지 않았다.

격시란 악부(樂府), 잡체(雜體), 가행(歌行) 등을 제외한 시형이 정돈된 5·7언 고조시(古調詩)를 말한다. 백거이의 격시는 만년에 쓰여진 것으로 형식이 다양하다. 내용은 일상생활에서 느낀 정감과 당시의 생활상을 소박하게 기록하였다. 주로 관직생활, 술, 지족안분(知足安分)하는 낙천적인 생활태도를 읊었다.

≪여원구서≫에는 "나의 <하우(賀雨)>시를 듣고 여러 사람들이 떠들어대며 옳지 않다고 말하였고, <곡공감(哭孔戡)>시를 듣고는 서로 쳐다보며 몹시 불쾌하게 여겼다. <진중음>을 듣고 권세 있고 지위 높

은 사람들은 서로 쳐다보며 파랗게 질렸고, <등낙유원기족하(登樂遊園寄足下)>시를 듣고 집정자들은 팔뚝을 걷고 격분하였으며, <숙자각촌(宿紫閣邨)>시를 듣고 군부의 요인들은 이를 갈았다. 대체로 이와 같으나 전부 다 열거할 수는 없다. 나에게 동조하지 않는 사람들은 내가 명예를 구한다느니, 남의 단점만 욕한다느니, 남을 비방한다느니 하였고, 진실로 나에게 동조하는 사람은 우승유(牛僧孺)처럼 나에게 경계시켰다. 심지어 친척이나 처자까지도 내가 잘못이라고 하였으니, 나를 비난하지 않은 사람은 온 세상에 두세 명에 불과하였다."라고 하며, 풍유시에 대한 각계의 반응을 통해서도 충분히 알 수 있다.

4. 작품 감상

1) 가벼운 가죽옷과 살찐 말 : 경비(輕肥)

'경비'는 '진중음' 중의 7번째로, 환관의 전횡을 묘사한 것이다. 시의 제목인 '경비'는 ≪논어(論語)≫<옹야(雍也)> 중의 '승비마의경구(乘肥馬衣輕裘)'에서 따왔다. 의미는 "살찐 말을 타고 가벼운 가죽옷을 입는다"는 뜻으로, '호사스런 생활'을 비유하고 있다.

(1) 내용

의기 교만한 기세는 길에 가득하고
눈부신 말안장은 먼지조차 빛나게 하네.
무엇을 하는 사람인지 물으니
사람들은 내신이라고 말하네.

붉은 관복 입은 사람은 모두 대부이고
자주색 인장 끈을 한 자는 장수라네.
군영 연회 간다고 거드름 피우며,
말 타고 구름처럼 떼 지어 달리네
술잔에 숙성된 술이 넘쳐흐르고
온갖 산해진미 펼쳐져 있네.
동정호의 귤 까서 먹고
천지의 물고기로 회를 치네.
배불리 먹으니 마음이 편해지고
취기가 오르니 기고만장하네.
올해에도 강남은 가뭄이 들어
구주에선 사람을 먹는다고 하네.

意氣驕滿路　鞍馬光照塵.
借問何爲者　人稱是內臣.
朱紱皆大夫　紫綬悉將軍.
誇赴中軍宴　走馬去如雲.
樽罍溢九醞　水陸羅八珍.
果擘洞庭桔　膾切天池鱗.
食飽心自若　酒酣氣益振.
是歲江南旱　衢州人食人.

(2) 감상

≪재조집(才調集)≫에서는 '경비(輕肥)'를 '강남한(江南旱)'이라는 제목으로 칭하고 있다. ≪재조집≫은 오대(五代) 후촉(後蜀) 위곡(韋縠)의 작품으로, 당시선집(唐詩選集)인 180여 명의 시를 모은 것이다.

이 시는 관리들의 교만하고 방자한 권세 남용을 풍자한 시이다. 특히 황제의 측근들이 호사한 생활을 하며 연회를 벌이는 상황과 강남에 한재(旱災)가 들어 사람이 사람을 먹는 참상을 대비시켜서, 풍자를 극대화하였다.

≪재조집≫에는 초당 심전기(沈佺期)에서 당말오대의 라은(羅隱) 등의 시가 실려 있고, 승려와 부녀자 및 무명씨의 시도 포함되어 있다.

당 대 정치가 부패하게 된 원인의 하나는 태감(太監)의 전횡에 있었다. 그들은 홍색의 관복과 자색의 인끈을 착용하고 위풍당당한 말을 타고 무위를 뽐내며 군영에서 열리는 향연에 참여해서 맛있는 술과 산해진미를 즐기며 득의양양한 모습으로 방약무인(傍若無人)했다. 권력을 쥐고 있던 환관들이 감군(監軍)의 직책을 악용, 절도사들과 결탁하여 번진(藩鎭)에서 반란을 도모하였다.

시의 마지막 부분에서 물자가 풍부한 강남에 대기근이 발생하여 굶주린 백성들이 서로 잡아먹는 참상을 묘사함으로써 환관의 사치스러운 생활과 대조를 이루고 있다.

2) 바보처럼 살리라 : 양졸(養拙)

이 시의 제목에 있는 '졸(拙)'이라는 글자를 통해, 백거이가 무엇을 말하려 하는지를 알 수 있게 한다. 기록과 문헌을 보면, 자신의 호나 집 이름에 '졸(拙)'을 넣어 지은 사람이 많다. 조선시대의 신개(申槩, 1374-1446)는 집 이름을 '양졸당(養拙堂)'으로 삼았다. 그리고 조선시대의 김조(金銚, ?-1455), 권오기(權五紀, 1463-?), 유원지(柳元之, 1598-1674)는 호를 '졸재(拙齋)'라고 썼다. 선조 때 민유부(閔有孚, 1559-1594)가 '양졸당'을 호로 삼았다.

(1) 내용

쇠가 부드러우면 칼이 될 수 없고
나무가 굽으면 끌채를 만들지 못하네
이제 나도 이와 같으니
어리석고 몽매하여 입문도 못하는구나.
마음에 달갑게 명리를 버리고
자취를 숨겨 전원으로 돌아가리라.
초가집에 앉았다가 누웠다 하며
오로지 거문고와 술잔을 마주보며 살리라.
몸은 고삐의 구속에서 벗어나고
귀는 조정과 거리의 소란함을 떠났네
자유롭게 거닐며 억지로 하는 일 없이
때때로 오천 마디 글을 읽노라
근심 없이 본성의 바탕을 즐기고
욕심을 줄여 마음의 근원을 맑게 하리라

이제야 알았노라, 재주 없는 사람이라야
진리의 근원을 찾을 수 있다는 것을.

鐵柔不爲劍　木曲不爲轅
今我亦如此　愚蒙不及門
甘心謝名利　滅跡歸丘園
坐臥茅茨中　但對琴與樽
身去韁鎖累　耳辭朝市喧
逍遙無所爲　時窺五千言
無憂樂性場　寡慾淸心源
始知不才者　可以探道根

(2) 감상

　옹졸하거나 졸렬하거나 서툴거나 모자란다는 '졸(拙)'은 솜씨가 좋
고 교묘하며 약삭빠르다는 '교(巧)'의 반대이다. 글자에서 사람들에
게 좋지 않은 인상과 감정을 준다. 하지만 '졸(拙)'자를 호(雅號)나 집
이름으로 지은 사람이 의외로 많다.

　신개는 ≪양졸당기(養拙堂記)≫를 통해, 왜 백거이가 '졸(拙)'을 평생의
벗으로 삼고자 했는지 밝히고 있다. 자신처럼 졸렬하고 서툰 사람이 탐욕
을 부려 이로움이나 명예를 구하려고 하다보면, 뜻을 이루기는커녕 해(害)
나 입게 마련이라는 사실을 '졸(拙)'자가 끊임없이 일깨워 준다는 것이다.

3) 아내에게 : 증내(贈內)

　'증내'는 부인에게 주는 시이다. 백거이의 부인은 친구인 양여사

(楊汝士, ?-?)의 누이동생으로 807년에 결혼했다. 양여사의 자는 모소
(慕巢)이며, 당 대 관리이자 시인이다.

(1) 내용

살아서는 같은 방의 친구 되고
죽어서는 같은 무덤 흙먼지 되겠소.
남들도 높여주고 노력하거늘
하물며 그대와 내게 있어서야
검루는 정말로 궁핍한 선비였으나
아내는 어질어 가난을 잊었소.
기결은 한 사람의 농부였으나
아내는 공경하여 귀빈처럼 공손했소.
도잠은 생계를 도모하지 못했으나
아내 적씨가 스스로 살림을 꾸렸었소.
양홍은 기꺼이 벼슬살이 하지 않았으나
그의 아내 맹광은 무명옷에 만족하였소.
당신은 비록 책으로 읽지 않았어도
이 일들을 또한 귀로는 들었겠지요.

천 년 지난 오늘날에 이르러
이들이 어떠한 사람으로 전해 졌는가.
사람이 태어나 살아있을 동안
자신의 몸을 잊을 수 없을 것이요.
필요한 것은 의복과 음식일 것이니
배불리고 몸을 따뜻이 할 뿐이라오.

채소를 먹어도 허기 채울 수 있으니
어찌 반드시 고기와 쌀이 기름져야 하리오.
무명 솜으로 추위를 막으면 족하지
어찌 반드시 비단옷에 무늬에 있어야 하리오.
당신 집에 가훈이 있는데
청렴과 결백을 자손에게 남기라 하였지요.
나도 정절을 지키는 근면한 선비인지라
당신과 새로 혼인을 맺었었지요.
바라건대, 가난과 소박함을 지키어
해로하며 함께 즐겁게 살았으면 하지요.

生爲同室親　死爲同穴塵

他人尙而勉　而況我與君

黔婁固窮士　妻賢忘其貧

冀缺一農夫　妻敬儼如賓

陶潛不營生　翟氏自爨薪

梁鴻不肯仕　孟光衎布裙

君雖不讀書　此事耳亦聞

至此千載後　傳是何如人

人生未死間　不能忘其身

所須者衣食　不過飽與溫

蔬食足充飢　何必膏粱珍

繒絮足禦寒　何必錦繡文

君家有貽訓　淸白遺子孫

我亦貞苦士　與君新結婚

庶保貧與素　偕老同欣欣

(2) 감상

백거이는 각별한 아내 사랑으로도 유명하다. 이 시는 아내 양씨에게 바친 것으로, 소박하고 행복한 삶을 그리며 청렴한 관료로 살겠다는 다짐을 하고 있는 내용이다. 그리고 시엔 백거이의 안빈낙도하는 가치관이 스며들어 있다.

백거이는 늦은 나이인 37세에 결혼하여 가난했으나 금슬이 좋았다고 한다. 그래서 시의 내용도 소박하게 살자는 말로 끝을 맺고 있다.

도잠(陶潛)은 자를 연명(淵明) 또는 원량(元亮)이라 했다. 도연명에게는 가난이 천형처럼 따라 다녔으나 본성과 예의, 염치만은 잃지 않았다.

증내(贈內)라는 시는 백거이 외에도 많은 시인들이 적었다. 이백의 증내를 살펴보면 다음과 같다.

삼백육십일을
날마다 잔뜩 취해 있다오
이백의 아내가 되었지만
어찌 태상의 처와 다르겠소

三百六十日 日日醉如泥
雖爲李白婦 何異太常妻

이 시는 이백이 26세에 결혼할 때 아내에게 준 시로 알려져 있다. 1년 360일 매일 술에 취해 사는 자신의 이야기를 다른 사람의 이야기처럼 하고 있다. 여기서 태상의 처는 후한 태상사(太常寺)의 장관으로 있던 주택(周澤)의 아내를 말한다.

4) 퇴직하지 않는 관리들 : 불치사(不致仕)

이 시는 ≪예기(禮記)≫<곡례(曲禮)>상편의 "대부는 일흔이 되면 관직에서 물러난다.(大夫七十而致事.)"는 말에 근거하여 늙어서도 관직에 미련이 남아, 사직하지 않는 당시 관리들을 풍자한 시다. 옛 성인들의 말은 물러남이 그 만큼 중요하다는 뜻이다.

(1) 내용

일흔이면 관직에서 물러나라고
예법에 분명히 쓰여 있거늘
어찌 영화를 탐하는 자들은
이 말을 못 들은 척 하는가
가련하게도 팔구십이 되어
이 빠지고 두 눈 흐려졌어도
아침 이슬 신세로 명리를 탐하고
지는 석양 신세로 자손을 근심한다
걸어둔 관 끈을 돌아보고
매어둔 수레의 붉은 바퀴 아까워하며
허리의 금인장이 무거워
곱사등이 모습으로 입궐하네
누가 부귀를 싫어하고
누가 임금 은총 미워하리
늙으면 마땅히 퇴직해야 하고
공명을 성취하면 물러나야지
젊었을 땐 한결 같이 비웃었더만

늙으니 대부분 악습 따르니
어질도다 한의 소광(疏廣) 소수(疏受)여
그들은 오직 어떤 사람이었던가
적막하구나 동문 밖의 길이여
아무도 그들의 유풍을 계승하지 않으니

七十而致仕　禮法有明文
何乃貪榮者　斯言如不聞
可憐八九十　齒墮雙眸昏
朝露貪名利　夕陽憂子孫
掛冠顧翠綏　懸車惜朱輪
金章腰不勝　傴僂入宮門
誰不愛富貴　誰不戀君恩
年高須告老　名遂合退身
少時共嗤誚　晚歲多因循
賢哉漢二疏　彼獨是何人
寂寞東門路　無人繼去塵

(2) 감상

≪재조집≫에서는 이 시의 제목을 '합치사(合致仕)'라 하였다. 한나라 소광(疏廣)과 소수(疏受: 소광의 조카)는 원강(元康) 3년에 각각 태자태부(太子太傅)와 태자소부(太子少傅)를 지냈다. 이들은 나이가 들어 물러나기를 천자에게 고하였고, 이에 천자는 그들에게 많은 황금을 하사했다. 여러 신하들은 이들을 환송하였으며, 구경하던 백성들도 소광과 소수가 어질다고 칭송하였다.

5) 시골 살이의 고생 : 촌거고한(村居苦寒)

이 시는 813년 백거이가 모친상을 당해 고향에 내려가 있을 때 쓴 작품이다. 당시 당나라 사회는 군벌들이 지역마다 할거하여 혼란에 빠져 있었다. 게다가 토번의 침입이 잦아지면서 농민들의 삶은 매우 어려웠다. 백거이 자신은 원진 등 친구들의 도움을 받아 어려움을 견딜 수 있었다. 하지만, 참담한 백성들의 생활을 직접 보고는 시를 지어 당시 백성들의 생활상을 풍자하였다.

(1) 내용

팔년 십이월(813년 12월)
오일에 눈이 펑펑 내리누나
대나무 잣나무 모두 얼어 죽었는데
옷 한 벌 없는 백성들은 어떠하랴

시골 마을의 집들을 돌아보면
십중팔구는 가난하게 산다네
차가운 북풍은 칼 같이 예리하여
솜옷으로도 몸을 가리지 못하네

오직 약간의 잡초와 잡목으로 불 때고
쓸쓸히 앉아서 밤을 새며 새벽을 기다리네
큰 추위 있는 해임을 알지만
농민들은 여전히 고생이 심하구나

나를 생각해보면, 이러한 날에 나는
초가집에 깊이 문을 가리고
갈대와 시피를 걸치고
앉거나 누워도 남아있는 온기 있었네

다행히 굶고 얼어 죽는 고생 면하였도다
또 밭일도 하지 않았으니
농민들 생각하면 심히 부끄러워
스스로 나는 어떠한 사람인가 물어보노라

八年十二月　五日雪紛紛
竹柏皆凍死　況彼無衣民
廻觀村閭間　十室八九貧
北風利如劍　布絮不蔽身
唯燒蒿棘火　愁坐夜待晨
乃知大寒歲　農者猶苦辛
顧我當此日　草堂深掩門
褐裘覆絁被　坐臥有餘溫
幸免飢凍苦　又無壟畝勤
念彼深可愧　自問是何人

(2) 감상

　고향에 머물면서 참담한 백성의 삶을 직접 목격한 백거이는 '여름
가뭄(夏旱)'이라는 시에서도 '못 살겠다 울부짖는 사람들 중에(嗷嗷萬
族中) 농민들의 삶이 가장 비참하네(唯農最辛苦)'라고 읊었다.

6) 배움을 권하며 : 백낙천권학문(白樂天勸學文)

백거이의 문집에는 이 작품이 실려 있지 않다.

(1) 내용

밭이 있어도 갈지 않으면 곳간은 비게 되고
책이 있어도 가르치지 않으면 자손이 어리석네

곳간이 비면 살기가 궁핍해지고
자손이 어리석으면 예가 소홀해지니

밭 갈지 않고 가르치지 않으면
이는 부형의 잘못이라

有田不耕倉廩虛　有書不敎子孫愚
倉廩虛兮歲月乏　子孫愚兮禮義疎
若惟不耕與不敎　是乃父兄之過歟

(2) 감상

　백거이는 이 시를 통해 교육은 사람의 생활에 꼭 필요한 농업과 같은 것이라고 읊고 있다. 농사를 짓지 않으면 살 수 없듯이 사람은 배우지 않으면 사회생활을 올바르게 영위하지 못함을 말하고자 하였다.

7) 과중한 세금 : 중부(重賦)

이 시는 황제의 총애를 구하기 위해 백성들의 재물을 착취하는 부패한 관리를 고발하는 내용이다. 한층더 나아가서는 부패한 관리들로 인해 백성들이 도탄에 빠진 참상을 고발하는 내용이다.

(1) 내용

두터운 대지에 뽕나무 심음은
백성 구제가 중하기 때문이요
백성이 삼베와 비단을 짬은
한 몸을 살리는 방법이기 때문이라
남는 것은 세금으로 바쳐
위로는 군친을 봉양하네
나라에서 양세법을 정함은
본뜻은 백성 사랑에 있도다.
애초에 문란함을 막으려
안팎 신하에게 명백히 칙서 내렸다.
세금 외에 하나라도 더 거두면
모두 위법으로 논죄한다 했도다.
어찌하여 세월이 오래되니
탐욕스런 관리들 악습을 답습하는구나
우리를 짜내어 은총을 구하려
세금 거둠에 봄도 겨울도 없도다
비단이 채 한 필도 못되고
고치로 켜던 실은 한 근도 안 되는데

아전은 바치라고 독촉하며
잠시도 지체함을 허락하지 않는다
세모가 다되어서 천지가 막히고
음산한 바람 황폐한 고을에 불어온다
깊은 밤에는 불씨마저 꺼지고
싸락눈도 하얗게 날리누나
어린 것은 몸 하나 가리지 못하고
늙은이는 몸에 온기조차 없구나
슬픈 숨이 한기와 함께
콧속으로 쓰리도록 들어온다
어제는 남은 세금 바치며
우연히 관청 창고 속 엿보았다
비단과 피륙이 산더미 같이 쌓였고
실과 솜을 구름처럼 모아두었네
이름 붙여 남은 물건이라 하여
달마다 천자에게 바쳤도다
우리들 몸의 따스함을 빼앗아
너희 눈앞의 은총을 샀어구나
경림고에 들어가면
오래되어서는 먼지로 될 것이거늘

厚地植桑麻　所要濟生民
生民理布帛　所求活一身
身外充征賦　上以奉君親
國家定兩稅　本意在愛人
厥初防其淫　明敕內外臣

稅外加一物　皆以枉法論
奈何歲月久　貪吏得因循
浚我以求寵　斂索無冬春
織絹未成匹　繰絲未盈斤
里胥迫我納　不許暫逡巡
歲暮天地閉　陰風生破村
夜深煙火盡　霰雪白紛紛
幼者形不蔽　老者體無溫
悲喘與寒氣　併入鼻中辛
昨日輸殘稅　因窺官庫門
繒帛如山積　絲絮似雲屯
號爲羨餘物　隨月獻至尊
奪我身上暖　買爾眼前恩
進入瓊林庫　歲久化爲塵

(2) 감상

≪재조집≫에서는 이 시의 제목을 '무명세(無名稅)'라 하였다. 탐관 오리들이 천자의 사랑을 받기 위해 백성들을 수탈하는 참혹한 사회 현상을 그려내어 백성들의 헐벗고 굶주린 참상을 대변하였다.

8) 거울보고 늙음이 기뻐서 : 람경희로(覽鏡喜老)

이 시는 백거이가 64세에 지은 작품이다. 백거이는 50대까지 노화와 노경에 대해 다소 부정적인 내용의 시를 짓기도 했다. 60세 즈음부터의 시에서는 긍정적으로 읊고 있다. 백거이는 이 시를 쓰고 나서 11년을 더 살았다고 한다.

(1) 내용

오늘아침 맑은 거울 속 바라보니
구렛나루 귀밑머리 모두 희끗 백발되었네
어느 새 예순넷이 되었으니
어찌 노쇠하지 않을 수 있으랴

가족 친척들은 나의 늙음이 아쉬워
서로 돌아보며 탄식 하는데
나는 홀로 미소를 지으니
그 뜻을 누가 알랴

웃음 멈추어 술상 차리라 이르고
거울 덮고 흰 수염 쓰다듬네
그대들 자리에 편히 앉아
조용히 내 말 들어보게

사는 것이 만족할 일 못 된다면
늙은것이 어찌 슬퍼할 일되겠는가
사는 것이 진실로 소중한 일이라면
늙음은 곧 그만큼 오래 살았음을

늙지 않았다면 요절하였을 것이고
요절하지 않았다면 노쇠함이니

영계기(榮啓期)

늙는 것이 요절보다 나은 것은
그 이치를 의심할 필요가 없네

옛 사람도 또한 말하였으니
덧없는 인생 일흔 넘기기 드물다고
내 이제 여섯 살이 부족하기에
다행히 그렇게 될 수도 있으리라

혹시 그때까지 살 수 있다면
어찌 영계기를 부러워할 것이랴
기뻐할 일이로다 탄식할 일 아니로다
다시 술잔 기우려 한 잔 하세

今朝覽明鏡　鬢鬚盡成絲
行年六十四　安得不衰羸

親屬惜我老　相顧興歎咨
而我獨微笑　此意何人知

笑罷仍命酒　掩鏡捋白髭
爾輩且安坐　從容聽我詞

生若不足戀　老亦何足悲
生若苟可戀　老卽生多時

不老卽須夭　不夭卽須衰

晚衰勝早夭　此理決不疑

古人亦有言　浮生七十稀
我今欠六歲　多幸或庶幾

儻得及此限　何羨榮啓期
當喜不當歎　更傾酒一巵

(2) 감상

　　원문에 "불로즉수요 불요즉수쇠 만쇠승조요 차리결불의(不老即須
夭 不夭即須衰 晚衰勝早夭 此理決不疑)"라는 부분은 늙음에 대한 백거
이의 태도를 보여준다. 노경(老境, 나이 많은 때)을 읊은 백거이의 시
를 '탄로시(歎老詩)'라 하지 않고 '영로시(詠老詩)'라 일컫는 것은 늙음
을 탄식하지 않고 긍정적으로 읊은 것이 많기 때문이다.

　　영계기는 춘추시대에 자연과 더불어 즐거운 마음으로 아흔까지
살았다는 전설속의 인물이다.

9) 자유로이 사는 이의 노래 : 소요영(逍遙詠)

　　소요(逍遙)는 '슬슬 거닐어 돌아다님'을 뜻한다. '얽매이는 것 없이
자유로운 상태'를 의미한다. 백거이는 말년에 나이가 들면서 정신적 육
체적 노쇠와 정치적 실망, 불교의 영향 등으로 은둔생활을 하였다. 개
성(開城) 4년(839년) 백거이가 68세이던 겨울에, 중풍에 걸려 오랫동안
고생을 하였다. 그 때 향산사(香山寺) 승려인 여만대사(如滿大師)와 향화
사(香火寺)를 지었다. 그리고 스스로 향산거사(香山居士)라 칭하였다.

(1) 내용

이 몸 그리워하지 말고
이 몸 싫어하지도 말게
이 몸 어찌 연모하리오
만겁 번뇌의 뿌리인 것을
이 몸 어찌 싫어하리오
모여든 허공의 티끌일 뿐
그리움도 싫어함도 없어야
비로소 소요인 된다네

亦莫戀此身　亦莫厭此身
此身何足戀　萬劫煩惱根
此身何足戀　一聚虛空塵
無戀亦無厭　始是逍遙人

(2) 감상

이 시는 불교 경전인 '법구경'의 내용을 인용한 것으로 본다. 번뇌
에서 벗어나 자유로운 정신세계를 갖고자 하는 심정을 표현한 시이
다. 아래는 '법구경(法句經)'의 내용이다.

사랑하는 사람을 만들지 말고
미워하는 사람도 만들지 말라.
사랑하는 사람은 못 만나 괴롭고
미워하는 사람은 만나 괴롭다.

이러하기에 사랑을 만들지 말라.
사랑 때문에 미움 생기니
이미 얽매임에 벗어난 사람은
사랑할 것도 미워할 것도 없네.

不當趣所愛　亦莫有不愛
愛之不見憂　不愛亦見憂

是以莫造愛　愛憎惡所由
已除結縛者　無愛無所憎

4. 문학적 평가

백거이는 당나라 때까지 시인 중에서 가장 많은 시 2,900여 수를 남겼다. 백거이 시의 가장 두드러진 특징은 평이성(平易性), 풍자성(諷刺性), 사실성(寫實性)이라고 할 수 있다.

1) 평이성

청 대 조익(趙翼, 1727-1814)은 ≪구북시화(甌北詩話)≫에서 "백낙천은 시를 지을 때, 한 명의 노파도 그것을 이해하도록 하였다. '이해 못하겠습니까?'라고 물어보고, '이해했습니다.'라고 하면 그것을 기록하였다. '이해 못했습니다.'라고 하면, 다시 그것을 쉽게 고쳤다."(<甌北詩話>: 白樂天每作詩, 令一老嫗解之, 問曰解否? 曰解則錄之, 不解則復易之.)라고 적고 있다. 여기에서 백거이가 일반대중이 쉽게 읽고 이해할 수 있도록 평이한 시어(詩語)를 사용하여 지었음을 알 수 있다.

명 대 호응린(胡應麟, 1551-1602)은 ≪시수(詩藪)≫ 권6에서, "낙천의 시는 세상에서 이르기를 얕고 속되다고 말하는데, 이는 뜻과 말이 합치되었기 때문이다.(樂天詩, 世謂淺近, 以意與語合也.)"라고 하였다. 여기에서 '얕고 속되다'의 의미는 '평이하다'는 뜻이다. 그리고 '뜻과 말이 합치되었다'는 것은 직설적이라는 의미이다. 그래서 백거이의 시는 계급을 막론하고 시대를 막론하고 모두에게 회자되었다.

2) 풍자성

≪자치통감(資治通鑑)≫ <당기(唐紀)>에서는, "헌종 원화 2년에 백거이는 악부 및 시 100여 편을 지어 시사를 풍자하였다.(憲宗元和二年, 白居易作樂府及詩百餘篇, 規諷時事.)"라고 하였다. 백거이의 시 중, 풍유시는 172수 정도이다. 백성의 입장을 대변하여 백성의 고통을 노래하였던 백거이의 시를 많은 사람들은 좋아하였다.

백거이는 당나라의 정치 문란과 관리의 부패, 과중한 세금에 허덕이는 백성의 고통을 직접 목격하면서 사회를 개혁하려는 뜻을 품게 되었다. 하지만, 자신을 이상을 실현할 만한 관직에 있었던 것이 아니었기 때문에, 시를 통해 민생의 고통을 대변하고 정치의 부당함을 풍자하여 부패한 관료들을 질타하였다.

3) 사실성

백거이의 시는 모두 백거이 자신이 일생동안 겪은 생활의 기록이라 할 수 있다. 백거이의 시는 당나라 당시의 사회상과 생활상을 반영하고 있어서 매우 사실적이다. 백거이는 "글은 반드시 시대를 위해 써야 하며 시가는 반드시 사실을 가지고 창작해야 한다."고 하면서 현실생활에 뿌리박을 것을 주장하였다.

806년에 쓴 ≪책림(策林)≫에서 백거이는 "천하 백성들은 빠짐없이 구제하자"는 정치주장을 서술하였다. 그리고 통치계급이 가렴잡세(苛斂雜稅, 과중하고 잡다한 세금)로 백성을 약탈하는 것을 반대하였다.

≪여원구서≫에서는 "문장은 시대에 부합되게 지어야 하고 시가는 현실에 부합되게 지어야 한다."고 하였다. 시사에 부합되게 지어야 한다는 것이 시의 사실성을 보여주는 것이다.

제2부

명청소설(明淸小說):
5대 명저(名著)

1. 중국 소설(小說)의 기원

중국에서 소설에 대한 개념은 ≪장자(莊子)≫ <외물편(外物篇)>에서 처음 등장한다. <외물편>에 "하찮은 이야기를 치장하여 높은 명성과 훌륭한 명예를 얻으려는 사람들은 큰 깨달음과는 거리가 멀다 (飾小說以干縣令, 其於大達亦遠矣.)"라고 적고 있는데, 여기서 하찮은 이야기는 '도술(道術)이 없다'는 의미이다. 이는 서구에서 들어온 소설(novel) 개념과는 큰 차이가 있다.

중국 소설에 대한 기원은 명확하지 않다. 몇 가지 기원설을 살펴보면 다음과 같다.

첫째는 패관설(稗官說)이다. 고대 통치자는 민심을 알기 위해 패관(稗官)이라는 관리에게 "길거리와 골목의 이야기나 길에서 듣고 말한 것(街談巷語, 道聽塗說者之所造)"을 수집하도록 한 것에서 소설이 시작되었다고 본다.

둘째는 방사설(方士說)이다. 한 대의 방사들이 집권자에게 들려주었던 여러 가지 방술(方術)에 대한 기록이 최초의 소설 작품화라는 것이다.

셋째는 신화설(神話說)이다. 옛부터 전해내려 오는 신화와 전설을 중국 고대소설의 시작으로 보는 것이다.

넷째는 사전설(史傳說)이다. 소설을 사전(史傳)문학(역사 전기 문학)으로부터 발전해 온 것으로 판단하는 것이다.

그 외에도 장자설(莊子說), 제자우언설(諸子寓言說), 도교근원설, 돈황(敦煌)의 변문(變文)설 등 중국 소설의 기원에 대한 논쟁은 계속 되고 있다.

2. 명청소설(明淸小說)

명 대에 들어서면, 소설은 꽃을 피우게 된다. 이때부터 청대에 이르기까지 소설은 사회의 주요 담론이 되었다. 명대에 들어와 읽는 상품을 중심으로 하는 독서시장이 형성되었다. 그리고 이를 지원하는 문화자본이 형성되었다.

명·청 대의 소설 작품을 보면 이전에 경험되었던 다양한 소재들이 한꺼번에 모습을 드러내고 있음을 볼 수 있다. 특히 명대에 들어와 소재의 성격이 뚜렷하게 부각되는 작품들이 등장하였다.

중국의 학자들은 명·청 시기에 나타난 소재를 (1) 역사 연의 (2) 영웅전기 (3) 신마(神魔)소설 (4) 인정(人情) (5) 풍자소설 (6) 공안 협의 등으로 분류하고 있다. 이 시기의 작품의 특징은 하나의 작품이 하나의 소재에 집중되어 있지 않다. 대부분의 작품에서 소재들이 서로 융합된 채로 이야기가 전개되고 있다.

명대 때 소설은 복합적 소재를 통해 이루어지는 양상을 보여주고 있다. 이러한 양상은 청대에 이르러서는 더욱 심화되었다.

명말(明末) 풍몽룡(馮夢龍)은 명대에 나온 수많은 소설들 중에 ≪삼국지연의≫를 시작으로 ≪수호전≫, ≪서유기≫, ≪금병매≫ 네 작품을 '사대기서(四大奇書)'라 불렀고, 명말 청초의 문학가 이어(李漁)는 풍몽룡(馮夢龍)의 견해를 인용해 ≪삼국지연의≫를 '제일기서(第一奇書)'라고 불렀다. 현대에 들어와 '사대기서(四大奇書)' 중 ≪삼국지연의≫, ≪수호전≫, ≪서유기≫와 ≪금병매≫ 대신 청대에 출간된≪홍루몽≫을 포함시켜 4대 명저(名著)로 분류하고 있다. ≪금병매≫를 합쳐 '5대 명저'로 분류하기도 한다.

1) 신마(神魔)소설

신마소설이란 명칭은 루쉰(魯迅)이 ≪중국소설사략(中國小說史略)≫에서 명대에 지어진 신(神)과 마(魔)의 투법(鬪法)을 서술한 작품들을 가리킨 데서 비롯되었다. 루쉰이 신마소설로 분류한 작품들은 ≪삼수평요전(三邃平妖傳)≫, ≪동유기(東遊記)≫, ≪남유기(南遊記)≫, ≪북유기(北遊記)≫, ≪봉신연의(封神演義)≫, ≪삼보태감서양기(三寶太監西洋記)≫, ≪서유기(西遊記)≫ 및 ≪서유기≫를 모방한 작품들이다.

명・청 대는 불교와 도교가 하나처럼 혼합되었다. 여기에 유교의 충효까지 더해지면서 그야말로 삼교합일(三敎合一)이 강조되던 시대였다. 신마소설은 삼교합일이 사상적인 배경이 되기 때문에 한 작품에 유(儒)・불(佛)・도(道)의 정신이 함께 나타나는 경우가 많다. 물론 작품에 따라 불교 혹은 도교를 중심으로 한 것도 있다. 그러나 일반적으로 신마소설은 주로 세 종교의 요소가 함께 어우러져 있다고 할 수 있다.

2. 인정(人情)소설

신마소설이 성행할 때 인간세상에서 벌어지는 일들을 기록한 소설도 나타났다. 그 소재는 인간 생활에 있어서의 헤어짐과 만남, 기쁨과 슬픔 및 출세와 창업의 일들을 서술하였다. 간혹 인과응보가 섞여 들기는 했으나 신비하고 괴이한 이야기는 별로 언급되지 않았다.

세태의 묘사를 통해 인생살이에 있어서의 영고성쇠를 드러냈기에 '세정(世情)소설' 혹은 '세정서'라고도 불렀다. 세정서 중에서 유명한 작품은 금병매이다. ≪금병매≫는 ≪수호전≫에서 나온 서문경을 주요 인물로 삼아 이야기를 전개하였다. 청대 건륭 연간(1765년 무렵) ≪석두기≫라는 소설이 갑자기 북경에 나타나 큰 인기를 끈다. 홍루몽으로 더 잘 알려진 ≪석두기≫는 그렇게 세상에 나왔다. 중국소설사에서 남녀의 애정을 그린 작품은 그 유래가 오래되었다. 그러나 진정한 사랑의 문제를 본격적으로 다룬 것은 홍루몽이 최고다.

제6장 삼국지연의(三國志演義)

1. 개요

일반적으로 알려진 소설 ≪삼국지(三國志)≫는 나관중(羅貫中, 약 1330~약1400)의 ≪삼국지연의(三國志演義)≫를 간략하게 말하는 것이다. 원명은 ≪삼국지통속연의(三國志通俗演義≫이다. 소설에 '연의(演義)'가 붙은 것은 ≪삼국지≫가 처음이다. '연의'란 역사적 사실을 이야기로 풀어 낸다는 의미로 역사적 사실을 토대로 진실과 허구를 섞어 이야기를 만들어 내는 것을 의미한다. ≪삼국지≫는 중국에서 최초의 '역사소설'로 인정받고 있다. 소설 ≪삼국지≫는 후한(後漢) 말 황건적(黃巾賊)의 난이 일어난 AD 184년에서 시작하여 신흥의 진(晉)이 삼국을 멸망시킴으로서 천하가 통일되는 AD 280년까지 약 백년간의 이야기다.

그런데, ≪삼국지≫는 소설을 말하기도 하지만, 진수(陳壽, 233~297)가 지은 역사서 ≪삼국지(三國志)≫를 말하기도 한다. 290년경에 쓰여진 역사서 ≪삼국지≫는 진(晋)나라 진수가 위(魏)나라를 정통으로 보고 기술하였다. ≪삼국지≫의 '지(志)'는 '기록'이라는 뜻이다. ≪삼국지≫는 "≪위서(魏書)≫ 10권, ≪촉서(蜀書)≫ 15권, ≪오서(吳書)≫ 20권으로 구성되어 있다.

2. 역사 ≪삼국지≫와 소설 ≪삼국지연의≫

일반 대중에게는 역사서 ≪삼국지(三國志)≫보다는 소설 ≪삼국지(三國志演義)≫가 더 친숙하다. 그래서 손에는 깃털부채를 들고 머리에는 두건을 쓰고 담소하며 적벽대전(赤壁大戰)을 지휘한 사람이 주유(周瑜)가 아닌 제갈량(諸葛亮)으로 알고 있다. 적벽대전의 주인공이 왜 주유에서 제갈량으로 바뀐 것일까?

역사서 ≪삼국지≫를 쓴 진수는 지금의 사천 사람이다. 사천은 유비(劉備)가 세운 촉(蜀)나라 땅이다. 그럼에도 진수가 조조(曹操)의 위나라를 정통으로 삼고 삼국시대의 역사를 서술한 것은 서진(西晉, 265~316)에서 벼슬을 했기 때문이다.

나관중의 소설 ≪삼국지≫는 진수의 정사 ≪삼국지≫와는 달리 유비(劉備)의 촉나라를 정통으로 한다. 나관중은 원나라 때 출간된 중편소설인 ≪전상삼국지평화(全相三國志平話)≫의 줄거리를 근간으로 하면서, 진수의 ≪삼국지≫와 429년 남조 송의 사람인 배송지(裴松之)가 보완한 ≪삼국지주(三國志注)≫ 그리고 사마광(司馬光)의 ≪자치통감(資治通鑑)≫ 등의 역사서를 참고하였다. 그리고 장회(章回) 소설(장편소설) 형식으로 재구성하여 쓴 것이 소설 ≪삼국지≫이다.

원 지치(至治) 년간(1321~1323)에 복건 건양(建陽)의 이름난 출판업자였던 우씨(虞氏)가 출판한 ≪신간전상삼국지평화(新刊全相三國志平話)≫는 송 대 전문적인 이야기꾼들의 이야기 대본인 화본(話本)을 근간으로 한다. 이것은 고도의 문화적 소양을 갖춘 지식인들이 아닌, 일반 대중을 독자로 의식한 것이다.

유비를 비롯한 참모와 장수들은 대중들에게 많은 사랑을 받았다. 이는 유비의 인자함과 제갈량(諸葛亮)의 지혜로움, 관우(關羽)의 의로움이 송나라 이후 민중들의 도덕적 취향인 유교(儒敎)와 잘 맞았기 때문이다. 조조보다 유비를 좋아하는 청중들의 취향을 반영하여 이야기꾼들은 유비를 중심으로 삼국시대의 이야기를 재미나게 풀어갔다.

책 제목에서 '전상(全相)'은 책 전반에 걸쳐 삽화를 포함하고 있다는 의미다. 당시 소설책은 '상도하문(上圖下文)' 즉 책의 상단은 삽화, 하단은 텍스트가 있는 형태로 구성되었다. '평화(平話)'는 '평이한 말로 풀어 썼다'는 뜻이다. 삽화를 집어넣고 이해하기 쉬운 말로 풀어 쓴 소설책이다.

소식(蘇軾)의 ≪동파지림(東坡志林)≫에 의하면, "송나라 때 서민들은 동네 개구쟁이 아이들이 성가시게 굴면 돈을 주어 모여 앉아 옛날 이야기를 듣게 했다"고 한다. 이야기꾼으로부터 삼국시대에 일어난 일을 듣고 있던 아이들은 유비가 패했다는 이야기를 들으면 얼굴을 찡그리거나 심지어 눈물을 흘리는 아이들도 있었다. 조조가 패했다고 하면 기뻐서 탄성을 질렀다고 한다. 이 이야기를 통해 당시 사람들은 이미 유비를 옹호하고 조조를 반대하는 경향이 뚜렷했음을 알 수 있다. 또 삼국시대의 역사이야기가 널리 알려져 있었다는 것도 알 수 있다. 유비가 황족 출신이어서 지지받은 것은 아니다. 유비가 '위로는 나라에 충성하고 아래로는 백성들을 안녕되게 한다'라는 슬로건을 내걸고, 한나라의 부흥을 위해 재통일하는 데 온 힘을 다했기 때문이다.

나관중의 ≪삼국지≫가 역사서를 근거로 하여 지어진 것이지만, 실제와는 다른 허구의 이야기도 많다. 즉, 실제 역사와 다른 부분도 있고 등장인물에 대한 잘못된 설정도 많다. 특히 유비를 중심으로 한 이야기가 전개되다보니, 실제 역사 인물들 중 조조, 주유, 장비(張飛) 등의 인물들이 피해를 많이 봤다. 특히 오나라의 인물들이 잘못 묘사되고 있다. 오나라의 군사(軍師)인 노숙(魯肅, 172~217)은 '천하 삼분지계(天下三分之計)'를 가장 먼저 제시한 인물이었다. 하지만 소설에서는 어리숙한 사람으로 묘사된다. 오나라의 용장인 황개(黃蓋)는 주유에게 '화공계(火攻計)'를 제안하여 실질적으로 적벽대전을 승리로 이끈 장본인이지만, 소설에서의 주인공은 제갈량이다.

소설 ≪삼국지≫에서 가장 피해를 본 사람은 주유다. 나관중은 주유를 무능하게 만들었다. 역사 속에서 주유는 신의가 두텁고 마음이 너그러운 영웅이고, 음악에도 조예가 깊은 섬세한 사내로 비춰진다. 그래서 소식은 <적벽회고(赤壁懷古)>에서 '아득히 생각하니 그때 주유에게 소교(小喬)가 막 시집왔었지. 뛰어나고 굳센 자태에 영기가 넘쳤지'라고 노래했다.

그런데 소설에서 주유는 많이 망가진다. ≪삼국지≫ 44회 '제갈공명이 지혜로 주유를 부추기다(公明用智激周瑜)'를 읽어 보면, 제갈량은 주유와의 만남에서 오나라를 적벽대전에 끌어들이기 위해 주유에게 조조에 관한 이야기를 들려준다. 호색한인 조조가 강동(江東) 교공의 두 딸 대교(大喬)와 소교가 미인이라는 소문을 익히 듣고 "나의 소원 하나는 사해(四海)를 평정하여 제업(帝業)을 이루는 것이고, 다른 하나의 소원은 강동의 이교(二喬)를 얻어 동작대에 두고 만년을 즐기면 죽어도 여한이 없을 것이다"라고 맹세했다고 한다. 또 조조의 아들인 조식(曹植, 192-232)이 지은 <동작대부(銅雀臺賦)>에 "동남쪽에서 두 교씨를 잡아와 아침저녁으로 그녀들과 함께 즐기겠다"는 말이 있다. 주유를 자극해 조조와 전쟁을 하도록 부추긴다. 결국 적벽대전은 소교라는 한 여인을 독차지하기 위한 두 사내의 욕망에 의해 벌어진 전쟁으로 전락해버린다.

나관중에 의해 망가진 인물로 조조가 있다. 오늘날 '난세의 간웅'으로 기억되고 있는 조조에 대한 부정적 평가는 남북조(南北朝) 때 동진(東晉)의 손성(孫盛)이 쓴 <이동잡어>(異同雜語)라는 책에서부터 시작되었다. 이런 왜곡은 이후 명대(明代) 나관중의 <삼국지통속연의>를 거쳐 이를 개작한 청대(淸代)의 모종강 부자의 <삼국연의>에 이르러 더욱 심화된다. 조조는 관료가 군주가 된 최초의 사례다. 조조의 아버지

조숭(曹嵩)은 환관 조등(曹騰)의 양아들이었
다. 당시 혼란했던 후한 말기는 환관이 전횡
을 일삼았다. 세력가의 집안에서 태어난 조
조는 좋은 교육을 받을 수 있었다. 조조는
문무(文武)에 출중했다. "긴 창을 비스듬히
들고 말안장 위에 앉아 시를 짓는다"라는
뜻의 '횡삭부시(橫槊賦詩)'는 평생을 전쟁터
에서 보낸 조조를 두고 생긴 말이다. 문무
(文武)를 겸비한 인물이 전장에서 글을 짓는
호방함을 가리킨다. 진수는 정사(正史) 삼국
지에서 조조를 이렇게 묘사하고 있다.

"조조는 책략을 이용하고 계략을 세워 무력으로써 천하를 정복
하였다. 신불해(申不害)와 상앙(商鞅)의 치국 방법을 받아들이고,
한신(韓信)과 백기(白起)의 기발한 책략을 사용하였다. 서로 다른
재능이 있는 자에게 관직을 주고, 각 사람이 갖고있는 기능을 이
용하며 자기의 감정을 자제하고 냉정한 계획에 따랐다. 옛날의
악행은 염두에 두지 않았다. 마침내 국가의 큰일을 완전히 장악
하고 대사업을 완성시킬 수 있었던 것은 오로지 그의 명석한 책
략이 다른 사람에 비해 가장 우수했기 때문이다. 따라서 그는 비
범한 인물이며, 시대를 초월한 영웅이라고 말할 수 있다"

3. 시대적 배경

황건적의 난이 일어나기 거의 1세기 전, 화제(和帝, 89~105) 때부
터 한나라는 점차적으로 쇠퇴기에 들었다. 후한은 광무제(光武帝)가
유학(儒學)을 제창한 까닭에 기(氣)와 절(節)을 숭상하게 되었다. 따

라서 사대부는 명절(名節)을 중시하였다. 사대부는 관리가 되기도 했지만, 재야에서 정치를 비평하는 '청의(淸議)'를 조성하였다. 청의가 정치적인 힘을 갖게 되자, 외척과 환관 세력으로부터 질시를 받게 되었다. 사대부들도 청의에 대한 적의가 심각했다.

후한은 청류(淸流)와 탁류(濁流)의 싸움으로 망했다고 할 수 있다. 청류는 사대부들이 자신을 일컫는 말이고, 탁류는 사대부들이 환관을 비하하여 부르는 이름이다. 화제 때부터 큰 힘으로 대두하기 시작한 환관은 환·영제(桓·靈帝. 147~189) 시대에 와서 외척을 누르고 막강한 정치력을 장악했다.

환관들은 두 차례에 거친 '당고(黨錮)의 금(禁)'을 통해 청류를 압박하였다. 청류 쪽의 반격은 189년 원소(袁紹)에 의한 환관 몰살이다. 청류와 탁류의 싸움 속에서 정치는 부패하고 백성들은 도탄에 빠졌다.

후한은 변환(邊患)에 계속 시달렸다. 특히 강인(羌人)과 선비인(鮮卑人)에 의한 변환은 막대한 군비를 지출케 했다. 변환을 진압하기 위해 지방에 주둔시킨 제후들은 종종 군벌(軍閥)로 둔갑했다. 대표적인 인물이 동탁(董卓), 공손찬(公孫瓚) 등이었다. 왕의 권력은 약화되고, 군벌 혹은 제후들의 권력이 강화되면서 후한은 혼란에 빠졌고, 위촉오가 등장하는 정치적 배경이 된다.

4. 작가

소설 ≪삼국지≫의 저자는 나관중이다. 나관중의 생존연대는 확실하지 않지만, 루쉰은(魯迅)은 나관중이 대략 원·명 사이(약 1330

~1400)의 사람이었던 것으로 추정했다. 어떤 학자는 1315~1318년 사이에 태어나 1385~1388년 사이에 죽었다고 주장하기도 한다. 또 어떤 학자는 1310년 전후에 태어나 1380년 전후에 죽었다고도 한다.

현존하는 ≪삼국지연의≫ 텍스트 중에 가장 먼저 간행된 것은 명나라 홍치 7년(1494)과 가정 원년(1522)의 서문이 붙은 ≪삼국지통속연의(三國志通俗演義)≫이다.

5. 등장인물

1) 유비(劉備)

유비의 자는 현덕(玄德)이다. 유비가 한나라의 황실 성씨였으므로 '유황숙(劉皇叔)'이라고도 불렸다. 아버지를 일찍 여읜 유비는 어머니와 돗자리를 짜고 팔아 연명하였다. 의형제인 관우, 장비와 참모 제갈량의 도움을 받아 군웅들 사이에서 세력을 확장하여 장강의 중류와 상류 지역을 통치하였다.

한중왕(漢中王)이 된 뒤, 제갈량이 유비에게 황제로 즉위하도록 권했다. 221년 4월 유비는 황제로 즉위했다. 연호를 장무(章武)로 하고, 유선(劉禪)을 황태자로 세웠다.

2) 관우(關羽)

관우의 자는 운장(雲長)이다. 키가 9척
(약 2m7cm), 수염 길이가 2자(약 46 cm)
이며, 얼굴이 홍시처럼 붉고, 기름을 바
른 듯한 입술, 붉은 봉황의 눈, 누에가
누운 듯한 눈썹 등의 풍모로 묘사된다.
장비와 더불어 유비를 오랫동안 섬기며
촉한(蜀漢) 건국에 커다란 공로를 세웠
다. 천하무적의 호걸로 의리가 강하나
인정에 약하다. 의리의 화신으로 중국의
민담이나 민간전승, 민간전설에서 널리 이야기되었고 나중에는 신격
화되어 관제묘(關帝墓)가 세워졌다. 관우는 재신(財神) 중의 한 명이
다. 중국에서는 관우를 섬기면 부자가 된다고 믿고 있다.

도교에서는 관우를 신격화하여 전쟁의 신인 '관성제군(關聖帝君)'
이라 부른다. 공자의 사당을 문묘(文廟)라고 부르듯이, 관우의 사당
을 무묘(武廟)라 부르며 관우를 '무의 화신'으로 추앙한다. 대한민국
서울 종로구에 위치한 '동묘'가 관왕묘 중의 하나이다.

3) 장비(張飛)

장비의 자는 익덕(益德)이다(삼국지연의에서는 익덕(翼德)). 탁군
출생으로 무용이 뛰어나서 관우와 함께 '만인지적(萬人之敵: 혼자서
만 명을 상대할 수 있는 사람)'이라 불렸다. 208년에 남하한 조조군
을 상대로 유비군이 처절하게 싸운 장판교(長坂橋) 싸움에서는 혼자

서 조조의 대군을 떨게 했다. 그외 서촉 공방전, 한중 공방전에서 활약했다. 또한 훌륭한 인물을 존경하는 면도 가지고 있어, 촉을 평정하는 전투에서 익주(촉)의 자사 유장의 장수인 엄한(嚴顏)이 유비군에 생포되고도 굴복하지 않자 그 정신에 감동하여 목숨을 살려 주기도 했다. 관우가 죽은 후, 복수를 위해 오나라로 출병하기 직전 아래 사람에게 가혹하게 한 성격이 화근이 되어 부하에게 암살당했다.

4) 제갈량(諸葛亮)

자는 공명(孔明)이고, 별호는 와룡(臥龍) 또는 복룡(伏龍)이다. 친형은 제갈근(諸葛謹)이고, 친동생은 제갈균(諸葛均)이다. "누구든지 봉추(鳳雛, 방통의 호)와 와룡(臥龍, 제갈량의 호) 둘 중 하나만 얻으면 천하를 통일할 수 있다."라는 말이 있을 정도로 책략이 뛰어나다.

와룡강에 은거해 있었으나 유비의 삼고의 예에 감격하여 천하삼분의 책략을 세운다. 유비를 도와 촉한을 건국하는 제업을 이루었다. 천문·지리·작전에 정통하고 지모(智謀)는 뛰어나다. 현덕이 죽은 후에 다음 임금 유선(劉先)을 섬겨 남만(南蠻)을 평정하고 또 북으로 올라가 위와 싸운다. 234년 5차 북벌 중

오장원(五丈原) 진중에서 54세의 나이로 병사하였다. 유선에게 올린 출사표는 현재까지 전해 내려오고 있다.

5) 조조(曹操)

조조의 자는 맹덕이다. 난세의 교활한 영웅이라 불려진다. 허창(허난성)에 도읍을 정하고 천자를 받들어 재상이 되어 조정의 실권을 장악한다. 후에 하북의 원소를 멸망시켜 황하 유역을 완전히 장악하고 장강 유역까지 세력을 확장하여 촉·오와 대립한다. 208년 적벽대전에서 손권과 유비의 연합군에게 패해 천하통일을 이루지는 못하지만 위공(魏公)에서 위왕(魏王)이 되어 막강한 세력을 자랑했다. 죽은 뒤, 아들 조비가 즉위하여 위 왕조를 세우고 아버지 조조를 무제(武帝)로 추존한다. 정치가일 뿐만 아니라 뛰어난 시인이기도 했다. 역사서 삼국지에서는 영웅으로, 소설 삼국지연의에서는 후한을 멸망시킨 난세의 간웅(奸雄)이라는 평가를 받는 인물이다.

6) 조운(趙雲)

조운의 자는 자룡(子龍)이다. 소설에서는 창술(槍術)의 명수로 등장한다. 진수는 조운을 황충(黃忠)과 함께 유비의 조아(爪牙, 매우 쓸모 있는 사람이나 물건을 비유적으로 하는 말)가 되었다고 평가했다. 조운은 처음에 원소에게 졸백(卒伯, 병졸의 우두머리)으로 임관하였으나, 원소의 그릇이 크지 않다는 것에 실망하여 공손찬 아래로 들어갔다, 공손찬 사후 유비에게 간다. 장판파(長坂坡) 전투에서 빛나는 수훈을 세워 영웅이 된다.

7) 손권(孫權)

손권의 자는 중모(仲謀)이다. 아버지 손견(孫堅)이 죽고 형 손책(孫策)도 죽자, 19세의 나이로 집안의 계승자가 되었다. 강동 일대를 차지하여 위·촉과 대항한다. 229년 손권은 여러 신하들의 권고로 황제에 즉위하였다. 남하하려는 조조의 군대를 유비와 동맹하여 적벽에서 격파하였고, 유비 세력이 확대 되어 가는 것에 두려움을 느껴 여동생을 유비에게 시집 보내 유비와의 우호 관계를 밀접히 하였다. 그러나 형주(荊州)를 둘러싸고 유비와의 불화가 심화되자, 조조와 동맹을 맺고 관우를 공격하여 관우를 사로잡아 처형하고 형주를 평정한다.

5. 작품 감상

1) 도원결의(桃園結義)

동한 말년 조정은 부패하고 전국에 몇 년째 흉년이 들어 백성들의 생활은 곤궁하기 이를 데 없었다. 황건적이 난을 일으키자 돗자리를 짜서 생활하면서도 큰 뜻을 잃지 않은 교룡(蛟龍) 유비, 불의를 보면 참지 못하는 최고의 무사 관우, 호탕하고 직정적(直情的)인 성품의 호걸 장비. 이들 세 사람이 복숭아꽃 핀 장비의 뒤뜰에서 검은 소와 흰 말의 피를 섞어 나누어 마신 뒤 향을 사르며 형제의 의를 맺은 것을 천지신명에게 다짐했다.

감상

유현덕은 어려서 아버지를 잃고 어머니를 모시는 효성이 지극하였는데 워낙 집이 가난해서 짚신을 삼고 돗자리를 짜서 시장에 내다 파는 걸로 생계를 삼았다.
탁현 누상촌(樓桑村) 현덕의 집 동남쪽에 큰 뽕나무가 하나 있었는데 높이가 다섯 길이라, 멀리서 바라보면 마치 수레 덮개를 첩첩이 쌓아 놓은 것 같았다.
언제인가 상 잘 보는 사람이
"이 집에 반드시 귀한 사람이 태어날 것이다."

하고 예언한 일이 있었다.

현덕이 어렸을 때였다. 현덕이 그 뽕나무 밑에서 동네 아이들과 놀다가 "내가 천자(天子)가 되면 이 무성한 뽕나무 잎 같은 덮개로 만든 수레를 타리라."라고 말했다.

숙부(叔父)뻘 되는 유원기(劉元起)가 지나가다가 그 말을 듣고

"이 아이는 보통 인물이 아니로다."

감탄하여 현덕의 집이 가난함을 알기 때문에 여러 가지로 늘 도와줬다.

현덕이 열다섯 살 나던 해. 어머니는 현덕을 공부시키기 위해 그를 객지로 보냈다. 현덕은 정현(鄭玄)과 노식(盧植)을 스승으로 섬기며, 공손찬 등을 친구로 사귀었다.

유언이 각처에 방문을 내걸고 의병을 모집할 때, 현덕의 나이는 28세였다. 현덕은 그날로 격문을 보고 개연히 탄식하는데 등뒤에서 우렁찬 목소리가 난다.

"사내대장부가 나라를 위해 힘을 분발하지 않고 무슨 일로 길이 탄식만 하는가!"

현덕이 돌아보니 그 사람은 키가 8척이요 머리는 표범 같은데, 눈은 고리눈이고, 턱은 제비 같고, 수염은 범 같고, 목소리는 우레 같고, 기상은 달리는 말 같다.

현덕이 상대의 외모가 비범함을 보고 성명을 물으니, 그 사람이 대답한다.

"나는 성이 장(張)이요 이름은 비(飛)니, 대대로 이 탁군(涿郡)에서 살아온 집안인데 장원(莊園)과 토지도 있소. 또 한편으론 술을 팔고 돼지도 잡으며 오로지 천하 호걸들과 사귀기를 좋아하오. 그런데 마침 그대가 방문을 보며 탄식하기에 한마디 한 것이오."

현덕은 자기소개 겸 말한다.

"나는 본시 한 황실의 종친으로 성은 유(劉)며 이름은 비(備)라 하오. 요즘 황건적이 반란했다는 방문(榜文)을 이제사 보았소. 도둑을 쳐부수어 백성을 구제하고 싶으나 힘이 없어 한이라. 그래서 길이 탄식하였소."

장비가 제의한다.

"내게 재산이 있으니. 이 고을 사람들을 모집하여 우리 함께 의병을 일으키면 어떻겠소?"

현덕은 매우 기뻐하고 마침내 장비와 함께 마을 주막으로 들어가서 술을 마신다. 그때 위풍이 늠름한 사나이가 수레를 한 손으로 밀고 와 주막 바깥에 서더니, 주막 안으로 들어와서 자리에 앉는다.

"속히 술을 다오. 내 쾌히 마시고 성 안으로 들어가서 의병을 모집하는 데 참여하리라."

현덕이 본즉, 그 사람은 키가 9척이요, 수염 길이가 2척이요. 얼굴은 익은 대춧빛 같은데, 입술은 연지를 바른 듯 빨갛고 봉황의 눈에 누에 같은 눈썹을 지니고 있었다. 당당하고 위엄 있는 모습이다. 현덕이 그 사람을 자기 자리로 청하여 함께 앉은 뒤 이름을 물으니, "나의 성은 관(關)이며 이름은 우(羽)며 자는 수장(壽長)인데, 뒤에 자를 운장(雲長)이라 고쳤소. 나는 원래 하동(河東) 해량(解良) 땅 사람이오. 그곳 행세하는 집에 세도만 믿고 사람을 업신여기는 자가 있었는데 그자가 되지 못한 수작을 일삼다가, 결국 내 손에 맞아 죽었소. 사람을 죽였는지라 몸을 피해 세상을 떠돌아다닌 지도 5, 6년이 지났소. 이번에 들으니 이곳에서 군사를 모집하여 황건적을 친다기에 달려왔소이다."

현덕이 자기와 장비도 그러하다는 뜻을 말하자 관운장은 크게 기뻐한다. 이에 세 사람은 함께 장비의 정원으로 가서 한자리에 앉아 거사할 일을 상의했다.

장비가 의견을 말한다.

"우리 집 뒤에 복숭아나무가 울창한 동산이 있는데 지금 꽃이 한창이오. 내일 거기서 하늘과 땅에 제사를 드려 뜻을 고하고, 우리 세 사람이 형제의 의를 맺읍시다. 우리가 한마음 한뜻으로 뭉쳐야만 비로소 대사를 도모할 수 있소."

현덕과 운장은 일제히 응낙한다.

"그 말이 참 좋소."

이튿날, 그들은 장비의 집 뒤에 있는 도원(桃園)에서 희생으로 쓸 검은 소와 흰 말과 그 밖에 제사지 낼 예물을 갖추었다. 세 사람은 향을 살라 두 번 절하고 함께 엄숙히 맹세한다.

유비와 관우와 장비는 각기 성은 다르나 형제가 되었다. 마음을 함께하여 힘을 합쳐 서로 괴로운 고비와 위험한 경우를 도와서, 위로는 나라의 은혜에 보답하고 아래로는 만백성을 편안하게 하리이다. 같은 해 같은 달 같은 날에 함께 죽기를 원하오니, 황천후토(皇天后土)는 우리를 굽어 살피소서. 만일 세 사람 중에서 의리를 저버리거나 은혜를 잊는 자가 있거든, 하늘이여! 세상이여! 그를 죽이소서.

그들은 맹세를 마치자 나이에 따라 형과 동생을 정하고 절했다. 이리하여 현덕은 형님이 되고 관우는 둘째, 장비는 막내동생이 되었다. …… 〈하략(下略)〉

(나관중, 2003, 김구용 역, ≪(완역결정본) 삼국지연의 1≫ 1회 중에서)

도원결의는 정사에는 없는 허구의 이야기다. 역사서 삼국지와는 달리, 나관중은 유비를 삼국의 정통으로 인정하고 싶었고, 정통성을 만들기 위한 강력한 소재가 필요했다. 복사꽃 날리는 정원에서의 구국의 결의는 독자에게 흥미를 끌기에 충분해 보인다.

2) 관도대전(官渡大戰)

조조는 자신의 가장 강력한 적수였던 원소와 일전을 벌였다. 원소와 조조의 대결전이 관도에서 벌어졌는데 이를 '관도대'라고 한다. 관도대전은 적벽대전과 이릉대전(夷陵大戰)과 함  께 삼국시대의 흐름을 결정지었던 주요 전투이다. 조조는 동탁과 그 잔당들을 타도하고 헌제(獻帝)를 맞아, 한실(漢室) 조정을 옹호한다는 대의명분을 얻었다. 관도대전의 시작을 알리는 백마전투에서 문추

(文醜)를 죽이고 조조에게 은혜를 갚은 관우는 조조에게 편지를 남기고 의형제 유비를 찾아 다시 길을 떠난다. 유비에게 가는 도중 5개의 관문을 지키는 장수의 목을 차례로 단칼에 베면서 돌파하는 '오관참육장(五關斬六將)' 설화는 유명하다.

감상

언덕 위에서 그 광경을 바라보던 조조가 달아나는 문추를 손가락으로 가리키며 묻는다.

"문추는 하북의 유명한 장수다. 누가 저자를 능히 사로잡겠느냐?"

장요와 사황이 동시에 나는 듯이 말을 달려가며 크게 외친다.

"문추야. 네가 달아나면 어디로 가겠느냐. 게 섰거라!"

문추는 뒤쫓아 오는 두 장수를 돌아보자. 즉시 철창(鐵槍)을 안장 고리에 끼우고, 활에 화살을 메겨 달려오는 장요를 노리고 쐈다. 순간 장요는 머리를 급히 숙여 몸을 돌렸는데, 어느새 화살이 날아와 투구에 꽂히면서 투구 끈을 끊었다. 장요는 분이 나서 다시 고쳐 앉아 말을 달려가는데, 다시 문추의 화살이 날아와 뺨에 들어박히는 동시에, 달리던 말이 앞발을 꺾는 바람에 저만큼 땅바닥에 나가떨어졌다.

그제야 문추는 말을 돌려 장요를 죽이려 달려온다. 이를 본 서황이 큰 도끼를 수레바퀴처럼 휘두르며 달려와, 문추의 앞을 가로막고 달려든다. 서로 맞닥뜨려 싸운 지 불과 수합에 서황은 대적하지 못할 것을 알아차리고 말을 돌려 달아난다. 문추는 황하의 언덕을 따라 뒤쫓는다.

문추가 뒤쫓아 가다가 보니, 문득 기병 10여 명이 기를 펄펄 휘날리며 달려온다. 그 중에 한 장수가 청룡도를 들고 나는 듯이 앞서 오는데, 바로 관운장이었다. 관운장은 달려오는 문추 앞으로 달려들면서,

"이놈 게 섰거라!"

라며 크게 꾸짖고 곧장 서로 어우러져 싸운 지 불과 3합에 이르렀
을 때였다.

문추는 덜컥 겁이 나서 말고삐를 홱 돌려 황하를 따라 달아난다.
그러나 관운장이 탄 적토마는 너무나 빨랐다. 어느새 관운장의 청
룡도가 한 번 번득이자 문추의 목이 달아나 말 아래로 떨어진다.
조조는 언덕 위에서 문추를 참하는 관운장을 보고는, 즉시 군사를
휘몰아 달려 내려가 적을 총공격한다. 달아날 길마저 잃은 하북군
은 태반이 황하에 빠져 죽어서 빼앗겼던 군량과 마초와 말은 고스
란히 조조에게 되돌아왔다.

관운장이 기병 몇 명만을 거느리고 동쪽을 찌르며 서쪽을 치며 적
군을 한참 무찌르던 때였다.

유현덕은 군사 3만을 거느리고 뒤처져 오는 중인데, 파발꾼이 달
려와서 보고한다.

"이번에도 얼굴이 대춧빛 같고 수염이 긴 놈이 나타나 우리 문추
장군을 죽였습니다."

유현덕이 황급히 말을 달려가 바라보니, 황하 건너 벌판에서 한
떼의 기병이 나는 듯이 오가는데, '한수정후 관운장(漢壽亭候 關雲
長)'이라는 일곱 자를 쓴 기가 나부낀다.

유현덕은 마음속으로 천지신명께 감사한다.

"나의 동생이 죽지 않고 과연 조조에게 가 있었구나. 하늘이여, 감
사합니다."

유현덕은 관운장을 직접 만나보고 싶었으나 조조의 대군이 몰려오
는지라 하는 수 없이 군사를 거두어 돌아갔다. …… 〈하략(下略)〉

(나관중, 2003, 김구용 역, ≪(완역결정본) 삼국지연의 3≫ 26회 중에서)

관도대전 이후 유비의 소재를 알게 되자, 관우는 의형제 유비의 두 부인을 보호하며 하북에 있다는 유비에게 가기 위해 조조에게 편지를 남기고 길을 떠난다. 관우는 낙양으로 가는 관문인 동령관에서 증명서를 요구하는 공수를 단칼에 베고, 낙양을 지키던 태수 한복과 맹탄을 죽이며, 사수관의 진국사에서는 자객들을 모두 죽이고 수문장 변희마저 죽인다. 형양에서는 태수 왕식을 단칼에 베고, 마지막 관문인 활주관에서는 하후돈의 부하 진기를 베고는 배를 구해 황하를 건너게 된다.

3) 삼고초려(三顧草廬)

유비가 제갈량을 얻기 위해 세 번이나 그의 초옥(草屋)을 찾아갔다는 고사가 바로 삼고초려다. 유비는 서서(徐庶)의 추천으로 제갈량을 만나러 갔다. 처음에는 가을에 찾아갔으나 동자만이 있었다. 제갈량이 여행을 떠나 언제 돌아올지 모른다는 말만 듣고 돌아왔다. 겨울에 다시 찾아갔으나 역시 제갈량을 못 보고 그의 친구들과 장인과 아우만 보고 왔다. 이듬해 봄에 찾아가자 마침 제갈량이 집에서 낮잠을 자고 있어 깨기를 기다린 끝에 제갈량을 설득하여 자기 군사로 삼았다.

감상

유현덕은 두 번이나 공명을 찾아갔으나 만나지 못했다. 이제 세 번째로 다시 찾아가려는 참이었다.

관운장이 말린다.

"형님이 두 번이나 그를 찾아갔으니, 그만하면 지나친 예의를 베푼 것입니다. 생각건대 제갈량은 공연히 이름만 높고 실은 배운 것이 없어서 일부러 우리를 만나지 않는 것입니다. 그런데 형님은 어쩌려고 그런 자에게 혹하셨습니까?"

유현덕은 대답한다.

"그렇지 않다. 옛날에 제(齊) 환공(桓公)은 야인(野人) 동곽씨(東郭氏)를 만나러 다섯 번이나 가서 겨우 만났거늘, 더구나 나 같은 사람이 크게 어진 선생을 뵈려는데 그만한 정성으로 되겠느냐."

장비가 나선다.

"형님은 생각을 잘못하셨소. 그까짓 촌놈이 무슨 크게 어진 선생일 리 있습니까. 이제 형님은 가실 필요 없습니다. 그자가 만일 오지 않으면 제가 오랏줄로 결박 지어 끌고 오겠습니다."

"너는 어찌 그리도 견문(見聞)이 없느냐. 옛날에 주 문왕(文王)이 강태공을 뵙던 일을 듣지도 못했느냐. 주 문왕도 어진 분을 그렇듯 공경했는데 너는 어찌 이리도 무례하냐. 너는 이번에 따라오지 마라. 나는 관운장과 함께 가겠다."

장비는 어리둥절해한다.

"두 형님이 다 가는데, 왜 나만 남아 있으라 하십니까?"

"네가 함께 가려거든 결코 실례하는 일이 없도록 해야 한다."

장비는 하는 수 없이 승낙했다.

마침내 세 사람은 시종들을 거느리고 융중으로 향한다. 그들 일행이 띳집에서 반 마장쯤 떨어진 곳에 이르렀을 때였다. 유현덕은 공경하는 뜻에서 말에서 내려 걸어가다가, 마침 이리로 오는 제갈균을 만났다. 유현덕은 황망히 절하고 묻는다.

"형님 되시는 어른이 집에 계시는지요?"

"엇 저녁에 돌아왔으니 오늘은 만나볼 수 있으리라."

제갈균을 말을 마치자, 제 갈 길로 표연히 가버린다.

유현덕은 크게 기뻐한다.

"이번엔 다행히 선생을 뵙겠구나."

장비는 아니꼬웠다.

"저놈이야말로 참 무례하도다. 우리를 제 집으로 안내해야 할 것이거늘 어때서 제멋대로 가버리는가!"

유현덕이 타이른다.

"사람이란 제각기 바쁜 일이 있느니라. 어찌 남에게 강요할 수 있겠느냐"

세 사람이 정원 앞에 이르러 문을 두드리니, 동자가 나와서 문을 열고 내다본다.

유현덕은 청한다.

"동자는 수고롭지만 유비가 선생을 뵈러 왔습니다. 하고 들어가서 여쭈어라."

동자는 대답한다.

"오늘은 선생이 집에 계시나 지금 초당에서 낮잠을 주무십니다."

"그렇다면 내가 왔다는 걸 여쭙지 말라."

유현덕은 관운장과 장비에게 분부한다.

"너희들은 이 문에서 기다려라."

유현덕은 동자를 따라 천천히 들어간다. 보니 선생을 초당 위 자리에서 자고 있다. 유현덕은 댓돌 아래에서 공손히 두 손을 마주잡고 서서 반 식경이나 기다렸다. 선생은 좀체 잠을 깨지 않는다. 한편, 문밖에서 기다리던 관운장과 장비는 아무런 동정이 없어서 기다리다 못해 안으로 들어왔다. 그런데 유현덕은 그때까지도 공손히 서 있지 않는가.

장비는 화가 치밀어 관운장에게 말한다.

"저 선생이란 것이 어찌 저리도 오만한가. 우리 형님이 댓돌 아래에 저렇듯 공손히 서 계시는데, 높이 자빠져서 자는 체하고 일어나지 않는구나. 둘째형님은 구경이나 하십시오. 내 이 집 뒤에다 불을 지를 테니 그래도 저것이 일어나나 안 일어나나, 어디 두고 봅시다."

관운장은 거듭 장비를 말리는데,

유현덕이 "너희들은 문밖에 나가서 기다려라"하고 내보냈다.

그제야 초당 위의 선생을 몸을 뒤집으며 일어날 듯하더니 갑자기 저편 벽으로 돌아누워 다시 잔다. 동자가 말씀을 드리려 하는데,

유현덕이 말린다.
"주무시는데 놀라시게 하지 마라."
다시 한식경이나 지나서야, 공명은 겨우 잠에서 깨어나 시 한 수
를 읊는다.

큰 꿈을 누가 먼저 깨었는가
평생을 내가 스스로 아는도다.
초당에 봄 잠이 족한데
창 밖에 하루 해는 길기도 하여라.

공명은 시 읊기를 마치자, 동자를 향해 묻는다.
"세속 손님이라도 오지 않았느냐?"
공명은 일어서며,
"어째서 속히 알리지 않았느냐, 옷을 바꿔 입어야 하는데……"
하고 후당으로 들어가더니 또 반 식경이나 지난 뒤에야 의관을 정
제하고 나와서 영접한다.
유현덕을 보니 공명은 키가 8척이요 얼굴은 관옥(冠玉)처럼 희고
윤건(綸巾)과 학창의(鶴氅衣) 차림이었는데, 표연한 풍신이 마치 신
선 같았다.
유현덕은 절한다.
"나는 한나라 황실의 후손이요, 탁군 땅 출신인 미천한 몸으로서,
오래 전부터 선생의 높은 이름을 우렛소리처럼 들었습니다. 지난
번에 두 번이나 뵈러 왔다가 뵙지 못했습니다. 이미 천한 이름으
로 두어 자 적어 두고 갔었는데, 혹 읽어보셨습니까?"
공명은 대답한다.
"나는 남양 땅 야인으로 성글며 게으른 것이 천성이 되어, 장군을
여러 번 오시게 했으니 부끄럽소이다."
두 사람은 인사를 마치자, 주인과 손님의 자리를 정하고 앉았다.
동자가 들여온 차를 마시고 나서, 공명이 말한다.
"저번에 두고 가신 글을 보니 장군께서 백성과 나라를 근심하는
마음은 족히 알겠으나 다만 이 량(제갈량)이 아직 어리고 재주가

없어서 물으시는 말씀을 감당할 수가 없는 것이 한입니다."

"수경선생(水鏡先生) 사마휘(司馬徽)와 서서가 어찌 거짓말을 할 리 있습니까. 바라건대 선생은 나를 어리석고 보잘 것 없다 하여 버리지 마십시오. 간곡히 지도해 주십시오."

"사마휘와 서서는 세상에서 이름 높은 선비며, 나는 한낱 밭가는 사람이거늘, 어찌 천하의 일을 논할 수 있겠습니까. 사마휘와 서서가 사람을 잘못 천거한 것이니, 장군은 왜 아름다운 옥을 버리고 보잘것없는 돌을 구하려 하십니까?"

"대장부가 세상을 경영할 만한 기이한 재주를 품었으면서도, 어찌 숲속의 샘물 아래에서 헛되이 늙을 수 있습니까. 바라건대 선생은 천하 백성을 염려하사 이 어리석은 유비를 인도해주십시오."

공명은 묻는다.

"장군의 뜻을 듣고자 하오."

유현덕은 자리를 옮겨 가까이 앉으며 고한다.

"한 황실은 기울어서 간신들이 천명을 도둑질할 새, 이 유비는 자기 협을 돌보지 않고 천하에 대의명분을 펴려하나, 그러나 지혜가 부족해서 어찌할 바를 모르겠습니다. 선생은 이 어리석은 저를 가르치고 액운(阨運)에 빠진 나라를 건져주십시오. 그러면 실로 천만 다행이겠습니다."

공명은 대답한다.

"동탁이 반역을 꾸민 이래로, 천하의 영웅들이 다 들고일어나 조조는 그 형세가 원소만 못했건만, 마침내 원소를 쳐서 없앴으니 이는 하늘의 도움만이 아니라, 또는 사람의 힘에 의한 것입니다. 이제 조조가 백만 군사를 거느리고 천자를 방패삼아 모든 제후들을 호령하니, 진실로 조조와 겨룰 수는 없습니다. 한편 손권으로 말할 것 같으면 강동 일대에 기반을 세운 지가 이미 3대째요, 국토는 천연 요새를 이루었고 백성들도 잘 따르니, 그들을 잘 이용해야지 갑자기 도모할 수는 없는 실정입니다. 그러나 형주(荊州)로 말할 것 같으면 북쪽으론 한수(漢水)와 면수(沔水)를 두어 남해(南海)에 이르기까지 다 이로운 땅이요, 동쪽으로 오회(吳會)면과 닿고 서쪽으로 파촉(巴蜀) 땅과 통하니, 이곳이야말로 군사를 거느리고 천하를 경영할 만한 곳입니다. 그러나 참다운 주인이 아니면 능히 가지지 못할 곳이라, 이는 하늘이 장군을 위해서 남겨둔 곳인데, 장군은 어째서 거들떠보지도 않습니까. 또 익주(益州)로 말할 것 같으면 험준한 요새를 이루어 비옥한 들이 천리에 뻗어 있는 좋은 나라입니다. 옛날에 한 고조도 그곳에서 기반을 마련했는데 오늘날 유장(劉璋)이 사리에 어둡고 나약해서, 그곳 뜻 있는 사람들은 새로이 어진 주인을 섬기고 싶어 합니다. 장군은 이미 한 황실의 종친으로서 신의를 천하에 드날린데다가 모든 영웅을 휘하에 거느렸으면서도 어진 인재를 목마르게 구하니, 형주와 익주 두 곳에 걸쳐 그 험한 곳을 요새로 삼아 서쪽 오랑캐들과 화친하고 남쪽 오랑캐들을 위로하고 밖으론 손권과 동맹하고, 안으론 실력을 쌓으십시오. 그러다가 천하에 변화가 생기거든 기회를 놓치지 마십시오. 즉시 한 장수에게 명하여 형주 군사를 거느리고 완성(完城)을 경유해서 낙양(洛陽)으로 쳐들어가게 하고, 장군은 친히 익주 군사를 거느리고 진천(秦川)으로 나선다면, 모든 백성은 음식을 바치면서 도처마다 장군을 환영할 것입니다. 진실로 그렇게만 하면 대업을 성취할 것이요. 한나라 황실을 다시 일으킬 수 있을 것입니다. 이것이 내가 장군을 위해서 계책한 바이니, 장군은 힘써 보십시오."

공명은 일단 말을 마치자, 동자에게 명하여 족자 하나를 내다가 중당(中堂)에 걸게 한다. 그 족자는 지도였다. 공명은 지도를 가리키며 유현덕에게 말한다.

"이것은 서천(西川) 54주를 그린 지도입니다. 장군이 패업(霸業)을 성취하시려거든 하늘의 때를 얻은 조조에게 북쪽 땅을 양보하고, 지리의 이점을 차지한 손권에게 남쪽 땅을 양보하고, 장군은 인심을 얻어 먼저 형주를 차지하여 집을 삼은 뒤에 서천 일대를 차지하고 기반을 삼아서 마치 솥발(鼎足)처럼 대립한 이후에, 중원(中原)을 쳐야 할 것입니다.

유현덕은 일어나 두 손을 앞에 모으고 감사한다.

"선생이 말씀으로 닫혔던 것이 열린 듯하여 마치 구름과 안개를 헤치고 비로소 푸른 하늘을 본 듯합니다. 그러나 형주 유표와 익주 유장은 다 한 황실의 종친인 만큼 나와 친척뻘인데, 내가 어찌 차마 그들의 땅을 빼앗을 수 있겠습니까?"

공명은 대답한다.

"내가 밤에 천문을 보니 형주 유표는 머지않아 인간 세상을 떠날 사람이며, 익주 유장은 대업을 성취할 인물이 못 되니, 뒤에 그들의 땅이 다 장군에게로 돌아올 것입니다."

유현덕은 절하고 머리를 조아려 감사했다.

제갈공명이 한 말은 그가 띳집을 떠나기 전에 천하가 셋으로 나누어질 것을 미리 예언한 것이니, 참으로 만고(萬古)에 특출한 인물이었다.

후세 사람이 이 일을 찬탄한 시가 있다.

유현덕은 그 당시 곤궁하여 탄식만 하더니
담양 땅에 와룡이 있음은 참으로 다행한 일이었도다.
다음날, 솥발처럼 셋으로 나뉘는 세상을 알고 싶거든
선생이 웃으며 가리키는 지도를 보라.

유현덕은 거듭 절하고 청한다.

"내 비록 신세는 보잘것없으며 덕이 없으나, 바라건대 선생은 나를 버리지 마시고 산을 떠나서 도와주십시오. 유비는 무엇이든 지시하는 대로 따르겠습니다."

공명은 대답한다. "나는 오랫동안 밭 갈며 농사짓는 재미로 살아왔기 때문에 세상일에 등한해서 분부대로 못하겠습니다."

유현덕은 울면서, "선생이 세상에 나가시지 않으면 억조창생(億兆蒼生)은 장차 어찌 되겠습니까."하고 소매로 눈물을 씻는데 어언 옷깃을 다 적신다.

공명은 유현덕의 지극한 성의에 감동하지 않을 수 없었다.

"장군이 진정으로 나를 버리지 않는다면, 견마지로(충성)를 다하리다."

유현덕은 매우 기뻐하며 즉시 관운장과 장비를 불러들여 공명께 절을 시키고 황금과 비단 등 예물을 바친다. 그러나 공명은 끝내 받지 않는다. 유현덕은 간곡히 청한다.

"이것은 어진 선생을 초빙하는 예의로, 유비의 성의에 불과합니다."

공명은 그제야 예물을 받았다. 이에 유현덕은 공명의 장원에서 하룻밤을 함께 잤다. …… 〈하략(下略)〉

(나관중, 2003, 김구용 역, ≪(완역결정본) 삼국지연의 4≫ 38회 중에서)

'삼고초려'도 정사에는 없는 허구다. 사실은 제갈량이 먼저 유비를 찾아갔다는 설이 우세하다. 소설대로라면, 유비는 제갈량이라는 책사를 얻었음으로서 위, 촉, 오 삼국 시대를 여는 초석을 마련하게 된다.

---

4) 적벽대전(赤壁大戰)

조조가 형주를 차지하고, 유비는 조조에게 패하여 강하로 도망간다. 공명은 유비의 사신으로 동오의 손권에게 가서 교묘한 말로 손권을 설득시키고, 주유를 노하게 만들어 유비와 손권의 동맹을 이끌어 낸다. 주유는 수군을 이끌고 삼강구라는 곳에서 조조 군과의 탐색전을 승리로 이끌고, 이후 조조는 채모(蔡瑁)와 장윤(張允)에게 명령하여 수군(水軍)을 조련시키라고 한다.

주유는 수전에 뛰어난 채모와 장윤을 제거하려고 고심하는데, 그때 마침 주유를 설득시켜 보겠다고 장간(蔣干)이 나서서 강을 건너오고, 주유는 이런 장간을 이용하여 채모와 장윤을 제거하는데 성공한다. 한편 주유는 자신의 계략을 간파하고 있는 공명의 재능을 두려워한 나머지 그를 제거할 요량으로 공명으로 하여금 화살 10만개를 만들도록 한다. 공명은 노숙의 도움으로 빈 배를 띄워 조조에게 화살을 빌리는 데 성공하고 주유는 탄식하며 공명에게 계책을 구한다. 두 천재는 화공을 펼치기로 의견일치를 보고, 동오의 노장 황개는 고육계(苦肉計)를 바친다.

주유와 제갈량은 약속이나 한 듯이 "원래 주유의 손바닥에 화(火)자가 씌어 있었으며, 공명의 손바닥에도 역시 화(火)자가 씌어 있었다(原來周瑜掌中字, 乃一 "火"字, 孔明掌中亦一 "火"字)"라고 하는 의견일치로 화공(火攻)을 펼치기로 결정한다. 그러나 모든 준비는 끝났으나 바람의 방향이 맞지 않아 꾀병을 부리고 자리에 눕는 주유를 위해 공명은 제단을 쌓고 기도를 올려 동남풍을 불게 한다. 동남풍을 신호로 황개의 투항선이 인화물질을 싣고 조조군의 수채로 접근해 불을 지르고 드디어 동오군의 총공격이 시작되자 유비군도 때에 맞춰 공격을 시작한다. 갑작스런 공격에 조조군은 흩어지고 적벽은 불바다가 된다.

감상

"바라건대 선생은 나에게 가르쳐 주시오"
공명이 붓과 종이를 갖다 달라고 하더니, 좌우 사람을 밖으로 내보낸 다음에 비밀히 열여섯 자를 쓴다.
조조를 격파하려면, 불로써 공격하는 수밖에 없는데
모든 준비는 됐으나, 다만 동쪽 바람이 없구려.

공명이 쓰기를 마치자, 종이를 주유에게 주며 말한다.
"이것이 바로 도독의 병의 근원이요"
주유는 종이를 받아보고 크게 놀라 마음속으로.
"공명은 참으로 신인이로다. 벌써 내 속마음을 알고 있으니, 이젠 실정을 고하는 수밖에 없다."
생각하고 웃으며 말한다.
"선생이 이미 내 병의 근원을 알았으니, 앞으로 무슨 약을 써서 고치려오? 일이 위급하니, 바라건대 어서 가르쳐주시오."

"잉 제갈량이 비록 재주는 없으나, 일찍이 이인(異人)(비범한 사람)을 만나 ≪기문둔갑천서(奇門遁甲天書)≫를 전해 받은 일이 있어서, 가히 비와 바람을 부를 수 있으니, 만일 동남풍이 필요하다면 남병산(南屛山)에 대 하나를 세워, 그 이름을 칠성단(七星壇)이라 하고, 높이 9척의 3층을 쌓고, 120명으로 기(旗)와 번(旛)을 잡혀 둘러 세우시오. 그러면 내가 단에 올라가서 기도하여 3일 동안 밤낮 없이 크게 동남풍을 빌어 도독을 돕겠으니 뜻이 어떠하오?"

"3일 동안은 고사하고 하룻밤만 큰바람이 불어줘도, 큰일을 너끈히 해치우겠소. 다만 일이 매우 급하니, 시일을 늦출 수 없소이다." 공명이 말한다.

"그럼 11월 20일 갑자(甲子)날에 바람을 빌어, 22일 병인(丙寅)날에 바람이 멎도록 하면 어떻겠소?"

주유는 이 말을 듣자 크게 기뻐하며, 벌떡 일어나더니 명령을 내린다.

"씩씩한 군사 5백 명을 뽑아 남병산으로 보내어 단을 쌓게 하여라. 다시 120명을 뽑아 기를 잡혀 단을 지키게 하고, 영을 기다리도록 하여라."

이에 공명은 하직 후 장막을 나오자, 노속과 함께 말을 달려 남병산으로 가서 지세를 살피고, 군사들을 시켜 동남쪽 붉은 흙을 떠다가 단을 쌓게 했다. 단은 주위가 24장이요, 각 층의 높이를 3척으로 하니, 총 9척이었다.

맨 아래층에는 28수(宿)의 기를 꽂아 세웠으니, 동쪽 일곱 개의 푸른 기는 각(角)·항(亢)·저(氐)·방(房)·심(心)·미(尾)·기(箕)(28수 명칭의 일부이며 이하도 별 이름이다)의 별을 상징하고 청룡의 형태로 늘어세운다.

북쪽 일곱 개의 검은 기는 두(斗)·우(牛)·허(虛)·위(危)·실(室)·벽(壁)의 별을 상징하고 현무(玄武)의 형태로 늘어세운다.

서쪽 일곱 개의 흰 기는 규(奎)·누(婁)·위(胃)·묘(昴)·필(畢)·자(觜)·참(參)의 별을 상징하고 백호(白虎)의 위력을 나타낸다. 남쪽 일곱 개의 붉은 기는 정(井)·귀(鬼)·유(柳)·성(星)·장(張)·

익(翼)·진(軫)의 별을 상징하고 주작(朱雀)의 모양을 이루었다.

그리고 2층에는 64괘(卦)를 상징하는 누른 기 64개를 여덟 방향으로 나누어 세웠다. 또 맨 위층에는 군사 네 사람을 세웠는데, 모두 속발관(束髮冠)을 쓰고 검은 비단 도포를 입고, 봉의(鳳衣)의 넓은 띠를 두르고, 붉은 신을 신고, 모가 난 바지를 입었다.

왼쪽 앞에 서 있는 군사는 손에 긴 장대를 들었는데, 그 장대 위에는 닭털을 묶어 매달았으니, 이는 바람을 부르는 표시였다. 오른쪽 앞에 서 있는 군사도 손에 긴 장대를 들었는데, 그 장대 위에는 칠성을 나타내는 긴 베를 드리웠으니, 이는 바람이 부는 방향을 표시하는 것이었다.

왼쪽 뒤에 서 있는 한 군사는 보검을 받쳐 들었으며, 오른쪽 뒤에 서 있는 한 군사는 향로를 받쳐 들고 있다.

그리고 단의 맨 밑에는 군사 24명이 각기 정기(旌旗)·보개(寶蓋)·대극(大戟)·장모(長矛)·황모(黃旄)·백월(白鉞)·주번(朱旛)·조독(皂纛)을 들고 사방으로 호위한다.

공명을 11월 20일 갑자날, 목욕재계하고 도의를 입고 머리를 풀고 맨발로 칠성단 앞에 이르러, 노숙에게 말한다.

"그대는 영채로 가서 주유를 도와 군사를 정돈하오. 만일 내가 기도하여 효과가 없을지라도, 의심하지는 마시오."

이에 노숙은 영채로 돌아갔다. 공명은 단을 지키는 모든 장사(將士)에게 분부한다.

결코 맡은 바 위치를 떠나지 말며, 서로 돌아보고 속삭이지 말라. 더구나 허튼수작을 하지 말며, 놀라거나 의심하지 말라. 만일 명령을 어기는 자가 있으면 참하리라.

모든 장사들이 영을 받자, 공명은 천천히 칠성단 위로 올라가서 해진 위치를 둘러본 후에 향로에 향을 사르고 그릇에 물을 따른 후 하늘을 우러러 가만히 축원하였다. 그리고 단에서 내려와 장막으로 들어가 잠시 쉬는 동안에, 장사들을 교대시키고 식사를 하게 했다.

이날 공명은 하루 동안에 세 번 단 위에 올라가고, 세 번 내려왔으나, 동남풍은 일어나지 않았다.

한편 주유는 정보, 노숙 등 일반 군관을 불러,

"각기 장막에서 대기하고 있다가, 동남풍이 일어나거든 즉시 군사를 거느리고 출발하라."

명령을 내리고, 동시에 손권에게로 사람을 보내어 뒤를 대어줄 것을 청했다.

이에 황개는 화선(火船) 20척을 준비하여 뱃머리마다 보이지 않게 안으로 큰 못을 무수히 쳤다. 배 안에는 갈대와 풀과 잘 마른 장작을 가득히 싣고, 그 위에 물고기 기름을 뿌리고, 다시 그 위에다 유황과 염초 등 불 잘 붙는 인화물을 잔뜩 편 후, 푸른 기름을 먹인 유포(油布)로 덮어서 가렸다. 뱃머리 위에는 청룡기를 꽂고, 배 꼬리에는 속력이 대단히 빠른 조그만 배를 비끄러매었다. 그런 뒤에 그들은 장하에서 주유의 명령이 내리기만 기다리고 있었다.

감영과 감택은 배안에서 채중과 채화의 비위를 맞추며, 날마다 진탕 술을 먹이고, 군사를 한 명도 언덕으로 올려 보내지 않으니, 육지는 모두가 동오의 군사뿐이어서 물샐틈없이 비밀리에 전투 준비가 착착 진행되어, 장상(帳上)에서 명령이 내리기만 기다리고 있다.

주유는 장막 안에 앉아 모든 장수들과 의논을 하는 중인데, 망을 보러 갔던 군사가 돌아와서 보고한다.

"우리 주공(손권)께서 거느리신 배들이 여기서 85리 떨어진 곳에 와 정박하고 다만 도독으로부터 좋은 소식이 있기를 기다린다고 하셨습니다."

주유는 노숙을 각 부대의 관병(官兵), 장사들에게로 보내어 두루 알린다.

"각기 배, 무기, 돛, 노 등속을 수습하되, 일단 명령이 내리거든 시각을 어기지 말라. 만일 어기거나 잘못을 저지르는 자가 있으면, 즉시 군법으로 다스리리라."

모든 군사와 장수들은 본분을 받자 각기 손바닥을 쓰다듬으며 주먹을 불끈 쥐더니, 적을 무찌를 준비를 한다.

이날은 어느새 해가 저물고 밤으로 접어들었다. 하늘은 맑아서 바람 한 점 일어나지 않는다.

주유가 노숙에게 말한다.

"공명의 말이 맞지 않도다. 한겨울에 어찌 동남풍을 얻겠소."

노숙이 대답한다.

"내 생각으로는 공명의 말이 틀림없을 것 같소."

밤 3시경 가까울 무렵이었다. 갑자기 바람 소리가 난다. 군사가 들어와서 고한다.

"기와 번이 흔들리기 시작합니다."

주유는 장막 밖으로 나갔다.

보라! 깃발이 일제히 서북쪽을 향하여 나부낀다. 삽시간에 동남풍이 크게 일어나, 휩쓸 듯이 불어제친다. …… 〈하략(下略)〉

(나관중, 2003, 김구용 역, ≪(완역결정본) 삼국지연의 5≫ 49회 중에서)

적벽대전은 삼국지 3대 전투 중에 하나로 ≪삼국지연의≫ 중에서 허구적인 부분이 가장 많은 부분이다. 실제로 이 전쟁은 역사에 기록된 부분이 많지 않아서 많은 부분이 각색 되었을 것으로 추측된다.

5) 영안 탁고(永安托孤)

221년 유비는 의형제인 관우와 장비의 원수를 갚고 형주를 수복하기 위해 손권의 오나라를 침공한다. 222년 6월 이릉대전(夷陵大戰)에서 유비는 육손(陸遜)의 화공(火攻)과 뒤이은 공격에 참패를 당하고 백제성까지 물러났다.

원래 유비는 이 곳에서 전열을 가다듬고 다시 공격을 감행하려고 했으나 의형제 관우, 장비의 죽음과 패전으로 인한 자책감과 슬픔, 허탈함이 겹쳐 그만 중병에 걸려버렸다.

유비는 자신의 생명이 얼마 남지 않은 것을 직감하고 백제성 밖 영안궁(永安宮)에서 치료를 받으며 성도(成都, 당시 촉한의 수도)에 있던 제갈량을 급하게 불렀다. 영안궁이라는 이름은 글자 그대로 영원히 평안하다는 뜻으로 유비가 지었다고 전해진다.

유비가 제갈량에게 "내 아들이 우둔하니 잘 보살펴 주길 바라네. 그러나 보좌를 해도 잘 되지 않으면 자네가 왕으로 독립해도 되네"라고 하자 제갈량은 눈물을 감추지 못하며 "제가 어떻게 그렇게 하겠나이까, 꼭 충성으로 이 나라에 봉사하겠습니다"고 했다. 탁고 후 223년 유비는 결국 영안궁에서 영원한 평안에 들어가게 된다.

감상

"짐이 인간 세상에 오래 머물지 못하겠구나"
날이 새자 선주는 사신(使臣)을 정하고서.
"성도에 가서, 승상 제갈량과 상서령 이엄 등에게 '밤낮을 가리지 말고 이곳 영안궁으로 와서 짐의 유언을 들어라'고 일러라."하고 떠나보냈다.
성도의 공명 등은 급보를 받자, 성도를 지키도록 태자 유선만 남겨두고, 선주의 둘째아들 노왕 유영과 셋째아들 야왕 유리와 함께 백제성을 향하여 급히 떠났다.
공명이 일행을 데리고 백제성 영안궁에 당도하여 보니, 선주의 병이 위독하였다. 공명이 황망히 엎드려 절하니, 선주는 용탑 곁에 앉도록 청하고, 공명의 들을 쓰다듬는다.
"짐이 승상을 얻은 이후로 다행히 제업을 이루었더니, 어찌 알았으리요. 지혜가 깊지 못해서 승상의 말을 듣지 않다가 스스로 패하고, 후회하던 나머지 병이 나서 죽음이 목전에 임박했는데, 태자는 연약한지라. 큰일을 부탁하지 않을 수가 없도다."

말을 마치자 눈물이 얼굴 가득히 흘러내린다.

공명이 흐느껴 울면서 고한다.

"바라건대 폐하는 용체를 돌보시고 온 천하가 기대하는 바에 응하소서."

선주가 보니 마양의 동생 마속이 곁에 있다. 선주는 물러가라고 분부하여 마속을 내보내고, 공명에게 묻는다.

"승상은 마속의 재질을 어떻게 보시오?"

공명이 대답한다.

"마속은 당대의 영특한 인재올시다."

"그렇지 않도다. 짐이 보건대 그는 말이 실지 행동보다 지나치니 큰 책임을 맡겨서는 안 될지라. 승상은 깊이 살펴서 쓰도록 하시오."

선주는 분부하여 다시 모든 신하들을 불러들이고, 지필을 가지고 오라하여 유조를 써서 공명에게 주고 탄식한다.

"짐은 책을 많이 읽지는 못했으나 대략 그 뜻을 아니 성인이 말씀하시기를 '새는 죽을 때를 당하면 울음소리가 슬프고, 사람은 죽을 때를 당하면 말이 착하다'고 했노라 짐이 본시 경들과 함께 역적 조씨를 쳐 없애고 함께 한나라 황실을 붙들어 일으키려다가, 이제 불행히도 중도에서 이별하게 됐노라. 승상은 수고롭지만 이 유조를 태자 선(禪)에게 전하고 깊이 명심하도록 이르라. 또 모든 일을 잘 가르쳐주기 바라노라."

공명 등이 울면서 엎드려 절한다.

"바라건대 폐하는 용체를 돌보소서. 신들이 충성을 다하여 폐하가 신들을 알아주신 은혜에 보답하리라."

선주는 내시에게 공명을 부축해 일으키도록 분부하고, 한 손으로 눈물을 씻으며 또 한손으로는 공명의 손을 잡고 말한다.

"짐은 이제 죽노라. 내 진정 남길 말이 있도다."

공명이 묻는다.

"무슨 하실 말씀이 있사옵니까?"

선주는 운다.

"그대의 재주는 조비보다 열 배나 뛰어나니, 반드시 천하를 편안히 하여 나라를 정하고 마침내 큰일을 성취하리라. 짐의 아들을 도울 만하거든 돕되, 인품이 부족하거든 그대가 스스로 성도의 주인이 되라."

공명은 이 말을 듣자, 온몸에 땀이 흐르고 손발을 둘 바를 몰라 절하고 운다.

"신이 힘을 다하여 충성을 바치리니, 어찌 죽음으로써 보답하지 않겠나이까."

말을 마치자, 공명은 스스로 마룻바닥에 머리를 짓찧으니 피가 흘러내린다.

선주는 공명에게 용탑 위에 앉도록 청하고, 노왕 유영과 양와 유리를 가까이 불러,

"너희들은 짐의 말을 명심하여라. 짐이 죽은 뒤에 너희 형제 세 사람은 아버지를 섬기듯이 승상을 섬기되, 조금도 태만하지 말라."

분부하고, 두 왕으로 하여금 공명에게 절하도록 시킨다.

공명이 두 왕의 절을 받고 아뢴다.

신이 오장육부를 땅에 뿌리는 한이 있을지라도 폐하께서 신을 알아주신 은혜에 어찌 보답하지 않으리까. "

선주는 모든 신하들을 둘러보며,

"짐은 이미 외로운 아들을 승상에게 부탁했고, 그 밖의 아들들에게도 승상을 아버지로 섬기게 했으니, 경들도 다 함께 노력하여 짐의 부탁을 져버리지 말라."

조자룡이 울며 절한다.

"신이 어찌 감히 충성을 다하지 않으리까."

선주는 모든 관원들에게 작별한다.

"짐은 경 등 모든 관원들에게 일일이 부탁하지 못하니, 바라건대 다 몸조심하라."

말을 마치자 붕어(崩御 : 황제의 죽음)하시니, 나이 63세요, 때는 장무 3년 여름 4월 24일이었다. …… 〈하략(下略)〉

(나관중, 2003, 김구용 역, 《(완역결정본) 삼국지연의 8》 85회 중에서)

유비는 백제성에서 제갈량에게 유선을 부탁하고 세상을 떠난다. 유비가 제갈량에게 "내 아들이 우둔하니 잘 보살펴 주길 바라네. 그러나 보좌를 해도 잘 되지 않으면 자네가 왕으로 독립해도 되네"라고 했다는 대목은 유명한 말이다. 그러나 그 의도에 대해 여러 해석이 가능하다는 설도 있다. 그러나 촉이 멸망하고 유선이 보인 형태를 보면 유비의 유언을 사실 그대로 받아들여도 되지 않을까?

백제성(白帝城)

백제성은 사천성 중경시 봉절현의 장강삼협에 위치하고 있다. 유비가 세상을 떠나며 아들 유선을 부탁했다는 유비탁고로 유명한 곳이다. 현재는 삼협댐 건설로 수심이 높아지면서 섬으로 변해 있다.

6) 출사표(出師表)

출사표는 촉한(蜀漢)의 승상 제갈량이 위나라를 토벌하러 떠날 때 후주(後主)에게 바친 상소문이다. 여기서 사(師)자는 스승이라는 의미가 아니고 '사단(師團)' 즉 '군사'라는 뜻을 가지고 있다.

출사표는 고금의 명문으로 손꼽히는 작문이다. 227년 제갈량이 조위(曹魏) 토벌을 위해 출진할 때 촉한의 황제 유선에게 바친 글이다. 일찍이 선제(先帝) 유비가 촉한을 개국하며 뜻한 바는 한실(漢室) 재건과 낙양 환도(還都) 두 가지였다고 한다. 그러나 제갈량은 다급해졌던 것 같다. 그의 나이도 어느덧 오십을 바라보고 선제 유비를 포함해 관우, 장비, 마초 등의 개국 공신들이 하나 둘 죽어갔기 때문이다. 현 황제 유선은 정치를 돌보지 않는데다가 위나라는 문제(文

帝) 조비(曹丕)의 치세 아래 날로 강해지고 있었다.

그의 암담한 현실에 가망(可望)을 느끼기 어려웠을 것이다. 그런데 위나라에서 조비가 죽고 어린 황제 조예(曹叡)가 즉위했다는 소식이 전해지자 그건 제갈량에게 선제의 유업을 이을 마지막 남은 기회였다. 마속의 계략으로 숙적 사마의를 하야시키는데 성공하자 제갈량은 독방(獨房)에 들어가 거침없이 글을 써내려갔는데 그것이 바로 출사표이다. 그런 연유로 출사표에는 제갈량이 가졌던 북벌에 대한 소명의식이 잘 나타나 있다. 어린 황제 유선을 걱정스럽게 바라보며 조언하는 모습도 자주 보인다.

명明/축윤명(祝允明, 1460-1526)해서전후출사표권(楷書前後出師表 卷) 1514년작.

감상

"내, 오래 전부터 위를 칠 생각이었으나 사마의가 옹주와 양주의 군사를 거느리기 때문에 주저했건만, 이제 우리 계책이 맞아떨어 져 시골로 쫓겨 갔으니 내 다시 무엇을 근심하리오."
이튿날 후주는 이른 아침에 문무백관의 조례를 받는데, 공명이 반열에서 나와 ≪출사표(出師表)≫를 올린다.

신 제갈량이 아뢰나이다. 선제(유비)께서 대업을 일으키사, 반도 이루지 못하신 채 중도에서 세상을 떠나시고, 이제 천하는 세 쪽으로 나뉘어 우리 익주(촉)는 매우 지쳤으니 진실로 망하느냐 존재하느냐의 위급한 때올시다. 그러나 폐하를 모시고 호위하는 신하들이 안에서 부지런하고 충의의 군사가 밖에서 목숨을 아끼지 않는 것은, 선제로부터 특별한 대우를 받았던 그들이 그 은혜를 생각하고 오로지 폐하에게 보답하려는 일념에서입니다. 그러나 모든 진실은 말을 잘 들으사, 선제의 남기신 덕을 빛내시고 지사(志士)들의 기상을 크게 일으켜주시고 마땅히 스스로 단념하지 마시고, 옳지 않은 비유를 인용하여 충성으로 간하는 말을 막지 마소서. 궁중(宮中)과 부중(府中(丞相府))이 한마음 한뜻이 되어 벼슬을 올리고 잘못을 벌하고 잘한 일을 상 주되 옳지 못한 일을 판단하는 데 있어 서로 적용하는 법이 다르면 안 됩니다. 만약 간악한 짓을 하고 죄를 지은 자와 또는 충성하고 착한 일을 한 자가 있으면, 마땅히 맡은바 부서에 보내어 그 상벌을 밝히게 함으로써 폐하의 공평하고 명백한 정치를 나타내야 하며, 사정(私情)에 가려 궁중과 부중의 법이 각각 다르다는 그런 인상을 주어서는 안 됩니다.

시중(侍中) 벼슬에 있는 곽유지(郭攸之), 비의, 황문시랑(黃門侍郎) 동윤 등은 다 어질고 성실하여 그 바탕이 충성스럽고 순수하기 때문에 선제께서 그들을 발탁하사 폐하에게 남기주신 바이니, 신의 어리석은 생각으로는 궁중의 크고 작은 모든 일은 다 그들에게 물어보시고, 그 뒤에 시행하면 반드시 부족한 점을 보충하여 널리 이로울 것입니다. 장군 상충(向忠)은 선량하고 공평할 뿐만 아니라 군사(軍事)에 숙달해서, 옛날에 선제께서 시험 삼아 써보시고 '능숙하다'고 말씀하셨기 때문에 모두가 의논하고 상충을 도독으로 천거했으니, 군중(軍中) 일은 크건 작건 간에 다 그에게 물어서 결정하면 군사들 간에 서로 화목하고, 뛰어난 자와 그만 못한 자도 각기 그 적당한 책임을 완수할 것입니다. 어진 신화와 친하고 소인을 멀리했기 때문에 전한(前漢)은 번영했으며, 소인과 친하고 어진 신화를 멀리 했기 때문에 후한(後漢)은 무너졌으니, 선제께서 생존하셨을 당시 신(臣)과 더불어 이 일을 논하실 때마다 환제(桓

帝)와 영제(靈帝)의 한 일을 매우 탄식하셨습니다. 시중(시중 벼슬에 있는 곽유지와 비의)과 상서(상서 벼슬에 있는 진진(陳震)와 장사(장사 벼슬에 있는 장예)와 참군(참군 벼슬에 있는 장완)은 다 인품이 곧고 밝아서 절개를 위하여 죽을 수 있는 신하들이니, 바라건대 폐하는 그들을 믿고 친하소서, 그러면 머지않아 한나라 재흥(再興)을 달성하리이다.

신은 본시 가난한 선비로서 남양 땅에서 몸소 밭을 갈며 이 어지러운 세상에서 목숨을 보존하고자 하였을 뿐 제후를 섬긴다거나 부귀영화를 누릴 생각은 없었습니다. 그런데 선제께서 신을 미천하다 않으시고 스스로 몸을 굽히사 세 번씩이나 초려에 찾아오시어, 그 당시 세상일을 물으셨습니다. 이에 감격하여 선제를 위하여 일신을 돌보지 않기로 허락했더니, 그 뒤 당양 장판 땅 싸움에 패하여 어려운 고비에서 책임을 맡았고, 동오에 구원을 청하는 등 위험한 때에 명령을 받아 동분서주한 이래 어언 20년이요 또 1년이 지났습니다. 선제께서는 신이 모든 일에 조심하고 신중하다는 것을 아셨기 때문에, 세상을 떠나실 때 신에게 대사를 맡기셨으니, 남기신 부탁을 받은 이후로 자나 깨나 근심하고, 또 책임을 완수하지 못하여 선제의 밝은 뜻을 손상시키지나 않을까 두려웠습니다. 그러므로 5월에 노수를 건너 오랑캐 땅으로 깊이 들어갔습니다. 이제 남쪽이 이미 안정됐고 무장한 군사도 충분하니, 마땅히 삼군을 거느리고 북쪽을 정벌하여 중원(위)을 평정하고, 노둔하나마 있는 힘을 다하여 간악하고 흉악한 무리들을 무찌르고 한나라 황실을 다시 일으켜 옛 도읍으로 환도하는 것이 바로 신이 선제께 보답하고 폐하께 충성하는 직분이로소이다. 그리고 손해와 이익을 살펴서 폐하께 충언을 드리는 일은 바로 곽유지·비의·동윤 등의 임무로소이다.

바라건대 폐하께서는 신에게 역적을 치고 나라를 부흥하는 일을 명령하시고, 성과를 올리지 못하거든 신의 죄를 다스리사 선제의 영전에 고하소서. 또 나라를 다시 일으키는 데 필요한 충언이 없을 경우에는 바로 곽유지·비의·동윤 등의 허물을 문책하사, 그 태만함을 세상에 밝히소서. 뿐만 아니라 폐하께서도 또한 스스로 연구하여 옳은 길을 물으시고 좋은 말을 잘 받아들이사, 선제의 남기신 뜻을 깊이 명심하소서. 신은 크나큰 은혜에 감격한 나머지 이제 멀리 떠나는 자리에서 표문을 적으니, 눈물이 앞을 가려 더 말할 바를 모르겠나이다. …… 〈하략(下略)〉

(나관중, 2003, 김구용 역, ≪(완역결정본) 삼국지연의 8≫ 91회 중에서)

공명이 위를 정벌하기 위하여 ≪출사표≫를 후주에게 제출한 것은 227년이었다. 그 때부터 234년 병사할 때까지 공명은 다섯 차례 북벌을 감행하였다.

6. 삼국지연의 관련 주요 고사성어

1) 간뇌도지(肝腦塗地)

간뇌도지는 간과 뇌가 땅에 떨어져도 내가 주공의 은혜를 갚지 못한다는 뜻으로, 목숨을 돌보지 않고 최선을 다한다는 의미로 쓰는 말이다. 장판파의 당양벌에서 조운이 적진을 뚫고 들어가 유비의 아들 아두를 구해오자, 유비는 아두를 땅바닥에 내던지며 '이놈 때문에 국장(國將)을 잃을 뻔 했구나'하는데, 이때 조운이 유비의 말에 감복하여 유비에게 "비록 간과 뇌를 땅에 쏟아 생명을 버린다 할지라도 주공께서 저를 알아주신 그 은혜를 갚을 수 없습니다!"라고 말한다.

2) 계륵(鷄肋)

계륵은 닭갈비, 즉 먹자니 먹을 게 없고 버리자니 아까울 때 쓰는 말이다. 한중에서 유비와 대치하던 조조가 닭갈비를 먹고 있을 때

군호를 물으러 온 하후돈(夏侯惇)에게 했던 말이다. 군의 행정 실무를 맡은 양수(楊修)는 '계륵'이라는 군호에서 조조의 속마음을 알아채고 부대원에게 철수준비를 시킨다. 조조는 자신의 심중을 귀신처럼 꿴 양수를 '군심 교란죄'로 처형하고 태연히 철수했다.

3) 괄목상대(刮目相對)

괄목상대는 '눈을 비비고 대면한다'는 뜻으로 '학식이나 재주가 몰라보게 성장한 것'을 이르는 말로서, 삼국시대 오왕 손권은 부하 장수 여몽(呂蒙)이 무술만 연마하고 학식이 부족한 것을 염려했다. "국가의 큰일을 맡으려는 자는 글을 읽어 지식을 쌓아야 하오." 왕의 당부에 여몽은 무술만큼이나 학문을 갈고닦았다. 어느 날, 평소 여몽을 무식하다고 경시한 재상 노숙이 그의 학식이 놀랄 만큼 깊어지고 풍모 또한 온화해진 걸 보고 크게 놀랐다. 노숙이 연유를 묻자 여몽이 답했다. "선비라면 사흘을 떨어져 있다 만났을 땐 눈을 비비고 다시 대해야 할 정도로 달라져야 하는 법입니다(士別三日, 卽當刮目相對)."에서 유래했다.

4) 단도부회(單刀赴會)

단도부회는 '칼 한 자 루만 들고 홀로 적장이 베푸는 연회에 나간다'는 뜻으로, 형주를 돌려주지 않는 관우를 해치려고 오나라의 노숙이 초청장을 보냈을 때, 관우가 칼 한 자루만 차고 적진의 회합장에 간 것을 이르는 말이다. '배포가 크다'는 의미가 내포되어 있다.

5) 도회지계(韜晦之計)

도회지계의 도회(韜晦)는 '자신의 지위, 재능, 본심을 감추는 것'을 말한다. 황건적의 난 이후 여포(呂布)에게 패해 이리저리 쫓기던 유비는 조조에게 몸을 의탁하게 된다. 청매실(靑梅)이 익어가는 어느 날, 조조가 유비를 부른다. 둘은 정원에 앉아 '영웅'을 논했다. 식사 중에 조조가 유비에게 물었다. "현재 이 난세에 영웅이 누구라고 생각하는가?" 유비는 이 사람, 저 사람 이름을 말하며 자신의 몸을 낮추었다. 조조가 손가락으로 유비와 자신을 번갈아 지적한 뒤 말하기를 "지금 영웅이라고 할 수 있는 인물은 그대와 나 둘 뿐이오"라고 했다. 이 말을 들은 유비는 들고 있던 수저를 떨어뜨리며 깜짝 놀라는 시늉을 했고 마침 천둥이 치자 젓가락을 떨어뜨리는 것처럼 소스라치게 놀라 허둥지둥 되며 몸을 떨었다. 이를 자세히 지켜보던 조조는 그 뒤로 유비를 천하의 졸장부로 보고 그에 대한 경계심을 풀게 된다.

6) 백미(白眉)

백미는 '흰 눈썹'이라는 뜻으로, 가장 뛰어난 사람이나 물건을 비유적으로 이르는 말인데, 적벽대전의 승리한 여세로 '형주', '양양'을 차지한 유비는 널리 인재를 구하고 있었다. 유비를 찾아온 형주의 막빈(幕賓)으로 있는 이적(伊籍)은 '마씨 5형제'를 천거한다. 이적은 '마(馬)씨 5형제 중에서 눈썹이 흰 마량이 가장 뛰어나다.'고 한 데서 생겨난 말이다. '읍참마속(泣斬馬謖)' 고사의 마속은 마량(馬良)의 동생이다.

7) 비육지탄(髀肉之嘆(歎))

비육지탄은 '넓적다리에 살이 붙음을 슬퍼한다'는 고사로 형주의 신야에 머무르며 아무 하는 일 없이 시간만 축내고 있던 유비가 자책하면서 한 말이다. 조조에게 쫓기던 유비가 형주 지사 유포에게 수년 간 몸을 의지했다. 극진한 예로 환대하던 유포가 하루는 연회에 유비를 초대했다. 한데 연회장 화장실에서 무심코 자신의 넓적다리를 본 유비는 마음이 무거웠다. 오랜 세월 놀고먹기만 한 탓에 허벅지가 너무 굵어져 있었다. 한때 천하를 꿈꾸던 자신의 처지를 생각하니 절로 눈물이 났다.

8) 수어지교(水魚之交)

수어지교는 물과 고기의 관계처럼 서로 뗄 수 없을 만큼 가까운 사이를 말하는데, 제갈량을 삼고초려 끝에 얻은 유비는 제갈공명을 절대적으로 신뢰하게 되었고, 두 사람은 갈수록 친밀해졌다. 유비와 제갈량의 관계에 관우와 장비가 불만을 가지게 되자. 유비는 "내가 제갈공명을 얻은 것은 마치 물고기가 물을 얻은 것과 같다. 즉 나와 제갈공명은 물고기와 물과 같은 사이이다. 아무 말도 하지 말기를 바란다." 말한 데서 유래 했다.

9) 읍참마속(泣斬馬謖)

읍참마속은 '울면서 마속을 벤다'는 뜻으로, 제갈량이 울면서 부하 장수인 마속의 목을 친 것을 의미한다. 촉의 장수 마속은 위나라 사마의(司馬懿, 중달)와의 싸움에서 제갈량의 명령과 수하 장수들의 진언을 무시하고 산꼭대기에 진을 친다. 하지만 사마의의 군대는 마속의 생각대로 산위로 올라오지 않았다. 결국 식량과 물이 끊긴 마속은 사마의의 수하 장합(張郃)이 이끄는 군대에 대패했다. 모두 충성스럽고 용감한 장수라며 제갈량의 선처를 호소했다. 마속은 제갈량과 문경지교(刎頸之交)를 맺은 명 참모 마량의 동생이다. 그러나 제갈량은 "사사로운 정은 마속이 저지른 죄보다 더 큰 죄가 된다. 마속을 잃어버리는 일 또한 국가의 손실이라고 할 수 있으나, 그를 처벌하지 않으면 더 큰 손실을 불러온다. 애석하게 여기는 사람이기 때문에 더욱 사정없이 참형을 내려 대의를 바로잡아야 한다"며 형리를 재촉해 마속을 참수토록 했다. 마속의 머리가 진중에 높이 매달려졌을 때 공명은 소리 내어 울었다.

7. 판본

나관중이 쓴 원본은 발견되지 않았고, 명나라 가정 연간에 간행된 ≪가정본(嘉靖本)≫ 계통, 가정 연간 이후에 간행된 ≪지전본(志傳本)≫ 계통, 모종강(毛宗崗)이 만든 ≪모종강본(毛宗崗本)≫ 계통이 있다. 세 계통은 장회(章回), 판의 형식, 자구(字句), 주(註), 삽입시가, 관우의 셋째 아들인 관색(關索)의 등장 여부에서 차이가 있을 뿐 내용상의 차이는 별로 없다. 청나라 강희 연간인 1679년(강희 18년) 모성산(毛聲山)·모종강(毛宗崗) 부자가 개정한 ≪모종강본(毛宗崗本)≫이 간행되자 선풍적인 인기를 끌면서 널리 유행되었다. ≪모종강본≫은 ≪가정본(嘉靖本)≫을 토대로 역사적 오류를 바로잡고 어려운 부분을 풀어 쓴 뒤, 요소요소에 논평을 덧붙인 것이다. 또한 ≪가정본≫은 총 24권이고 권당 10회가 수록되어 전체 240회로 구성되어 있지만, '모본(毛本)'은 2회를 1회로 합쳐 전체가 120회로 되어 있다. 현재 번역된 ≪삼국지연의≫는 모두 기본적으로 청대의 ≪모종강본≫을 원전으로 삼았다. 모종강의 ≪삼국지≫에서 유비(劉備)를 높이고 조조(曹操)를 깎아내리는 존유폄조(尊劉貶曹)의 경향이 더욱 짙어진다.

제7장 수호전(水滸傳)

1. 개요

≪수호전≫은 ≪삼국지연의≫와 함께 중국 최초의 장편 장회소설(장편소설)이라고 할 수 있다. ≪수호전≫은 명대 4대기서 중에서도 가장 뛰어나다는 평가를 받고 있다. ≪수호전≫은 원말 명초의 소설가 시내암(施耐庵, 1296~1372)이 초본을 짓고 나관중이 첨삭해 성립됐다고 알려져 있다.

수령 송강(宋江)을 중심으로 108 유협(遊俠)들이 양산 산록(山麓)의 호숫가에 산채를 만들어 양산박(梁山泊)이라 일컫고 조정의 부패를 통탄하고 관료의 비행을 반항하여 민중의 갈채를 받게 된다. 중심 인물은 송강, 무송(武松), 노지심(魯智深), 이규(李逵), 임충(林沖), 양지(楊志) 등이다. 양산박은 복잡한 하천과 호수 물길을 가진 곳에 배를 정박할 수 있는 곳이다.

송대의 정사 기록에는 휘종(徽宗) 선화(宣和) 3년 (1121년)에 "회남(淮南)의 도적 송강 등 36명이 회양(淮陽) 지방을 어지럽히므로 조정에서 토벌군을 보냈으나 그 세력이 커서 쉽사리 평정이 안 되고, 계속 당시의 수도 동경(開封) 동쪽으로부터 장강 일대를 휩쓸고 다녀, 마침내 주지사 장숙야(張叔夜)가 나서 이들을 귀순시켰다. 그 뒤 방랍(方臘, ?~1121: 북송 말 절강농민봉기의 수령)이 침범해 오므로 조정에서는 이들을 보내 정벌시켜 크게 공을 세웠다"라고 되어 있다.

송대에 있었던 역사적 대사건은 민간에서도 화제가 되고 남송의 설화인(說話人)에 의해 전승되고 성장하였다. 송강은 사료에 남아 있는 실존 인물이다. 송강이 이끌었던 무리들의 영웅담은 민간에서 오

랜 세월 동안 전해 내려오면서, 더해지고, 윤색을 거치면서, 그 내용
이 점차로 풍부해지고, 문인작가의 손을 거쳐 완성되었다.

수호전(水滸傳)과 수호지(水滸志)

일반적으로 한국에서는 수호전(水滸傳)보다는 수호지(水滸志)로 잘 알려져 있다. 그러나
원명인 수호전(水滸傳) 대신 수호지(水滸志)로 널리 알려진 것은 아마도 삼국지(三國志)
의 영향으로 추정된다.

---

2. ≪수호전≫의 구조

≪수호전≫의 이야기를 보면, 양산박 호걸을 한 편으로 하고, 간
신, 탐관, 악한들을 다른 한 편으로 하여 발생되는 모순, 충돌관계를
묘사하고 있다. 사건의 전개 양상은 각지의 호걸들이 양산박에 모여
드는 집결 과정과 세력이 확장되어 발전하는 과정, 그리고 양산 세
력이 약화, 해체되어 가는 훼멸의 3과정으로 이루어져 있다.

양산박 호걸들이 추구하는 사회는 상하, 귀천, 빈부 등으로 구분
되어 있는 사회관계를 벗어나 호형호제하는 수평적 사회관계를 구
현하는데 있다. 다시 말하면, 그들은 간신, 탐관들의 부패와 착취, 악
한들이 선량한 사람을 괴롭히는 사회의 모순을 깨뜨리고 공동체적
이상사회를 건립하고자 한다. 이러한 희망과 의지를 가진 인물들이
양산박에 집결하여 이상적 공동체인 양산박을 건립한다. 그러나 송
강이 두령의 자리에 오른 뒤, 정부에 귀순하는 것을 양산박의 최종
행동목표로 삼으면서 양산박의 이상은 파멸의 길로 들어서게 된다.

호걸들이 양산박으로 모여드는 집결 과정은 각기 독립된 이야기

를 가진 인물들의 이야기로 구성되어 있다. 각각의 이야기에 등장하는 주인공은 여러 가지 위기와 난관을 극복해 가면서, 양산박으로 오르게 된다. 발전과정은 양산박이 진용을 갖춘 뒤 도시와 장원(莊園)을 공격하여 승리를 거두며 정부군과 대치하여 연전연승을 거두는 부분을 가리킨다. 이에 반해, 훼멸과정은 공동체적 이상사회를 건설하고자 했던 양산박 호걸들이 수령인 송강의 귀순 의지가 표면화된 후, 그들의 조직력과 세력이 점점 약화되고 분열되어 끝내는 비극적 결말을 맞게 되는 것이라고 볼 수 있다.

악신군(樂薪君)은 ≪수호전≫의 전체적 구성이 양산박의 건립과 해체로 구성되어 있다고 하였다. 사진(史進), 노지심, 임충, 양지, 무송, 송강 등의 인물은 고난을 겪고, 살인을 한 뒤 양산박에 오른다.

수호전 119~120회에서 양산박 영웅들은 비참한 최후를 맞는다. 많은 영웅들은 반란군을 토벌하는 과정 속에서 전사하고, 살아남은 사람 중에는 떠나간 사람도 있고, 병사한 사람도 있다. 관직에 나아간 송강과 노준의(盧俊義) 등은 간신에게 독살당하며, 화영(花榮)과 오용(吳用)은 송강의 무덤이 있는 요아와(蓼兒洼)에 가서 스스로 목숨을 끊는 등 비참한 최후를 맞이한다.

3. 작가

≪수호전≫의 작가에 대해서는 현재까지도 이론(異論)이 많다. 대부분은 시내암(施耐庵)설과 나관중설을 벗어나지 못하고 있다. 시내암이 실존인물인지를 입증할 만한 사료는 아직까지 발견되지 않고 있다. ≪수호전≫은 송말 이후 민간에 유전되어 내려오면서 민중들

로부터 사랑을 받던 '수호(水滸)' 고사들을 한데모아 줄거리를 갖춘 장편소설이다.

4. 줄거리

도교 교조인 장천사(張天師)에 의해 비석 밑에 묻혀있던 정기가 풀리면서 지하의 복마전에 봉해진 108명의 마왕들이 세상으로 나와 양산박에 집결하게 되고 산적으로 활동한다. 그런 와중에 관군에게 항거하다 조정에 투항하게 된 108호걸들은 조정의 명령으로 요(遼)나라 정벌, 전호(全虎 ; 晉)·왕경(王慶 ; 楚) 토벌 등 지방의 반란평정을 위해 파견된다. 그러나 방랍 정벌 과정에서 태반이 전사하거나 병사하게 된다. 방납을 정벌하고 수도로 개선한 자는 27명에 불과하였다. 그들은 그 공으로 관직과 직위를 받았지만 절반은 각자의 임지로 갔고 나머지 절반은 관직을 버리고 야인이 되었다. 이렇게 하여 마지막까지 남은 27명도 뿔뿔이 흩어졌다. 그러나 간신 고구와 양전은 여전히 송강을 두려워했다. 결국 그들은 채경, 동관과 일을 꾸며서 송강을 오른팔인 노준의를 먼저 독살하고, 송강도 독살 당하며 비극적 결말을 맞게 된다. 이후 황제가 꿈에서 이들의 억울한 사연을 듣고 칙지(勅旨)를 내려 양산박에 '정충묘'와 사당을 세워 호한(好漢)들의 신상을 모시게 한다.

5. 시대적 배경

당시 상황은 북송의 마지막 시대로 휘종의 실정 및 조정과 관리의 부패가 만연하여 일반 백성들의 삶이 궁핍하였고 도적 무리들이 횡행하였다. 그리하여 1126년 휘종 만년에 국정실패, 재정파탄으로 여진족의 금(金)에게 망하게 된다. 아들 고종(高宗)은 금과 투쟁하였으나 남방으로 밀리게 되고, 금은 수도를 연경으로 이전하고 송은 남송이 되면서 수도를 개봉에서 항주로 옮긴다. 모두 1135년의 일이다. 송은 금과 남북조 시대를 이루지만 느슨한 형태로 금에 대하여 칭신(稱臣)하여 신하의 나라가 된다. 역사상의 '정강의 변(靖康之變)'이다. 정강의 변이란 1126년 송이 금나라에 패하고, 황제 휘종과 흠종이 금나라에 사로잡힌 사건을 말한다. 정강(靖康)은 북송의 연호이다.

6. 주요인물

1) 송강(宋江)

송강은 자는 공명, 별명은 급시우(急時雨-때맞춰 오는 비), 호보의(呼保義)이다. 제주 운성현의 관리출신 호걸이다. 키가 작고 얼굴이 약간 검어 '흑삼랑(黑三郎)'이라고도 불렸다. 의리를 소중히 여기고 어려운 사람을 아낌없이 도와주어 세상 사람들이 그의 인품을 높이 평가했다.

어느 날, 의형제이자 양산박 초대 두령

이던 탁탑천왕(托塔天王) 조개(晁蓋)를 도와주었던 것을 추궁받고 밀고하려 한 부인 염파석(閻婆惜)을 죽여 유배를 당했다. 이후 시진과 공태공의 저택, 청풍채, 강주 등을 돌며 수많은 호걸들과 만나고 조개의 도움으로 양산박으로 들어가 부두령이 된다. 이후 축가장과 고당주 공략의 총대장으로써 활약하였다.

조개가 증두시를 공격할 때 그곳의 호걸인 사문공에게 독화살을 맞고 사망하자 송강은 총두령으로 추대되지만 거절한다. 이에 북경의 대상인이었던 노준의(盧俊義)를 유인, 증두시를 점령하고 사문공을 사로잡아 노준의에게 두령의 자리를 양도하지만 노준의도 사양하게 된다. 그리하여 동평부, 동창부를 먼저 공략하는 자가 총두령이 되는 조건을 걸었고 동평부를 먼저 공략한 송강이 총두령이 되었다.

송강이 관군에게 쫓기던 시절에 구천현녀의 사당에 피신했을 때, 구천현녀의 계시를 받아 '체천행도(替天行道)'를 기치로 양산박의 기틀을 세운다. 양산박을 토벌하러 온 절도사들을 물리치고, 태위 숙원경과 기녀 이사사의 도움으로 조정에 귀순하여 요나라를 격파하고 전호, 왕경의 난을 제압하였다. 강남의 방납의 난을 진압하던 중 많은 호걸들이 전사하였고 진압 이후 조정의 부패관리로부터 독살을 당한다.

2) 임충(林沖)

양산 오호장 중에 한 명으로, 팔십만 금군(禁軍)의 창봉교두(槍捧敎頭)이다. 계략에 빠져 처를 잃고 방황한 끝에 양산박에 가담한다. 조개 등이 양산박으로 오자 속이 좁은 왕륜(王倫)은 이를 거부할 뜻을 보이고, 임충은 왕륜을 죽여 조개를 총두령으로 삼았다. 무예가 출중

하여 전장에 나가 수없이 많은 장수를
죽여 6번째로 높은 두령이 되었다. 조
개 사후 모든 전투에 참여하여 활약하
였다. 108호걸이 모였을 때 기병 오호
장 중 한명이 되어 황신과 손립을 부장
으로 두었다. 방납 토벌 이후 노지심,
무송과 함께 떠나지만 뇌졸중에 걸려
육화사에서 생을 마감한다.

3) 노지심(魯智深)

　　원래 이름은 노달(魯達)이며 위주(渭州)의
제할(提轄 치안담당 무관)이란 하급관리로
있었다. 백성들에게 '진관서(鎭關西)'라 불리
던 악인 정도호(鄭屠戶)가 김 노인의 집을
강점하고 재물을 갈취하자 정의를 위해 손
을 써 정도호를 때려죽였다. 살인범이 되어
쫓기던 그는 남의 이목을 피하기 위해 오대
산(五臺山) 문수원(文殊院)에서 머리를 깎고
승려가 되었다. 지진장로(智真長老)가 그에
게 새로운 이름을 지어주면서 "한 점의 신
령한 빛은 천금의 가치가 있다. 불법(佛法)
은 광대하니 지심(智深)이란 이름을 하사하
노라"라고 했기 때문에, 이때부터 노지심으로 불렸다.
　　애초 다른 의도가 있어 출가한지라 노지심은 불문의 계율에 얽매이지 않고 술과 고기를 좋아했다. 결국 산문 앞 반산정(半山亭)과 금강 조각을 파괴하는 사고를 쳤다. 이에 지진장로는 그를 동경 대상국사(大相國寺)로 보내 채마밭을 지키게 했다. 노지심은 이곳에서 채소를 훔치던 20~30명의 건달들을 굴복시키고 버드나무를 뽑는 괴력을 발휘해 멀리 이름을 떨쳤다. 방납 토벌 후 회군하던 중 전당강 육화사에서 강의 조신(일정한 시기에 생겨나는 조수) 소리를 듣고 깨우쳐 좌선한 채로 입적한다. 이후 의열조기선사(義烈照曁禪師)에 추존되었다.

4) 무송(武松)

청하현(清河縣)출신이다. 형이 형수와 서문경에 의하여 독살당하고, 그 원수를 갚기 위해 어쩔 수 없이 살해를 하고, 행자로 변장하였다. 이후 이룡산의 노지심, 양지 등과 힘을 합친 뒤 후에 송강에게 귀순하였다. 호랑이를 맨주먹으로 죽일 정도로 힘이 세고, 두 개의 계도를 잘 다루어 중 차림을 한 노지심과 행자 차림으로 함께 다니며, 보병 두령으

로 많은 활약을 하였다. 방랍 토벌 때, 목주에서 별호 영응천사(靈應天師) 포도을(包道乙)에게 왼팔이 잘리고 종군하여 노지심과 함께 육화사에 머문다. 송강에게 벼슬에 뜻이 없음을 밝히고 육화사에 출가하여 여든 살까지 살다 세상을 떠난다. 황제는 무송에게 청충조사(清忠祖師)란 칭호를 내린다.

5) 이규(李逵)

대종의 옥졸 기주사람이며, 흑선풍(黑旋風)이라는 별호를 가지고 있다. 사람들은 이철우(李鐵牛)라 부른다. ≪삼국지연의≫의 장비와 비슷한 성격의 인물로 두 자루의 도끼가 주 무기이며, 단순하고 착하며 충의롭다. 싸움에서 피를 보면 살인귀처럼 되어버려 사람들이 몹시 겁을 냈다.

방랍 토벌을 종군하여 윤주 도통제(都統制)로 임명되었다. 송강은 이규를 불러 독이 든 술을 함께 마신다. 자신이 죽으면 반란을 일으킬 것을 막기 위해서였다. 이규는 아무런 투정하지 않고 함께 술을 마셨고 윤주로 돌아온 뒤 송강과 같은 곳에 묻어달라는 유언을 남기고 숨을 거둔다.

6. 작품 감상

1) 어지러워지는 세상

돌림병이 발생하자 황제가 홍태위(洪太尉)를 시켜 용호산(龍虎山) 장천사(張天師)에게 돌림병을 막는 기도를 해달라고 청하게 했다. 홍태위가 실수로

봉폐되어 있던 복마전(伏魔殿)을 열자 36개의 천강성(天罡星)과 72명의 지살성(地煞星)이 속세로 내려와 인간으로 환생했다.

감상

그때 주지 진인은 홍태위에게 아뢰었다.

"태위께서는 모르시겠지만 우리의 선대 천사이신 동형 진인께서 부작(符作)을 전하면서 '이 불각 안에는 천강성 36명과 지살성 72좌를 합해서 모두 108명에 이르는 마왕을 가두어 넣고 그 위에다 상고 문자로 쓴 천서 부작을 새긴 비석을 세워 그들을 눌러 놓았는데 만일 그것들을 놓아서 세상에 나가게 하면 필시 하계의 생명들을 소란케 할 것이다.'라고 하셨습니다. 지금 태위께서 그것들을 놓아 버렸으니 이 일을 장차 어찌하면 좋겠습니까?"

여기에 이런 시가 있다.

천년동안 잠갔던 문 일조에 열리니
천강성 지살성 저승에서 뛰쳐났네,
무사하기 바라면 성화거리 생기는 법
재앙을 없애려다 재앙을 일으켰네.
이로부터 사직이 움찍움찍 흔들리고
전란은 어지러이 여기저기 일어나리.
간녕한 고구를 역겹게 하지마는
오늘부터 화단은 다름 아닌 홍신일세.

그 말을 들은 홍태위는 온몸에 식은땀을 흘리며 와들와들 떨었다. 부랴부랴 행장을 수습해서 수종들을 거느리고 산을 내려 서울로 돌아갔다. 진인과 도사들은 태위 일행을 배웅해 보낸 후에 불각을 수리하고 비석을 다시 제자리에 세웠다.

한편 홍 태위는 가는 도중에 자기가 요귀들을 놓아 주었다는 것을 천자께서 아시면 문책을 당할 일이라, 아예 그 말을 입 밖에 내지 않도록 수종들을 단속하고 도중에서는 별일 없이 밤에 낮을 이어 서울로 돌아갔다. 변량성에 이르러 소문을 들으니 "천사는 이미 동경 금원에서 밤낮이레 동안 기도를 드리고 또 부작을 널리 써 돌려서 온역을 다 없애고 군민들을 무사하도록 한 연후에 천자께 하직하고 학을 타고 구름을 몰아 용호산으로 돌아갔다." 고들 하는 것이다. 홍 태위는 이튿날 조회 때 천자를 뵙고 아뢰었다.

"천사는 학을 타고 구름을 몰아 먼저 서울로 오고 소신 등은 역참을 거쳐서 이제야 왔사옵니다."

인종은 그 말을 듣고 홍신에게 후히 상을 준 다음 이전의 벼슬을 그대로 시켰다. …… 〈하략(下略)〉

(시내암, 1990, 延邊大學水滸傳飜譯組織 역 ≪(新譯) 水滸誌 1≫ 2회 중에서)

2) 송강의 등장

수호전의 기본 소재가 되는 송강의 반란은 선화(宣和, 1119~1125) 연간에 일어난 것으로 알려져 있으며 ≪송사≫에 단편적으로 기록되어 있다. 이 기록들을 종합하면 송강이 36명을 이끌고 반란을 일으켜 상당한 위세를 떨치고 있었는데 관군이 이를 진압하지 못하자 조정 한편에서 송강을 투항시켜 방납을 토벌하자는 논의가 있었으며, 결국에는 장숙야(張叔夜)에게 송강이 투항하게 되었다는 줄거리다. 수호전의 모티브를 제공한 양산박의 수령 송강은 수호전 18회부터 등장한다.

찻집 사환이 밖을 가리키므로 하도가 내다보니 관아 안으로부터 한 관원이 걸어 나오고 있었다. 그 사람의 생김새는 다음과 같더라.

붉은 봉황새 눈에 누에 같은 눈썹에다 늘어진 귓방울은 구슬을 드리운 듯하고 빛나는 눈동자는 옻칠로 점찍은 듯하네.

입술은 두툼하고 입은 번듯한데 수염은 하관에 더부룩하구나.

넓은 이마에 평평한 정수리, 얼굴에는 살집에 두두룩하네.

앉으면 호랑이 상이요, 걸으면 승냥이 모습이라.

나이는 서른 안팎, 만인을 거느릴 도량을 지녔으며 신장은 6척 좌우 사해를 평정할 지략 가졌네.

기개는 헌걸차고 흉금은 활달한데 문필은 소상국도 얕보고 성망은 맹상군(孟嘗君)에 못지않네.

그 사람의 성은 송(宋)이고 이름은 강(江)이고 자는 공명(公明)인데 항렬 중의 셋째로서 조상 적부터 운성현 송가촌(宋家村)에 살았다. 낯이 검고 키가 작아서 사람들은 그를 흑송강(黑宋江)이라 했고 또 집에서는 효성이 지극하고 남에게는 의리를 중히 여기고 재물을 아끼지 않으므로 사람들은 그를 효의흑삼랑(孝義黑三郎)이라고 했다. 위로는 부친만이 생존해 있고 모친은 일찍이 작고하였으며 아래로는 동생 하나가 있는데 철선자(鐵扇子) 송청(宋淸)이라고 하였다. 그는 부친 송 태공을 모시고 촌에서 농사를 지으면서 시골 살림을 하였다. 운성현에서 서리 노릇을 하는 송강은 문필이 능숙하고 도리에 정통했을 뿐더러 겸하여 창과 몽치쓰기를 좋아해서 여러 가지 무예를 배웠다. 평생 강호의 호한들과 사귀기를 좋아하여 누구나 찾아가면 빈부귀천을 가리지 않고 다 반가이 맞이하여 제 집에서 묵게 하고 좋은 음식으로 대접하면서 날이 저물도록 담소하면서도 조금도 싫어할 줄을 몰랐다. 또 떠날 때면 노자도 힘껏 보태 주면서 황금을 흙덩이로 보고 돈을 물 쓰듯 했다. 누가 돈이나 물건을 달라면 거절하는 법이 없고 곤궁한 사람들을 돌봐 주고 분쟁이 생기면 화해시켰으며 더욱 인명에 관계되는 일이면 극력 주선하여 주었다. 그는 늘 재물과 약들을 선사하는 등으로 어려운 사람들 구제하고 급한 사람을 돌봐 주고 곤란한 사람을 돕기 때문에 산동, 하북 일대에 명망이 높아서 사람들은 그를 '급시우(及時雨)'라고 하였다. 말하자면 그가 가뭄에 오는 비와 같이 만물을 구원한다는 것이다. 여기서 송강을 찬양한 임강성의 사(詞) 한 수가 있다.

화촌의 도필리로 지나던 그는 하늘의 별을 타고난 영령,
의리를 숭상하고 재물을 아끼지 않고 재능은 또한 뛰어났네.
어버이께 효성스럽고 의사들 대함에 성망이 높더라.
약자를 도와주는 그 마음 강개하니 높은 성망 물이나 달보다 깨끗하리.
가뭄의 단비라고 널리 소문난 산동 지방의 호보의(呼保義) 호걸 송공명. ……〈하략(下略)〉

(시내암, 1990, 延邊大學水滸傳飜譯組織 역 ≪(新譯) 水滸誌 2≫ 18회 중에서)

3) 맨주먹으로 호랑이를 때려잡다

호랑이를 잡은 무송(打虎武松)

무송이 고향으로 돌아갈 때, 양곡현(陽谷縣 지금의 산동성 요성(聊城)시 양곡현) 주막집에서 '세 잔의 술을 마시면 고개를 넘을 수 없다(三碗不過崗)'고 쓴 간판을 보게 된다. 술이 독해서 일반 사람은 세 잔만 마셔도 취해 경양강(景陽崗)이란 고개를 넘을 수 없다는 것이다. 무송은 이 말을 믿지 않고 연달아 15잔의 술을 마신 후, 경양강을 넘어가려 하자 주막집 주인이 무송을 가로막으며

경양강에 사나운 호랑이가 출몰해 사람을 해친다고 말한다. 그러나 무송은 주인의 말을 믿지 않고 고개를 넘다가 술기운이 올라와 잠시 쉬고 되고, 이때 먹이를 찾아 나온 호랑이를 만나게 된다. 무송은 적수공권으로 사나운 호랑이를 때려잡았고 그 후로 무송은 '호랑이를 잡은 무송(打虎武松)'으로 불리게 되었다.

감상

무송은 그 호랑이를 보고 놀라 소리를 지르며 청석판에서 뛰어내려 몽치를 집어 들고 한쪽 옆으로 몸을 비켜섰다.

호랑이는 주리기도 하고 목도 말랐던지라 두 앞발로 사뿐 땅바닥을 짚더니 나는 듯이 허공을 뛰어올랐다가 내려오며 덮쳐든다. 하도 놀란 무송은 몸에 배었던 술이 다 식은땀으로 변하여 흘러나왔다. 그야말로 아슬아슬한 순간이었다. 호랑이가 덮치자 무송은 몸을 날려 얼핏 그놈의 뒤로 피했다. 호랑이가 제일 싫어하는 것은 사람이 뒤에 있는 것인지라 그놈은 앞발로 땅바닥을 짚고 궁둥이를 쳐들며 뒷발질을 한다. 무송은 또 날쌔게 한 옆으로 피했다. 뒷발질을 했어도 그를 차지 못하자 호랑이는 '어홍' 소리를 지르는데 마치도 반공에서 울리는 뇌성같이 산골짜기를 드렁드렁 울렸다. 그러자 이번에는 꼬리를 쇠몽치처럼 뺏뺏이 세워 가지고 휙 후려진다. 무송은 또 한 번 몸을 피했다. 본시 호랑이란 놈이 사람을 해칠 때에는 한 번은 덮치고 한 번은 차고 또 한 번은 후려치는 법인데 그 세 가지로 다 안됐을 때에는 풀이 절반쯤 꺾이게 된다. 그런데 이놈은 또다시 꼬리로 후려쳤다. 이번에도 제대로 갈기지 못한 그놈은 재차 '어홍'소리를 지르면서 휙 돌아선다. 호랑이와 마주서게 된 무송은 몽치를 두 손으로 쳐들었다가 있는 힘을 다해

서 한 대 내리갈겼다. 와지끈 하는 소리와 함께 나뭇가지와 잎새
들이 우수수 떨어졌다. 다시 본즉 엉겁결에 내리친다는 것이 호랑
이는 맞히지 못하고 마른 나무를 후려갈겨 손에 든 몽치가 두 토
막이 나서 절반은 날아나고 절반만 손에 남았다.

호랑이가 연해 소리를 지르며 재차 덮치니 무송은 이번에도 몸을
날려서 10여 보 밖으로 나섰다. 호랑이가 다시 덮쳐와 그놈이 앞
발이 발부리 앞을 짚을 때 무송은 동강이 난 몽치를 내던지고 두
손으로 호랑이의 대가리를 움켜지고 내리 눌렀다. 호랑이는 용을
쓸 대로 썼으나 무송이 있는 힘껏 내리눌러서 빠져날 수 없었다.
무송은 손으로 내리누르는 한편 발길로 호랑이의 이마빼기와 눈통
을 연신 걷어찼다. 호랑이가 고함을 지르며 앞발로 긁어 치는 바
람에 땅에는 구덩이가 생겼다. 이때라고 생각한 무송은 호랑이의
주둥이를 그 구덩이에다 눌러 박았다. 호랑이는 무송한테 눌려서
맥이 어지간히 빠졌다. 무송은 왼손으로 호랑이의 정수리를 움켜
서 막 내리쳤다. 6, 70번이나 내리치자 호랑이는 눈과 입과 코와
귀로 피가 터져 나왔다. 무송은 평생의 위력과 있는 무예를 다 써
서 잠시간에 호랑이를 때려눕혔는데 마치 큰 비단 부대를 엎드려
놓은 것 같았다. 무송이 경양강에서 호랑이를 잡은 장면을 묘사한
것으로 이런 시가 있다.

경양강 산마루에 광풍이 몰아치니
만 리의 검은 구름 햇빛을 가리우네.
빛 진한 저녁노을 숲 위에 비껴 있고
차디찬 저녁 안개 하늘을 뒤덮었네.
벽력같은 고함소리 갑자기 울리더니
산중호걸 산허리에 나타났다.
머리 들고 날치면서 이와 발톱 드러내니
노루 사슴 따위들은 넋을 잃고 내빼누나.
청하의 장사는 술도 깨지 않은 채
산마루에 홀로 있다 엉겁결에 맞섰다네.
주리고 갈해서 사람 찾던 호랑이
사납게 덮쳐드니 흉악하기 끝없구나.

달려드는 호랑이는 무너지는 산이런가

……〈하략(下略)〉

(시내암, 1990, 延邊大學水滸傳飜譯組織 역 ≪(新譯) 水滸誌 2≫ 23회 중에서)

4) 꽃잎처럼 지는 영웅들

방납 정벌 후 살아남은 이가 고작 36명으로 3분의 2가 목숨을 잃었다. 게다가 돌아오는 길에 항주의 육화사(六和寺)에서 노지심이 숨을 거두고, 전투에서 한쪽 팔을 잃은 무송은 거기서 출가했고, 임충도 중풍에 걸려 절에 남았으며, 양웅은 부스럼으로 죽고, 시천은 곽란(癨亂, 급성 위장병)으로 숨을 거두고 만다. 연청도 편지를 남기고 사라지는 등 9명이 죽거나 길을 떠났다. 동경으로 돌아온 사람은 27명뿐이었다. 마지막까지 남은 27명도 뿔뿔이 흩어졌다. 송강 일행이 상을 받고 지방관이 되는 것 자체가 마음에 들지 않았던 간신 고구와 양전은 송강의 오른팔인 노준의를 먼저 독살하고, 송강도 독살한다.

이규는 윤주에 가서 도통제가 된 후 마음이 갑갑하고 일에 권태가 나서 날마다 사람들과 같이 술 마시기를 업으로 삼았다. 그는 송강이 사람을 보내 와 청한다는 말을 듣고 "형님이 사람을 시켜 데리러 온 걸 보니 꼭 할 말이 있는 게다." 하고는 수종들과 함께 배를 타고 초주에 이르러 관아에 들어와 송강을 뵈니 송강이 그를 보고 말한다.

"형제들끼리 서로 갈라진 후 나는 밤낮으로 그들을 그리네. 군사 오용은 멀리 무승군에 가 있고 화영은 응천부에 가 있는데 소식조차 알 길 없고 다만 자네가 좀 가까운 윤주 진강에 있으니 대사를 상의하려고 모처럼 청해 왔네."

"형님, 무슨 대사가 있어 그러오?"

이규가 묻자 송강은 "우선 술이나 마시게!" 하더니 그를 후당으로 데리고 들어갔다. 거기에는 벌써 배반이 차려져 있는지라 송강은 이규에게 술을 권하였다. 이규가 술을 거나하게 마신 뒤에 송강이 입을 열었다.

"동생은 모르겠지만 조정에서 나를 먹으라고 독주를 보낸다는 말을 들었는데 만일 내가 죽게 되면 자넨 어떻게 하겠나?"

이에 이규는 버럭 소리를 질렀다.

"제밀할 것 그럼 반란하지!"

"동생, 인마가 하나도 없고 형제들도 다 각기 흩어졌는데 어떻게 반란한단 말인가?"

"우리 진강에 3천 인마가 있고 형님이 계시는 이 곳 초주에도 인마가 있으니 그들과 백성들을 모조리 일으키고 인마를 초모하여 들고 일어나잔 말이오! 그래서 다시 양산박에 가면 그 간신들 수하에서 수모를 받기보다 얼마나 시원하겠소!"

"동생, 급해 말고 후에 상혼해 보세."

원래 이규를 먹인 그 술도 독약이 든 것이었다. 그 날 밤 이규는 술을 마시다 이튿날 배를 타고 가게 되었다.

"형님, 언제쯤 의병을 일으키겠소? 나도 거기서 군사를 일으켜서 오겠소!"

이규가 물으니 송강은 "동생, 나를 나무라지 말게. 일전에 나는 조정에서 천사를 시켜 보내온 독주를 마셨는데 목숨이 경각에 달렸네. 나는 한 평생 '충의'를 주장했을 뿐 양심을 속인 일은 조금도 없는데 조정에서는 죄 없는 나에게 죽음을 주었네. 조정은 나를 버려도 나는 결코 조정을 배반하지 못 하겠네. 그런데 내가 죽은 뒤 동생이 혹여 반역해서 하늘을 대신하여 도를 행한 우리 양산박의 충의지명을 어지럽힐까 봐 동생을 청한거네. 자네가 어제 마신 술은 독기가 천천히 퍼지는 독주이니 동생도 이제 윤주에 돌아가면 죽을 거네. 동생도 죽거든 풍경이 양산박과 조금도 다름없는 초주 남문 밖 요아와에 와서 혼이라도 서로 한 데 모이세. 그 곳은 내가 평소에 보아둔 곳이니 나는 죽은 뒤 거기에 묻어 달라고 하였네!"하고 말을 맺자 눈물이 비 오듯 하는지라 이규도 눈물을 흘리며 말하였다.

"됐소, 됐소! 살아서 형님을 섬겼으니 죽어서도 형님의 귀졸이 되겠소!"

이규는 눈물을 흘리며 몸이 무거워짐을 느꼈다. 그는 그냥 눈물을 흘리며 송강과 작별하고 배에 올랐는데 윤주에 돌아와 송강의 말대로 약독이 피어 죽게 된지라 임종에 시종들을 보고 "내가 죽거든 꼭 영구를 초주 남문 밖 요아와에 가져다 형님과 한 데 묻어 주게." 하고 당부하자 숨을 거두었다. 시종들은 관곽을 갖추어 입관한 후 그의 말대로 영구를 모시고 갔다.

송강은 이규와 작별한 후 오용과 화영을 만나 보지 못해 애타하였다. 그 날 밤 약이 피어 위태하게 되자 그는 수종과 시중꾼들에게 당부하였다.

"내 말대로 내 영구를 이 곳 남문 밖 요아와의 고원 심처에 묻어 주게. 그러면 꼭 자네들의 은덕을 갚을 테니 내 부탁을 어기지 말게!" 그는 말을 마치자 세상을 떴다. …… 〈하략(下略)〉

(시내암, 1990, 延邊大學水滸傳飜譯組織 역 ≪(新譯) 水滸誌 7≫ 120회)

7. 마오쩌둥의 ≪수호전≫ 평가

마오쩌둥은 어려서 고전을 배우고, 민중반란을 그린 ≪수호전≫에 심취했다. 마오쩌둥은 ≪수호전≫의 중요한 특징을 다음과 같이 요약하였다.

"수호전은 정치적인 서적으로 보아야 한다. 그 책은 북송 말년의 사회정황을 묘사하고 있다. 중앙정부가 부패하면 민중들은 반드시 혁명을 일으키게 된다. 당시 농민들이 봉기하여 군웅할거(群雄割據)의 형세 아래 청풍산(淸風山) 도화산(桃花山) 이룡산(二龍山) 등을 점거하였고, 마지막으로 양산박에 집결하여 무력 집단을 이루고 관군에 저항하였다. 양산박 부대는 여러 산채에서 모였지만 통수(統帥)는 잘 되었다."

혁명이 최고조에 도달하기 전에는 분산된 준비과정이 있어야 하고, 혁명역량이 커지면 불씨가 여러 곳에서 지펴져 마침내 한꺼번에 타오르게 되는 것이다. 수호전은 그런 의미에서 아주 빛나는 성공사례의 하나이다.

1966년 마오쩌둥은 ≪수호전≫에 나오는 '조반유리(造反有理)'라는 기치를 내걸고 문화대혁명을 시작했다. 마오쩌둥은 만년(晚年)의 담화에서 "혁명은 돼지고기를 자르는 것"으로 총괄하면서 "한 칼 한 칼의 칼질마다 한 점 한 점씩 고기가 잘리는 것"이라는 ≪수호전≫의 고사를 인용하였다.

8. 수호지 관련 주요 고사성어

1) 핍상양산(逼上梁山)

핍박을 당해 부득이하게 도망가다는 의미로 막다른 골목에 이르러 선택의 여지가 없어 한 길로만 갈 수밖에 없음을 두고 하는 말이다.

임충(林沖)은 송나라 동경 팔십만 금군(禁軍)의 교두였다. 하루는 임충이 아내가 동악묘에 소향하려 갔다가 희롱을 당했다는 소식을 듣고 동악묘로 달려갔지만 상대가 고태위의 아들임을 알고 할 수 없이 돌아선다. 임충의 아내에 미련을 버리지 못한 고아내는 그의 아버지 고태위에 부탁해 임충을 창주로 귀향 보내고, 고태위에 환심을 사려고 임충을 배신한 육겸은 간수와 공모하여 임충을 죽이려 한다. 둘의 대화를 듣고 그는 몸에 차고 있던 긴 창을 꺼내 들고 육겸과 간수를 살해하고 어쩔 수 없이 양산박으로 들어간다.

2) 복마지전(伏魔之殿)

'복마전'은 마귀가 숨어있는 집이나 굴이란 뜻으로 ≪수호지(水滸誌≫에 나오는 말이다. 북송(北宋) 인종(仁宗:1010~1063) 때 일어난 일이다. 온 나라에 전염병이 돌자 인종은 신주(信州)의 용호산(龍虎山)에서 수도하고 있는 장진인(張眞人)에게 전염병을 퇴치하기 위해 기도를 올리도록 부탁하기 위해 홍신(洪信)을 그에게 보냈다. 용호산에 도착한 홍신은 마침 장진인이 외출하고 없기에 이곳저곳을 구경하다가 우연히 '복마지전(伏魔之殿)'이라는 간판이 걸려 있는 전각을 보게 됐다. 거기서 돌로 만든 비석을 들추었는데 그 안에 갇혀 있던 요괴 108명이 뛰쳐나왔다. 이렇게 인간으로 태어난 108명의 호걸은 수호전의 중심 인물들이 된다.

9. 판본

≪수호전≫의 판본은 복잡한데, 크게 번본(繁本)과 간본(簡本)의
두 가지 계통이 있다. 번본은 '70회본, 100회본, 120회본'의 3개 계
통으로 구분된다. 70회본으로는 김성탄(金聖嘆)의 서문이 있는 ≪제
오재자서시내암수호전(第五才子書施耐庵水滸傳)≫이 있다. 100회본 중
에서 용여당본(容與堂本)의 ≪이탁오선생비평충의수호전(李卓吾先生
批評忠義水滸傳)≫이 현존하는 것 중에는 가장 이르다. 120회본으로
는 양정견(楊定見)의 서문이 있는 원무애(袁無涯) 각본(刻本) ≪수호전
전(水滸全傳)≫이 있다. 간본 중 중요한 것으로는 ≪신간경본전상삽
충의수호전(新刊京本全像揷忠義水滸傳)≫, ≪경본증보교정전상충의수
호지전평림(京本增補校正全像忠義水滸志傳評林)≫ 등이 있다.

한편, 현존하는 ≪수호전≫ 판본 가운데 상도하문(上圖下文)의 형
식으로 삽화가 실린 것으로는 1594년 건양(建陽) 쌍봉당(雙峰堂)에서
여상두(余象斗)가 펴낸 ≪경본증보교정전상충의수호전평림(京本增補
校正全像忠義水滸傳評林)≫이다. 실제로는 상평(上評), 중도(中圖), 하문
(下文)의 형식을 하고 있으나, 기본적으로 상도하문의 형식이라고 할
수 있다. 총 104회 소설로, 현존하는 간본 가운데 가장 먼저 나온 삽
화본이다.

제8장 서유기(西遊記)

1. 소개

≪서유기≫는 당나라 현장(玄奘)이 불경을 얻으러 천축(天竺)에 다녀 온 이야기를 명 대 오승은(吳承恩)이 집대성한 것이다. 100회본으로 완성되기까지 천 년 가까운 세월 동안 유·불·도 사상, 민간사상, 고사 등이 덧붙여져 각색되면서 인간본성에 대한 통찰력, 사회모순에 대한 비판 등을 심오하게 담은 작품으로 탄생하게 된다.

≪서유기≫는 세계의 영웅 신화의 성격이나 구조와 흡사하므로 영웅 신화로 볼 수도 있고, 저작 시기로 보아서 사회 비판의식이 고취되는 시기였던 만큼 풍자로 사회의 폐습에 대한 저항을 나타냈다고 볼 수도 있으며, 혼란한 현실 생활에 불안을 느끼는 사람들의 도피처를 암시한 것으로 볼 수도 있다. 오승은이 살았던 명 세종을 전후하여 명대 사회는 도사와 환관의 발호(跋扈)로 인해 극심한 혼란에 빠졌을 때이므로 작품 속에 이들의 폐해를 묘사한 이야기가 자주 등장한다.

2. 작가

오승은(1500?-1582?)의 자는 여충(汝忠), 호는 사양산인(射陽山人)으로 강소성 회안 출신이다. 가정 갑진년에 세공생(歲貢生)이 되었으며 성격이 민첩하고 지혜가 많았으며, 많은 책을 두루 읽어 시문에 능했다. 서예에도 일가견이 있어서 당시의 조정 대신들도 그에게 대필을 부탁할 정도였다. 천성이 해학에 능한 그는 잡기 몇 종을 저술하였는데 그 중의 한 권이 ≪서유기≫이다.

오승은은 과거에 합격하지 못하고 지내다 말년에 장승현승(薛興縣丞)으로 부임하게 되었다. 권세 높은 귀족들에게 굽신거려야 하는 것에 모멸감을 느껴 오래가지 않아 벼슬을 그만두고 낙향해 버렸다. 그 후 방랑하며 시와 술로 여생을 보내다가 만력(萬曆) 초에 죽었다.

3) 서유기 탄생의 역사적 배경

당 태종 즉위 3년(서기 623년), 당시 26세이던 현장 스님은 천축으로 가 불교를 배우고 불경을 중국으로 들여와 전파하겠다는 일념으로 목숨을 건 여행길을 떠났다. 실크로드(Silk Road)를 따라 서역 일대를 거쳐 중앙아시아 우즈베키스탄 남부 지역과 아프가니스탄, 파키스탄, 인도에 이르는 길을 무려 3년 동안 여행한 끝에, 그는 북인도의 불교 최고 학부였던 '날란다 사원(那爛陀寺院)'에 유학생으로 들어가 5년간 학문을 닦았으며, 그로부터 10여 년 동안 17개국을 순방하면서 부처님의 유적과 성지를 참배하고 불교의 진리를 깨쳤다.

그리고 수많은 불교 경전을 구한 뒤 17년 만에 고국으로 돌아왔다. 이후 현장 스님은 세상을 떠날 때까지 19년 동안 불경을 1,330권이나 번역하여, 중국은 물론 훗날 한반도와 일본에까지 전파되어 동아시아 불교가 크게 번창하는 데 이바지했다.

위대한 여행가이며 불경 번역가, 불교학자였던 현장 스님은 서역과 천축 일대 135개국의 역사 지리와 풍토를 보고 들은 대로 저술하여 당 태종에게 바쳤는데, 이것이 중국 역사상 가장 유명한 기행문인 ≪대당

≪대당서역기≫ 잔권

서역기(大唐西域記)≫이다. 그리고 이후 현장 스님의 제자 두 사람이 그의 행적을 바탕으로 지은 전기문학이 ≪대자은사삼장법사전(大唐大慈恩寺三藏法師傳)≫이다. 현장 스님이 세상을 떠난 후, ≪대당서역기≫와 ≪대자은사삼장법사전≫은 불교 사원에서 책으로 발간되어 승려와 신도들을 가르치는 강의 교재 형태로 남았는데, 그 후 차츰 신기한 내용만이 돋보이고 여러 가지 상상적인 이야기가 덧붙으면서 현장 스님의 종교적인 업적과 역사적 사실은 차츰 밀려나고, 사람의 가슴을 설레게 만드는 기이한 에피소드들이 자리바꿈한 끝에 이른바 '신괴(神怪)소설' 또는 '신마(神魔)소설'이라는 독창적이고도 새로운 장르의 문학작품으로 발전된 것이다.

4. 등장인물

1) 삼장법사(三藏法師)

　　본명은 진현장이다. 석가여래의 둘째 제자인 금선존자(金禪尊者)가 환생한 인물이다. 석가의 설법을 듣지 않고 가르침을 소홀히 여기다가 인간 세상으로 내려와 여든 한가지의 업장을 소멸해야하는 운명을 갖고 태어난다. 아버지가 부임지로 가던 중 뱃사공인 유흥에게 죽임을 당하는 바람에 유복자로 태어나고, 태어나자마자 유흥을 피해 강물에 버려진다.

　　법명화상에 의해 구해진 진현장은 아버지의 원수를 갚은 뒤 대상국가의 법주가 된다. 그 무렵 석가여래가 대불법을 전할 믿음 깊은 자를 구하게 되자 관음보살이 그런 인물을 찾아 중국으로 오게 되어 진현장이 발탁된다. 서역으로 경전을 가지러 가게 되니 당 태종으로부터 삼장법사라는 칭호를 받는다. 서역으로 가는 도중에 손오공(孫悟空), 저오능(猪悟能), 사오정(沙悟净) 등을 제자로 거둔 삼장법사는 온갖 풍파와 고초를 헤치며 서역에 당도한다. 경전을 얻어서 돌아온 그는 다시 서역으로 돌아가 전단공덕불(旃檀功德佛)이라는 부처가 된다.

2) 손오공(孫悟空)

　　세상의 중심인 화과산(花果山)에서 태어난 돌원숭이 손오공! 태어날 때부터 옥황상제의 하늘나라를 꿰뚫었으며 누가 가르치지 않아도 홀로 먹고 생활하는 지혜를 가지고 있었다.

손오공이란 이름은 스승인 보리존자(菩提尊者)가 지어주었다. 용궁에서 얻은 여의봉을 휘두르며 하늘나라의 관리가 되었다가 소동을 피우는 바람에 석가에게 잡혀 땅속에 갇혀 500백년을 보내다가 마침 서역으로 가던 삼장법사의 도움으로 지하 감옥에서 벗어나 삼장의 제자가 된다. 우유부단하고 지혜가 적으나 자비심이 많은 삼장법사와 대비되는 인물로 만물에 통달해 지혜로우나 자비가 부족해 서역으로 가는 도중 숱한 재앙을 물리치고도 삼장법사의 사랑을 받지 못한다. 한때 제자에서 퇴출되기도 하지만 불교에 귀의한 후 경전을 가지고 온 공로가 인정되어 투전승불(鬪戰勝佛)이라는 부처 반열에 오른다.

3) 저오능(猪悟能, 저팔계(猪八戒))

저팔계는 천상에서 8만 수군을 거느린 천봉원수(天篷元帥)로, 하루는 술에 취해 아름다운 달의 여신 항아(嫦娥)에게 추태를 부리다가 그 죄로 곤장 2천 대를 맞고 천계에서 쫓겨났다. 산돼지의 태(胎)에 들어가 인간세상에 돼지 모습을 한 사람으로 태어났다. 서른여섯 가지 술법을 부리며 요괴가 되어 악행을 일삼다가 관음보살에게 감화되어 삼장법사의 제자로 안배된다. 관음보살이 돼지를 닮았다 하여 저씨 성에 여덟 계율을 잘 지키라는 의미로 팔계라는 이름을 지어준다. 삼장

법사를 기다리던 저팔계는 오사장국(烏斯藏國) 고로장(高老莊)에 들어가 고취란(高翠蘭)이란 아가씨를 억지로 아내로 맞이하려 하다가 손오공을 만나 싸움을 벌였으나 복릉산(福陵山) 운잔동(雲棧洞)으로 도망친다. 하지만 곧 굴복하여 삼장법사의 제자가 된다. 훗날 여래불은 "완고한 마음을 없애지 못했고 색정이 사라지지 않았다"고 평가하며 '정단사자(淨壇使者)'라는 낮은 지위에 봉한다.

4) 사오정(沙悟淨)

사오정은 천상에 있을 때 권렴대장군(捲簾大將軍)이었으나, 손이 좀 서툰 게 문제였다. 천상에서 성대한 연회가 열렸을 때 실수로 서왕모(西王母)의 물건인 옥파리(玉玻璃, 수정잔)을 깨뜨리는 바람에 하늘 궁전이 난리가 났고 사오정은 결국 인간 세상으로 쫓겨나 물고기의 영혼을 지닌 강의 요괴로 변한다. '모래가 흐른다'는 의미를 지닌 거대한 강 유사하(流沙河)에 머물면서 어부들을 잡아먹고 지내다가 관음보살에 의해 삼장법사의 제자로 안배된다. 훗날 유사하를 건너려던 삼장법사 일행을 몰라보고 손오공, 저팔계와 싸우지만, 관음보살이 자신의 큰제자인 목차(木叉)

혜안(惠岸)을 보내 오해를 풀어주어서, 결국 삼장법사의 셋째 제자가 된다. 꿋꿋하게 마지막까지 삼장법사를 보호했고 이로 인해 마침내 천계로 돌아가 금신나한(金身羅漢)의 경지에 이르게 된다.

5) 백마(白馬)

백마는 원래 서해 용왕 오윤(敖閏)의 셋째 아들 옥룡(玉龍)이다. 불장난을 하다가 하늘 궁전의 명주(明珠)를 태워버렸기 때문에 그의 부친이 그를 불효죄

로 상소하여 하늘나라 법도에 따르면 죽을죄를 지은 상태였다. 그런데 관음보살이 삼장법사가 서역으로 가는 길에 탈 용마(龍馬)로 쓰기 위해 옥황상제에게 청을 넣어서 살려두었다. 그는 사반산(蛇盤山) 응수간(鷹愁澗)에서 용으로 지내는 중에 삼장법사가 타고 가던 원래의 백마를 잡아먹고 나서 자신이 백마가 되어 삼장법사를 태우게 된다. 불경을 동녘 땅까지 싣고간 공으로 팔부천룡(八部天龍)으로 봉해진다.

6) 우마왕(牛魔王)

손오공이 화과산 수렴동에 있을 때 의형제를 맺었던 요괴로, 자칭 평천대성(平天大聖)이라 했다. 손오공이 나찰녀(羅刹女)에게 파초선을 빌리기 위해 도움을 청하지만, 그는 오히려 손오공의 무례함을 탓하

며 도움을 거절하고 오히려 싸우려 한
다. 결국 손오공이 그의 모습으로 변
신해 나찰녀를 속이고 파초선을 훔쳐
가자 분노하여 손오공을 쫓아간다. 손
오공과 우마왕의 치열한 싸움이 벌어
지면서, 이 소란에 놀란 나타태자(哪
吒太子)와 이랑진군(二郎眞君)이 나타
나 손오공을 돕자 우마왕은 더 이상
버티지 못하고 항복한다.

5. 줄거리

≪서유기≫의 주인공 손오공은 화과산의 원숭이 임금이다. 원숭이
들의 존경을 받으며 잘살아가던 그는 어느 날 문득 죽음의 무상함을
느끼고, 이에 수보리조사(須菩提祖師)를 찾아가 장생불사(長生不死) 도
술을 배우게 된다. 그러나 마음의 수양이 제대로 뒷받침되지 않은 탓
에 오히려 오만방자하게 된 손오공은 일흔 두 가지 온갖 변화 술법을
이용하여 천계(天界)와 하계(下界), 용궁, 염라대왕이 사는 유명계(幽冥
界) 등을 자유롭게 넘나들며 이들 질서를 흩트려 놓는다. 그는 생사
부에 자신의 이름을 삭제해 버리는가 하면 천상의 복숭아를 함부로
따 먹고 선가(仙家)의 신약(神藥)인 금단(金丹)을 먹어치우는 등, 인간
의 한계를 간단히 뛰어넘으며 어떠한 것에도 속박되지 않는다. 또한
옥황상제, 용왕, 염라대왕들까지 자신의 농락에 쩔쩔 매게 만들며 온
갖 권위를 파기하고 이들을 웃음거리로 전락시켜 버리기도 한다.

천궁을 떠들썩하게 한 손오공의 이러한 소동은 모두 부처님 손안에서 일어난 일로서 스스로 업(業)을 짓는 일이었다. 따라서 그를 잠재우고자 석가여래부처의 "다섯 손가락이 금, 목, 수, 화, 토, 연이은 다섯 산이 되니, 이를 오행산(五行山)이라 부른다. 이것이 그를 옴짝달싹 못하게 짓눌러버렸다." 결국 손오공은 이 오행산에서 500년을 갇혀 지내게 된다.

석가모니부처의 제자인 금선장로(金蟬長老)가 불법(佛法)을 소홀히 한 죄로 인간세상으로 쫓겨나 10세(世)에 걸쳐 수행한다. 10번째 전생할 때가 7세기 태종 정관(貞觀) 연간이었다. 법명은 현장(玄奘)으로 흔히 당승(唐僧)이라 불린다. 현장법사는 관세음보살의 점화(點化)로 태종의 부탁을 받아 서천(西天)으로 대승(大乘)불교의 진정한 경전을 얻으러 떠난다.

현장은 가는 길에 손오공, 저팔계, 사오정과 백마를 거두는데 이 넷은 모두 하늘에서 죄를 범해 인간세상에 내려와 온갖 고초를 겪었다. 이들은 관세음보살의 구원을 받아 불문(佛門)에 귀의하고 서천으로 가는 길에 삼장법사를 보호하는 호법(護法) 역할을 맡는다. 요괴와 마귀들은 영생을 가져다준다는 현장법사의 육신을 차지하고자 그를 잡아먹기 위해 온갖 수작을 부린다. 또 부귀와 미색으로 이들 일행을 유혹하기도 한다. 스승과 제자 일행은 모두 81가지 난을 겪은 후 마침내 진정한 경전을 얻어 중국으로 돌아와 만고에 이름을 날린다. 그리고 이들 사제 4명은 물론 백마까지도 정과(正果)를 얻어 하늘로 돌아간다.

6. 작품 감상

1) 부처님 손바닥

돌에서 태여난 돌원숭이 손오공은 수보리조사(須菩提祖師)로부터 도술을 배운 후 기고만장하여 천신을 능멸하고 천병과 전쟁을 하는 등 천상을 어지럽힌다. 수보리조사의 문하에서 쫓겨난 뒤에도 약간의 재주와 도술을 믿고 용궁의 보배 여의봉을 빼앗는가 하면 하늘의 천도 복숭아와 미주, 금단을 훔쳐먹는 등 온갖 난장판을 벌린다. 자신의 손바닥을 벗어나면 모든 것을 용서해주겠다는 석가여래의 말에 따라 손오공은 근두운을 타고 세상 끝까지 갔다 오지만, 그곳이 결국 부처님의 손바닥 안이었음을 깨닫고 도망치려다 오행산에 눌려 갇히는 신세가 되고 만다.

감상

"가만있자, 무슨 표식이라도 남겨 두어야 석가여래와 얘기하기 좋을 것 같은데?"
그리고는 털 한 가닥을 쑥 뽑아 신선의 기운을 불어 넣고 "변해라!"하고 외치니, 그것은 금방 시커먼 먹물을 머금은 멋진 붓으로 변했어요. 그는 그 붓으로 가운데 기둥에다 이런 글을 큼지막하게 남겼어요.

"제천대왕 이곳에 와 노닐다."

다 쓰자 털을 거두어들였지요. 그리고 또 체통 없게 첫 번째 기둥 아래 오줌을 찍 갈기고, 근두운(筋斗雲)을 돌려 처음 장소로 되돌아가 석가여래의 손바닥 가운데 서서 말했어요.

"내 벌써 갔다 왔수다. 이제 옥황상제더러 궁전을 넘기라고 하시지."

그러자 석가여래가 호통을 쳤어요.

"요 오줌싸개 원숭이 녀석! 넌 내 손바닥을 한 걸음도 벗어난 적이 없어!"

"모르는 소리. 내가 하늘 끝까지 가보니까 살색 기둥 다섯 개가 푸른 하늘을 떠받치고 있기에, 거기다 표시까지 해두고 왔지. 나랑 같이 가서 확인해 볼 테냐?"

"갈 필요도 없다. 아래를 내려다 보거라"

제천대성이 새빨간 눈을 부릅뜨고 고개를 숙여보니, 웬걸? 부처님 오른손 손가락에 '제천대성 이곳에 와 노닐다'라고 쓰여 있고, 엄지 손가락에는 원숭이 오줌 냄새가 아직 남아 있었어요. 깜짝 놀란 제천대성이 말했지요.

"어떻게 이럴 수가! 어떻게? 이 글자는 내가 하늘을 떠받치고 있는 기둥에다 써둔 건데, 어떻게 지금 저치의 손가락에 있단 말인가? 설마 앞일을 내다보는 선지법(先知法)이라도 쓴 건 아니겠지? 난 절대 믿을 수 없다! 믿을 수 없어! 다시 한 번 다녀와야겠다!"

대단한 제천대성! 그가 급히 몸을 솟구쳐 다시 뛰쳐나가려 하자, 부처님은 손을 뒤집어 탁 내리쳐 이 원숭이 왕을 서천문(西天門) 밖으로 튕겨낸 뒤, 다섯 손가락으로 '오행산(五行山)이라고 부르는 금, 목, 수, 화, 토 다섯 개의 이어진 산을 만들어, 제천대성을 가뿐히 눌러놓았어요.' …… 〈하략(下略)〉

(오승은, 2004, 서울대학교 서유기 번역 연구회 역 ≪서유기≫ 1권 7회 중에서)

2) 손오공 삼장법사의 제자가 되어 서천으로 떠나다.

현장은 태종의 칙명으로 삼장법사라는 호를 받아, 서역으로 경전

을 구하러 떠난다. 삼장이 오행산에 이르렀을 때 오행산 바위에 500년 동안 갇혀 있었던 손오공이 삼장을 보고 빌면서 말한다.

"저는 오백 년 전 하늘 궁전을 소란스럽게 했던 제천대성입니다. 하늘을 능멸한 죄를 저질러서 부처님께서 저를 여기에 눌러 놓으셨지요. 전번에 관음보살이라는 분이 부처님의 뜻을 받들어 불경을 가지고 갈 사람을 찾아 동쪽으로 간다길래 제가 좀 그해 달라고 했더니, 그분이 저더러 다시는 나쁜 짓 하지 말고 불법에 귀의하라고 권하면서, 끈기 있게 불경을 가지러 갈 사람을 도와 서역에 가서 부처님을 뵙는 일에 성공하면 좋은 일이 있을 거라고 하더군요. 그래서 그때부터 밤낮으로 빌고 아침저녁으로 기도하며 그저 사부님께서 오셔서 저를 여기서 빼주시기만을 기다렸습니다. 제가 사부님께서 불경을 가지러 가는 길을 보호해드리겠으니, 제발 저를 제자로 삼아 주세요."

삼장법사가 그 말을 듣고 무척 기뻐하며 말했지요.

"네가 비록 이런 착한 마음이 있고 관음보살의 가르침을 받아 불문에 들어오고 싶다 해도, 나는 도끼나 정 같은 것이 없으니 어떻게 널 구할 수 있단 말이냐?"

"그런 거라면 필요 없습니다. 단지 사부님께서 저를 구하려 하시기만 하면 저는 저절로 빠져나갈 수 있습니다."

"내가 너를 구해주마, 어떻게 하면 네가 빠져 나올 수 있느냐?"

"이 산꼭대기에는 석가여래께서 붙여놓은 금 글씨로 된 부적이 있습니다. 사부님께서 올라가셔서 그 부적을 떼어 내기만 하면, 저는 바로 나올 수 있습니다."

삼장법사가 그 말을 따라 고개를 돌려 유백흠을 바라보며 말했어요.

"여보게, 나랑 한 번 산 위에 올라가보세."

"진짜인지 거짓말인지도 모르시잖아요?"

그러자 원숭이가 소리를 질렀어요.

"진짜야! 절대 거짓말이 아니라고!"

유백흠은 어절 수 없이 하인들을 불러 말을 끌어 오게 하고, 삼장법사를 도와 다시 산 위에 올라갔지요. 등나무나 칡뿌리 같은 걸 잡고 가까스로 산꼭대기에 올라가보니, 과연 만 갈래 금빛과 천 갈래 상서로운 기운을 뿜어내는, 네 면 반듯한 큰 돌이 하나 있었지요. 그 돌 위에는 봉인 딱지가 한 장 붙어 있었는데, 금으로 '옴, 마, 니, 반, 메, 훔'이라는 여섯 글자가 쓰여 있었어요. 삼장법사는 앞으로 다가가 무릎을 꿇고 바위의 글자들을 향해 몇 번 절을 올리고 서쪽을 바라보며 축원했어요.

"부처님의 제자 진현장이, 특별이 명을 받들어 불경을 구하고자 합니다. 이 원숭이에게 제자 될 인연이 있다면 제가 금 글씨가 적힌 부적을 떼어내 그를 구하여 함께 영취산(靈鷲山)에 오를 수 있게 해주시고, 만약 인연이 없고 그저 절 괴롭히고 일을 방해하는 흉악한 괴물이라면 이 부적을 떼지 못하게 해주소서."

삼장법사는 기도를 마치고 다시 한 번 절을 올린 후에, 여섯 글자 앞으로 다가가 가볍게 떼어보았어요. 그때 한 줄기 향기로운 바람이 불더니 삼장법사가 손에 쥐고 있던 부적을 허공으로 쓸어가면서, 이런 말소리가 들렸어요.

"나는 제천대성을 감시하는 신이오. 오늘로써 그의 고난이 끝났으니, 우리는 돌아가서 여래를 찾아뵙고 이 봉인 부적을 그분께 바치겠소."

삼장법사와 유백흠 일행은 놀라서 허공을 향해 절을 올렸지요. 그들은 곧장 산을 내려와 다시 돌 상자 근처에 이르러 그 원숭이에게 말했어요.

"부적을 떼어냈으니, 나오너라."

원숭이가 기뻐서 소리쳤지요.

"사부님, 제가 나가게 조금만 떨어져 계세요. 놀라시면 안 되니까요."
유백흠이 그 말을 듣고 삼장법사 일행을 데리고 동쪽으로 돌아갔
어요. 오륙 리 정도 갔을 때, 다시금 그 원숭이가 크게 소리치는
것이 들렸어요.
"더 가세요! 더!"
삼장법사는 다시 한참을 걸어서 산을 내려 왔지요. 그때 우르릉
하는 소리와 함께 정말 땅이 갈라지고 산이 무너져 내리니, 모두
들 놀라서 벌벌 떨었어요. 그 원숭이는 벌써 삼장법사의 말 앞으
로 와서 벌거벗은 몸으로 무릎을 꿇고 말했지요.
"사부님, 저 나왔습니다!" …… 〈하략(下略)〉

(오승은, 2004, 서울대학교 서유기 번역 연구회 역 ≪서유기≫ 2권 14회 중에서)

3) 다시 쫓겨난 손오공

손오공을 비롯한 제자들은 전갈
요괴를 때려죽이고 삼장법사를 비
파동에서 구해 다시 길을 떠나게 되
고, 산길을 가다가 산적을 만난다.
손오공은 삼장법사를 나무에 매단
산적 두 놈을 여의봉을 휘둘러 때려
죽인다. 이때만 해도 삼장법사는 화
를 낼 뿐 손오공을 쫓아내지는 않는
다. 하지만 삼장법사는 손오공에
대한 노여움이 가시지 않은 채 길을 떠나 양노인의 집에서 하루 묵
는다. 그런데 그 양씨 노인의 아들이 손오공이 때려죽인 도적떼 무
리를 이끌고 다시 삼장법사 일행을 해치러 왔다. 손오공의 여의봉에
도적의 무리들은 추풍낙엽처럼 나가떨어지고 손오공은 양씨 노인의

아들 머리를 뎅강 베고 피가 뚝뚝 떨어지는 머리를 손에 든 채 근두운을 몰아 삼장법사 앞으로 가서 자랑한다. 사부님! 제가 우리를 죽이려 한 이 못된 놈의 머리를 가져왔습니다. 삼장법사 더 이상 참지 못한다. "몇 번이나 타일러도 넌 전혀 선한 마음이 생겨나지 않으니, 널 더 어쩐단 말이냐?"며 손오공을 쫓아낸다.

감상

손오공은 그 앞으로 다가가 칼을 빼앗아 들고 누런 옷을 입은 사람의 머리를 뎅강 베어버렸어요. 손오공은 피가 뚝뚝 떨어지는 머리를 손에 든 채 여의봉을 거두어들이고 근두운을 몰아 얼른 삼장법사 앞으로 가서 머리를 들어 보이며 이렇게 말했어요.
"사부님, 이게 바로 양씨 노인의 못된 자식 놈입니다. 제가 놈의 머리를 가져 왔습니다."
삼장 법사는 그것을 보고 대경실색해 말에서 굴러 떨어졌어요. 그리고 호통을 쳤지요.
"이 못된 원숭이 놈아! 간 떨어져 죽겠다! 어서 치워라, 어서!"
저팔계가 앞으로 쑥 나서더니 한 발로 그 머리통을 길옆으로 차버리고는 쇠스랑으로 흙을 파서 잘 덮었지요. 사오정도 봇짐을 내려놓고 삼장법사를 부축했어요.
"사부님, 일어나십시오."
삼장법사는 땅바닥에 앉아 정신을 가다듬고 입 속으로 긴고아주(緊箍兒呪)를 외기 시작했어요. 손오공은 머리 테가 죄어오자 얼굴이 귀까지 새빨개지고 눈이 부풀어 오르고 머리도 어질어질해져, 땅바닥에서 데굴데굴 구르며 소리를 꽥꽥 질렀어요.
"그만해요! 그만"
삼장법사는 족히 열 번을 넘게 외웠는데도 그칠 줄을 몰랐어요.

손오공은 데굴데굴 재주를 넘고 물구나무를 서는 등 아파서 어쩔 줄 몰라하며 그저 이렇게 외치고만 있었지요.

"사부님, 제 죄를 용서해 주세요! 말로 하시라고요. 제발 그만해요! 그만!"

삼장법사는 그제야 주문을 멈추고 이렇게 말했어요.

"더 말할 것 없다! 넌 날 따라 올 수 없으니 돌아가거라!"

손오공은 아픔을 참고 머리를 조아리며 절을 올렸어요.

"사부님, 어째서 절 쫓아내시는 겁니까?"

"네 이 못된 원숭이놈! 넌 흉악한 짓만 일삼으니, 불경을 가지러 갈 위인이 못 된다. 어제 산비탈 아래에서 두 산적 두목을 떼려 죽였을 때도 내가 잔인하다고 나무랐지. 저녁때 노인의 집에서 먹여 주고 재워 주었다. 또 뒷문을 열어 우리들 목숨을 보전할 수 있게 해주셨는데, 비록 그 아들놈이 못났다고 해도 그게 우리랑 무슨 상관이 있다고 그의 목을 쳐서 효시를 한단 말이냐. 게다가 또 얼마나 많은 사람들을 죽였으며, 또 얼마나 많은 생명들을 해쳐 천지간의 조화로운 기운을 해쳤느냔 말이다. 몇 번이나 타일러도 넌 전혀 선한 마음이 생겨나지 않으니, 널 더 어쩐단 말이냐? 어서 가거라! 어서 가! 다시 주문을 외기 전에."

손오공은 겁이 나서 이렇게 외쳤어요.

"주문을 그만하세요. 제발! 간다니까요!"

그러면서 달아났어요. 근두운을 타자마자 자취도 없이 어디론가 사라져버렸지요. …… 〈하략(下略)〉

(오승은, 2004, 서울대학교 서유기 번역 연구회 역 ≪서유기≫ 6권 56회 중에서)

4) 우마왕과 파초선

삼장법사를 무사히 구해낸 후 계속 서쪽을 향해 여행하던 일행은 무척 더운 날씨에 의아했다. 농가에서 이유를 들을 수 있었는데, 앞쪽에 있는 '화염산(火焰山)'이라는 산 때문이며 온통 사방 8백 리에 이

글거리는 불길에 싸여 있기 때문에
도저히 지나갈 수 없다고 한다.

근처 사원에서 화염산을 뚫고 지
나갈 수 있는 방법을 알아냈는데 그
것은 취운산(翠雲山) 파초동(芭蕉洞)이
라는 동굴에 '나찰녀(羅刹女)'라는 선녀
가 가지고 있는 파초선(芭蕉扇) 이라
는 부채로 한 번 부치면 불이 꺼지고
지나갈 수 있다는 이야기를 듣는다.

오공은 즉시 파초선을 빌리기 위해 나찰녀를 찾아 갔는데, 그녀는
다름 아닌 과거 손오공과 싸운 적이 있는 홍해아의 어미이자 대력우
마왕(大力牛魔王)의 아내였다. 아들의 원수인 손오공을 보자 나찰녀
는 싸움을 걸고 한바탕 싸우기 시작하지만 손오공에 대적할 수 없었
다. 나찰녀가 불리해 지자 즉시 파초선을 꺼내 한 번 부치니 손오공
이 공중에 획 던져지더니 소수미산(小須彌山)까지 날아왔다. 손오공
이 즉시 산신령을 불러내 상의를 하자 산신령은 정풍단(定風丹)을 주
며 이것을 복용하면 파초선에 대항할 수 있다고 알려준다.

손오공은 다시 취운산으로 날아가 싸움을 걸자 이 번에도 파초선
을 부치나 손오공은 꿈쩍하지 않았다. 나찰녀는 즉시 동굴로 피신하
여 문을 걸어 잠그고 하녀에게 차를 한잔 시킨다. 차 속에 숨어있던
손오공은 어렵지 않게 나찰녀의 뱃속으로 들어가 난동을 부리자 참
지 못하고 나찰녀는 파초선을 내준다.

파초선을 가지고 화염산에 가서 부쳐 보고서야 가짜임을 파악한
손오공은 진짜 파초선을 얻기 위해 나찰녀의 남편 우마왕이 살고 있
는 적뢰산(積雷山) 마운동(摩雲洞)을 찾아가나 우마왕 역시 자신의 아

들 홍해아의 복수를 한다며 싸움을 건다.

우마왕이 용궁(龍宮)의 연회에 참가하고 있다는 소식에 기회를 엿보고 있던 오공은 우마왕으로 변신하여 나찰녀에게 찾아간다. 오랜만에 우마왕의 방문을 받자 나찰녀는 기쁜 마음에 술상을 차리고 아양을 떨며 나온다. 술을 먹인 후, 오공은 나찰녀에게 진짜 파초선을 보여 달라고 하자 나찰녀는 의심 없이 파초선을 꺼내자 오공은 본래 모습으로 돌아와 번개같이 채어간다.

오공에게 파초선을 빼앗긴 나찰녀는 즉시 우마왕에게 도움을 요청하니, 우마왕은 한 걸음에 달려와 저팔계로 변한 후 손오공이 들고 있던 파초선을 빼앗아 간다.

다시 한번 손오공과 우마왕의 치열한 싸움이 벌어지는데 천지가 흔들릴 지경이었다. 이 소란에 놀란 나타태자와 이랑진군이 나타나 손오공을 돕자 우마왕은 더 이상 버티지 못하고 기진맥진 할 사이에 이천왕이 보검을 휘둘러 우마왕의 목을 벤다. 싸움을 멀리서 지켜보고 있던 나찰녀는 무릎을 꿇고 손오공에게 파초선을 건네며 목숨을 구걸한다.

손오공은 파초선을 들고 화염산으로 가서 불을 끄고 다시 서쪽으로 이동할 수 있었다.

감상

우마왕은 다급해져서 아까처럼 몸을 흔들어 큰 하얀 소로 변해서 두 무쇠 뿔을 휘두르며 탁탑천왕(托塔天王)을 들이받자, 탁탑천왕은 칼로 뿔을 내리쳤어요. 곧 손오공은 따라왔어요. 나타태자가 큰 소리를 외쳤어요.

"제천대성님, 갑옷을 입고 있는지라 예를 올릴 수가 없군요. 저희 부자가 어제 석가여래 부처님을 뵙고 상주문을 올려 옥황상제께 아뢰었습니다. 삼장법사께서 화염산(火焰山) 길이 막혔고, 제천대성께서 우마왕을 항복시키기가 어렵다는 내용이었지요. 옥황상제께서 저희 부자에게 군사를 이끌고 도와주라고 하셨습니다."

손오공이 말했어요.

"그런데 이놈은 신통력이 대단하고 우리처럼 머리 셋에 팔이 여섯인 몸으로 변신할 수 있으니 어쩌지?"

나타태자는 하하 웃었어요.

"제천대성님, 걱정 마시고 제가 저 놈을 잡는 거나 지켜보세요."

그러더니 나타태자는 소리쳤어요.

"변해라!"

나타태자는 머리 셋에 팔이 여섯 달린 모습으로 변하여 우마왕의 등으로 날아 올라타 요괴를 베는 검인 참요검(斬妖劍)을 목 쪽으로 휘두르는가 싶더니, 어느새 머리를 베어 버렸어요. 탁탑천왕도 그제야 칼을 거두고 손오공과 인사를 했지요. 그런데 무마왕의 머리가 또 하나 생겨나고, 입에서는 검은 기운을 뿜었으며, 눈은 번쩍번쩍 금색으로 빛났어요. 나타태자가 다시 머리를 베어버렸지만, 머리가 떨어져나간 자리에서 또 하나 생겨났지요.

연달아 열 개 남짓 베었더니, 곧바로 열 개 남짓한 머리가 자라났어요. 그러자 나타태자는 화륜(火輪)을 꺼내어 우마왕의 뿔에 걸고 진화(眞火)를 불어 넣었어요. 그 불길이 활활 타오르자 우마왕은 미친 듯이 포효하고 머리와 꼬리를 흔들어대며 괴로워했어요. 겨우 변신술을 써 벗어나려고 하는데, 또 탁탑천왕이 요괴를 비추는 거울인 조요경(照妖鏡)으로 본 모습을 비추자, 꼼짝도 못하게 되어 도망갈 수가 없었어요. 우마왕은 이렇게 애원할 뿐이었지요.

"목숨만 살려주십시오! 그러면 기꺼이 불가에 귀의 하겠습니다."

나타태자가 일렀어요.

"목숨이 아깝거든 어서 부채를 내놔라!"

"부채는 제 마누라가 가지고 있습니다."

나타태자는 그 말을 듣고 요괴를 묶는 밧줄인 박요색(縛妖索)을 꺼내 우마왕의 목에 걸친 후, 한 손으로는 놈의 코를 잡고 밧줄을 콧구멍에 끼워서 끌고 왔어요. 손오공은 사대금강(四大金剛), 육갑육정, 호교가람들, 탁탑천왕, 거령신장(巨靈神將)과 저팔계, 토지신, 저승 병사들을 모아서 흰소를 둘러싸고 파초동 입구를 돌아왔어요. 우마왕이 외쳤어요.

"여보, 파초선을 내주어 내 목숨을 살려주시오!"

나찰녀는 이 소리를 듣고 급히 패물을 풀어놓고 하려한 옷을 벗은 후, 여도사처럼 머리를 틀어 올리고 비구니처럼 소복을 입었어요. 그리고 두 손으로 두 길이나 되는 파초선을 받쳐 들고 문 밖으로 나와, 금강역사들을 비롯한 여러 성인과 탁탑천왕 부자를 보자 황망히 땅바닥에 꿇어앉아 깊숙이 절하며 예를 올렸어요.

"보살님들, 저희 부부의 목숨을 살려주십시오. 공을 이루시도록 이 부채를 손오공 도련님께 바치겠습니다."

손오공이 가까이 가서 부채를 받아들자, 신선들은 상서로운 구름을 타고 곧 동쪽 길로 돌아갔어요. ······ 〈하략(下略)〉

(오승은, 2004, 서울대학교 서유기 번역 연구회 역 ≪서유기≫ 7권 61회 중에서)

5) 경전을 얻다.

삼장법사와 그 제자 일행은 모두 81가지 난을 겪은 후 마침내 진정한 경전을 얻어 중국으로 돌아와 만고에 이름을 날린다. 그리고 이들 사제 4명은 물론 백마까지도 정과(正果)를 얻어 하늘로 돌아간다.

팔대금강은 삼장법사 일행을 데리고 들어가 석가여래에게 보고했어요.
"명을 받들어 삼장법사 일행을 당나라에 데리고 가 경전을 전해주
고 이제 돌아왔습니다."

석가여래는 삼장법사 일행을 가까이 불러 직책을 수여 했어요.

"삼장법사, 그대는 원래 전생에 나의 둘째제자로 이름이 금선자(金
蟬子)였다. 그런데 그대가 내 설법을 듣지 않고 나의 가르침을 소홀
히 여기기에 그대의 혼령을 폄적(貶謫)시켜 동녘 땅에서 다시 태어
나도록 했노라. 다행히 이제는 불법에 귀의하여 내 가르침을 잘 지
키고 불경을 가져다 전하는 데 큰 공로가 있으니, 그대의 직책을 크
게 올려 정과를 인정하고 전단공덕불(旃檀功德佛)로 삼노라.

손오공, 네가 하늘궁전에서 크게 소란을 피우기에 내가 깊은 법력으
로 너를 오행산 밑에 눌러놓았노라. 다행히 하늘이 내린 재앙의 기
한이 다 차자 불교에 귀의하였고, 악을 누르고 선을 널리 드날리면
서 경전을 가지러 가는 도중에 늘 변함없이 요괴들을 물리쳐 공을
세웠다. 그러니 네 직책을 크게 올려 정과를 인정하고 투전승불(鬪
戰勝佛)로 삼노라.

저오능, 너는 본래 은하수의 수신(水神)으로 천봉원수였는데, 반도대
회에서 술에 취해 선녀를 희롱한 일로 아래 세상에 환생하여 짐승
의 태에 들어가 그런 모습으로 태어나게 되었노라. 너는 사람의 몸
을 그리워하면서 복령산 운잔동에서 나쁜 짓을 저지르며 살고 있었
노라. 그러다가 기특하게도 불교에 귀의하고 불제자가 되어 삼장법
사를 길에서 보호하였다. 하지만 아직도 어리석은 마음이 남아 있고
여자에 대한 욕정도 사라지지 않았다. 그렇지만 네가 짐을 지는 공
로를 세웠으니, 네 직책을 올려 정과를 인정하고 정단사자(淨壇使者)
로 삼겠노라."

저팔계가 투덜거렸어요.

"다른 사람들은 모두 부처가 되었는데, 어째서 저만 정단사자란 말
씀입니까?"

"네가 입만 살고 몸은 게으른데다가, 밥통은 크지 않느냐? 천하 사
대부주 가운데 우리 불교를 신봉하는 자들이 무척 많은데, 불사가
있을 때마다 너더러 제단을 정돈 하라는 것이니 마음껏 먹을 수 있
는 관직이다. 그런데 어째서 나쁘다는 것이냐?

사오정, 너는 본래 권렴대장이었는데, 전에 반도대회에서 유리잔을
깼던 일로 아래 세상에 폄적되어 유사하에 떨어져, 그곳에서 살아
있는 생물을 헤치고 사람을 잡아먹는 죄악을 저지르며 살고 있었다.
다행히 불법에 귀의하여 불가의 가르침을 정성스레 지키고, 삼장법
사를 보호하여 말을 끌고 산에 오르는 공을 세웠다. 그리기에 네 직
책을 크게 올려 정과를 인정하고 금신나한(金身羅漢)으로 삼겠노라."

석가여래는 이번에는 백마를 불렀어요.

"너는 본래 서쪽 큰 바다 광진(廣晉) 용왕의 아들로, 아버지의 명을
거스르는 불효의 죄를 저질렀다. 다행히 불교에 귀의하여 매일 삼장
법사를 등에 태우고 서천에 왔다가 다시 불경을 등에 싣고 동쪽으
로 갔으니 역시 공을 세웠다. 너의 직책을 올려 정과를 인정하고 팔
부천용(八部天龍)으로 삼는다" …… 〈하략(下略)〉

(오승은, 2004, 서울대학교 서유기 번역 연구회 역 《서유기》 10권 100회 중에서)

7. 《서유기》의 특징

《서유기》의 가장 큰 특징은 다양한 세계가 나타난다는 점이다.
《서유기》는 신화적인 무한한 상상의 세계를 통하여 독자들에게
즐거움을 주는데, 《서유기》에서의 세계는 단면적인 세계가 아니라
입체적인 세계다. 《서유기》에서 등장인물들은 천상과 지상, 지하
의 공간을 자유자재로 돌아다닐 뿐만 아니라 현재, 과거, 미래라는
시간을 넘나든다.

또한 《서유기》는 기존의 계급질서를 파괴하고 신성을 모독하며

그들의 가식과 허위를 꼬집는데, 기존 사회의 억압적인 질서를 전복하고 현실을 비판하는 강렬한 반항정신을 내포하고 있다. 가공의 인물, 허구적 환경, 가상적 스토리 등을 통해 당시의 세태를 풍자하고 비판함으로서 자신의 울분을 토로했던 것이다.

끝으로 ≪서유기≫의 인물들은 다면적인 성격을 지닌 인물형이라는 것이다. ≪서유기≫에서 나타나는 인물들이란 선하기만 하거나, 혹은 악하기만 한 단면적인 모습이 아니다. 이들은 선해 보이는 모습 속에 악한 일면을 가지고 있으며, 악해 보이지만 동시에 선한 심성을 지니고 있다. 이러한 복합적 성격을 통하여 개성이 강한 인물을 창조해 냈다.

8. 판본

현존하는 ≪서유기≫의 가장 이른 판본으로는 명 만력(萬曆) 20년(1592)에 세덕당(世德堂)에서 20권 100회본으로 출간된 ≪신각출상궁판대자서유기(新刻出象宮板大字西遊記)≫이 있다. 세본(世本)으로 불리는 이 판본에는 "華陽洞天主人校"라는 서명만 있을 뿐 저자는 밝히지 않고 있다. 이와 비슷한 시기에 양치화(楊致和)가 편찬한 ≪서유기전(西遊記傳)≫이 나왔는데 이것을 양본(楊本)이라 부른다. 다음으로는 주정신(朱鼎臣)이 편찬한 10권으로 출간된 ≪당삼장서유석액전(唐三藏西遊釋厄傳)≫이 있고, 마지막으로 청대 강희제 시기인 1663년~1667년 사이에 출간된 ≪신전출상고본서유증도서(新鐫出像古本書遊證道書)≫가 있다.

≪서유기≫의 구조

전체 100회로 구성된 ≪서유기≫는 세 부분으로 이루어진다. 첫째는 손오공의 탄생과 학습과정, 그리고 그가 천궁에서 소란을 부린 부분으로 제1회~7회다. 두 번째는 현장의 출가 부분으로 제8회~12회이다. 마지막 세 번째는 손오공 등을 제자로 받아들인 삼장이 경을 얻기 위해 여행을 떠나는 부분으로 제13회~100회 부분인데, 이 여행 부분이 전체 내용의 핵심을 이룬다.

제9장 금병매(金甁梅)

1. 소개

≪수호전≫ 23~27회에서 비롯된 ≪금병매≫는 1617년에 처음 목각본으로 출판되었지만 그 전에 이미 필사본의 형태로 문인들 사이에서 읽히고 있었다. 엄격한 도덕성을 강조하는 사람들은 이 작품을 음서(淫書)라고 규정한 반면에 일부 문인들은 열광적인 관심을 보였다. 이 시기 유명한 화가인 동기창(董其昌)은 이 작품이 대단하다는 것을 인정하면서도 동시에 태워버려야 마땅하다고 말하기도 했다.

≪금병매≫의 작가는 난릉소소생으로 전해지고 있다.

≪금병매≫의 작자는 '난릉 출신 소소생(蘭陵笑笑生)'이라는 필명으로만 알려져 있는데 명대 융경(隆慶, 재위 1566-1572)에서 만력(萬曆, 재위 1573-1620) 년간에 지어진 작품으로 추정하고 있다.

≪금병매≫는 전부 100회로 구성되어 있는 장편소설이며, 중국에 등장한 최초의 사실적인 사회소설이다. ≪금병매≫를 통해 흔히 인정(人情)소설, 세정(世情)소설이라는 새로운 장르가 등장하게 되었고, 이러한 전통이 보다 고차원으로 승화시켜 독자적인 세계를 구축하는 데에 성공하여 이를 통해 중국 고전소설의 최고봉의 위치를 얻게 되는 ≪홍루몽≫의 탄생을 가능하게 했다는 평가도 받게 된다.

북송 말기를 시대 배경으로 해서 서문경(西門慶)이라는 젊은이의 일대기를 서술하고 있다. 주인공 서문경이 27세에 등장하여 여섯 부인을 차례로 맞이하여 대가족을 이루고 살다가 33세에 죽은 후 그 집안이 모두 흩어지는 과정을 그리고 있다. '금병매'라는 제목은 이 작품에 등장하는 세 여인인 반금련(潘金蓮), 이병아(李甁兒), 그리고 반금련의 하녀 춘매(春梅)의 이름에서 가운데 글자씩 집자했다는 것이 일반적이다. ≪금병매≫에서 '금(金)'은 '금련' 즉 '여인의 작은 발'을 상징한다. 명대에는 '금련(金蓮)'이라는 명사가 전족한 여인의 작은 발을 의미했다. 반금련은 스스로를 반금련은 '흙속에 묻혀 있는 금'이라고 여기기도 했다. 이병아의 '병'은 호리병 모양을 닮은 여인의 육체에 대한 은유적 표현으로, 이 역시 남성의 욕망을 상징한다고 할 수 있다. 반금련의 종인 춘매는 하녀들의 돌림자로 봄 춘(春)자를 쓰고, 여기에 아울러 봄의 시작과 또다른 봄의 시작을 뜻하는 매화를 아울러 이름을 얻게 된다.

일반적으로 만력본(萬曆本)과 숭정본(崇禎本) 두 판본이 존재하는 것으로 알려져 있는데, 두 판본은 모두 100회로 되어 있지만 내용은 약간 다르다. 만력본은 제1회에서 유방과 항우에 빗댄 정치적 풍자로 시작해 ≪수호전≫의 무송이 호랑이를 때려잡는 일로 이어진다. 이것은 서문경이 반금련과 만나는 계기를 마련하는 설정이었다. 반면에 숭정본에서는 마치 ≪삼국지≫에서의 도원결의와 같이 서문경이 9명의 건달들과 의형제를 맺는 장면으로 제1회가 시작된다. 무송이 호랑이를 때려잡는 이야기는 간단하게 처리되고 만다. 또 만력본에는 상당히 많은 시와 노래 가사가 출현하고, 성행위의 묘사도 무척 노골적인 반면에 숭정본에서는 시와 노래가 상대적으로 줄어들고 성행위 묘사도 비교적 간단히 처리된 부분이 많다.

2. 시대적 배경

≪금병매≫의 무대는 송 휘종(徽宗, 1082~1135) 시대로 가정되어 있으나, 실제로 그려지고 있는 것은 명대의 만력 년간(1573~1620)의 중기 즉 16세기 말 무렵이다. 명 태조 이후 강성해진 국력은 성조영락 연간(1402~1424)에 절정에 이른다. 무종 대에 이르러 환관의 득세와 황제의 방탕함으로 인해 국력은 쇠퇴의 길을 걷게 되는데 가정(嘉靖)·만력(萬曆) 연간에 이르면 왕조의 말기적 징후가 뚜렷해진다. 거듭되는 정치적 논쟁으로 인해 명조의 생명이 쇠락하던 시기였다.

명대는 상공업의 발전과 상품 경제의 발달로 인해 오랜 기간동안 봉건사회를 유지해 왔던 윤리 질서와 신분제도 등에 침식되면서 그 체계가 흔들리는 시대였다. 명말 사회의 문제점 가운데 하나로 상업 발달에 따른 상인 계급의 발호를 들 수 있다. 주로 관의 전매물품을 담당하는 관상(官商)의 성격을 지녔던 이들은 사회질서의 와해 속에서 사상(私商)으로 변모하여 부를 축적하였다. 가정 연간(嘉靖年間, 1522-1566)에 이르면 상인계급은 더 이상 천시되는 존재가 아니었다. 이 시기에 들어서면 부익부 빈익빈이 심화되는 사회적 모순이 발생한다. 이들이 축적된 부를 바탕으로 관에 영향력을 행사하여 각종 이권에 개입하였다. 그들은 단지 부의 축척에만 만족하지 않고, 관료계급과 왕래하며 문인들과 교류하였다. 혹은 상적(商籍)에 의해 관리가 되거나 학위 층에 편입하는 경우도 많았다.

≪금병매≫의 서문경(西門慶)은 이러한 명후기 가정(1522~1566)과 만력(1573~1620) 연간의 배경을 기초로 형상화 되었다. 그가 축적된 부를 바탕으로 관리들과 교류하며 자신에 집에 수재를 두어 부리고, 소금과 고리대금에 손을 대 막대한 자본을 재창출해 내는 모습 역시 당시의 사회 배경과 닿아 있다.

≪금병매≫는 만명(晩明) 사회의 다양한 면을 보여 주고 있다. 특히
나 작품의 시대적 배경이 되고 있는 만명 상업의 발달한 도시의 모습
뿐만이 아니라 명대에서 서서히 일기 시작한 자본주의 맹아기 명나라
사회의 정치·경제·윤리·도덕·인정·풍속·문화 등 생생한 정황을 보여 준
다. 정진탁은 "진실된 중국의 형형색색한 사회를 표현하는 것으로는
아마도 ≪금병매≫보다 더 중요한 소설은 없을 것이다."라고 했다.

3. 작가

≪금병매≫의 작가가 누구인지 지금까지 정확하게 알 수 없다. 다
만 ≪금병매≫의 판본 중 가장 오래된 판본인 명대 만력본 ≪신각금
병매사화(新刻金瓶梅词话)≫ 서문에 서명이 '난릉 소소생'으로 적혀
있어서 소소생이 작가일 것라고 추정하고 있다. 필명 앞에 난릉(蘭
陵)이라는 지명이 있는 것으로 보아 산동 지역일 것으로 추정된다.
소소생이 누구인가에 대해서는 많은 추측이 있지만 지금까지 밝혀
진 것은 없다. 대부분의 연구자들은 이 사람이 상당한 학식을 지닌
문사(文士)였다는 점에 동의하고 있다.
금병매의 작가로 "왕세정설(王世貞說), 정순정유저부자설(丁純丁惟
寧父子說), 가삼근설(賈三近說), 도륭설(屠隆說), 이개선설(李開先說), 서
위설(徐渭说)" 등 다양하게 제기되고 있다.

4. 줄거리

≪금병매≫는 전편(全篇)의 이야기가 서문경과 그 가정을 중심으

로 진행된다. 그래서 서문경 일가의 흥쇠취산(興衰聚散)을 다룬 서문경의 생활사라 하겠다.

무대라는 만두 장수에겐 늘 불만이 가득한 아름다운 아내가 있었다. 그리고 무대에게는 무송이라는 동생이 있었는데, 무대의 아내 반금련은 무송을 유혹하려다가 실패한다. 무송이 금련의 유혹을 뿌리치고 개봉으로 가버리자 금련은 실의의 나날을 보내게 된다.

한편 서문경은 거부에 첩도 줄줄이 거느리고 있는 호색한이었다. 첩도 모자라서 유부녀까지 희롱하는 호색한이었다. 어느 날 우연히 길을 가다 반금련과 조우한 후 첫눈에 반한 서문경은 왕노파를 구슬려서 반금련과 만나게 된다. 그들은 금세 육욕에 타올라 사랑을 나눈다. 그들의 관계가 지속되는 가운데 차츰 소문이 나돌아 무대의 귀에까지 소문이 들어가게 된다. 화가 난 무대는 간통 현장을 급습하지만 서문경이 반금련과 밀통하여 무대를 독살한다. 금력으로 사건을 간단히 해결한 서문경은 반금련을 첩으로 들인다. 집으로 돌아온 무송은 자신의 형이 억울하게 죽은 내막을 알게 되어 복수에 불타지만, 서문경의 금력을 이겨낼 힘이 없었다. 무송은 서문경의 농간으로 억울하게 맹주로 유배를 가게 된다. 이에 날로 방종해져 반금련의 하녀 춘매와도 통정을 하고, 다시 이병아와 사통을 하여 첩으로 받아들였으며, 또 횡재를 얻어 재산도 점점 늘었다. 얼마 후 이병아는 아들을 낳고, 서문경은 뇌물을 주고 금호위부천호라는 벼슬까지 얻는다. 이에 더욱 방탕해져 마약을 구해 욕정을 풀고, 뇌물을 받고 법을 마음대로 집행하는 등 못하는 것이 없었다. 그러나 반금련은 이병아에게 아들이 있는 것을 질투하여 계략을 부려 그녀의 아들을 놀라게 하니 경기가 들어 죽고 만다. 이병아 역시 아들이 죽은 것을 마음 아파하다 죽고 만다. 반금련은 서문경을 필사적으로 미혹시키는데, 서문경은 어느날 음약을 너무 과도하게 복용하여 많은 재산과 아름다운 요부들을 남겨두고 죽는다. 서문경이 죽자 종들의 배신, 첩들의 배신 등으로 서문가는 차츰 몰락해 간다. 반금련과 춘매는 다시 서문경의 사위 진경제와 사통을 하는데, 이 일이 발각되어 팔려가게 된다. 반금련은 마침내 쫓겨나 왕노파의 집에서 시집가기를 기다리고 있는데 귀향 갔던 무송이 돌아와 금련과 왕노파를 참혹하게 죽인 뒤, 양산박으로 들어간다. 금나라의 군사가 청하(淸河)에 이르자, 서문경의 처 오월랑은 유복자 효가를 이끌고 제남으로 피난하려 한다. 그 길에 보정 선사를 만나 영복사로 인도되어 가서는, 그곳에서 인과를 깨닫고 아들 효과를 출가시킨다. 효가는 출가하여 법명을 명오(明悟)라 하였다.

5. 등장인물

1) 서문경

서문경은 한약 도매상이자 고리대금업자이다. 두세 번의 횡재로 재산을 증식하였을 뿐만 아니라 탐관오리에게 뇌물을 주어 벼슬을 얻었다. 이후 서문경은 더욱 방탕해져 미약(媚藥)을 구해 욕정을 풀거나 뇌물을 받고 법을 마음대로 집행하는 등 못하는 짓이 없었다.

왕성한 색욕(色慾)을 충족하려고 살인, 모함, 권력을 이용한 압력행사 등 갖은 수단을 다 쓴다. 금전이나 권세에도 마찬가지로 약 장수 이외의 비단 등의 옷감 장사에도 손을 뻗치고 염인을 획득하여 소금을 판매하며, 엽관(獵官) 운동으로 관리 자리도 얻는다. 결국 서문경은 자신의 욕망을 절제하지 못하고 호승이 준 약을 과다 복용해 젊은 나이에 요절한다.

2) 반금련(潘金蓮)

반금련은 남문 밖에서 바느질을 하는 반씨의 딸로서 집안에서 여섯째였다. 어려서부터 예쁘게 생긴데다 아주 작은 두 발을 전족했기에 이름을 '금련(金蓮)'이라 하였다. 아버지가 일찍 죽고 집안이 어려워지자 어머니가 금련이 9살 되던 해에 왕초선(王招宣) 집에 팔아 노래와 춤을 배우게 했으며, 15살에는 또다시 장대호(張大戶) 집에 팔았다.

반금련의 미색에 빠진 장대호는 60이 넘은 노인이었다. 그러나 과도한 음욕으로 인해 심신이 허약해져 얼마 살지 못하고 죽게 된다. 반금련을 눈에 가시처럼 여기던 장대호의 부인인 여씨는 금련을 마을에서 제일 못 생기고 체구도 작은 무대(武大)에게 반 강제로 시집을 보낸다.

반금련은 무대에게 만족하지 못하고 길 가던 서문경과 눈이 맞아서 무대를 독살하고(제5회), 서문경의 다섯째 부인이 된다. 이후 서문경의 집에 들어온 후에 그의 총애를 업고 마구 행동을 한다. 또한 서문경의 사랑을 독차지하기 위해 반금련은 음욕과 질투의 화신으로 변한다.

서문경의 사위인 진경제가 동경에서 왔을 때 서문경의 눈을 피해

밀애를 즐기고, 서문경의 사후에도 욕정을 이기지 못하고 진경제 등
과 밀통을 하다가 오월랑에게 발각되어 팔려가는 신세가 된다. 이후
반금련은 무송에게 비참하게 죽음을 당하고 만다.

3) 이병아(李甁兒)

이병아는 정월 15일 생으로 태
어나던 날에 친척이 한 쌍의 어병
(魚甁)을 가져왔기에 어렸을 때 이
름을 '병저(甁姐)'라고 하였다. 이병
아는 원래 동경 채태사(蔡太師)의
사위 양중서(梁中書)의 소첩이었으
나 양중서 사후에 화자허(花子虛)
에게 시집을 간다. 화자허는 화태
감(花太監)의 많은 재산을 물려받
고 방탕한 생활을 하던 중 마침 옆집에 사는 서문경과 결의형제를
맺어 두 집은 자연스럽게 왕래를 하게 된다.

화자허가 형제간의 재산문제로 체포된 후, 이병아는 남편의 구명
을 위해 서문경에게 많은 돈을 갖다 준다. 그러나 풀려난 화자허가
병아에게 전처럼 재산이 많이 남아 있지 않은 이유를 묻자 이병아는
오히려 화자허를 멸시하면서 서문경에게 감사의 마음을 가져야 한
다고 다그친다. 이에 홧병이 난 화자허는 약도 제대로 쓰지 못하고
죽어간다.

화자허가 화병으로 죽자, 이병아는 서문경에게 시집을 오려했으
나, 서문경의 집안일로 인하여 그 일이 연기된다. 이병아는 병을 얻

어 자리에 눕게 되니 장죽산(蔣竹山)이라는 홀아비 의사가 와서 치료를 하던 중 그와 눈이 맞아 결혼을 한다. 그때 장죽산의 나이 29세, 그녀는 24세였다. 결혼을 한 후에 장죽산에게 돈을 주어 진료소도 열게 하고, 말도 새로 사주는 등 그를 돕는다. 장죽산은 음기구(淫器具) 등을 사용하여 이병아의 육체적인 욕망을 만족시켜 주려고 하나, 이병아는 만족하지 못하고 입에 담기 거북한 말로 온갖 무안과 멸시를 주며, 맨손으로 쫓아 버린다.

이병아가 시집올 때 가지고 온 엄청난 재산을 바탕으로 서문경은 새롭게 장사를 해서 많은 돈을 모은다. 남편을 배신하고 서문경의 첩이 된 이병아는 아들 관가(官哥)가 죽은 후, 전남편에 대한 죄의식에 시달리다 병이 나서 죽는다.

4) 방춘매(龐春梅)

본성(本姓)은 방씨이고 옥소·영춘·난향 등과 함께 서문가에 팔려와 비파를 배운다. 방춘매는 오월랑 등 다른 처첩들과는 비교할 수 없는 미천한 신분이다. 춘매

는 관청의 매파인 설수(薛嫂)가 소개하여 사온 비녀로써 오월낭이 시녀로 데리고 있다가 반금련이 단신(單身)으로 서문경에게 시집을 오므로 금련에게 주었다. 그다지 빼어난 용모라고는 할 수 없지만 '색혼(色鬼)'인 서문경이 그대로 놓아두지를 않고 탐을 내니 반금련의 묵인 하에 춘매를 '거두어들인다(收用).'

서문경 사후 방춘매는 무관 주수비(周守備)의 첩으로 팔려가 총애

를 받아 정실부인이 된다. 그러나 여러 남성과 계속 사통을 하다가
음란함이 지나쳐 일찍 죽고 만다.

5) 오월랑(吳月娘)

산동 청하현(淸河縣)의 하급관리 집안
출신인 오천호(吳千戶)의 딸로 8월 15일에
태어났기에 월랑(月娘)이라 이름을 지었다.
오월랑은 서문경의 본부인이 죽은 후에 서
문경과 결혼했다. 오월랑은 반금련, 이병
아, 방춘매와는 전혀 다른 가치관과 인생
관을 가진 여성이다. 오월랑은 글자를 알
지 못했으나 많은 여인을 거느리는 주부로서 매사를 비교적 원만하
게 풀 줄 아는 재능을 지니고 있었다. 되도록이면 여인들 간의 암투
에 개입을 하지 않고 조정자적인 역할을 담당하기도 했다. 생활 중
에 생기는 자신의 불만은 여승(女僧)들이나 도사들을 불러 경문을 읽
게 하거나 설교를 들음으로써 해소하였다.

서문경의 사후에는 오월랑은 한 집안의 주인으로서 서문가의 대
권을 손에 넣고 변화하기 시작한다. 우선 서문경 생전부터 눈에 가
시처럼 여겼던 춘매, 반금련 등을 모두 집에서 쫓아 냄으로써 대내
외로 그녀의 변모와 권위를 알린다. 금나라 군사가 쳐들어오자 오월
랑은 유복자 효가를 이끌고 도망가는데 도중에 보정(普淨)스님을 만
나 효가의 전생이 서문경이었음을 깨닫는다. 이후 효가는 출가한다.

수호전 속의 서문경과 반금련은 호랑이를 맨 주먹으로 때려잡은 무송이 형 무대랑이 형수 반금련과 서문경의 간통과 음모로 죽게되자 이들을 처단하고 양산박으로 들어가는 내용으로 전개 된다. 수호전 속에서의 서문경은 반금련과 함께 무송의 손에 살해 된다.

5. 작품 감상

1) 반금련이 무대를 배반하고 바람을 피우다

무대랑의 처 반금련은 왕파의 소개로 서문경과 정을 통한다. 반금련은 서문경의 첩이 되기 위하여 서문경과 모의하여 남편을 독살한다.

감상

금련은 입으로는 안된다고 하면서도 자리에 앉아 일어서지 않는다. 왕노파는 문을 걸어 잠그고 밧줄로 동여매어 두 사람을 집 안에 가두어 놓았다. 그러고는 길 맞은편에 앉아서 동정을 살폈다.

서문경이 방 안에 앉아서 부인을 바라보니, 구름 같은 머리칼이 반쯤 흘러내리고 부드럽게 부풀어 오른 하얀 가슴도 살짝 드러내 보이면서 화창한 얼굴에는 불그스레한 빛을 띠고 있었다. 서문경은 주전자를 들어 술을 따

라 부인에게 권했다. 그러고는 덥다는 핑계로 입고 있던 녹색 윗
저고리를 벗는다.

"수고스럽지만, 저 대신 이것 좀 할멈 온돌에 걸어주시오"

금련이 황급히 손을 뻗어 옷을 받아 들고는 잘 걸어 놓았다. 이때
서문경은 일부러 옷소매 자락으로 탁자를 쓸어 위에 있던 젓가락을
바닥에 떨어뜨렸다. 정말로 인연이란 교묘한 것인지 젓가락은 바로
금련의 발 아래로 떨어졌다. 이에 서문경이 급히 몸을 숙여 젓가락
을 잡으려다가 금련의 뾰족하면서도 앙증맞은 발이 보였다. 젓가락
은 그 작디작은 전족 한 쌍 끝에 놓여 있었다. 서문경은 젓가락은
집지 않고 수를 놓은 신발 끝을 살짝 꼬집었다. 금련이 살짝 웃으며,
"나리, 장난은 그만 하세요! 나리가 마음에 있으시다면 저 역시 마
음이 있어요, 나리께서 정말로 저를 유혹하시려는 건가요?"

서문경이 즉시 무릎을 꿇고 말한다.

"부인, 제발 내 소원 좀 들어주시구려!"

금련은 바로 서문경을 안아 일으키며 말한다.

"할멈이 와서 볼까 두려워요"

"괜찮아요. 할멈도 알고 있으니"

마침내 두 남녀는 왕노파의 방 안에서 옷을 벗고 자리에 들어 즐
기기 시작한다. …… 〈하략(下略)〉

(笑笑生, 2002, 강태권 역, 《(완역) 금병매 1》 4화 중에서)

중국에서 전족은, 오대 남당(南唐)의 마지막 왕인 이욱
(李煜 937~978)이 궁녀들이 신는 가죽신발(宮鞋)에 유
별나게 집착하는 성 도착증에서 출발했다는 것이 정설
이다. 음악과 시에 능한 이욱은 예낭이라는 궁녀가 발
을 비단으로 싸고 금으로 만든 연꽃대에서 춤추는 것을
즐겼다. 조그만 신발을 신고 몸을 사뿐사뿐 움직이며
춤추는 것을 요염하게 본 것이다. 그래서 여자의 작은
발을 금련(金蓮, 금으로 된 연꽃)이라 불렀다. '반금련'
의 '금련'도 여기서 따온 것이라 볼 수 있다.

전족은 1900년대 초반까지 이어졌다. 당시 여성들은 가능한 작은 발을 만들기 위해 5세
정도부터 헝겊으로 발을 단단하게 동여맸다. 여기에 신발을 신은 뒤 5년 동안 사이즈를
늘리지 않으면 다 커서도 10㎝ 정도밖에 발이 자라지 않았다.

2) 관가(官哥)의 죽음

서문경에게는 정실부인이 낳
은 딸과 이병아와의 사이에서
생긴 관가, 끝으로 후처인 오월
랑이 서문경이 죽은 뒤 얼마 안
있어 낳은 효가가 전부였다. 여
섯째 부인 이병아(李瓶兒)에게서
얻은 외아들 관가(官哥)는 시들시

들 앓다가 마침내는 이병아를 질투하던 반금련의 고양이에게 할퀴여
경질을 일으켰는데, 그것이 원인이 되어 죽고 만다. 관가(官哥)를 잃
은 이병아도 아들을 잃은 슬픔과 반금련에 대한 분노를 이기지 못하
고, 화병으로 세상을 떠나고 만다.

감상

반금련은 방에 큰 고양이 한 마리를 기르고 있었는데 온통 흰 털
로 단지 이마에 거북 잔등처럼 검은 점이 하나 박혀 있었다. 그래
서 이름을 '설리송탄(雪裡送炭)'이나 혹은 '설사자(雪獅子)'라고 불렀
는데, 입으로 손수건이나 부채를 물어오기도 했다. 서문경이 금련
을 찾지 않을 적에는 항상 이불 속에서 고양이를 안고 잤는데 옷
이나 이불 등에 오줌, 똥을 싼 적은 없었다. 금련이 밥을 먹을 적
에는 항상 금련의 어깨죽지에 쭈그리고 앉아서 음식을 받아먹었
고, 부르면 단숨에 달려오고 쫓으면 바로 사라졌다. 금련은 항상
이 고양이를 '설적(雪賊)'으로 불렀다. 소의 간이나 마른 고기는 먹

지 않으며, 매일 생고기를 반 근씩 먹으니 살이 매우 토실토실하게 졌고 털도 길어 그 안에 가히 계란 한 개를 숨길 수 있을 정도였다.

금련은 이 고양이를 매우 좋아해서 어떤 때는 하루 종일 무릎 위에 올려놓고 장난을 쳤는데, 원래부터 좋아해서가 아니라 이병아와 관가가 평소에 고양이를 아주 무서워한다는 것을 알게 된 때부터 좋아하기 시작했다. 평소에 사람이 없을 적에 방에서 붉은 비단으로 고기를 싸서 고양이로 하여금 덮쳐 뜯어 먹게 훈련을 시켰다. 언젠가 벌어질 일은 일어나기 마련으로, 관가가 몸이 좋지 않아 며칠 동안 계속 유노파가 지어준 약을 먹고 조금씩 나아졌다. 이병아는 관가에게 붉은 비단저고리를 입혀 바깥의 온돌 위에 작은 포대기를 깔고 그 위에서 놀게 하였다. 영춘에게 잠깐 지켜보게 하고 유모가 밥을 먹고 있는데 이 때 생각지도 않게 금련 방의 설사자가 온돌 옆에서 쭈그리고 앉아 있었다. 온돌 위에서 붉은 옷을 입고 재롱을 떨며 놀고 있는 관가를 보자 설사자는 평소 뜯어먹던 고기인 줄 알고 사납게 뛰어 올라서는 관가의 몸을 물어뜯고 온몸을 할퀴었다. …… 〈하략(下略)〉

(笑笑生, 2002, 강태권 역, ≪(완역) 금병매≫ 6권 59화 중에서)

3) 무송의 복수

서문경과 바람을 피운 반금련은 남편 무대를 독살하고, 무대의 동생 무송은 형의 복수를 하려다 다른 사람을 살해 하여 유죄에 처해져 맹주로 귀향을 가 군졸 노릇을 하고 있었다.

서문경이 음탕한 생활 끝에 급사하고, 반금련은 서문경의 사위 진경제(陳經濟)와 사통을 하는데, 이 일이 발각되어 팔려가게 된다. 반금련은 다시 중매쟁이 왕노파 밑으로 되돌아가게 되고, 귀양에서 대사면을 입고 돌아온 무송은 반금련에 복수한다.

흙으로 조각 된 작품으로 무송이 형수 반금련을 해치려
는 장면을 묘사하고 있다.
조각가 리잔양(Li Zhanyang)의 작품으로 선양시 한 쇼핑
몰에 전시되어 적나라한 표현으로 인해 비난을 받았다.

감상

금련은,
"도련님께서는 불도 때지 않은 가마솥에 콩을 볶듯이 무슨 말 같
지도 않은 말씀을 하세요! 형님은 가슴앓이를 하다가 병으로 돌아
가셨는데 나랑 무슨 상관이 있어요?"
말이 채 끝나기도 전에 무송은 칼을 탁자 위에 꽂아두고 금련의
머리채를 한 손으로 채어 쥐고 오른손으로 가슴을 움켜쥐고 탁
자를 발로 냅다 걷어차니 그릇과 접시들이 바닥에 떨어져 산산

조각이 났다. 금련이 힘이 있으면 얼마나 있겠는가! 무송은 탁자 너머로 금련을 가볍게 끌어서는 밖에 있는 무대의 위패를 모신 영전가지 끌고 갔다. 이때 노파는 형세가 좋지 않음을 눈치 채고 잽싸게 문가로 달려가 봤지만 앞문은 이미 잠겨 있었다. 무송은 큰 걸음으로 쫓아가 낚아채 땅바닥에 내동댕이치고 허리춤의 끈을 풀어 왕노파의 손발을 꽁꽁 묶어 놓으니 그 꼴이 마치 원숭이가 과일을 바치는 것처럼, 옴짝달싹도 못하고 입으로만 소리를 지른다.

"대장 어른 화내지 마세요. 형수가 혼자 한 일이지 저와는 전혀 상관이 없는 일이에요!"

"이 개돼지 같은 년이! 내가 다 알고 있는데 누구한테 덮어씌워? 네 년이 서문경 그 자식을 들쑤셔서 나를 귀향 보내 군졸 생활을 하게 했지. 그런데 내가 이렇게 살아 돌아올 줄 생각이나 했겠는가? 서문경 그놈은 지금 어디에 있느냐? 네년이 말하지 않으면 내 먼저 저년을 잡아 죽인 다음에 네년을 잡아 죽이겠다!"

이렇게 하면서 칼을 잡아당겨 금련의 얼굴에 몇 줄을 그어댔다. 금련은 화급히 놀라 벌벌 떨며,

"도련님, 저를 용서해주시고 놓아주세요. 그러면 제가 모든 걸 말씀드릴게요."

이를 듣고 무송은 바로 금련을 잡아 일으켜 세워 옷을 벗긴 다음 무대의 영전에 꿇어 앉혔다. 그러고는,

"이 음탕한 계집아! 어서 말해!"

하자 금련은 혼비백산이 되어 더는 버티지 못하고 사실대로 이야기를 했다. 처음에 발을 걷다가 막대기가 떨어져 서문경을 맞혀 처음으로 눈이 맞고, 그것을 계기로 왕노파의 옷을 지어준다는 핑계를 대고 노파의 집으로 건너다니며 서문경과 간통을 한 일, 그들의 관계가 들통 나자 발로 걷어차고, 왕노파가 독약을 쓰라고 일러준 대로 독약을 먹이고, 무대가 발버둥을 치자 둘이 어떻게 조치했으며 그런 뒤에 서문경이 금련을 취해 집으로 들어앉힌 것을 처음부터 끝까지 자세하게 얘기했다. 왕노파가 이를 듣고 속으로 생각하기를,

"저런 멍청한 것, 저렇게 다 불어버리면 내가 어떻게 발뺌을 할수 있단 말이야!"

무송은 한 손으로 금련을 위패 앞으로 끌고 가 한 손으로 술을 따르고 지전을 불사르면서,

"형님, 형님의 영혼이 멀리 가지 않았을 테니 제가 오늘 형님을 위해 원수를 갚아드리겠습니다!"

금련은 이 말을 듣고 사태가 심상치 않음을 깨닫고 그때서야 비로소 정신이 들어 비명을 질렀다. 무송은 눈 하나 깜작하지 않고, 난로 아래서 잿가루를 한 움큼 쥐어 금련을 바닥으로 홱 내동댕이쳤다. 바닥에 엎드려 몸부림을 치니 머리에 꽂고 있던 비녀며 귀고리 등이 모두 바닥에 떨어져버렸다. 무송은 금련이 또다시 발악을 하며 몸부림을 칠까 봐 가죽 장화로 옆구리를 걷어차 힘을 쓰지 못하게 하고 다시 두 발로 금련의 두 팔을 꽉 밟으며,

"음탕한 것아, 네년이 스스로를 영리하다고 하는데 도대체 네년의 심장이 어떻게 생겼는지 모르겠구나, 한번 좀 봐야겠다."라고 하면서 금련의 가슴을 열어젖히고 바로 가슴을 칼로 찌르니 순식간에 피 구멍이 생기며 피가 뿜어져 나왔다.

금련은 정신이 반쯤 나가 눈을 게슴츠레 뜨고 두 다리로 발버둥을 쳐댔다. 무송은 칼을 입에 물고 두 손으로 금련의 가슴을 벌리고 퍽 하는 소리와 함께 심장과 간장 등 오장을 모두 끄집어내니 붉은 피가 뚝뚝 떨어졌다. 무송은 피가 뚝뚝 떨어지는 채로 영전에 올려놓았다. 그런 뒤에 다시 한칼에 금련의 머리를 베니 바닥에 피가 흥건해졌다. 영아는 곁에서 이러한 광경을 보고 놀라서 얼굴을 가렸다. …… 〈하략(下略)〉

(笑笑生, 2002, 강태권 역, ≪(완역) 금병매≫ 9권 87화 중에서)

4) 효가(孝哥)의 출가

서문경의 처 오월랑은 금나라 군대의 침입을
피해 절로 피신하게 되는데 도중에 보정(普淨)
선사를 만나 효가의 전생이 서문경이었음을 깨
닫는다. 인과응보의 이치를 깨닫고 유복자 효
가를 출가 시킨다.

보정선사와 효가

감상

"오씨 부인, 이제는 깨달으셨는지요?"

이에 오월랑은 급히 무릎을 꿇고 절을 하며,

"존사께 아룁니다. 제자 오씨가 어리석고 우둔하여 사부께서 부처
이심을 알아보지 못했습니다. 방금 꿈을 꾸면서 꿈속에서 모든 것
을 깨달았습니다!"

"이미 깨달았다면 제남부로 가지 마십시오. 당신이 만약에 간다면
꿈에서 본 바와 같을 것이고 애꿎은 다섯 생명만 죽게 될 뿐입니
다. 보아하니 부인의 아들과 저는 다 인연이 있어 만난 것으로 이
것도 모두 부인이 평소에 착한 일을 해 착한 씨를 심어놓았기 때
문입니다. 그렇지 않았다면 반드시 골육과 생이별을 하고야 말았
을 겁니다! 애당초 부인의 돌아가신 남편 서문경은 악한 일을 많
이 하고 선한 일을 적게 했지요. 그래서 환생하여 다시 부인의 집
에 태어난 것으로, 본래는 집안의 재산을 모두 탕진하고 가업을
들어먹어 망치고, 종국에는 몸과 머리가 서로 떨어져 죽게 하려고
했어요! 그런데 제가 남편을 해탈시켜 구제해 제자로 삼아 그 화
를 면하게 하려는 겁니다. 속담에도 '자식 하나가 출가하면, 조상
구대가 승천을 한다!'고 하잖아요. 부인의 남편이었던 분도 죄를

용서 받고 환생을 하러 떠났습니다. 부인께서 아직도 저를 믿지 못하겠다면 저를 따라 오세요. 제가 부인께 보여드리지요."

하면서 성큼 방장 안으로 들어섰는데 그때까지 효가는 침대 위에 누워 잠을 자고 있었다. 스님은 손에 들고 있던 선장을 가지고 효가의 머리를 한번 짚으며 월랑 등 여러 사람들에게 보여주었다. 효가가 갑자기 서문경으로 변했다. 목에는 무거운 칼을 차고 허리에는 쇠사슬이 감겨 있었다. 다시 선장으로 한 번 두드리자 다시 효가의 모습으로 돌아와 침대 위에서 잠을 자고 있었다. 월랑은 그것을 보고 자기도 모르게 목놓아 통곡을 했다. 원래 효가가 서문경이 환생하여 다시 태어난 것일 줄이야 그 누가 알았겠는가! 한참이 지나 효가가 잠에서 깨어나자 월랑이 효가를 보고,

"너는 지금 사부님을 따라 출가하거라."

하고는 불전 앞으로 데리고 나가 머리를 깎고 마정수기(摩頂授記)(불교에서 수계전법(授戒傳法) 할 때의 의례(儀禮))를 했다. 가련한 월랑은 효가를 부여잡고 통곡을 했다. 열다섯 살까지 금이야 옥이야 고이 키워 가문의 대를 이으려고 했는데, 생각지도 않게 이 노스님에게 환화(幻化)되어 출가를 시킬 줄이야! 오이구와 소옥파 대안도 비통한 마음을 참을 수가 없었다. 이에 보정선사는 바로 효가를 제자로 삼아 데려가면서 법명을 명오(明悟)라 지어주고 월랑과 작별을 하고 떠나려 했다. 떠나기에 앞서 보정선사는 다시 월랑에게 당부하기를,

"그대들은 절대로 제남부로 가지 마세요. 머지않아 금나라 군사도 물러날 것이고, 조정은 남북으로 나뉘어 양조(兩朝)가 될 겁니다. 중원에는 이미 새로운 황제가 즉위했으니, 열흘도 채 안 되어 전쟁도 끝나고 지방도 평안하게 안정될 겁니다. 그러니 그대들은 집으로 돌아가 안심하고 지내시기 바랍니다." …… 〈하략(下略)〉

(笑笑生, 2002, 강태권 역, ≪(완역) 금병매 10≫ 100화 중에서)

6. 영향

이 책의 가정소설(家庭小說)적 경향은 청대의 ≪홍루몽≫으로 계승되고 포르노그래피적 성향은 ≪육포단(肉蒲團)≫ 등의 성애소설(性愛小說)로 이어진다.

7. 판본

≪금병매≫은 3개의 판본이 있다. 첫째, ≪금병매사화(金瓶梅詞話)≫는 1617년경에 출판되었던 것으로 알려져 있다. 전체 100회로 되어 있으며 만력본(萬曆本)으로 불려진다. 이 책의 서문에서 처음으로 난릉(蘭陵, 지금의 산동 이현(嶧縣)의 소소생(笑笑生)이라는 인물이 작자로 거론된다. 전 5회는 모두 ≪수호전≫과 관련된 장절에서 파생된 것으로서 주로 무송의 이야기인데 다량의 운문이 곁들여져 있다.

둘째, 숭정본(崇禎本)인데 그 제목은 ≪신각수상비평금병매(新刻繡像批評金瓶梅)≫이다. 이 책도 100회로 되어 있으며, 이 텍스트는 대폭적인 삭제와 수정을 하였다. 만력본에서는 무송이 호랑이를 때려잡는 것으로 이야기가 시작되지만 숭정본에서는 서문경이 10명의 의형제를 모으는 것으로 이야기가 시작된다. 또 만력본은 사화(詞話)라고 제목이 붙어 있으며 본문에 운문(韻文)이 많이 포함되어 있는 반면에, 숭정본에서는 운문(韻文)이 삭제된 부분이 많다. 이밖에 본 판본에서는 101점 혹은 200점의 삽화도(揷圖)를 포함하고 있다.

끝으로는 청대에 들어서서 ≪고학당비평제일기서금병매(皐鶴堂批

評第一奇書金瓶梅)≫가 출현하였는데, 장죽파(張竹坡, 청대 팽성(彭城) 사람으로 생애는 잘 알려져 있지 않다)의 평본(評本)이다. 숭정본을 기초로 소설의 원문을 수정하면서 다수의 비어(批語)를 첨가하였다.

제10장 홍루몽(紅樓夢)

1. 소개

중국에는 "≪홍루몽≫은 만리장성과도 바꿀 수 없다"는 말이 있다. ≪홍루몽≫을 5번 읽었다고 했던 모택동은 "≪홍루몽≫을 읽지 않으면 중국 봉건사회를 이해할 수 없다"고 단언했다.

≪홍루몽≫은 중국인들이 가장 많이 읽은 소설 작품으로 알려져 있다. 동시에 문학계에서도 가장 많은 사람의 관심을 가지고 연구의 대상으로 삼았던 작품이다.

≪홍루몽≫은 청대에 출현한 작품 중 가장 기념비적인 가치를 지녔다고 할 수 있다. 오늘날 세계적으로 '홍학(紅學)'이라는 분야가 설정되어 있는데 단일 작품을 주제로 해서 하나의 분야가 설정된 것은 드문 일이다.

≪금릉십이차(金陵十二釵)≫

금릉십이차(金陵十二釵)

금릉(金陵)은 오늘날 남경(南京)으로, 십이차(十二釵)는 12개의 비녀를 가리킨다. 금릉십이차는 '금릉의 열두 여인들의 이야기'로서, 12명의 여인들은 임대옥과 설보차를 비롯하여 가씨 집안의 딸들인 원춘, 영춘, 탐춘, 석춘과 가보옥의 형수 이환, 보옥의 사촌형수인 왕희봉, 희봉의 딸 교저, 가모의 증손자 며느리 진가경, 가모의 친정조카의 손녀딸 사상운, 비구니 묘옥을 가리킨다.

≪홍루몽≫이라는 이름 외에도 ≪석두기(石頭記)≫, ≪정승록(情僧錄)≫, ≪풍월보감(風月寶鑑)≫, ≪금릉십이차(金陵十二釵)≫ 등으로도 불렸다.

홍학(紅學)

'홍학(紅學)'이란 ≪홍루몽(紅樓夢)≫을 연구하는 학문을 가리킨다. ≪홍루몽≫은 중국인이 가장 많이 읽는 소설 작품인 동시에, 문학계에서도 가장 크게 관심을 가지고 연구의 대상으로 삼았던 작품이다. 오늘날 세계적으로 '홍학(紅學)'이라는 분야가 하나의 분과학문으로 자리 잡고 있는데, 단일 작품을 주제로 해서 하나의 학문 분야가 설정된 것은 극히 이례적인 것이다. 독자들의 관심과 사랑이 홍학(紅學)이라는 하나의 학술적 풍토를 만들어 냈다. 홍학이라는 명칭의 유래는 청말 광서(光緒) 연간에 당시 경성의 사대부들은 ≪홍루몽≫을 즐겨 읽으면서 자기들끼리 '홍학'을 한다고 자랑하고 다녔다. 물론 당시의 홍학이라는 것이 농담과 같은 형식이라 학문의 한 분야는 아니었을지라도 학문적 풍토를 조성하는 기반이 되었다는 점에서 의미가 있다. 이후 홍학은 지연재(脂硯齋) 비평에서부터 시작된 연구와 비평의 성과들이 발전하여 결국 하나의 분과학문을 가리키는 단어가 되었고, 20세기 들어 갑골문, 돈황학과 더불어 당대 현학의 지위를 획득하게 된다.

2. 작가

중국 고전 장편소설 중에서 작가를 정확하게 알 수 있는 작품은 손에 꼽을 정도다. ≪홍루몽≫의 작가 또한 이와 유사하다. ≪홍루몽≫이 건륭 연간에 처음 나왔을 때만 해도 작가가 조설근이라는 것은 익히 알려진 사실이었다. 하지만 작가 스스로 자신의 이름을 확실히 밝히지 않아 시간이 흐르면서 누가 ≪홍루몽≫을 썼는지 갈수

록 모호한 상태로 남아 있게 된다. 그로부터 거의 30년이 지난 후 정위원이 ≪홍루몽≫을 목활자본으로 간행했을 때는 이미 작가에 대한 정보가 거의 사라지고 난 이후였다. 이러한 상황 때문에 청말까지 조설근은 진지한 연구의 대상으로 부각되지 못하였다. 그 후 청말 왕유구에 이르러 ≪홍루몽≫의 예술적 가치가 본격적으로 논의 되면서 작가에 대한 문제가 거론되기 시작한다. 1920년대 초 후스(胡適)는 ≪홍루몽≫의 작가가 조설근이라는 사실을 본격적으로 고증하였으며, 후스의 연구는 이후 '홍학' 연구에 기틀을 마련하게 된다.

남경에서 출생한 조설근(曹雪芹, 약 1715~약 1763)의 자는 몽완(夢阮)·근포(芹圃)이고, 호는 설근이며, 이름은 점(霑)이다. 그의 선조는 한족이었으나 청 왕조시기 강희 황제와의 인연으로 강남의 명문 귀족이 되었다. 그의 증조부로 부터 부친 대에 이르는 3대에 거쳐 세습적인 강녕직조를 지내면서 조정에서 각종 직물의 직조, 구입, 공급 등 일을 맡아보았다. 그러나 옹정(雍正)황제에 들어 조씨 가문은 재산을 모두 몰수 당하고 몰락의 길로 들어선다. 온집안은 북경(北京)으로 이주를 하고, 북경교외의 향산(香山) 근처에서 극도의 궁핍한 생활이 시작된다. 궁핍한 생활 속에서도 문학창작에 대한 자부심에서 탄생한 것이 ≪홍루몽≫이다. ≪홍루몽≫은 자전(自傳)을 기초로 하여 구성하였으며, 홍루몽 창작 시기는 건륭 초에서 건륭 30년 전후로, 소설을 완성하지 못하고 1763년 2월 12일 48세의 나이로 사망했다.

3. ≪홍루몽≫의 의의

'홍루(紅樓)'는 부귀한 가문의 여인들의 거처를 지칭한다. 백거이의 ≪진중음(秦中吟)≫에는 "홍루에는 부잣집 여인이 살며, 금빛 실로 비단저고리를 수놓네(紅樓富家女, 金縷繡羅襦)"라는 구절이 있다. 또 작품 속의 홍루에는 12차 및 12차로 대표되는 수많은 여인들의 형상이 반영되었을 뿐만 아니라, 이홍원(怡紅院)에 살며 그 자신도 여자가 되지 못한 것이 마냥 한스러운 홍공자(紅公子) 가보옥 역시 포함하고 있다. 또한 홍루에 이어서 '몽(夢)'이라는 글자를 더함으로써 그 함축적 의미를 더욱 강조하고 있습니다.

왕국유(王國維)는 ≪홍루몽≫을 '욕망의 비극' 혹은 '인생의 비극'이라고 지적하였다. 루쉰은 "≪홍루몽≫이 나타난 이후로 전통소설의 모든 사상과 작법이 타파되었다"는 유명한 말을 남겼다.

4. ≪홍루몽≫의 시대배경

≪홍루몽≫의 시대배경이 되고 있는 청조의 강희·옹정·건륭기는 청왕조의 통치 역량이 강화되었던 시기였다. 통치자들은 탄압과 회유 정책을 함께 쓰면서 정권을 공고히 하였는데, 이러한 봉건통치가 공고해지고 소위 성세(융성한 시대)가 도래하자 통치 집단의 사치와 부패는 만연해졌다. 그들의 사치와 부패는 토지집중화 현상으로 인해 살기 어려워진 농민생활을 더욱 힘들게 만들었다. 이러한 관료들의 부패와 사치스런 모습이 ≪홍루몽≫에 생생하게 투영 되어 있다.

5. 홍루몽의 문학적 특징

대다수의 중국 고전소설과 다른 점으로 ≪홍루몽≫은 특정된 역사적 환경의 인생과 사회적 비극을 드러냄으로써, 선명한 비극적 색채를 띤다는 사실이다. ≪홍루몽≫이전의 고전소설은 대부분 이별을 발단으로 만남으로 결말을 맺거나 혹은 슬픔으로 시작해서 행복으로 끝을 맺는 인과응보의 내용이 주를 이루고 있다.

당나라 시기의 전기(傳奇)나 송・원・명・청(宋・元・明・淸) 시기의 화본(話本)이나, 어느 것을 막론하고 모든 결말에는 가족이 모이고, 좋은 사람은 부귀영화를 누리고, 나쁜 사람은 징벌을 받는 내용으로 귀결된다. 통속적이고 원만한 줄거리에 기초하고 있는 것이다. 이러한 측면에서 보면, 중국의 고전소설 중에 진정한 비극적 작품은 없다고 말 할 수도 있다. 하지만 ≪홍루몽≫의 출현은 이야기 구조를 완전히 바꿔놓았다.

6. 등장인물

1) 가보옥(賈寶玉)

가보옥은 가정(賈政)과 왕부인의 둘째 아들이다. 태어나면서부터 입에 옥을 물고 나와 이름을 보옥이라고 지었다. 미망(迷妄)의 바다에 빠져 가모와 왕부인의 절대적인 비호 속에 여러 자매들과 시녀들에 둘러싸여 대관원에서 생활한다.

가보옥은 상당히 복잡한 성격을 가진 인물이다. 귀족가문의 자제이지만 항상 전통적인 예교에 반항하고 사회적으로 수용되기 힘든

말과 행동을 일삼는다. 가보옥은 임대옥
과 설보차 모두에게 호감을 느끼지만,
임대옥과 결혼하기를 원한다. 그러나 왕
희봉의 계략에 속아 설보차와 결혼하게
되고 그 순간 대옥은 쓸쓸하게 숨을 거
둔다. 가부는 몰락하고, 사랑하는 이도
잃게 된 보옥은 인생무상을 느끼고 과
거시험장에서 홀연히 사라진다. 비릉역
의 눈 덮인 언덕에서 부친 가정에게 이

생에서의 마지막 인사를 올리고 중과 도사를 따라 광야로 사라진다.
그가 떠난 후 과거에 7위로 급제한 소식이 전해지고 황제는 특별히
문묘진인(文妙眞人)의 호사를 하사한다.

2) 임대옥(林黛玉)

임여해와 가모의 딸인 가민 사이에 태어
나 가보옥의 고종사촌동생이 된다. 선비가문
에서 태어나 어릴때는 부모의 총애를 받고
자라지만, 6세에 어머니를 여의고, 12세에
아버지가 병사하자 외조모의 집에서 성장한
다. 이러한 처지 때문에 항상 비애와 상실감
을 느끼고, 병약하다. 그러나 고독하게 홀로
독서를 즐기는 대옥은 가보옥을 가장 잘 이

해하는 인물이다. 두 사람은 깊이 사랑하지만 가모와 왕희봉은 임대
옥이 병약하다는 이유로 두 사람의 결혼을 반대한다. 결국 왕희봉의

계략으로 가보옥은 설보차와 결혼하고 결혼식이 진행되는 시간에 대옥은 홀로 병든 몸을 이끌고 자신의 시 원고(詩稿)를 모두 불태운 다음 피를 토하며 쓸쓸하게 죽음을 맞이한다.

3) 설보차(薛寶釵)

가보옥의 어머니인 왕씨 부인과 자매 간인 설이모의 딸이자 설반의 여동생이 다. 가보옥의 이종사촌누이다. 황실 상 인 집안의 부유한 환경에서 자랐으나 원 만하고 합리적인 성격이어서 모든 사람 에게 환영을 받는다. 전통적인 현모양처 상으로 가보옥은 설보차에게도 호감을 느끼지만, 예법과 입신양명을 중시하는 그녀의 태도는 가본옥과 잘 맞지 않는 다. '금옥양연(金玉良緣)'의 예언대로, 왕 희봉의 계략과 가모와 왕부인의 허락으로 가보옥과 결혼을 하지만 가보옥과 결혼하지만 끝내 가보옥의 사랑을 받지 못한다. 가보옥이 출가한 뒤 유복자를 낳아 왕부인을 모시고 쓸쓸히 살아간다. 재색을 두루 갖춘 설보차는 허약하고 감수성이 예민한 임대옥과 대조를 이 룬다.

4) 왕희봉(王熙鳳)

왕희봉은 금릉의 4대 가문 중 하나인 왕씨 집안 출신으로 왕부인의 친정 조카이자 가련(賈璉)의 부인이다. 가보옥에게는 외사촌 누나이자

사촌형 수로 보옥의 괴팍한 행동이나 어리광
을 잘 받아준다. 어려서부터 남자처럼 키워져
'왕희봉(王熙鳳)'이라는 학명(學名)을 받았다.

재치와 유머감각이 뛰어나고 사무처리 능
력이 탁월하여 가부를 마음대로 장악하는
인물이다. 희봉은 남자 못지않은 관리 능력
이 있어 가정(賈政)과 왕부인은 가부의 집안
일을 모조리 왕희봉에게 맡긴다. 그러나 권
모술수에 능하고 악랄한 면이 있어, 계략을 꾸며 가서와 우이저(尤二
姐)를 죽게 만들고, 가옥을 교묘하게 속여 설보차와 결혼시킨다. 고
리대금을 놓았다가 가부의 재산이 몰수 당할 때 모두 들통나고 가부
가 몰락한 뒤 병으로 죽는다.

5) 그 외

(1) 가모(賈母)

영국공의 장자 가대선(賈代善)의 처
이며, 가사와 가정(賈政), 가민의 모친
이다. 금릉의 귀족 사후가의 딸로 사
태군(史太君)으로 부르기도 한다. 가보
옥의 친할머니이고 임대옥의 외할머니
다. 가보옥에 대한 지나친 시랑으로
아들 가정과 갈등을 빚기도 한다. 대옥이 병약해서 보옥의 배필로
보차를 선택하여 비극을 초래하게 된다. 만년에는 가세가 기운 가운
데 83세로 운명했다.

(2) 가정(賈政)

보옥을 꾸짖는 가정(賈政)

가대선과 가모의 차자(次子)이자 가보옥의 부친이다. 영국부(榮國府)의 모든 일은 가정을 중심으로 일어난다. 전통적 유교 유교의 가치관을 대표하는 인물로, 자유분방하고 격식에 얽매이는 것을 싫어하여 아들 보옥에 대해 항상 불만이다. 지방관으로 가서 부하를 잘못 다스려 절도사로부터 탄핵을 받고 다시 귀경한다. 과거에 합격한 뒤 사라진 보옥이 비릉역에서 흰 눈 쌓인 황야로 떠나는 마지막 모습을 목격한다.

(3) 왕부인(王夫人)

가정의 처이자 원춘과 보옥의 모친이다. 설부인의 언니이고 왕자등의 동생이다. 영국부(榮國府)에서 가씨, 왕씨, 설씨 가문을 연결하는 중요한 인물이다. 왕희봉은 그녀의 친정조카이다. 평소 자애롭고 선량한 성격이지만 냉정한 면도 있다. 낮잠을 자다가 금천아가 가보옥과 농담을 주고받는 것을 듣고는 금천아를 쫓아낸다. 이 일로 금천아는 우물에 빠져 자살한다.

(4) 가원춘(賈元春)

가정의 장녀로, 여사(女史)가 되어 입궁하
였다가 현덕귀비(賢德貴妃)에 책봉된다. 귀비
가 된 원춘이 가부로 성친(省親, 부모나 친척
을 방문하다)을 나오고, 가부에서는 대관원
(大觀圓)이라는 대 정원을 축조하여 귀비의
성친을 준비한다. 원춘은 궁궐로 돌아간 뒤,
대관원에 가보옥과 자매들이 들어가 살도록
한다. 43세의 나이로 요절하게 되는데, 그녀

의 죽음은 가부의 몰락으로 이어진다. 원춘의 운명은 가부의 부귀영
화와 몰락으로 이어져 있다.

(5) 진가경(秦可卿)

녕국부(寧國府) 가용(賈蓉)의 부인이다. 붙
임성이 좋은 성격 때문에 가모(賈母)가 가장
애지중지한 증손자 며느리지만, 병으로 일찍
세상을 떠난다. 작품에서는 병으로 죽는 것으
로 묘사되어 있지만, 시아버지 가진(賈珍)과
불륜 관계를 맺고 이에 대한 죄책감으로 목
을 매고 자살한 것으로 추정하고 있다. 세속
적인 욕망의 비참한 결말을 상징적으로 보여

주는 인물이다. 금릉십이차 중에서 가장 먼저 세상을 떠나는 인물
이다.

7. 줄거리

금릉(金陵, 南京)의 귀족 세가인 가씨(贾氏) 집안의 저택 녕국부(寧國府)·영국부(荣国府)인데, 주로 영국부를 중심으로 가보옥과 금릉 12차로 불리는 여인들에 관한 이야기를 다루고 있다. 주인공 가보옥은 영국부에서는 그 집안을 이어갈 대들보로 여겨지며, 따라서 영국부의 최고 위치에 있는 할머니 사태군의 극진한 보호 아래 집안의 상하를 불문하고 극진한 보호를 받으며 성장한다. 가보옥의 누나인 가원춘이 왕비가 되어 그녀의 친정 나들이를 위해 지어 놓은 대관원에서, 가보옥은 시녀들과 귀족 여인들로 둘러싸여 지낸다. 모든 여인들을 인간적으로 대우하고, 전통봉건사회를 대표하고 있는 남성들을 추하게 여김으로써 남성 세계를 상징하고 있는 과거와 벼슬길 그리고 집안의 가업 계승엔 관심이 없다. 그래서 가보옥의 부친인 가정과 어머니인 왕부인은 아들 가보옥을 기대에 못 미치는 무능력한 자식으로 여겼다. 보옥은 어려서 부모를 여의고 외가인 영국부에 와서 지내는 임대옥과 남매처럼 지내다가 사랑의 감정을 느끼게 되고, 가보옥의 이종사촌인 설보차도 나중에 영국부에 들어와 기거함으로써 애정 삼각구도를 형성한다.

그러나 보옥은 정신적으로 동질성을 느낀 임대옥을 더 사랑했다. 왕희봉은 계략을 꾸며, 가보옥에게는 임대옥과 결혼한다고 속이고 설보차와 결혼식을 올리게 만드는데, 이로 인해 임대옥은 절망에 빠져 세상을 떠나고, 결혼 상대가 임대옥이 아니라는 사실과 그날 임대옥이 죽었다는 사실에 깜짝 놀란 가보옥은 삶의 의미를 잃게 된다. 가보옥이 과거시험장에서 사라져 출가함으로써 가보옥과 설보차의 결혼생활도 결국 불행으로 끝나고 설보차는 시어머니인 왕부인과 함께 지내다가 유복자를 낳는다. 가보옥의 사촌 조카인 가란이 과거에 급제하여 영국부의 부활을 암시하고 끝난다.

8. 작품감상

1) 석두 이야기

일승일도가 지나다가 이 돌의 앞에 앉아 고담준론을 늘어놓다가 끝내는 저 홍진 세계의 부귀영화에 대해서도 온갖 말을 늘어놓기 시작했다. 석두는 불현 듯 범  심(凡心)이 동하여 자신도 인간 세상에 내려가 한 차례 부귀영화를 누려보고 싶은 생각이 나서 스님과 도사에게 통사정을 하게 되었다. 처음에는 말을 들어주지 않던 일승일도는 미중부족이나 호사다마와 같은 경구를 들려주고 즐거움이 극에 달하면 슬픔이 생기는 법이라는 속담의 이치를 말하면서 훗날 어찌 할 수 없는 지경에 이르면 후회 없이 돌아와야 한다는 점에 대해 확답을 받고는 인간 세상으로 데려갔다. 그 돌이 인간세상에서 살았던 열아홉 해의 이야기가 바로 석두에 쓰여 있는 글의 내용이다. 그 시작은 다음과 같다.

옛날 여와씨가 돌을 달구어 하늘을 때울 때의 이야기다. 대황산 무게애에서 높이가 열두 길, 폭이 스물넷 길이나 되는 너럭바위 36,501개를 불에 달구었는데 여와씨는 그중에서 36,500개를 쓰고 나머지 한 개를 남겨 이를 이 산의 청경봉 아래에 내던지고 말았다. 그런데 이 돌은 불에 달련된 뒤였으므로 신통하게도 혼자서도 생각할 수 있게 되었다.

다른 돌은 다들 하늘을 때우는 데 쓰였는데 오직 자신만은 재주가 없어 그에 뽑히지 못하였음을 한탄하고 원망하며 밤낮으로 비통한 마음으로 부끄럽게 여기고 있었다. 그러던 어느 날 여전히 한숨으로 지새고 있을 때 홀연 스님 한 분과 도사 한 분이 저 멀리서 다가왔다. 비범한 생김새에 남다른 풍채를 가진 두 사람은 함께 떠들고 웃으면서 이 봉우리 아래 이르러 이 돌 옆에 앉아 고담준론을 늘어놓았다. 처음에는 구름 산과 안개 바다와 신선의 일과 현묘한 얘기를 하더니 이어서 저 홍진 세계의 부귀영화에 대해 온갖 말을 늘어놓았다.

돌은 옆에서 조용히 듣고 있다가 불현듯 범심이 동하여 자신도 저 인간세계에 내려가 한차례 부귀영화를 누려 보고 싶은 마음이 불쑥 일어났다. 하지만 자신의 생김새가 거칠고 못난 것을 한스럽게 여겨 부득이 인간의 말을 토해내며 스님에게 말했다.

"대사님, 이 못난 놈이 미처 예의범절을 차라리 못하오니 용서하시기 바라옵니다. 방금 두 분께서 말씀하시는 것을 듣자하니 저 인간세상의 찬란한 영광과 번영에 대해 심히 흠모하는 마음이 생겼사옵니다. 저는 비록 못나고 바보 같지만 성령은 약간 통한 바가 있습니다. 뵙기에 두 분 어른께서 신선의 모습을 하고 계시니 필시 비범하신 분일 것이라, 반드시 하늘을 보필하고 세상을 구제할 재주와 사물을 이롭게 하며 인간을 돕는 능력을 지녔을 것이옵니다. 그러니 그저 한 점 자비심을 베풀어 저를 데리고 저 홍진세계에 들어가 부귀의 고을, 은유의 마을에서 단 몇 년 만이라도 지낼 수 있게 해주시면 그 크나큰 은혜를 영원토록 마음에 새기고 만겁이 지나도록 잊지 않겠사옵니다."

두 분 선사가 그 말을 듣고서 함께 껄껄 웃었다.

"좋은 일이로다, 좋은 일이야. 저기 저 인간세계에는 진정으로 즐거운 일이 있고 말고, 하지만, 그걸 오래도록 간직할 수는 없는 게야, 하물며 옛말에도 '아름다운 것에는 부족함이 있고, 좋은 일에는 마가 낀다'고 하지 않았던가. 이 두 경구가 언제나 붙어 다니는 형국이니, 순식간에 '즐거움이 극에 달하면 슬픔이 생기는 법'이요, '사람도 달라지고 산천도 바뀌는 법'이지. 결국에는 한바탕 꿈이 되고 만사가 공(空)으로 돌아가는 것이라네. 그러하니 아예 가지 않는 게 좋을 걸세."

하지만 이 돌은 이미 마음에 불이 붙은 터라 그런 핑계 따위가 귀에 들어올 리가 없었으므로 몇 번이고 자꾸 졸라댔다. 두 신선은 억지로 막을 수 없음을 알고 탄식하여 말했다.

"이야말로 고요함이 극에 이르면 움직이고자 하는 것이요, 무에서 유가 생겨나는 운수이구나, 정 그러하다면 우리가 너를 데리고 가서 한번 누려 보게 할 터인즉 다만 훗날 어쩔 수 없는 지경에 이르렀을 때 제발 후회하지 말아라."

"이르다 뿐이겠습니까. 물론 입지요."

둘이 그렇게 선선히 대답하자, 스님이 또 한마디 덧붙였다.

"네가 속이 조금 신통해졌다고는 하지만 겉모습이 이처럼 굼뜨고 미련하게 생긴 데다 특별히 아름다운 구석이 없으니 그저 남에게 밟힐 뿐이 아니겠느냐, 좋아 그럼 지금 내가 불법을 크게 펼쳐 너를 도와주려고 하니 인연의 겁이 끝나는 날 너의 본 모습으로 돌아와 이 사연을 끝낼 수 있게 하려는데 네 생각은 어떠하냐?"

돌이 듣고 감격해 마지않았다.

스님이 주문을 외우고 부적을 써서 크게 환술(幻術)을 부리니 순식간에 집채 만한 바윗덩이가 맑고 영롱한 아름다운 옥(玉)으로 변했다. 옥은 부체 끝에 매달기 딱 좋은 크기가 되어서 차고 다닐 수도 있고 가지고 다닐 수도 있었다. 스님은 손바닥 위에 올려놓고 웃으며 말했다.

"이제 겉모양으로야 틀림없는 보물이 되었구나 하지만 실로 적당한 쓰임새가 없으니 몇 글자를 새겨 넣어 사람들에게 기이한 물건으로 보이게 하는 것이 좋겠다. 그런 연후에 저 인간세계의 창명융성(昌明隆盛)한 나라, 시례잠영(詩禮簪纓)의 가문, 화류번화(花柳繁華)의 지방, 온유부귀의 고을에 데려가 편안히 살게 해 주마."

돌이 그 말을 듣고 너무나 기쁨에 겨워 물었다.

"스님께서 저에게 어떤 기이한 능력을 하사 하시려는지요? 또 저를 어느 지방으로 데려다 주시려는 것인가요?" "바라옵건데 분명히 밝혀 주시면 저의 미혹한 마음을 풀 수 있겠나이다."

"아직은 묻지 말아라. 앞으로 자연히 밝혀질 일이로다."

스님은 그리 대답하고 옥으로 변한 돌을 소매에 집어넣어 도사와 함께 표연히 어디론가 떠났다. 과연 어느 지방 가문으로 들어가게 되었는지는 알 수가 없었다. …… 〈하략(下略)〉

(조설근·고악, 2009, 최용철·고민희 역, ≪홍루몽 1≫ 1회 중에서)

창명융성(昌明隆盛)한 나라는 중국의 장안대도(북경)를 이르고, 시례잠영(詩禮簪纓)의 가문은 영국부를 말하며, 화류번화(花柳繁華)의 지방과 온유부귀(溫柔富貴)의 고을은 실제로 대관원 이홍원을 지칭한다.

2) 대관원(大觀園)

대관원은 보옥의 큰 누이인 원춘이 봉조궁상서로 봉해지고, 이후 현덕비로 봉해진 후 친정 나들이, 즉 성친(省親)을 오게 되면서 가부에서 세우게 된 것이다. 가부의 연장자인 가사(賈赦)와 가정(賈政)은 성친별원(省親別院)을 따로 짓게 되면 시간과 경비가 낭비되고 체통도 서지 않아 성친의 의미를 잃어버릴 것이라는 판단 하에 회방원(會芳園)과 영국부의 구원(舊園)을 연결하여 별원을 짓게 한다. 이어 가진, 가련 등이 집사 뢰대(賴大), 내승, 임지효(林之孝) 등을 부르고,

"별호를 산자야(山子野)라고 부르는 노련한 문객"을 청하여 설계를 맡겨서 정원을 짓게 한다.

황제는 원춘이 이듬해 정월 15일 성친하는 것을 허락하였고, 당일 원춘은 '대관원'이라는 이름을 하사하게 된다. 가부의 영화와 권력은 바로 이 대관원이 지어짐과 동시에 거의 정점에 달하게 되는데, 이 방대한 정원이 원춘의 단 하루의 방문을 위해 지어졌다.

감상

마침내 보름날 새벽이 되자 가모 등 작위가 있는 사람들은 모두 제 직위의 품위에 맞는 성장을 하였다. 정원 안의 각처에는 화려한 장식이 극에 달했다. 몸을 서리고 있는 용과 아름다운 봉황새가 각각 휘장과 주렴에 수 놓이고 금은보배는 아름다운 광채를 뿜

어낸다. 백합꽃 향기는 향로에서 피어오르고 오랫동안 시들지 않는 꽃송이는 화병 위에서 자태를 뽐냈다. 너무나 엄숙하여 누구하나 기침소리 조차 내지 못했다. 가사 등은 서쪽거리로 난 문 밖에서 대기하고 가모 등은 영국부의 대문 밖에서 기다렸다. 거리와 골목에는 휘장으로 길을 가리고 외부인의 출입을 막았다. 한참 동안 기다림에 지쳐 있을 때 홀연 태감 하나가 큰 말을 타고 달려들어 왔다. 가모 등이 서둘러 안으로 영접하여 소식을 물었다.

"아직은 이르옵니다. 미시초각(오후 1시)에 만찬을 드시옵고 미시정이각(오후 5시)에는 보령궁(寶靈宮)에서 부처님을 배알하고 유시초각(오후 5시)에는 대명궁(大明宮)에 들어가셔서 꽃등 구경을 하시고 비로소 성지를 받들 것이옵니다. 아마도 술시 초(오후 7시)가 되어야 비로소 출발하실까 하옵니다."

"그러면 노마님과 마님들께선 집 안으로 들어가셨다가 때가 되어 나오셔도 될 것 같네요."

희봉의 말에 가모 등은 잠시 방으로 돌아가 쉬고 대관원 일은 희봉이 알아서 살피도록 했다. 그리고 집사를 불러 명을 전하러 온 태감들에게 술과 식사를 대접하라고 일렀다. 잠시 후 일꾼들이 한 다발씩 양초를 메고 들어와 곳곳마다 필요한 곳에 불을 붙였다. 촛불을 거의 다 붙여갈 무렵에 홀연 밖으로부터 말발굽 소리가 요란하게 들리더니 열 명 가까운 태감들이 숨을 헐떡이며 달려 들어와 손뼉을 쳤다. 이편에 있던 태감들이 곧 귀비가 당도하게 되었음을 알아차리고 각자 정해진 장소에 대기하고 섰다. 가사는 온 집안의 자제들을 인솔하고 서쪽거리로 통하는 문밖에 나서서 기다리고 가모는 온 집안의 여자들을 데리고 대문 밖에서 영접할 준비를 했다.

한동안 숨 막히는 적막감이 감돌더니 잠시 후에 붉은색 도포를 입은 대감 두 사람이 짝을 이루어 말을 타고 천천히 서가문(西街門) 앞에 이르더니 말에서 내려 말은 장막 밖으로 내보내고 손을 늘어뜨리고 서쪽을 향해 간다. 한참 뒤에 두 명의 태감이 오고, 그 뒤로 짝을 맞춘 스물 명의 태감들이 오는 것을 시작으로 마침내 은은하게 음악소리가 들여왔다. 용을 그린 발과 봉황을 그린 큰 부채, 꿩의 깃털로 만든 부채와 외다리 용의 머리모양을 그린 깃발이 각각 짝을 이루어 나타나고 궁중 향을 피우는 휴대용 향로가 나타났다. 그 뒤로 관을 쓰고 도포를 입고 관대를 하고 가죽신을 신은 사람들이 굽은 자루가 달리고 일곱 마리 봉황을 새긴 황금우산을 받쳐 들고 오는데 집사 역을 맡은 태감이 향주와 수놓은 수건과 먼지떨이 등을 받들고 있었다.

무리를 지은 사람들이 다 지난 다음에 뒤쪽에 비로소 여덟 명의 태감이 금빛 지붕을 한 황금판 위에 봉황을 수놓은 가마를 메고 천천히 다가왔다. 가모 등은 황급히 길가에 무릎을 꿇었다. 태감들이 얼른 달려가 가모와 왕부인 들을 부축하여 일으켜 세웠다.

궁중 가마는 서서히 대문으로 들어와 의문을 지나 동쪽으로 건너가 저택의 문 앞에서 멈춰 섰다. 불진(佛塵)을 잡고 있는 태감이 그 앞에 엎드려 가마에서 내려와 옷을 갈아입으시라고 청했다. 그리하여 가마는 문안으로 들어서고 태감 등은 흩어졌다.

이번엔 궁중의 여관(女官)인 소용과 채빈 등이 나서 원춘을 부축하여 가마에서 내리게 하였다. 원내에는 색이 아름다운 꽃 모양의 등불이 빛났다. 모두가 능사와 비단으로 묶어져 아주 정교하게 만든 것들이었다. 위에는 '체인목덕(體仁沐德)'의 네 글자가 쓰인 등이 걸렸다. 원춘이 방으로 들어가 옷을 갈아입고 다시 나와 가마에 올라 비로소 정원으로 향했다. 이 때 정원에서는 향이 아련히 피어오르고 꽃 장식이 화려하게 펼쳐지고 곳곳마다 등불이 서로 비추고 고운 풍악 소리가 가늘게 울려 퍼졌다. 그야말로 태평성대의 기상과 부귀영화의 지극한 모습을 이루다 말로 할 수 없을 지경이었다. …… 〈하략(下略)〉

(조설근·고악, 2009, 최용철·고민희 역 《홍루몽 1》 17~18회 중에서)

3) 보옥과 보차의 결혼식

보옥의 사촌 누이동생 임대옥은 총명하지만 병약했고, 설보차는
가정적이며 건강한 처녀였다. 보옥은 보차에 대해서도 호감을 가지
지만, 대옥과의 결혼을 더 원한다. 그러나 가모와 왕희봉은 임대옥
이 병약하다는 이유로 가보옥과의 결혼을 반대한다. 기울어가는 가
문의 영광을 재현하기 위해 병약한 임대옥 보다는 현모양처의 전형
인 설보차를 가보옥의 배필로 정하고 이 둘을 결혼시킬 계략을 꾸미
게 된다. 아무것도 모르는 가보옥은 결혼식을 치르고 나서야 상대가
설보차임을 알고 제정신을 찾지 못한 채 눕게 된다.

《홍루몽》에는 근친결혼(보옥과 보차의 결혼), 근친상간(진가경과 시아버지의 불륜은 텍
스트상 노골적인 표현은 없지만 둘 관계를 유추해 볼 수 있는 여러 정황은 존재한다), 동
성애 등 현대 사회에서는 금기시되는 장면들이 등장한다. 그럼에도 불구하고 《홍루몽》
은 자극적인 소재를 떠나 18세기 청대 봉건사회를 이해하는 중요한 자료로서의 가치도
크다고 할 수 있다.

이윽고 주례의 호령에 의해서 신랑과 신부가 천지신명께 절을 올렸다. 그런 다음 가모를 모시고 와서 사배(四拜)를 드리게 하고, 이어서 가정부부도 나오게 해서 당(堂)에 올라 절을 받게 했다. 그러한 예식이 끝나자 이번에는 신방에 들어 침상식을 거행하였는데, 이는 모두 이전부터 금릉에 전해 내려오는 의식에 따른 것이었다. 가정은 처음부터 이 혼인이 가목가 주장해서 하는 일이라 감히 반대할 수는 없었지만 그것이 액막이가 되리라고는 믿지 않았다. 그랬는데 오늘 보옥이 멀쩡한 것 같아 보여서 여간 기쁜 것이 아니었다.

신부가 침상에 앉자 이번에는 얼굴에 씌운 붉은 수건을 벗기는 차례가 되었다. 희봉은 만약의 경우를 대비해서 가모와 왕부인을 방으로 모셔 들였다.

그런데 이때 보옥은 다시 바보처럼 굴면서 신부 앞으로 다가가 말을 건네는 것이었다.

"대옥 누이, 몸은 다 나았어? 얼굴 본 지도 퍽 오래 되었는데, 이따위 건 뭐 하러 덮어쓰고 있는 거야?"

그러면서 그 붉은 수선을 벗기려고 하였다. 가모는 조마조마해서 온몸에 식은땀이 났다. 그런데 다행스럽게도 보옥이 마음을 돌려먹었다.

"대옥 누인 화를 잘 내는 성미니까 경솔하게 굴면 안 되겠구나."

하지만 잠시 그러고 있다가 역시 그냥 참고 있을 수 없어서 마침내 신부가 얼굴을 가리고 있던 붉은 수건을 잡아 벗기고야 말았다. 곁에서 신부의 시중을 들던 이가 그것을 받아들자 설안이 자리를 비키고 앵아가 대신 시중을 들었다.

보옥은 눈을 크게 뜨고 신부를 들여 보았다. 그런데 아무리 봐도 어쩐지 보차 같은 생각이 들자 믿어지지 않아서 한 손으로는 등을 치켜들고 한 손으로는 눈을 비벼가며 다시 자세히 들여다보았다. 그렇지만 아무리 봐도 보차가 아닌가!

고운 화장에 아름다운 옷차림, 동그스름한 어깨에 나긋나긋한 몸매, 나지막한 쪽머리에 드리운 귀밑머리, 사르르 떨리는 눈매에 들릴 듯 말 듯한 고운 숨결의 그 단아하고 요염한 모습으로 말할 것 같으면 흰 연꽃에 이슬이 내린 듯싶고 살구꽃에 안개가 서린 듯도 싶었다.

보옥은 한참 동안 멍해 있다가 얼핏 보니 설안은 보이지 않고 앵아가 보차 곁에 서 있는 것이 아닌가. 보옥은 도무지 어찌 된 영문인지 알 수가 없었다. 그는 자기도 지금 꿈을 꾸는 것 같아 그저 멍하니 서 있기만 할 뿐이었다. 사람들이 보옥의 손에서 등불을 받아들고 부축하여 의자에 앉혔지만, 그는 그저 한 곳만 뚫어지게 바라보며 아무런 말도 하지 않았다.

가모는 보옥의 병이 다시 도질까 봐 겁이 나서 몸소 다가와 그를 부축하여 침상에 앉혔다. 희봉과 우씨는 보차를 안방으로 데려다 앉혔으나, 그녀는 물론 고개를 푹 숙인 채 아무 말도 하지 않았다.
…… 〈하략(下略)〉

(조설근·고악, 2009, 최용철·고민희 역, ≪홍루몽 5≫ 98회 중에서)

4) 대옥의 죽음

보옥과 보차가 결혼하는 날 저녁 대옥은 그들의 결혼을 축하하는 풍악소리를 들으며 보옥이 준 손수건과 사랑의 시고(詩稿)를 화롯불에 태워버리고 피를 토하며 절명한다.

대옥이 숨을 거둔 시각은 보옥이 보차와 혼례를 올리던 바로 그때
였다. 자견 등은 모두 대성통곡하기 시작했다. 이환과 탐춘은 그녀
의 그녀의 사랑스럽던 평소의 모습을 떠올리니, 오늘의 처지가 더
욱 가엾게 느껴져서 가슴이 찢어지듯 구슬프게 통곡하였다. 그러
나 소상관이 신혼부부의 신방과는 멀리 떨어져 있었으므로 그곳에
서는 아무 소리도 들리지 않았다.

그녀들이 한참을 이렇게 통곡하고 나자 어딘가 멀리서 음악소리가
들여왔다. 모두들 귀를 기울여 들어 보았으나 이번에는 아무 소리
도 들리지 않았다. 탐춘과 이환이 밖으로 나가 다시 귀를 기울여
보았으나 대나무 끝이 바람에 흔들리고 달그림자가 담장에 어른거
릴 뿐, 주위는 처량하고 쓸쓸하기만 하였지 아무런 기척도 없었다.
이윽고 임지효댁을 불러다 대옥의 시신을 안치해 놓고 사람들에게
고인의 시신을 지키게 한 다음, 이튿날 날이 밝자 희봉에게 애옥
의 죽음을 알렸다. …… 〈하략(下略)〉

(조설근·고악, 2009, 최용철·고민희 역, ≪홍루몽 5≫ 98회 중에서)

5) 보옥의 출가

인생무상을 느낀 보옥은 과거장
에서 그대로 사라진다. 뒤에 보옥
은 아버지 가정과 비릉(毘陵)의 나
루터에서 만나지만, 그는 절만 하
고 승려와 도사 사이에 끼여 눈길
속으로 사라져 버린다.

눈발에 날리는 가운데 어렴풋하게 웬 젊은이 하나가 뱃머리에서 자기에게 엎드려 절하는 것이 눈에 들어왔다. 그 젊은이는 머리를 삭발하고, 신도 신지 않은 채, 몸에는 털로 짠 새빨간 소매 없는 외투를 걸치고 있었다. 가정은 그가 누구인지 알 수가 없었으므로 급히 배 위로 올라가서 누구냐고 붙잡고 물어보려고 하였다. 이때 그 젊은이는 이미 네 번째 절을 끝내고 일어서서 합장을 하며 머리를 숙이고 있던 참이었다. 가정도 답례로 읍을 하고 나서 머리를 들어 그 젊은이를 바라보니, 그는 다름 아닌 바로 보옥이었다. 가정은 소스라치게 놀라면서 다급하게 물었다.

"아니, 이게 누구냐? 보옥이가 아니냐?"

그러나 그 젊은이는 아무 대답도 하지 않은 채, 기쁜 듯 하기도 하고 슬픈 듯 하기도 한 표정을 지었다. 가정이 다시 물었다.

"네가 만일 보옥이라면 왜 이런 행색으로 여기까지 왔느냐?"

보옥이 그 말에 미처 대답도 하기 전에 뱃머리에 웬 중과 도사 두 사람이 나타나더니 양쪽에서 보옥의 팔을 끼며 말하는 것이었다.

"속세의 인연이 이로써 모두 끝났으니 어서 돌아가도록 하자"

그러면서 그들 세 사람은 표연히 뭍으로 오르는 것이었다.

가정은 땅이 미끄러운 줄도 모르고 정신없이 그들을 뒤쫓았다. 세 사람의 모습이 줄곧 눈앞에 보이기는 하였지만, 제아무리 기를 써도 그들을 따라 잡을 수가 없었다. 다만 그들 가운데 누가 부르는지는 모르겠으나 이런 노랫소리가 들려올 뿐이었다.

내가 있는 곳은 청경봉이요
내가 노니는 곳은, 태초의 드높은 하늘
누가 있어 나와 함께 노닐 것이며,
난 누구를 따를 것인가
한없이 넓고 아득하게 먼,
저 대황산으로 돌아가자꾸나.

가정은 그 노랫소리를 들으면서 계속 뒤쫓았다. 그러나 자그마한 언덕을 돌자 그들의 모습은 별안간 보이질 않았다. 숨을 헐떡이며 그들의 뒤를 쫓던 가정은 그만 놀라서 어리둥절해졌다. 뒤를 돌아 다보니 하인 녀석도 자기를 따라 뒤쫓아 오고 있었다.
…… 〈하략(下略)〉

(조설근·고악, 2009, 최용철·고민희 역, ≪홍루몽 6≫ 120회 중에서)

9. 관련 주요 고사성어

1) 탈혼선녀(奪魂仙女) : 홍루몽에서 등장한 말로서 혼을 나갈 정도로 아름다운 여성 또는 남성을 가리킴.

2) 호사다마(好事多魔) : 좋은 일에는 방해가 많이 따른다거나 좋은 일이 실현되기 위해서는 많은 풍파를 겪어야 한다는 의미로, 이 말이 사용된 예로는 중국 청(淸)나라 때 조설근(曹雪芹)이 지은 ≪홍루몽(紅樓夢)≫에 "그런 홍진 세상에 즐거운 일들이 있지만 영원히 의지할 수는 없는 일이다. 하물며 또 '미중부족 호사다마(美中不足 好事多魔: 옥에도 티가 있고, 좋은 일에는 탈도 많다)'라는 여덟 글자는 긴밀하게 서로 연결되어 있어서 순식간에 또 즐거움이 다하고 슬픈 일이 생기며, 사람은 물정에 따라 바뀌지 않는 법이다"라는 구절이 있다.

10. 판본

≪홍루몽≫은 1700년대 중엽부터 출현하였는데, 처음에 ≪석두기≫라는 제목의 80회본으로 알려져 있다. 이후 정위원(程偉元)과 고악(高顎)이 원래 작품의 끝부분 40회를 발견하였고, 이를 편집해 붙임으로

써 120회본으로 완성해서 출판했다고 한다. 1791년경 정위원에 의해 간행되었기 때문에 '정갑본(程甲本)'이라 부르기도 한다. 이 '정갑본'을 개정한 것이 1792년에 간행하였다는 '정을본(程乙本)'이다.

'정을본'이 초간(初刊)된 이래, 100종 이상의 간본(刊本)과 30종 이상의 속작이 나왔다. 또, 작가와 모델에 관한 평론도 속출하여 '홍학'이라는 말까지 생겼다. 후스(胡適)·유평백(兪平伯) 등은 조설근의 자전적 소설이라는 결론을 내렸다.

≪홍루몽≫은 가(賈), 사(史), 왕(王), 설(薛) 등 네 가문을 배경으로 일어나는 이야기로 등장인물만 500명이 넘는다.

홍루몽에 대한 후스(胡適)의 고증(考證)

신문화운동 이전에는 소설을 경시하는 풍조로 인하여 ≪홍루몽≫을 학술적으로 제대로 연구하는 학자가 거의 없었다. 신문화운동 이후, 소설에 대한 관심이 고조되면서 ≪홍루몽≫에 대한 연구가 본격적으로 시작된다. 그 시작은 1921년 후스(1891~1962)가 ≪홍루몽고증≫을 발표하고 과학적인 홍학 연구를 제창하면서 비롯되었다고 할 수 있다. 후스는 ≪홍루몽≫ 고증을 통하여 아래 같은 사실을 고증해 낸다.

홍루몽의 저자는 조설근이다. 조설근은 청초 한족(漢族)의 투항자로 구성된 한군(漢軍) 팔기군(八旗軍)의 정백기(正白旗) '포의(包衣, 만주어로 노예라는 뜻)'인 조인(曹寅)의 손자이며, 조부(曹頫)의 아들이다. 부유한 집안에서 태어나 호화로운 생활을 하였으며 문학과 미술 방면에 뛰어나 시작(作詩)에 능통하였고, 일반 팔기 명사와 자주 교류하였으나 말년엔 생활이 곤궁해져 뜻을 이루지 못하고 방황하였다. 또, 조부 조인은 강희 51년에 사망했고, 조설근은 대략 이 시기 전후에 태어났다. 조가(曹家)가 전성기 때, 당시 강희제(康熙帝)가 다섯 차례 남방을 순시했을 때 네 차례 황제의 어가가 조가(曹家)에 머물렀다. 그러나 옹정(擁正) 5년(1727), 조설근의 아버지는 정쟁(政爭)에 연루되어 파직되고 가산을 모두 몰수당한다. 홍루몽은 조설근이 집안이 몰락한 후 곤궁한 삶을 영위하던 도중에 집필한 것이다. 창작 연대는 대략 건륭 30년 전후로, 완성하지 못하고 조설근은 사망했다. 홍루몽은 '사실을 은밀하게 쓴'(眞事隱) 자서전이다. 보옥(寶玉)은 바로 조설근 자신이다.

제3부

현대문학:
소설 산문 희곡

1. 중국현대문학의 시작

중국의 현대 시기가 언제부터 시작하는지에 대해서 많은 논쟁이 있다. 정치사적인 관점에서 보면 중국 현대의 시작을 봉건왕조인 청이 무너지고 공화제를 추진하면서 새로운 국가체제를 만들고자 한 신해혁명이 발생하였던 1911년으로 보는 경향이 있다. 문학사적인 관점에서 중국현대문학은 1907년을 첫 출발로 보는 경향이 있다.

중국현대문학은 청일전쟁에 패배한 중국이 자신이 신봉하여 왔던 전통 자체에 대해 심각한 회의에 빠졌고 이에 따라 지식인들 사이에 새롭게 전개되었던 '시의 혁명'이나 '소설 혁명', '신문체 운동' 등으로 이어지면서 새로운 문학의 시작을 알렸다.

태평천국은 발생 당시 민족의식 고취와 토지개혁 그리고 남녀평등과 유교윤리 배척 등의 급진적인 강령들을 주장했다. 태평천국 운동은 문학에 있어서 전통적인 고문의 문언문(文言文) 권위를 인정하지 않고, 일반 대중들이 쉽게 알 수 있고 사용할 수 있는 언어와 문체의 필요성을 강조하였다. 세상의 중심이라고 여겼던 청나라가 청일전쟁에 패배함으로써, 중국의 전통을 상징하는 것으로 생각해 온

량치차오

고전시가를 중심으로 한 전통문학에 대해 지식인들은 깊은 회의에 빠지게 되었다.

이러한 시대 상황 속에서 문학에 대한 근본적 변화와 변혁의 주장들이 본격적으로 쏟아져 나오기 시작하였다. 량치차오(梁啓超)는 '시의 혁명'을 주장하였는데, 이는 중국 전통문학의 핵심이었던 고전시에 대한 질적 변화를 주장한 운동의 일환이었다. 그리고 황쭌셴(黃遵憲)이 "내 손은 내 입이 말하는 대로 쓴다."라고 주장하면서 이전까지 금기시 되었던 일상의 속어나 신조어를 자유롭게 사용하고 그 시의 내용과 사상은 서양으로부터 들어온 신사상과 내용을 담고자 하였다.

이러한 변화는 상당히 파격적이었으나, 실질적으로 전통적인 고전시의 체계는 그대로 유지하면서 부분적으로만 조금의 변화만 시도하였을 뿐이다. 이에 중국 고전시가는 문학의 점진적 변화와 발전을 통해 현대적 형태로 넘어오지 못하고, 1910년 후반 신문학의 등장과 함께 문학의 뒷전으로 밀려나게 되었다.

량치차오의 '소설 혁명'은 대중적인 인기를 누리고 있던 소설을 사회 개혁운동과 연관시켜 중국 소설의 정치적·사회적 기능을 강화하고자 하였다. 이러한 움직임으로 인해 사회비판적인 견책소설들이 상당히 많이 쏟아져 나오게 되었다.

20세기 진입 이후 중국 사회의 변혁은 크게 서구의 영향을 받게 되었다. 서구문학이 대량으로 유입되고 중국의 전통문학에 대한 다양한 비판이 전개되었다. 이러한 분위기는 지식인들로 하여금 문학을 통한 계몽활동과 정치참여 활동의 전개 등을 통해 중국을 변혁시키고자 하는 열망이 전개되었고, 본격적으로 현대문학의 길로 들어서기 시작하였다.

2. 중국 신문화 운동과 문혁혁명

1907년 이후 10년간, 중국 사회에 들어온 새로운 서양의 교육제도는 그 기능을 매우 구체적으로 발휘하기 시작하였다. 그 영향의 결과로 근대 서양지식을 습득한 지식인이 대거 대두되기 시작하였다. 이들은 유럽과 미국, 그리고 가까운 일본에 유학을 가거나 아니면 중국내에서 근대 교육을 접하면서, 사회에 소외되거나 생활이 불안정한 일반 대중들을 지도할 수 있게 되었다.

당시 중국의 내부에서는 이들 지식인들에 의해 '신문화 운동'이 전개되어 대중의 정치적, 사회적 각성을 일으키는 운동이 진행되었다. 신문화 운동은 신해혁명과 청 붕괴 이후에 다시 생성된 봉건 군벌에 의해 정치, 경제, 사회적 측면에 아무런 변화나 개혁이 일어나지 않자, 청조 이후의 변화에 기대를 걸었다가 실망감과 좌절감에 빠졌던 지식인들에 의하여 일어난 운동이었다.

구체적으로 이 운동은 중국의 구문학에 반대하고 신문학을, 구도덕에 반대하여 신도덕을 제창하였는데, 실제로 대중에게까지는 크게 확산되지는 않았다. 그러나 지식인들의 입장에서 보면 오랫동안 유지되어 왔던 전통적 유교 세계관에 대한 철저한 반성과 파괴를 가져온 실질적인 운동이었다.

신문화운동을 이끈 지식인들은 본질적으로 문학에 종사하는 사람

들이 대부분이었다. 이에 신문학운동에 참가한 자들은 바로 신문화
의 선도자이며 창도자들이다. 신문화 운동은 지식인층의 지도를 받
은 문학혁명이 그렇게 중대한 역할을 하고, 실제적으로 이 운동의
상징이 될 수밖에 없었던 이유를 설명해 준다.

신해 혁명 이후 중국내에서 문학에 대한 반성이 일어났으며 이에
대해 문학혁명의 운동이 일어났다. 문학혁명을 주도한 사람들은 문
학이 적극적인 사회적 역할을 하는 것에는 반대하지 않았다. 그들의
주장은 문학이 뒤떨어진 봉건사상을 비판하고 사회변혁을 추동하는
것으로써 사회에서 진보적 역할을 해야 한다고 보았다. 그리고 이를
위해서는 문학의 자율, 국가로부터 문학의 독립이 필요했던 것이다.

미국에서 유학한 후스(胡適)는 문학에 높은 사상과 진지한 감정을 채
우기 위해서는 자기 자신의 발상을 표현할 수 있는 상용어 사용이 필요
하다고 주장하였다. 이는 유럽사회가 근대의 이행기에서 라틴어를 버리
고 자국어를 사용하면서 국민문학이 형성되었음을 착안한 것이었다.

이렇게 일상어 사용을 말하는 백화문(白話文) 사용의 주장은 단지
상용어를 사용한다는 의미에만 국한되는 것이 아니다. 이는 문체의

개혁의 개혁으로 이어지는 문제로서 문체
를 지원하는 정신구조 자체의 변혁이 필연
적인 과제로 대두되는 것이 당연하기 때문
이다.

일본에 유학한 바 있는 천두슈(陳獨秀)는
후스가 제창하는 것을 적극적으로 지지하
였다. 그리고 이를 중국의 정신혁명과 연
결시켜 더욱 강력하게 주장하였다. 그는
"지금 정치를 혁신하려고 한다면 정치를

천두슈의 ≪신청년≫시절

운용하는 정신계에 도사리고 있는 문학을 혁신할 수밖에 없다"라면서 문학을 혁신시키지 않고는 정치를 바꿀 수 없다고 보았다. 천두슈는 문학의 변혁이 정치의 혁신에 매우 중요한 역할을 할 것으로 보고 있었던 것이다.

이렇게 일반 대중들에게 전혀 도움이 되지 않는 전통적 봉건지배계층의 문학으로 대표되는 구문학에 반대하는 운동에 베이징대학생들이 열성적으로 지지를 하게 되었다. 당시 베이징대학은 신문화운동의 집결지였다.

신문화운동이 추진해온 것은 봉건윤리인 유교를 극복하는 것이었기도 하다. 루쉰의 ≪광인일기(狂人日記)≫에도 나와 있듯, 유교 윤리는 사람들로 하여금 서로가 피해자인 동시에 가해자인 관계를 만들어 놓았다.

따라서 이러한 전통적인 중국의 봉건예교 제도와 관습에 이르는 모든 분야에 공격을 통한 파괴의 진행이 필요한 일이었다. 그리하여 수천 년 묵은 유교 전통에 대한 비판과 공격은 정체되고 질식된 대중의식의 해방을 유도했다. 이것은 5·4운동을 가능하게 한 내적 역량이라 할 수 있다.

3. 5·4운동

세계 1차 대전 이후 승전국들이 모여 질서를 재건하는 모임이 1919년 4월 파리에서 파리강화회의가 열렸다. 승전국들은 패전국들에게 전후 보상으로 얼마만큼을 얻어 낼 것인가에 총력을 기울였다. 여기에 승전국 자격으로 참여한 중국도 포함되어 있었다. 이 회의에서 중국은 열강들의 중국 내 특권을 회수하고 일본의 21개조 요구를 취소할 것을 요구하였다.

그러나 문제는 중국이 이들과 맞서 싸워 이겨낼 국력을 실재적으로 갖추고 있지 못하다는데 있었다. 왜냐하면 중국은 당시에 국가 재정을 거의 외채에 의존해야 했기에 결국 승전국임에도 중국은 패전국으로 간주되었다. 이러한 중국의 무기력한 모습은 산둥성의 권익을 일본에 양도하도록 결정되었고, 중국이 요구한 모든 사항은 무시되었다.

당시 중국 사회는 사회적으로 모순이 너무 심하여 내부적으로 곪아 터질 지경이었다. 국내외적으로 중국이 직면한 것은 매우 심각하였다. 세계 1차 대전 이후 제국주의 침략의 확대와 군벌의 잔혹한 통치로 국내외 사회 모순은 한층 심화되었다. 그러나 다른 한편으로는 중국 내에서는 새로운 사회의 출현을 위한 내적 여건이 형성되고 있었다.

세계 대전 발발로 중국내 민족 자본은 노동계급의 성장을 불러왔다. 새롭게 전개된 신문화운동은 중국의 전통 봉건사상에 대한 저항의식을 형성하고 있었다. 게다가 러시아에서 10월 혁명이 일어나 중국 지식인들에게 새로운 변화의 길이 있음을 일깨워 주었다. 이렇게 중국 사회는 내외적으로 새로운 개혁이 일어나기를 기다리고 있었고, 이 변화에 대한 준비가 지속적으로 형성되어 가고 있었다.

이런 상황에서 중국 정부의 굴욕적인 외교적 모습은 일반 대중들이 그냥 넘어갈 수가 없었다. 그리하여 1919년 5월 4일 베이징에서 학생들의 항의가 일어났다. 학생들은 수업을 거부하고 공개적인 전보문, 집회와 시위로 그리고 일본에 대한 항의로 일본상품 불매 방법으로 정부에 대한 항의를 전개하였다. 이러한 항의는 베이징에서 주변 도시로 파급되었으며, 이와 더불어 지식인들은 중국 정부의 굴욕적인 저자세를 비판하며 서명을 거절할 것을 강력하게 요구하였다.

베이징을 중심으로 한 중국 정부의 굴욕외교에 대한 운동은 상하이를 중심으로 더욱 크게 확산되었다. 6월 3일부터 상하이에서는 파업과 수업거부 형태로 더욱 크게 발전하게 되었다. 베이징에서의 운동이 지식인들을 중심으로 이뤄진 것이라면, 상하이에서의 운동은

5·4운동의 톈안먼 모습

노동자 계급을 비롯한 쁘띠 부르주아 계급까지 포함하는 것이었다.

그야말로 전국적 범위의 혁명운동으로 발전 하게 된 것이다. 결국 일반 대중의 항의 앞에 중국 정부는 어쩔 수 없이 서명을 거절할 수밖에 없었다.

이러한 5·4운동의 결과는 중국 사회에 커다란 변화를 가져다주었다. 이전까지 독자적으로 정치적 요구를 제시하지 못했던 노동자 계급이 정치적 무대로 등장하고, 공산주의 사상을 지닌 지식인의 활동이 자연스럽게 외부적으로 이루어지게 된 것이다. 이 당시 중국은 청 왕조의 붕괴로 제국주의 쟁탈의 중심지로 전락된 상태였다.

그동안 완고하게 저항도 했지만 승리할 수는 없었다. 이런 가운데 러시아의 10월 혁명인 볼셰비키 혁명 소식은 중국 사회에 마르크스를 광범위하게 전파시킬 수 있는 좋은 기회를 가지게 되었던 것이다.

중국 역사상 진시황이 중국을 최초로 통일하고 제국을 건설하여 통일제국 지배체제를 확립하였다. 한 대에 와서는 유교를 국교로 정하고 정치 안정을 유지하는 지배사상으로 삼았다. 이후 역대 왕조의 교체를 거치는 동안 황제의 지배와 유교의 사상적 위치의 변함에는 크게 없었다.

더욱이 청 말의 개혁론자들은 중국의 이러한 오래된 전통과 틀을 유지하면서 그들이 원하는 개혁을 전개하고자 하였다. 그러나 이러한 개혁운동은 내부적인 철저한 반성과 근본적인 변화를 추구하지 않았기에 그 결과는 생성되지 않았다. 지식인과 민중들은 크게 좌절을 겪었으며, 중화민국 수립에 소망을 둔 혁명이 실패하자 중국 건설을 향한 신문화운동이 다시 일어나게 되었다.

　신문화운동의 전개과정에서 일어난 5·4운동은 청 말의 개혁운동과 민족혁명이 좌절을 겪고 난 후 일어났다. 이는 구문화에 대한 혁명, 학생과 상인 노동자 파업, 일본 상품배척 및 지식층의 기타 사회 정치활동을 포함하는 복합적 변혁이 요구되는 총체적인 개혁운동이라 정의할 수 있다. 그리고 5·4운동은 새로운 정치 운동으로의 변화를 의미한다.

　즉, 중국의 새로운 청년과 지식인들이 문화혁명에서 정치비판으로 전환하고 혁신에의 요구를 진전시키는 직접적인 정치의 운동으로 이행한 것을 의미한다. 5·4 운동 후 신문화 운동은 혁명운동으로 보다 활발해져서 사회주의 사조가 더욱 고양되어 프롤레타리아 계급이 주도하는 운동으로 발전하게 되었다.

중국 현대 소설

중국의 현대문학은 1894년을 계기로 근대문학이 형성되었다. 근대 이전의 문학은 사대부들이 문언문을 근간으로 고전경전과 고문체를 사용하여 일반 민중들은 소외되었다. 그러다 중국 현대문학은 근대문물의 수용과 더불어 문언문을 타파하고 구어로서 창작하고 일반 민중들이 쉽게 읽을 수 있는 구어체 문장을 주장하면서 발전하였다. 이는 백화문 운동으로 고전과 현대의 문학은 사상과 내용과 체제면에서 현격한 차이를 드러내었다. 중국에서 일반적으로 근대이후의 문학을 현대문학으로 칭한다. 중국의 5·4신문화 운동을 전후하여 이전을 고전, 이후를 현대문학으로 칭하고 1945년 이후부터를 당대문학으로 부르고 있다. 중국의 현대문학은 격렬한 문학혁명 이론의 틀을 지향하면서 진행된 개화 계몽운동의 결과이다. 이들은 중국의 봉건적 가치를 타파하고 새로운 지식을 수용함으로써 문학의 변화를 이끌어 내어야 한다고 주장하였다. 그 중에서도 중국의 봉건사상을 타파하고 과학과 민주의 사상을 전파하고 새로운 중국을 건설하기에는 백화문을 통한 중국인의 의식개조였다. 중국인들의 낡은 사고를 개혁하기위해서는 소설이 큰 역할을 담당하였다. 소설의 특징은 쉽게 읽을 수 있고 쉽게 사상을 전달할 수 있는 기능이 있기 때문에 초기의 현대문학 작가들은 소설로서 중국을 계몽하고자 하였다.

중국 신문학의 초기 문학은 소설 창작이 주를 이루며 문학운동을 이끌어 갔다. 특히 '문학연구회'와 '창조사'와 같은 문학 단체가 결성되어 서구 근대문물을 중국에 전달하고자 하였다. 이들은 현실을 타파하고자 하였으며 낭만적 내용을 통하여 대중의 의식을 개혁하고자 하였다. 신문과 잡지의 발달로 인하여 그리고 백화문의 보급을 통하여 대중에게 창작활동으로 생계유지가 가능한 것도 하나의 소설의 활성화 된 계기가 되었다. 그리하여 문언문으로 자신의 여가활동으로만 치부되었던 문학창작이 창작 활동으로 직업이 가능함을 인식하고 전문적으로 작품 활동하는 작가들이 많이 등장하게 되었다.

신문학 초기의 소설 창작은 서양 소설을 모방하는 단계로 작품의 질은 어느 정도 떨어지는 단계였다. 작가들은 자신의 경험이나 느낌을 통하지 않고 작품 속에서 직접 사회문제를 토론 하거나 이상적 사회를 묘사하는 경향이 짙었다. 루쉰, 위다푸(郁達夫) 등 일부 작가들만이 개인의 독특한 풍격을 보여 줄 수 있었다.

중국의 현대소설의 창작에서는 루쉰을 대표한다. 그리고 창조사의 위다푸가 주목을 받았으며, 이어 창조사의 다른 성원들이 예술을 위한 문학을 강조하면서 낭만적 서정 소설을 창작하기 시작하였다. 그리고 문학연구회의 성원들이 인생을 위한 창작 활동을 하면서 사실적인 소설 창작을 시작하였다. 그리고 루쉰의 영향을 받은 또 다른 작가들은 향토소설을 창작하면서 자신들의 고향 향촌과 그곳의 풍속을 묘사하면서 새로운 장르를 개척하였다. 초기의 향토소설 역시 감성적인 분위기가 충분하였다.

1920년대 작가들은 정도의 차이는 있으나 대체로 감성적인 분위기를 많이 썼다. 창조사 작가들 뿐 만 아니라 미국에서 유학한 여성작가인 빙신 역시 문제소설을 창작하면서 두각을 나타내었다. 여성작가들은 소설 속에 여성만이 가지고 있는 감성적인 분위기를 작품 속에 잘 드러내었다.

1928년부터 중일전쟁이 발발한 1937년까지 약 10년 동안은 문학혁명에서 혁명문학으로의 논쟁이 있었던 시기이다. 중국이 혼란한 시기를 맞으면서 사상적으로 계급문학이 대두되었다. 이 혼란한 시기는 중국 현대문학사에서 우수한 작품들이 가장 많이 나온 시기로 평가 받는다. 문학 창작 중에서 무엇보다 소설 창작이 두드러졌으며 많은 소설가들이 등장하였다.

1930년대에는 마오둔(茅盾), 라오서(老舍), 빠진(巴金), 톈한(田漢) 등 많은 작가들이 등장해 이전 까지 보였던 모방의 단계를 벗어나 자신의 경험과 느낌에 의지하여 작품을 창작하고 문학적 진실성을 획득하였으며 자신들의 개성을 유감없이 발휘하였다. 특히 이 시기에 중국 현대소설에 있어서 단편소설에 중장편 소설로 발전하는 단계였다. 마오둔, 라오서 등의 작가들이 장편소설 창작에서 집중하면서 이 부분에서 큰 성과를 이루어 내었다.

제11장 소설 : 루쉰(魯迅)과 라오서(老舍)의 작품

1. 루쉰(魯迅)

1) 작가 소개

루쉰(1881-1936)은 저장성 사오싱(紹興) 사람으로, 본명은 저우수런(周樹人)이다. 그리고 자신이 맏이며 밑으로 저우쭤런, 저우젠런 3형제이다.

루쉰은 1902년 일본으로 유학을 가서 의학을 공부하였다. 그런데 센다이(仙臺) 의학전문학에서 수업시간에 본 영상에서 중국과 중국인의 비참하고 무능력한 현실을 목도하고는, 2년 뒤 의학을 포기하고 문학의 길로 들어서기로 결심하였다.

루쉰

1918년 5월, '루쉰'이란 필명으로 중국 현대문학사 최초의 백화문 소설인 《광인일기》를 발표하여 신문화 운동에 중요한 역할을 하였으며 중국 문학을 현대로 들어서게 했다. 1923년에는 첫 소설집 《외침(吶喊)》을 출판했다.

1927년 여성 사회운동가 쉬광핑(許廣平)과 상하이에서 결혼식을 올렸다. 1930년 '중국 좌익작가 연맹(좌련)'이 성립되었고 그는 주요 발기인의 한 사람으로 동참했다. 좌련의 성립대회에서 루쉰은 <좌익작가연맹에 대한 의견>이란 유명한 연설을 하였다.

루쉰은 상하이에서 1936년 10월 19일 56세 때 병으로 세상을 떠났는데,

약 1만 명 이상의 군중들이 장엄하면서도 정중하게 그의 장례를 치렀다.

2) 루쉰의 작품세계

루쉰은 1904년 홍문학원을 졸업하고 얼마 안 되어 일본 도쿄로 유학을 떠났다. 그리고 얼마 후 다시 멀리 도쿄에서 떨어진 센다이로 가 센다이 의학전문학교에 입학하여 의학을 전공하였다. 루쉰이 의학을 공부하고 있을 때는 러시아와 일본이 전쟁을 치르고 있을 때였다. 생물학 시간에 선생님이 러일전쟁에 대한 슬라이드를 상영하여 당시 전시상태를 보여주었다.

이 때 한 중국인이 러시아군의 스파이 노릇을 했다는 죄목으로 일본군에 체포되어 중국인들이 둘러보는 앞에서 처형되는 장면을 보게 되었다. 루쉰은 이 장면이 너무나 큰 충격을 받았다고 하였는데, 이것이 그 유명한 '환등기 사건'이다. 이때 루쉰은 '어리석은 국민은 체격이 아무리 건장하고 튼튼하다 하더라도 전혀 의미 없는 본보기의 재료나 구경꾼밖에는 될 수 없다'는 자각에 이르렀다.

루쉰은 의학을 포기하고 문학을 통하여 우매한 중국인의 정신을 개조할 것을 결심하였다. 루쉰은 자신이 마땅히 해야 할 일이 조국에 있는 자신의 백성들의 봉건적 노예 정신을 개조해야만 중국이 바로 설 수 있으며 이러한 전통적 봉건 정신을 개조하는데 가장 좋은 방법이 바로 문학을 통하여야만 가능하다고 자각하였다.

환등기 사건을 계기로 루쉰은 센다이 의전을 중퇴하고 도쿄로 돌아와 문예잡지 ≪신생(新生)≫을 발간하였다. 그리고 동유럽의 단편소설들을 번역하고 출판하는 등 문예활동에 집중하였다. 일본 유학 시절에 루쉰은 ≪인간의 역사(人之歷史)≫, ≪과학사교편(科學史教扁)≫ 등을 썼다.

일본에서 중국으로 귀국한 루쉰은 베이징에 머물었다. 이때 첸쉬 안퉁(錢玄同)이 루쉰에게 소설을 쓸 것을 권유하였고, 이에 루쉰은 소설을 쓰기로 결심하였다. 루쉰은 중국 최초의 백화소설인 ≪광인 일기≫를 발표하고, 연이어 ≪공을기(孔乙己)≫, ≪고향(故鄕)≫, ≪아 큐정전(阿Q正傳)≫ 등의 소설을 발표하였다.

이들 소설들의 공통 주제는 봉건사상을 타파하고 백성들을 계몽 하여 중국을 변화시키자는 것이다. 그리고 형식에서 내용에 이르기 까지 중국 현대소설의 새로운 출발점을 만들었다. 루쉰은 철저한 비 판이 담긴 수많은 잡문을 써서 부패하고 암울한 중국 현실과 첨예하 게 대결했다.

루쉰은 베이징에 거주하면서 반봉건 사상과 계몽운동에 전념하여 중국 백성들의 국민성 개조에 매진했고 정치적으로는 군벌정부에 저 항하였다. 또한 루쉰은 1924년 '어사사(語絲社)'를 조직하고, 1925년 '미명사(未名社)'를 조직하여 문학활동에 집중하였다. 그러나 북양군 벌의 지속적인 문화 탄압과 이에 격돌한 학생운동인 3ㆍ18 사건으로 베이징을 탈출하고, 샤먼대학ㆍ광둥 중산대학에서 교편을 잡았다.

1927년 말부터 시작된 혁명문학 논쟁을 거치면서 무산계급 문학 이론에 공감을 표시하고 중국 좌익작가연맹에 가입하여 활동하였다. 1927년 가을 상하이의 조계지에 숨어 쉬광핑과 동거하며 문필생활 에 몰두하는 한편, 창조사와 태양사 등 혁명문학을 주창하는 급진적 그룹 및 신월사 등 우익적 그룹에 대한 논전을 통하여 상당히 전투 적인 사회 비평의 문체를 확립하였다.

루쉰은 옛이야기를 새로 엮은 창작 소설집 ≪고사신편(故事新編)≫ 을 출판하기도 했다. 1931년 만주사변 뒤에 대두된 민족주의 문학, 예술지상주의 및 소품문파에 대하여 날카로운 비판을 하였다. 이 해부터 루쉰은 판화 운동에 관심을 두고 작품 활동을 하였고, 판화를 지도하여 중국 신판화의 기틀을 마련하였다. 루쉰의 문학과 사상은 모든 허위를 거부하는 정신과 날카롭고 신랄한 언어, 어디까지나 현실에 인식한 강인한 정신 분명하게 부각되어 있다.

3) 작품 ≪아Q정전≫ 감상

≪아Q정전≫의 표지

≪아Q정전≫의 스토리는 다음과 같다. 소설 속의 아큐는 나이가 서른이 넘었지만 집 한 채 없고 직업도 없이 마을 밖 외진 곳에서 거처를 삼고 지내는 인물이다. 그의 성격은 모자란 듯하면서 바보스럽기도 하다. 그러나 자존심만은 강한 성격의 소유자이다.

소문에는 아큐가 서양식 학교와 일본 유학을 다녀왔을 정도로 어느 정도 지식인으로 알려져 있다. 그리고 그의 성이 조씨라 하며 마을의 세력가이며 같은 성을 지닌 조영감의 아들을 '가짜 양놈'이라고 욕하고 돌아 다녔다.

이 소리가 조영감 아들 귀에 들어가게 되었고 아큐를 자신의 집으로 불러 들여 아큐는 두들겨 패버린다. 이 일로 아큐는 더욱 마을에서 유명해진다. 또한 평소 매우 싫어하던 깡패같은 '왕털보'에게 겁도 없이 시비를 걸다가 얻어터지고 아큐는 마을 사람들의 놀림감이 된다.

아큐는 우연히 정수암의 비구니를 보게 되는데 젊은 비구니의 머리를 만지며 볼을 꼬집으며 놀린다. 그런데 이때 비구니의 살결을 만져본 아큐는 문득 이상한 생각이 머리에 드는 것이다. 그 동안 잊고 지냈던 여자의 부드러운 피부와 접촉하면서 여자의 육체에 대해서 다시 욕정이 되살아나는 것이다.

이후 아큐는 조영감의 집에 쌀을 가지러 가게 되는 데 이때 여자 하인 우마를 보고 음욕을 품는다. 그리고 우마에게 자기랑 같이 잠을 자자고 요구를 한다. 마침 여자 하인인 우마는 아큐의 요구에 너무 놀라 울음을 터뜨리고 만다. 우마의 울음소리를 듣고 달려온 조영감은 아큐를 두들겨 패고 집에서 쫓아 버린다. 아큐는 조씨 영감인 양반댁을 업신여긴 죄로 마지막 남은 솜이불까지 저당 잡혀 가며 막대한 대가를 지불한다.

이 일이 있은 후부터 여자들은 아큐를 보기만 해도 도망갔고 마을 사람들은 이상한 눈으로 쳐다보며 어느 누구도 그에게 일거리를 주려하지 않았다. 아큐는 배가 고파 더 이상 참을 수 없어 정수암의 무밭에서 무를 훔치다 비구니에게 들켜 달아난다.

아큐는 마을에서 더 이상 살 수 없게 되자 성내로 가서는 어떤 일을 하고 약간의 재물과 물건들을 모아 중추절 직후 다시 마을로 돌아온다. 아큐가 가지고 온 신기한 물건에 마을 여자들은 관심과 흥미를 가졌으나 그가 도둑의 앞잡이였다는 소문으로 인해 다시 사람들의 관심 밖으로 밀려난다.

이때 혁명의 소식이 전해지고 마을 사람들이 혁명당을 두려워하는 것을 알고 아큐는 혁명당 행세를 하기 시작한다. 아큐는 혁명당에 가입하려고 조영감 아들을 찾아가는데 마침 그 날 밤 조영감 집이 습격을 당한다. 아큐는 조영감집을 약탈한 범인으로 지목되어 결국 영문도 모른 채 병사들에 의해 잡혀가고 이런 저런 심문을 당한다. 그리고 자신이 도둑질 하지 않았다고 주장하지만 받아들여지지 않는다.

결국 아큐는 생전 처음으로 들어보는 붓으로 자신의 죄를 인증하는 동그라미 서명을 대신하고는 모든 사람들이 보는 앞에서 잡혀간다. 형장으로 끌려가면서 아큐는 눈을 번득이고 서있는 군중들 속에서 우마를 발견한다. 그러나 우마는 아큐를 보지 못한 듯 오직 정신 없이 병사들의 등에 메고 있는 총만 바라 볼 뿐이다.

4) ≪아Q정전≫의 의미

주인공인 아큐는 중국 남부의 어느 시골인 '웨이장'이라는 가상의 농촌에 사는 어리석으면서도 자신의 고집을 부리는 미완의 지식인의 모습이다. '아큐, 아Q'의 이름에 대한 몇 가지 이야기들이 있다. 일반적으로 보면 중국어에서 사람의 성이나 이름 앞에 붙이는 '아'는 친근감을 주기 위한 것으로 본다. 그리고 '큐(Q)'는 청나라 시기 중국인들이 변발을 많이 하였는데 그 머리 모습을 상징적으로 표현한 것으로 보기도 한다.

이 소설은 본래의 이름과 출신 그리고 이전의 행적마저도 분명치 않은 아큐의 20대 후반부터 도적 누명을 쓰고 처형되는 30대 초반까지의 삶과 죽음을 풍자적으로 묘사하고 있다.

이 소설을 관통하고 있는 주제는 바로 '정신 승리법'이다. 루쉰은 아큐의 무력감과 노예근성을 작품 내내 비판하고 있다. 자신이 크게 잘못하지 아니했는데도 다른 사람에게 모욕을 당해도 저항할 줄 모르는 아큐의 모습을 '정신 승리법'이라는 이름을 지어 중국인의 의식을 비판하고 있다.

남에게 얻어맞고도 자기 아들에게 맞았다고 생각하는 아큐는 서구의 중국 강탈 시기에 자존심만 내세우고 아무 저항도 하지 못하는 청나라와 이 속에 살아가는 자신의 민족인 중국의 모습이다. 여기에 아큐가 혁명에 가담하게 된 이유는 혁명당원인 아큐를 바라보는 사람들의 태도변화, 그리고 너무나 단순한 아큐의 제거 과정을 통해 그 당시 혁명의 허구성과 불철저성을 매우 강하게 비판하고 있다.

≪아Q정전≫은 중국의 노예근성을 아큐를 통해서 재미있으면서도 유머러스하게 중국사회를 비판한 중편 소설이다. 루쉰은 이 작품에서 중국의 국민성의 나쁜 점을 묘사해냈다고 해서 비애국자 대접을 받기도 했다. 그러나 아큐는 보편적인 존재로서 중국인 그 자체이기 때문에 대부분의 중국 사람들은 아큐의 모습에서 자신의 단면을 발견하게 된다.

≪아Q정전≫의 시대적 배경은 청나라 말기 신해혁명으로 구질서의 붕괴와 새로운 문화가 유입되는 와중으로 아큐라는 보잘 것 없는 인물을 주인공으로 등장시켜 중국인의 국민성을 강하게 비판하고 있다.

루쉰은 일찍이 '우리에게 가장 긴요한 것은 그들의 정신을 개조하는 일이다. 그리고 정신 개조를 가장 잘 이룩할 수 있는 길은 문예이다.'라고 말했듯이 사대사상, 노예근성에 젖어 있고 이기주의가 팽배했던 당시의 중국의 민족적 현실을 소설을 통하여 형상화하였다. 중국 근대문화의 걸작으로 꼽히는 이 작품은 문화혁명 운동에도 지대한 영향을 끼쳐 봉건적 체제의 구습을 타파하는 출발점이 되었다.

참고) 루쉰의 고향 '사오싱(紹興)'

사오싱주

사오싱은 저장성에 있는 도시로 루쉰의 고향이다. 당나라 때 월주(越州)라고 했다가 송나라 이후부터 사오싱부라고 하였다. 1950년 사오싱현에서 갈라져 하나의 시(市)가 되었다. 사오싱은 유명한 술인 '사오싱주(紹興酒)'의 산지로 유명하다. 남송의 사오싱현에서 지명이 유래되었다.

사오싱은 평야 지역으로 밀, 면화, 차의 산지로 알려져 있으며 양잠이 유명하다. 특히 평주차는 항저우의 롱징차(龙井茶)와 함께 유명한 것으로 알려져 있다.

사오싱은 물이 풍부하여 논농사가 잘 되고 생산된 쌀도 품질이 좋아 이곳에서 난 쌀로 만든 술이 사오싱주다. 그 맛과 향이 뛰어나 중국을 대표하는 술이기도 하다. 물의 고장답게 사오싱 시내에는 크고 작은 다리가 많아 '수향교도'라는 별칭이 있다.

많은 중국인들은 사오싱을 명사들의 고향으로 여기고 있다. 사오싱은 당대의 서예가 왕희지를 비롯해 루쉰, 저우언라이(周恩來)의 생가가 남아 있으며 고사성어에 자주 등장하는 '와신상담(臥薪嘗膽)'의 무대이기도 하다. 춘추시대 월왕 구천(句踐)이 심었다는 난(蘭)이 유명한 정원으로 대나무 숲으로 둘러싸인 풍광이 아름다운 곳인 '난정'이 있다. 이곳은 명필 왕희지가 《난정집서(蘭亭集序)》를 쓴 곳이기도 하다. 사오싱은 이렇게 고대로부터 명 문필가와 문학의 중심지로 유명한 곳이며 이러한 문맥이 루쉰이라는 저명한 문학가로 이어져 오고 있다.

사오싱에 있는 함형주점의 모습

　루쉰의 생가 주변에는 루쉰의 소설 주인공인 공을기가 술을 마셨
던 '함형주점(咸亨酒店)'이 보존되어 있다. 함형주점은 관광객을 대상
으로 소설의 주인공이 마신 술인 사오싱주와 회향두(茴香豆)를 팔고
있다. 많은 사람들이 이곳에 들러 소설속의 주인공이 되어 보는 시
간을 가지기도 한다.
　현재 루쉰이 태어난 루쉰의 집 옛터는 그를 기리는 박물관으로 사
용되고 있다.

2. 라오서(老舍)

1) 작가 소개

라오서

라오서(1898-1966)의 본명은 수칭춘(舒慶春)이다. 라오서는 널리 알려진 대로 그의 필명이다. 베이징의 만주 기인(旗人) 출신이다. 그가 3세 때에 아버지는 일찍 돌아가셨고 그는 가난한 환경 속에서 어렵게 성장하였다. 그의 이러한 불우한 어린 시절이 그의 많은 작품에 많이 반영되었다.

라오서는 1916년 베이징 사범학교를 졸업한 후 고등사범을 나와 중학교 교사가 되었다. 1924년 영국 런던으로 건너가 런던대학에 있는 동방학원에서에 중국어를 가르치면서 작품 활동도 하였다. 그리고 영국을 떠나 싱가포르를 거쳐 1934년 산둥대학교 교수로 근무하였다. 그가 대학에 교편을 잡으면서도 창작활동에 집중하여 많은 작품을 발표하여 문단에 이름을 날렸다.

라오서는 영국 유학시절인 1926년에 ≪노장적철학≫을 ≪소설월보≫에 발표하였다. 소설 ≪노장적철학≫은 베이징의 도시 빈민계층을 생생하게 묘사하였다. 그의 소설 특징은 당시 장편소설이 주로 애정과 혼인을 소재로 한 범위를 넘어서서 독자적인 풍격인 베이징미를 창조하였다. 라오서의 소설은 베이징 토박이의 언어와 독특한 그만의 유머를 담고 있다. 그의 이러한 창작특징은 그가 당시 영국에 있었기 때문에 중국의 문단에서 자유로워서 사상적으로나 작품 경향에서도 독자적으로 자유롭게 작품 활동을 할 수 있었기 때문이다.

1937년에 발표한 ≪낙타샹쯔(駱駝祥子)≫는 1945년 미국에서 <Rickshaw Boy>로 출판되어 베스트셀러가 되었다. 1946년 극작가 차오위(曹禺)와 함께 미국 국무성 초빙으로 강연 차 미국으로 가기도 하였다.

라오서는 1966년 세상을 떠날 때까지 창작활동을 계속 하였으며, 14편의 장편소설, 5편의 중편소설, 5집의 단편소설집을 남겼다. 소설 외에도, 시, 산문, 희곡 등 여러 장르로 많은 글을 남겼다. 라오서는 1937년 대일항전에 참가한 이후 소설보다는 희곡 등 통속문예에 더 관심을 두었다. 1949년 중공 성립이후에는 주로 극본으로 사회주의 체제와 마오쩌둥(毛澤東)의 정책을 찬양하는 글을 썼다. ≪방진주(方珍珠)≫, ≪용수구(龙须沟)≫, ≪차관(茶馆)≫ 등 희곡을 많이 썼는데 이것도 이유 중의 하나이다. 그러나 1966년 문화대혁명 때 홍위병들에게 '반동적인 학술 권위자'로 몰리다 베이징의 태평호에서 67세의 나이로 생을 마감하였는데 그의 사안은 여전히 의문으로 남고 있다. 그리고 1978년 문혁이 끝나고 4인방이 체포된 후 12년 만에 명예회복이 이루어졌다.

2) 라오서의 작품세계

라오서는 일찍이 어린 시절에 부친을 잃고 어머니와 함께 가난한 생활을 하였다. 라오서는 "가난했기 때문에 일찍이 어려움에 부딪힐 때가 많았다. 그리고 오래지 않아서 곧 나는 중년이 되고 말았다"고 술회한 적이 있다. 그가 살던 베이징의 후퉁(胡同)인 작은 골목은 대부분 베이징의 가난한 도시빈민들이 거주하는 곳이었다. 가난하고 열악한 환경은 라오서로 하여금 어두운 도시의 가난과 노동자들의 고통을 몸소 체험하게 되었다. 그리고 이후 그가 작품창작을 하는데 있어서 풍부한 내용과 기본적인 중국 백성들에 대한 지식을 담아내는데 큰 도움이 되었다.

라오서의 작품 특징 중 대표적 것은 베이징의 가난하고 불쌍한 백성들의 모습을 순수한 베이징어로 생생하게 표현하면서 마치 이야기를 들려주듯 평이하고 편안하게 글을 쓰는 것이었다. 이것은 라오서의 유년 시절의 힘든 경험이 작품에 반영된 것이라 할 수 있다. 그리고 베이징의 가난한 중국인들의 평범한 일상생활과 그들의 삶의 모습 그리고 풍습들을 자연스럽게 묘사하고 그 당시 사회 현실을 잘 반영하였다. 문학에서 베이징어로 소설을 쓴 것은 청나라 말기부터 시작된 경향인데 라오서만큼 성공적으로 작품에 활용한 작가는 거의 없다고 볼 수 있다.

라오서의 작품을 보면 먼저 등장인물이 중심에 있고 그 인물들을 둘러싸고 있는 여러 가지 사건들이 인물중심으로 발생하여 스토리가 자연스럽고 매끄럽게 전개되어가는 방식이다. 따라서 때로는 스토리가 완전히 옆길로 새는 경우도 있지만 독자들은 오히려 그런 부분에서 재미를 느끼게 된다. ≪노장적철학≫에 대해 '사상에 철학적 기초가 없다'는 비판을 받았을 때 라오서는 영국의 '디킨스에게 철학의 기초가 있었는가'라고 반문하며 이에 응수하였다.

또한 라오서는 '유머 작가'라고 불릴 만큼 유머를 중시하였다. 그의 작품 속에는 사회적으로 억압하는 자에 대한 분노와 억압받는 자에 대한 동정이 유머 속에 녹아 자연스럽게 녹아있으며, 따라서 풍자의 효과나 유머의 익살이 잘 융화 되어 작품의 깊은 뜻을 지니고 있다.

3) ≪낙타샹쯔(駱駝祥子)≫ 감상

라오서의 대표적인 작품 ≪낙타샹쯔≫(1936)는 중국현대문학에서 걸작으로 평가되며 한국뿐만 아니라 전 세계적으로 읽혀지고 있다. ≪낙타샹쯔≫는 베이징에 사는 가난한 인력거꾼 샹쯔의 인생을 통해 평범한 도시 소시민들이 삶의 어려움을 겪는 모습을 보여 주고 있다. 또한 그들의 비참한 삶과 그들을 둘러싸고 있는 혼란, 무질서 그리고 권력 등을 그려내고 있다. 이 소설은 그 당시 암울한 중국의 현실을 날카롭게 묘사하여 비판적 리얼리즘의 새로운 경지를 개척했으며, 라오서를 세계적으로 유명한 작가로 만든 작품이다.

≪낙타샹쯔≫의 줄거리는 다음과 같다.

시골출신의 샹쯔는 베이징으로 올라 와 인력거를 끌며 생계를 유지한다. 그러다가 자기만의 인력거가 있어야 속박을 받지 않고 빨리 쉽게 돈을 벌 수 있다고 생각하여 자신의 인력거를 갖기로 결심한다. 그리고 그는 열심히 돈을 벌고 아껴서 3년이

청나라 말기 인력거와 인력거꾼

지난 뒤에 겨우 인력거 한 대를 살 수 있었다.

그에게 있어 인력거는 하나의 희망이었고 삶 그 자체였다. 그러나 그 당시 중국은 군벌들끼리의 전쟁이 시작되었고, 따라서 도시 곳곳은 위험해지고, 길거리의 사람들도 뜸해지고 상자는 군인들에 의해 잡혀간다. 군대에 포로로 잡혀가 옷과 신발 인력거까지 모두 빼앗겨 버린다. 어느 날 밤, 군인들이 잡아 온 낙타 세 마리를 끌고 탈출한

다. 온갖 고통을 무릅쓰고 필사적으로 탈출한 샹쯔는 어느 한 큰 마을에 들러 목숨을 건지게 되고, 그 집의 주인에게 35원을 받고 낙타를 팔게 된다. 그 후로 그는 사람들로부터 '낙타 샹쯔'로 불리게 된다.

샹쯔는 정신을 어느 정도 차린 다음, 그 돈을 기반으로 다시 새 인력거를 사서 생계를 도모하기로 마음을 먹고 다시 베이징으로 돌아간다. 샹쯔는 서안문 큰 길에 있는 인화장(人和廠)에 인력거꾼으로 취직한다. 그 곳의 주인인 유 사장은 나이 70을 바라보는 사람으로서 악질적인 인물이다. 그에게는 후뉴(虎妞)라고 하는 외동딸이 있었는데, 그녀가 샹쯔를 좋아하였다.

어느 날 밤에 후뉴는 샹쯔를 보자 술 한 잔 같이 먹자고 유혹한다. 샹쯔는 이를 거절하지 못하고 술 몇 잔을 마시다가, 그만 그녀의 방에서 쓰러지고 후뉴와 같이 밤을 보내게 된다.

얼마 뒤, 샹쯔는 옛 주인이었던 자오 선생의 집에 다시 고용되어 인력거를 끌게 된다. 자오 선생은 학식이 있는 온화한 사람으로서 처와 어린 아들 하나를 두고 있었다. 샹쯔는 후뉴와의 관계에 대해 수치심과 후회를 느꼈고 이제부터 빨리 잊어버리고 싶지만 그녀가 샹쯔 앞에 갑자기 나타난다. 샹쯔의 아이를 임신하게 되었다고 한다. 후뉴는 아버지의 생일날에 임신사실을 고백하고 결혼을 말하면 된다고 한다. 샹쯔가 어쩔 수 없이 유 사장을 찾아 가서 결혼을 하게 해달라고 하지만 유 사장의 허락을 받을 수 없다. 그래서 후뉴는 샹쯔와 함께 집을 나와 새 방을 얻고 동거에 들어간다. 동거 첫날밤, 후뉴는 자신은 임신하지 않았고, 결혼을 하기 위해 거짓말을 했다고 말한다. 샹쯔는 또 한 번 충격을 받는다.

둘이 살다보면서 후뉴에게는 소복자라고 하는 친구 하나가 생겼다. 소복자는 자신의 생계도 꾸려나가기 어려운 데다가 술주정뱅이 아버지와 어린 동생을 돌봐야 하는 고통스러운 처지에서 후뉴의 도움을 받으며 함께 그럭저럭 살아간다. 그러는 사이 후뉴는 임신을 하게 되나, 난산으로 죽고 만다.

후뉴가 죽은 후 샹쯔는 허 선생 집의 인력거꾼이 된다. 허 선생은 조용하고 소심한 사람이었으나 부인 몰래 첩을 두며 두 집 살림을 하는 사람이었다. 그 첩은 젊고 아름다웠다. 어느 날, 그녀는 샹쯔에게 밥을 사오라는 핑계를 대고 샹쯔를 유혹하여 밤을 보낸다. 이 때문에 샹쯔는 성병에 걸리고, 이 사실을 동료들에게 털어 놓는다.

그는 자오 선생과 소복자에게 의탁하기로 마음먹고 성실히 살아 가기로 결심했다. 샹쯔는 먼저 자오 선생을 찾아 가서 그 동안의 사정을 이야기하고 잘못을 사죄하였다. 자오 선생은 샹쯔를 용서하고 다시 자기 집 인력거를 끌도록 허락함은 물론, 소복자를 데리고 와서 함께 살면서 집안일을 돕도록 하였다. 샹쯔는 매우 기뻐하며 소복자를 찾아 나섰는데 소복자는 자신이 떠난 이후 몸이 약해 더 이상 지탱하기가 어려워 그만 자살하고 말았다는 것을 들었다.

이제 샹쯔는 인력거와 함께 인간으로서의 정신과 양심을 버리고 도박과 주색잡기 등에서 즐거움을 찾는 존재가 되어버린 것이다. 돈이 생긴다면 수단과 방법을 가리지 않는 추저분하고 비열한 존재가 되고 말았다. 마지막 샹쯔는 내일이 전혀 없는 타락한 사람이 되었다.

4) 작품의 의의

라오서의 《낙타샹쯔》는 5·4 운동 이래로 도시 빈민의 비참한 생활을 묘사한 우수한 장편소설로서 구 사회에 대하여 풍자와 유머로서 비판하였다. 그리하여 그 주제 사상의 깊이와 폭, 그리고 인물

형상의 창조에서 모두 이전에 쓴 작품을 훨씬 능가한다. 예술적으로도 매우 원숙한 작품으로서 독특한 스타일을 갖고 있다. 작품의 구성은 시종 엄숙하고 단일하다. 작품은 샹쯔를 생활 모순의 초점에 놓고 그의 비참한 운명과 성격발전을 주선으로 하여 현실생활 속에 첨예하게 대립된 사물을 생활 논리에 맞도록 절묘하게 구성하였으며 작품으로 하여금 유기적으로 통일된 완벽한 하나의 전일체가 되게 함으로써 비교적 광활하고 복잡한 사회생활을 반영하였다.

《낙타샹쯔》의 인물들은 선명하면서도 살아 있는 듯 생동적으로 잘 묘사되고 있다. 라오서는 일상의 생활 언어로 등장인물들의 각각의 내면의 심리를 잘 드러내었고 각 인물들의 성격의 특징들로 상당히 자연스럽게 표현해 내었다.

순수하면서도 미래를 만들어 가려고 애쓰는 샹쯔, 샹쯔를 이용하여 돈을 벌려는 악랄한 인화인력거 주인인 유 사장, 뻔뻔하고 욕심 많지만 그래도 상자를 사랑하는 후뉴, 그리고 어려움을 극복해가는 순진한 소복자 등의 인물 형상들은 매우 선명하여 읽는 이들에게 생동감을 주기에 충분하다.

라오서는 모든 작품들을 창작하기 전에 항상 작품의 인물들이나 배경 등을 충분히 조사하고 이들의 특색들을 명확히 구분하여 작품을 창작하는 경향을 보였다. 《낙타샹쯔》 역시 각 각의 인물들이나 배경은 그가 어려서부터 경험하거나 지켜 본 사람들을 기준으로 하여 창작을 하였기에 매우 생동적이고 감동적일 수밖에 없는 것이다.

《낙타샹쯔》의 언어는 베이징의 소시민들이 사용하는 언어를 위주로 하였기에 매우 통속적이고 간결하며 소박하다. 작품이 세계적으로 읽혀지는 것은 라오서의 언어적 능력이 뛰어 났기 때문만이 아니라 간결하고 소박한 언어 속에서 함축성을 띠는 풍자적 언어의 특징이 내포 되어 있기 때문이기도 하다. 이 밖에도 라오서 자신이 어려서 부터 익숙한 베이징어를 잘 다듬어 작품 속에서 베이징 특유의 언어적 색채와 생활적 분위기를 잘 드러내었기에 가능하다고 볼 수 있다.

작품의 제목에 '낙타'를 사용한 이유는 무엇인가. 라오서는 작품을 빌어 곤혹한 중국 민중들을 대변하고 싶었을 것이다. '샹쯔'라는 이름 앞에 붙여진 '낙타'라는 또 다른 이름은 그가 전쟁터에서 주워온 낙타들 때문이지만 샹쯔는 자신의 인생이 낙타의 인생과 같이 고단한 삶을 사는 것을 동일시하였다는 의미이다.

뜨거운 태양아래 아무 것도 없고 숨쉬기조차 힘든 사막 한 가운데서 한걸음씩 내딛는 낙타의 모습은 마치 잘 살아 보겠다는 목표를 위해 한걸음씩 인력거를 끄는 샹쯔의 모습과 아주 유사하다. 또한 사막이라는 숨쉬기 힘든 땅에서 살아가는 낙타와 하루하루의 밥벌이를 걱정하며 살기 위해 몸부림치는 샹쯔의 모습도 너무 비슷하다.

오직 인력거만이 자신의 삶의 전부이고 인력거가 없는 삶은 생각할 수도 없는 샹쯔와, 지탱하기에는 너무 가늘고 약한 네다리로 뜨거운 사막을 걸어 가는 낙타의 모습은 동일하다. 힘들게 인력거를 끌며 살아가는 샹쯔와 등에 무거운 짐을 싣고 걸어가는 낙타는 그 시대의 힘들게 살아가고 있는 중국 민중들의 삶을 대표하고 있는 것이다.

참고) 한국 소설 현진건 ≪운수 좋은 날≫ 비교하기

현진건의 ≪운수 좋은 날≫은 한 인력거꾼에게 비 오는 날에 찾아온 행운이 결국 아내의 죽음이라는 불행으로 역전되어 버린 매우 슬픈 반어적인 소설이다.

비가 내리는 어느 날 인력거꾼 김 첨지에게 행운이 불어 닥친다. 아침부터 손님을 둘이나 태워 80전을 번 것이다. 거기에다가 며칠 전부터 앓아누운 마누라에게 그렇게도 원하던 설렁탕 국물을 사줄 수 있으리라 기뻐하며 집으로 돌아가려던 그를 1원 50전으로 불러 세운 학생 손님까지 만났기 때문이다.

엄청난 행운에 신나게 인력거를 끌면서도 그의 가슴을 누르는 '오늘은 나가지 말아요'하던 마누라 말이 계속 마음에 맴돈다. 그럼에도 불구하고 그는 손님과 흥정하여 또 한 차례 벌이를 한 후 이 기적적인 벌이의 기쁨을 오래 간직하기 위하여 길가 선술집에 들른다. 여기서 술을 마시고 있는 친구 치삼이와 함께 술을 마시자고 하는 말에 그와 함께 술을 마신다.

선술집의 생생한 분위기 속에서 얼큰히 술이 오르자 김첨지는 마누라에 대한 불길한 생각을 떨쳐 버리려 미친 듯이 울고 웃는다. 마침내 취기 오른 김첨지가 설렁탕 국물을 사들고 집에 들어오자, 이미 차갑게 숨진 마누라와 빈 젖꼭지를 빨고 있는 세 살짜리 개똥이만이 기다리고 있을 뿐이다. 괴상하게도 운수가 좋았던 오늘 닥친 마누라의 죽음에 김첨지 혼자 비통하게 울부짖는다.

이 소설은 반어에 의하여 그 비극적 효과가 잘 드러나고 있는 하나의 초점을 향하여 매우 치밀하게 구성된 작품이다. 또한 비의 배경도 아주 의미 깊게 설정되어 있다. 끊임없이 환기되는 불결한 겨울비의 이미지는 아내의 죽음을 예시하는 기능적 배경일 뿐만 아니라 김첨지가 놓인 추적추적한 환경 자체를 상징한다. 그것은 식민지 도시의 하층민의 열악한 삶을 그대로 표상하는 것이다.

이는 바로 작가가 현실을 이상화하려는 것이 아니라 그 실상에서 파악하고 있음을 보여준다. 결국 김첨지는 특수한 개인이 아니라 식민지 민중이 겪는 고난을 대표하는 전형으로 부각되는 것이다. 이러한 김첨지라는 인물형상의 창조는 1920년대 중반, 민중의 삶을 주로 다룬 신경향파문학의 대두와 그 맥락이 닿는 것이기도 하다.

또한 작가 개인의 문학적 변모에 주목하여 볼 때 이 작품은 지식인 중심의 초기 자전적 소설을 청산하고 식민지의 현실을 정직하게 대면하여 그 가장 큰 희생자인 민중의 운명을 추구하는 작업의 시발점이 되었다는 점에서도 매우 중요하다. 무엇보다도 이 작품은 현진건의 소설 중 사회의식과 반어적 단편 양식이 가장 적절히 결합된 것으로서 1920년대 사실주의적 단편 소설의 백미로 평가된다.

김첨지가 하루 동안 작은 돈을 벌고 아내에게 설렁탕을 사 가서 먹이겠나는 짧은 행복에 빠져있을 때 기다렸다는 듯이 다가온 아내의 죽음이라는 불행은 인력거라는 샹쯔의 유일한 소원이 항상 다른 이들에 의해 이루어지지 못하는 것과 연이어 찾아오는 불행들이 서로 매우 유사하다. ≪운수 좋은 날≫의 주인공 김첨지와 ≪낙타샹쯔≫의 주인공 샹쯔는 스스로 노동하여 살아가려고 애쓰는 불쌍한 인력거꾼들일 뿐이지만 이들의 삶은 아이러니하게도 그들의 마음과 같지 않게 불행이 다가 온다.

이 둘은 중국과 조선이라는 암울했던 시대적 상황에 의해 자신의 의지대로 살아가지 못했던, 그 당시 하층민의 생활을 대표하는 인물이다. 현진건의 ≪운수좋은날≫도 라오서의 ≪낙타샹쯔≫와 같이 리얼리즘을 대표하는 소설이다.

제12장 소설 : 위화(余華)의 작품

1. 작가 소개

위화(1960-)는 1960년 저장성에서 태
어났다. 그리고 고등학교를 졸업하고 한때
발치사(拔齒師)로 일하였으며, 베이징 대학
교를 졸업하였다. 첫 작품으로는 1983년
단편소설 ≪첫 번째 기숙사(第一宿舍)≫를
발표하였고 이 작품으로 작가의 길에 들
어섰다. ≪열여덟 살에 집을 나서 먼 길
을 가다(十八歲出門遠行)≫, ≪세상사는 연
기와 같다(世事如煙)≫ 등 기존의 문단과   위화
다른 강한 이미지의 중단편 소설을 연이어 발표하였다.

위화는 중국 당대문학을 대표하는 작가로 평가 받고 있다. 그는
이후 장편소설 ≪인생(活着, 살아간다는 것)≫을 통해 작가로서 확고
한 당대 소설가의 위치를 확보하였다. 이 장편 소설은 장이머우(張藝
謀) 감독, 공리(鞏俐) 주연의 ≪인생≫으로 영화화되어 칸 영화제에
서 황금종려상을 수상하였다.

1996년에 출간한 장편소설 ≪허삼관매혈기(許三觀賣血記)≫는 발
표되자마자 인기를 끄는 작품이 되었으며, 세계 문학세계에서 극찬
을 받았다. 허삼관이라는 시골 노동자가 매혈이라는 극단적인 행동
으로 자신의 삶을 꾸려 가는 작품은 상당히 충격적인 것으로 다가
와 많은 독자들의 관심을 끌게 되었다. 이후 이 작품을 통하여 확고
하게 중국 대표 작가로 자리를 메겼다. 또 다른 장편소설 ≪형제(兄

弟)≫가 다시 한 번 세계의 문단에 큰 영향을 끼치게 되었다. 2002
년 중국 작가 최초로 제임스 조이스 기금을 받았으며, 또한 2004년
미국 반스 앤드 노블(barnes & noble)의 신인작가상을 수상하였다.

2. 위화 소설 특징

영화 <인생> 포스터

위화는 초기에 소설을 단편과 중편
위주로 창작을 하였다. 그러다 ≪가
랑비 속의 외침(在細雨中呼喊)≫ 이후
로 장편소설을 창작하기 시작하였고,
≪인생≫ 이후 중국 작가로서 큰 인
기를 끌고 있다. 그의 장편소설은 독
특하게 중국현대사를 배경으로 삼고
있는 것이 큰 특징이다. 그의 대표작
인 ≪인생≫은 중국의 근현대사를 아
우르고, ≪허삼관매혈기≫는 마오쩌둥
시대를 배경으로 삼고 있다. 또한 소설 ≪형제≫는 상권이 마오쩌둥 시
대의 문화대혁명 시기를 배경으로 하고, 시간이 흐른 뒤인 하권은
1980년의 덩샤오핑(鄧小平)의 개혁개방 시대와 중국 특색을 주창하
는 사회주의 시장경제 시대를 배경으로 하고 있다.

위화는 어린 시절을 문화 대혁명시대를 지내고 청년 시절을 개혁
개방시대라는 거대한 역사를 체험한 작가이다. 이러한 그의 성장 과
정이 그의 소설의 주요한 배경이 되고 있다. 그는 자주 중국 작가로
서는 대담하게 마오쩌둥 시대를 '수녀의 시대'로, 그리고 덩샤오핑
시대인 개혁개방 시기를 '창녀의 시대'라고 비유하며 정의하고 있다.

위화는 자신만의 독특한 필치로 중국에서만 일어난 중국만의 현상을 두 시대에 걸쳐 이야기를 풀어내었는데 그의 성장과정이 그의 사고를 창조하였기에 가능하였다.

위화 소설의 특징은 서구 사회에서는 매우 관심을 가지며 그의 소설에 매혹되었다. 위화의 소설은 중국 밖에 있는 사람들-특히 서구 사회- 중국을 매우 효과적이면서 재미있게 들여다볼 수 있는 좋은 창문 역할을 한다고 평가하고 있다. 그리고 중국 들여 보기나 중국 연구하기에 매우 훌륭한 텍스트 기능을 지니고 있다고 평가하고 있다.

그의 작품 세계는 정치적이 아닌 순수하게 문학적으로 중국의 문제를 중국 밖의 독자들에게 중국을 들여다보는 윈도우가 되는 것이다. 어찌 보면 문화대혁명이나 개혁개방을 작품의 배경으로 삼는다는 것은 중국의 작가나 미디어 감독들에게 아픔이면서도 또한 다른 하나의 훌륭한 기회일 수도 있다.

위화는 최근에는 단편은 쓰지 않고 장편소설만 쓰고 있다. 위화는 장편소설을 쓴 뒤로 자신의 창작 경향이 소설 전체를 객관적으로 바라보는 민주주의자로 바뀌었다고 자평하고 있다. 다시 말하면 그가 초기에 단편을 쓸 때는 소설 속 인물들을 자신이 지배하여 소설의 스토리를 자신이 원하는 것으로 전개해나갔다면, 장편소설에는 작품 속에서 인물들이 자신의 목소리를 내고 자신의 모습을 정확하게 드러내는 인물 중심 위주의 작품을 써 내려갔다는 것이다.

위화의 소설은 전반적으로 사람이 중심이며 사람이 시대를 살아가는 스토리의 소설이다. 중국의 현대문학 속에 녹아 있는 사람이야기의 연속이다. 예를 들면 루쉰이 ≪아Q정전≫이나 ≪공을기≫ 속의 '아큐'나 '공을기'를 내세워 당시의 중국인을 그려내듯이, 위화는 ≪인생≫에서 부귀를 이야기하면서 중국 근현대사를 살아가는 중국

소설 《형제》

인을 그려내었다. 《허삼관매혈기》에서는 허삼관을 이야기하면서 중국의 아픈 현실을 살아가는 중국민중을, 《형제》는 이광두를 중심으로 개혁개방의 중국 모습을 이야기하고 있다.

위화는 《형제》를 통하여 중국을 연민하고 있다. 문화대혁명 시대에 광기에 휩싸인 중국과 중국인들을 그렸고 그 광기의 후유증이 채 가시기 전에 또 다른 광기, 즉 서구의 자본주의가 중국을 휩쓴 것을 처절하게 보여 주고 있다.

그는 직접 문화대혁명의 아픔을 극복하지 못한 사람들이 다시 자본과 권력에 발 빠르게 대처하지 못하고 미쳐 가는 사람들을 너무나 많이 보았기에 그의 장편 소설 《형제》는 매우 큰 의미를 지니고 있다고 볼 수 있다.

위화는 《형제》를 쓰면서 자신이 의사의 입장이 아니라 병자의 입장에서 시대의 아픔을 같이 지녀야 한다는 생각으로 작품을 썼다고 고백하는 것을 보면 진정 시대를 품는 위대한 작가임에는 틀림없다.

위화는 이들 주인공을 통하여 온갖 고난과 역경 속에서도 삶에 대한 낙관과 웃음을 잃지 않는 시대의 중국인들을 이야기 하고 있다.

중국의 근현대사에 숱한 역사적 고난과 굴욕 속에서 자신의 삶을 살아가는 부귀나, 피를 뽑으면서도 삶을 포기하거나 원망하지 않고, 세상의 모순을 추궁하면서 그것과 대결하지 않는 허삼관을 통하여 중국을 이야기 하고 있다. 그리고 자신의 일자리를 되찾기 위해 현

정부 청사 정문 앞에서 무기한 시위에 돌입한 이광두를 통해서 현재의 중국을 이야기 하고 있다.

위화가 이처럼 자기만의 서사세계를 구축하는 데 토대가 된 것은 현실의 모순과 부조리 앞에서 작가 스스로 기꺼이 사회적 책임을 지고 일말의 행동을 취해야 한다는 의무감, 그리고 동서양 서사전통에 대한 폭넓은 학습과 이해, 그리고 융화라고 할 수 있다.

위화는 중국 전통서사와 서구의 서사를 통과하면서 동서양의 서사로의 창조적 통합을 이루어 낸 것이다. 중국 역사와 현실에 대한 끊임없는 관심이 중국의 고전과 현대문학을 아우르고 여기에 서양의 현대서사를 덧붙여 위화 만의 문학세계를 창조하였다. 그리고 이제 중국뿐만 아니라 세계의 문학세계에서 그만의 위상을 자리 메김하고 있다.

2. 작품 ≪허삼관매혈기≫ 감상

주인공 허삼관은 중국 성안 외곽에 살면서 생사공장에서 일하고 있다. 그의 총각시절 근룡이와 방씨를 따라 처음으로 피를 팔러 간다. 몸속의 피를 늘리기 위해 배가 터질 때까지 물을 마시고 소변을 참아야 한다는 선배들의 말을 듣고 그대로 따라 한다. 물을 많이 마셔야 피가 많이 나온다는 나름대로의 학설을 믿는 것이다. 피를 판 후에는 볶은 돼지 간 한 접시와 황주를 마셔서 몸에 기운을 회복해야 한다. 이때 황주는 반드시 데워야 한다는 것까지 확실하게 배운다.

그렇게 번 돈 35원으로 허삼관은 동네에서 가장 예쁜 아가씨 허옥란에게 청혼을 한다. 이미 결혼할 대상 하소용이 있었지만 그런 것에 연연하지 않고 그녀의 아버지를 찾아가 술과 담배를 내 놓으며 자신이 결혼을 해야 하는 이유를 조목조목 설명하면서 아버지의 승낙을 받아 낸다. 그렇게 결혼을 하고 일락이 이락이 삼락이 이렇게 아들 셋을 낳고 행복하게 살아가던 중, 첫째 일락이가 9살이 되던 해 자신의 아들이 아닌 것을 알게 된다.

일락이는 바로 아내가 결혼 전에 사귄 하소용의 아들인 것이다. 아내에게 닦달을 하자 딱 한번 관계를 했는데 그게 그렇게 된 것 같다면서 이야기를 한다. 그 후로 일락이를 하소용에게 보내지만, 하소용은 받아주지 않고 인정하지도 않는다. 이때부터 허삼관의 인생은 꼬이기 시작하면서 허옥란에 대한 미움과 장남에 대한 구박이 시작된다.

하루는 일락이가 방철장의 아들을 돌로 때려 큰 상처를 입히는 일이 생겼다. 그 사건으로 큰돈이 필요해진 허삼관은 아들을 하소용에게 돈을 받아오라고 보낸다. 하지만 하소용은 콧방귀도 뀌지 않는다. 그러자 허삼관은 할 수 없이 10년 만에 다시 피를 팔아서 그 병원비를 충당해주고 물건들을 다시 찾아온다. 9년간 자신의 아들인 줄 알고 사랑을 다해 키웠는데 그게 자신의 아들이 아니라는 것을 알게 되었을 때의 허망함이란 이루 말할 수 없을 것이다. 거기다 남에게 상해를 입히는 사고까지 쳐 많은 돈을 물어줘야 하는 상황이 되었을 때는 더 분노가 치밀게 되었다.

또 한 번은 하소용이 사고로 혼수상태에 처하자 무당이 이상한 처방을 내린다. 그의 아들이 와서 하소용의 혼백을 불러주면 다시 살 수 있다는 것이다. 그렇게 냉정하게 대하던 하소용의 아내는 일락이 엄마를 찾아와 부탁을 한다. 일락이가 한 번만 자신의 아버지를 불러달라는 것이다. 미웠지만 그래도 사람은 살리자는 마음에 일락이를 보낸다.

일락이는 지붕 위에 올라가 아버지를 부르는 일이 무섭고 괴로워

한다. 시키는 대로 몇 번을 불렀지만 계속 하라고 외친다. 나중에는 엉엉 울자 보다 못한 허삼관이 당장 그만두고 내려오라고 소리쳐서 아들을 그 위기에서 구해준다. 아버지의 뜨거운 정이 느껴지는 순간 이다.

소설은 문화대혁명의 한 단면을 보여준다. 문화대혁명의 와중에 비판받을 사람들의 대자보가 겹겹이 나붙자 평소에 미워했거나 증오했던 사람들의 이름이 올랐다. 허옥란도 혼전 불륜이 대자보에 붙자 무자비하게 비판당했으나 허삼관도 자기가 임분방과 저지른 과오를 털어놓으면서 가족들과 화해를 주도한다.

일락이가 간염으로 상하이 큰 병원에 입원하게 되자 아내를 먼저 보내고 자기는 온 동네를 돌며 병원비를 빌리고 나머지는 또 피를 팔아 충당한다. 한번 피를 팔고나면 석 달은 쉬어야 하는데도 계속해서 피를 파는 바람에 병원에서 졸도하여 피를 판 돈으로 피를 사서 다시 수혈을 하는 아이러니와 낯선 동네의 훈훈한 인심들을 확인하면서 천신만고 끝에 상해 병원에 도착한다. 그러나 그가 일락의 병상이 비어있음을 발견하고 일락이가 죽은 줄 알고 대성통곡을 한다. 그러나 허삼관은 일락이가 다행히도 회복된 모습을 보자 안도의 한숨을 쉬면서도 또 다시 울음을 터뜨린다.

허삼관의 나이 60이 넘자 세 자식들도 모두 결혼을 하고 자리를 잡았다. 이젠 피를 팔아야 할 형편은 아니었으나 돼지 간 볶음과 황주가 생각나자 이제는 자기를 위해서 피를 팔아야겠다고 생각하였다. 그러나 병원의 피장수인 혈두는 늙은이의 피는 죽은피가 많아서 아무도 안 산다고 하면서 돼지 피를 먼저 바르는 칠장이한테나 가보란다.

허삼관은 다리 난간에 몸을 기댄 채 울먹이며 말한다. 이젠 늙어서 아마도 내 피를 거들떠보지 않는다라면서. 허삼관은 이제 피를

팔 수 없으니 앞으로 무슨 일이라도 생기면 어떻게 하느냐는 걱정을
하지만 늙어버린 자신에 대한 슬픔이 더 크게 다가 왔다.

3. 작품 의미

≪허삼관매혈기≫의 작품은 마오쩌둥이 시행한 1950년대 문화대
혁명을 시대적 배경으로 삼고 있다. 이 당시 중국의 문화대혁명은 홍
위병이 마오쩌둥사상을 추종하면서 타도 부르주아를 외치고 지식인
들과 자본가를 핍박한 사건이다. 이는 혁명이라기보다 사회파괴 운동
으로 평가될 정도로 전 중국이 아픔을 겪었다. 문화대혁명의 10년 동
안 많은 사람들이 굶어 죽고 경제가 추락하면서 전 중국이 힘들게 산
시절이었다. 문화대혁명의 병폐가 현재의 중국까지 영향을 끼치고 있
는 건 사실이다.

문화대혁명 시절 특이할 만한 것은 중국정부에서 이웃 주민들 중
에 나쁜 짓 하거나 억울한 일이 있으면 대자보를 이용하여 고발하라
는 요구가 있었고 인민재판을 통하여 이에 대해 처벌한다고 공시를
하였다. 이러한 내용이 이 소설의 한 장면을 이룬다.

소설에서 보면 하필이면 허옥란이 몸을 팔고 매춘을 했다는 대자
보가 붙으면서 공안에게 끌려가게 된다. 그리고 부끄럽게도 자신의
과거 행적이 적힌 팻말을 목에 걸고 큰 길에 나서게 되고 주위 이웃
들에게 엄청난 수모를 겪는다. 이렇게 과거행적으로 고생하는 아내
를 위해 허삼관은 직접 도시락을 챙겨다 주면서 위로한다. 그는 밥
만 가져다주는 것이 아니라 몰래 고기를 도시락 밑에 깔아서 허옥란
에게 건네준다. 허삼관의 순수한 사랑을 볼 수 있는 장면이다.

≪허삼관매혈기≫는 과거 중국의 어려운 시절을 겪은 한 아버지의 뜨거운 사랑을 그리고 있다. 익히 알고 있는 아버지의 무뚝뚝함이 아니라 마음 깊은 곳에는 늘 가족들을 사랑하고 가족들의 생계를 책임지고자 하는 책임감과 따뜻한 정을 느끼게 한다. 한 평생을 자신을 위해 살지 않고 오직 가족을 위해 희생하는 아버지의 모습이 애처롭게 묘사된다. 그러나 이러한 아버지의 고생은 그렇게 불쌍하게 만은 느껴지지는 않는다.

소설의 마지막 부분은 세월이 많이 흐르고 세 아들은 모두 결혼시킨 허삼관의 넉넉한 모습이 그려진다. 어느 날 노년의 허삼관은 길을 걷다가 식당 앞을 지나면서 갑자기 옛날에 자주 먹었던 돼지 간볶음과 황주가 먹고 싶어진다. 그리고 갑자기 먹을 돈을 마련하기 위해 병원에 갔지만 병원에서는 그가 늙었다고 받아주지를 않는다.

허삼관은 자신의 삶을 되돌아보며 여태 까지 자신이 가족과 자식들을 위해 살다 어느새 이렇게 늙어버렸다는 생각이 들어 길거리에 앉아 울어 버린다. 이제 자기 자신을 위해 피를 팔아 먹고 싶은 것을 먹고자 하지만 안 되니 자신이 처량한 것이다. 이에 허삼관의 아들들이 달려오고 아버지를 탓하자 허옥란은 그런 아들 셋을 나무란다. 그동안 그렇게 아들들을 위해 피를 팔며 희생적인 삶을 살아왔건만 아들들은 금방 다 잊어버리고 보기에 민망한 모습을 보이는 허삼관을 원망하는 것이다.

소설속의 허삼관은 아주 평범하고 어리석게 보이는 인물이다. 그러나 이러한 허삼관은 중국이나 한국 모두가 힘들었던 시대에 가족을 사랑했던 우리의 아버지 모습이다. 아버지를 생각하면 어머니와 다른 감정을 느끼게 된다. 그리고 평범하게 우리 주변에서 찾아볼 수 있는 능력이 매우 뛰어난 그런 아버지가 아니다. 그래서 ≪허삼

관 매혈기≫는 독자에게 매료될 수 있으며 허삼관이 중요하게 여겨
지는 것도 이러하기 때문이다.

참고) 한국 영화 ≪허삼관≫과 비교하기

한국영화 ≪허삼관≫   중국소설 ≪허삼관매혈기≫

영화 ≪허삼관≫은 1950, 60년대의 시대상을 완벽하게 구현해냄
과 동시에 버라이어티한 캐릭터 허삼관이 전하는 웃음과 감동의 여
정을 스크린에 고스란히 담아내기 위해 완성도에 심혈을 기울여 만
든 영화이다.

≪허삼관≫은 돈 없고 대책이 없고 가진 것도 없지만 인정이 넘치
는 허삼관이 절세미녀 아내와 세 아들을 둘러싸고 일생이대 위기를
맞게 되며 벌어지는 이야기를 그린 영화이다. 자식 입에 쌀 들어가
는 것만 봐도 배부르다고 하지만 부모도 함께 배불러야 일석이조이
고 자식이 아버지 도시락 챙겨줄 정도면 금상첨화라는 허삼관. 누가
뭐라고 하든 귀하디 귀한 아들이 셋이나 있어 웃음이 절로 난다.

하지만 그 자식이 내 피가 아니라는 소문이 퍼지며 일생일대의 사건을 맞게 되는 허삼관의 이야기는 이웃이자 아버지로서 누구보다 남다른 허삼관 캐릭터의 독보적인 존재감이 더해져 색다른 웃음과 재미를 전하는 영화이다.

자신과 가족의 행복을 깨트리는 위기의 순간 아내와 자식 몰래 눈물을 훔치다가도 눈만 감으면 떠오르는 풍문에 괴로워 끓어오르는 분노를 참지 못하는 허삼관. 결혼 전 배짱은 사라지고 속앓이가 심할수록 좁아지는 성질로 아내와 아들의 속을 뒤집어 놓는 허삼관의 모습은 웃음을 자아내면서도 연민을 느끼게 한다. 하지만 더해가는 위기 속에서 마침내 허삼관이 남편, 아버지, 한 남자로서의 진심을 보여주는 순간 영화는 진한 감동을 자아낸다.

여기에 마을의 절세 미녀이자 아들 셋의 엄마, 허삼관에게는 의심할 여지없는 아내로 강단 있는 모습을 보여주는 허옥란과 정감 있는 마을 사람들, 그리고 의젓하고 귀여운 세 형제 일락, 이락, 삼락까지 사람냄새를 물씬 풍기는 개성 넘치는 인물들의 연기는 영화에 풍성한 재미를 더해준다.

중국 현대 산문

문학은 정치적 영향을 많이 받는 장르이다. 정치적 경향에 따라 문학의 방향이 움직이게 되는 데, 청말민초에는 이러한 경향이 상당히 두드러졌다. 특히 중국 현대문학에서 소설과 산문은 신해혁명과 문학혁명과 더불어 본격적으로 발전하였다. 문학의 정치 효용론이 중국에 많은 영향을 주었다.

5·4 시기에 중국의 지식인들은 문학이 하나의 사회적 작용을 할 수 있는 좋은 수단으로 인식하였다. 루쉰이 소설과 산문으로 뛰어난 작가로 인식되는 것도 역시 그의 문학으로의 전향이 이러한 배경이 되기 때문이다. 중국에서 산문은 민주와 과학의 기치를 내걸고 반제국주의와 반봉건주의를 외치면서 '계몽'을 위한 사상적 도구로 문학을 활용하였다. 산문이 시대의 요구에 적극적으로 반응하였고 이에 대한 반응으로 개인의 자아 발견이 쉽게 일어나는 역할을 하게 되었다.

위다푸는 개인의 자아 발견에 집중하였고 저우쭤런은 정서의 발견에 집중하였다. 특히 저우쭤런은 백화문 운동에 앞장섰는데, 현재의 백화문은 말하는 대로 쓰는 것으로 하자라고 주장하였다. 그는 과거의 백화문이 단지 고문에 대한 번역적 기능만 한 것으로 인식하고 좀 더 구체적으로 백화문을 생활 속에서 사용하고자 하는 주장이었다.

현대 산문의 창작성과도 다른 문학 양식의 성과에 못지않게 두드러졌다. 루쉰은 신문학 초기의 산문의 특징을 영국의 수필을 본받아 정서적이고 유머러스하며 부드러운 수필형식이었다. 그리고 필치 역시 읽기에 편안하고 아름답다고 했다. 그리고 중국의 구 문학 산문이 형식적으로나 내용적으로 훌륭하듯이 백화문으로서의 산문도 가능성이 있음을 보여주기 위해서 산문의 성공이 필요하였다라고 부연하였다.

산문은 일반적으로 서사성, 서정성, 그리고 논의성 등 크게 세 가지로 구분한다. 물론 일반적으로 산문은 이 세 가지를 다 포함할 수 있지만, 구체적으로 한 쪽으로 치우치게 되면 구분할 수 있다. 잡문은 의론적인 논의성이 강한 산문이고, 소품은 서사와 서정이 포함된 산문이라고 한다. 통상 소품문을 협의의 산문으로 보는 경우도 있다.

산문 중에서 논의성이 짙은 산문인 잡문은 5·4 운동 이후 크게 발전을 이룬 동시에 사람들에게 심원한 영향을 미친 장르이다. 이는 반봉건 사상을 타파하며 기존의 문단을 쥐고 있던 보수 문인들에게 짧으면서도 예리한 문장으로 대항하려는 것에서 발달한 것이다. 급변하는 중국의 문제 앞에 계몽으로 변화를 꾀하고자 하는 지식인과 시대 환경에 대응하지 못하는 대중이 잡문이라는 문학적 고리로 연결된 것이라 할 수 있다.

제13장 산문 : 주쯔칭(朱自清)과 후스(胡適)의 작품

1. 주쯔칭

1) 작가 소개

주쯔칭(1898-1948)은 장쑤성에서 태어났다. 1920년에 베이징대 철학과를 졸업하고 장쑤성 일대에서 중학교 교사를 지냈다. 학교 재학시절부터 시에 관심이 많았고 ≪신조(新潮)≫에 글을 발표하였다. 1923년 시 <훼멸(毁滅)>과 시집 ≪종적(踪跡)≫을 출판하였다.

주쯔칭

위핑보(兪平伯)의 추천으로 1925년에 칭화대학교 교수로 취임하면서 산문에 심취하였다. 그리고 1928년에 ≪아버지의 뒷모습(背影)≫을 발표하면서 산문작가로 유명하여졌다. 그는 중국 현대문학사에서 서정과 서사를 잘 표현하는 산문작가로 평가를 받았다. 그는 산문 외에도 시와 소설에서도 나름대로의 성과를 거두었다.

주쯔칭은 중일전쟁 중에는 쿤밍시 서남연합 중문과 주임을 맡았다. 1948년에 ≪표준과 척도(标准与尺度)≫를 저술했으며 고전문학과 신문학의 통일적 연구방법을 확립하는데 큰 역할을 하였다. 주쯔칭은 1948년에 베이징에서 병사하였다.

주쯔칭의 산문은 사실주의 원칙에 따라 창작되었다. 크게 세 부분으로 나눌 수 있는데, 논의적인 산문과 서사적인 산문, 그리고 풍경과 서정을 노래하는 산문 등으로 나눌 수 있다.

주쯔칭의 산문은 논의적인 산문보다는 부드러운 필치와 정서를 표현하는 산문이 돋보인다. ≪봄(春)≫, ≪연못에 어린 달빛(荷塘月色)≫의 작품들 역시 자연과 인생이 어우러지면서 작품을 읽는 독자로 하여금 아름다운 자연을 통한 인생의 관조를 느끼게 하는 아름다운 산문으로 평가 받는다.

2) 작품세계

주쯔칭은 문학연구회 초기 회원으로 사실주의를 표방하면서 '인생을 위한 예술'을 주장하는 이들과 문단을 함께하였다. 그의 문학세계는 전체적으로 쉽고 자연스러운 백화문을 구사하면서 작품 속에서 자연미와 인간미를 살려내는 소박하고 정서가 풍부한 문학을 추구하였다. 특히 신문학운동을 통해 시도된 그의 산문은 백화문의 아름다움 그 자체를 살려냈다는 평가를 받을 정도로 매우 자연스럽고 아름다움을 창조해냈다. 그는 복고파들이 주장한 백화문으로는 아름다운 고문과 같은 산문의 맛을 살려 낼 수 없다는 것을 반박할 수 있음을 보여 주었다. 그의 산문들은 고문과 신문학의 통합을 보여주는 좋은 본보기들이다.

주쯔칭의 산문작품들은 백화미문의 예술적 성과확보하고 예술적 토대를 마련했다는 평가를 받고 있다. 주쯔칭의 산문창작 특징은 진실함을 추구하는데 있다. 그는 자신이 보고 들은 것을 작품 속에 그대로 표현하고 자신이 느낀 것들을 있는 그대로 써내려감으로써 작가와 함께 작품 속을 거닌다는 느낌을 들게 하는 예술적 효과를 이루어냈다.

주쯔칭이 추구하는 산문은 바로 진실함이다. 그의 산문 속에는 진실하고도 소박한 말과 감정을 느낄 수 있고, 작품의 인물과 사건, 배경묘사는 작가의 필치를 통하여 그의 정서를 느낄 수 있다. 이러한 그의 산문의 특징은 논의성이 짙은 루쉰의 잡문보다는 서정적인 표현수법을 더 많이 사용하는 주자청의 산문예술의 큰 특징이기도 하다.

주쯔칭이 작품의 내용으로 선택한 제재는 매우 풍부하고 다양하다. 그는 중국의 아름다운 자연풍경을 묘사하였고 가족과 친구에 대한 애틋한 정과 우정을 나타내기도 했다. 또한 사회의 어두운 현실을 비판하기도 하고 자신의 조국 미래에 대해 깊은 관심을 드러내기도 하였다.

산문 작품속의 표현 형식을 보면 자연산수와 풍경을 많이 그리고, 자신의 정서를 담은 서정산문, 사회에서 일어난 사건들을 적은 서사산문, 중국의 유명한 명승고적을 돌아다니며 쓴 기행산문, 시대를 평하고 사회의 폐단을 비판하며 시대적 문제를 자각하고 일깨우는 논의산문 등 다양하게 있다.

주쯔칭은 산문창작에 있어서 인생을 위한 내용을 쓰고자하는 사실주의를 추구하면서 생활을 깊이 있게 성찰하고 사회를 혁신하고자 했다. 또한 산문의 내용과 형식의 통일성을 추구하려 했다는 평가를 받고 있다.

3) 작품 ≪아버지의 뒷모습(背影)≫ 감상

이 작품은 주쯔칭 자신의 고백과 같다. 베이징에서 유학하고 고향으로 내려와 아버지를 만나고 다시 헤어지며 바라본 아버지의 뒷모습을 매우 사실적으로 그려내고 있다. 특히 작가가 아버지와 헤어지는 기차역에서 아버지가 아들을 위해 귤을 사는 것을 지켜보며 아버지의 아들사랑을 가슴깊이 느끼게 되는 장면은 명장면이다. 그리고 한참 후 소식 없이 지내며 생각난 아버지에 대한 그리움과 사랑을 드러내고 있다.

아버지의 뒷모습(背影)

벌써 2년이 넘도록 아버지를 뵙지 못했다. 지금도 가슴을 허비는 것은 아버지의 뒷모습이다. 그해 겨울, 별안간 할머니께서 돌아가신 데다가 아버지께서 실직마저 하셨으니 우리 집의 불행은 겹으로 닥친 셈이었다. 나는 베이징에서 부음을 받고 아버지와 함께 집에 가려고 그때 아버지가 계시던 쉬저우로 갔다. 쉬저우 집은 살림이 엉망인 채 지저분했다. 생전에 단정하셨던 할머니 생각이 왈칵 덤벼와 눈물이 비 오듯 쏟아졌다. 상고와 실직을 함께 당하신 아버지께선 그런 상황 속에서도 침착하게 말씀하셨다.

"기왕 당한 일을 어찌하겠니? 또 산 입에 풀칠하겠어?"

우리 부자는 집으로 돌아와 팔 것은 팔고 잡힐 것은 잡혀 빚을 갚았지만, 할머니 장례로 진 빚은 고스란히 남았다. 할머니의 사별과 아버지의 실직은 참으로 우리의 앞길을 참담하게 하는 것이었다. 그러나 그 헛간 같은 집에 그냥 머물러 있을 순 없었다. 아버지께선 난징으로 가 직업을 구하여야 했고, 나는 베이징으로 가 학업을 계속해야 했던 것이다.

그래서 우리 부자는 함께 난징으로 갔다. 난징에서는 친구의 만류로 하루를 쉬었고, 이튿날 오전에 포구로 건너나 오후에 베이징 행 기차를 타기로 했다. 그때 아버지께선 볼일로 해서 역에 나오지 않기로 했다. 그 대신 여관에 있는 잘 아는 심부름꾼더러 나를 배웅하도록 당부하였다. 그것도 서너 번씩이나 신신당부하셨다.

그러나 막상 내가 떠날 무렵이 되자 도저히 안심이 안 되어서 자꾸만 머뭇거리셨다. 사실 그때 내 나이 스물이나 되었고 또 베이징에도 벌써 두어 차례나 왔다 갔다 했기에 아버지께서 그렇게 염려하실 것은 아니었다. 그런데도 아버지께서는 결국 볼일을 제쳐 놓으시고 직접 나를 배웅하기로 결정하셨다. 몇 번이나 그러실 것 없다는 말씀드려도 "아니다. 그 놈들이 무얼 하겠니" 하시며 따라 오셨던 것이다.

우리는 강을 건너서 역으로 들어갔다. 내가 차표를 사는 동안 아버지께서는 짐을 지키고 계셨다. 짐을 옮길 때에는 좀 많아서 일꾼들에게 돈이라도 쥐어줘야 했다. 그래서 아버지께서는 일꾼들과 이런저런 흥정을 벌이셨다. 그런데 돈밖에 모르는 그들과 흥정을 하시는 아버지의 말씀이 아무래도 촌스러우서 내가 참견을 해야 했다. 결국 아버지의 고집대로 흥정이 떨어지자 일꾼들이 짐을 실었고 나는 기차에 올랐다.

아버지께서도 기차 안까지 올라 오셔서 차장 쪽으로 자리를 잡아 주셨다. 나는 그 위에다 아버지께서 사 주신 자주색 외투를 깔았다. 아버지께서는 짐을 조심하고 감기 안 들게 주의하라고 말씀하셨다. 그리고 판매원들을 붙드시고는 나를 잘 보살펴 달라고 연신 허리를 굽히며 당부하셨다.

나는 속으로 세상 물정에 어두우신 아버지의 순박하심을 비웃었다. 그들은 겨우 돈이나 아는 사람들, 왜 그렇게 쓸데없는 부탁을 하시냐고. 그리고 한편으로는 나도 나이 스물인데 설마 내 일 하나 처리 하지 못할 까 하는 생각도 했다.

"아버지, 그만 돌아가세요." 내가 이렇게 말하자 아버지께서는 창 밖을 바라보며 무슨 생각에 잠기셨다가는 "애야 귤이나 몇 개 사 올 테니 여기 가만히 앉아 있거라." 하고 말씀하셨다. 플랫폼 저쪽 울타리 밖에 물건 파는 사람들 서넛이 손님을 기다리고 있었다. 그런데 그리로 가려면 이쪽 플랫폼에서 뛰어내려 철로를 건너고 다시 저쪽 플랫폼의 벽을 기어 올라야 했다. 그것은 뚱뚱하신 아버지로선 여간 힘드신 일이 아니었다. 마땅히 내가 가야 한다고 하자 기어코 당신께서 가시겠다고 하시니 어쩔 수 없었다.

천으로 만든 둥근 모자를 쓰시고 까만 마고자에 진한 쪽빛 무명 두루마기를 입으신 아버지께서는 좀 기우뚱하셨지만 조심스럽게 허리를 굽히고 플랫폼을 내려가셨다. 그러나 철로를 건너서 저쪽 플랫폼의 벽을 기어오르실 때의 모습은 여간 힘들어 보이는 게 아니었다. 아버지께서 두 손을 플랫폼 위 시멘트 바닥에 붙이고 두 다리를 비비적거리며 위쪽으로 발버둥 쳐 올라가시다 순간적으로 왼쪽으로 기우뚱 하실 때 아, 이 아들의 손에 땀이 흥건했다. 나는 그때 아버지의 뒷모습을 본 것이다. 나도 모르게 뺨을 적시는 뜨거운 것이 있었다. 나는 얼른 그것을 닦았다. 아버지께 들킬까봐, 그리고 남이 나를 볼까봐 두려워서였다.

　…

그러나 뵙지 못한 몇 년 동안 아버지께선 나의 지난 잘못은 모두 잊으시고 오히려 나와 내 아이들 걱정만 하셨다.

어느 날인가 나는 베이징에서 아버지의 편지를 받은 일이 있었다. "늙은 몸이지만 그런 대로 지낸다. 다만 어깨 죽지가 무거워 젓가락을 들거나 붓을 잡기에 영 불편하구나. 아마 갈 날도 얼마 안 남은 모양이다." 여기까지 읽었을 때 왈칵 솟은 나의 눈물방울에는 마고

자에 그 쪽빛 두루마기를 입으신 아버지의 뒷모습이 뜨겁게 흐르고 있었다. 아, 다시 뵐 날이 언제일는지...

4) 작품 의미

주쯔칭은 《아버지의 뒷모습》, 《봄》 등의 작품을 통하여 자신의 강한 가족애를 그리고 있다. 그의 인간성과 됨됨이는 그의 주위 친구들에게 좋은 평을 받았다. 한 친구는 주쯔칭은 매우 성실하고 겸손하고 온후하고 소박하면서도 유머를 지닌 좋은 친구로 평하고 있다.

《아버지의 뒷모습》은 많은 사람들에게 오랫동안 그리고 자주 읽히는 작품이다. 그의 이 작품이 왜 많은 사람을 감동시키는 힘이 있는 지 그 이유를 살펴보면 여러 가지 원인이 있겠지만, 그가 매우 빼어난 문장으로 작품을 쓴 게 아니라 단지 자신의 감정과 그로 인해 나오는 진실함 그리고 그 가운데 표현된 인간에 대한 정(情)을 표현했기 때문이다.

주쯔칭은 이 작품을 통해 퉁명스럽지만 자상한 아버지에 대한 깊은 사랑과 그리움, 그리고 안타까움을 드러내고 있다. 또한 자신의 아들을 향한 아버지의 깊은 정을 드러내고 있다. 작품 속에서 특히 귤을 사러 가신 아버지를 묘사하는 부분은 상당히 사실적이면서도 세밀하여 마치 아버지가 눈앞에 있는 듯한 느낌을 받는다.

주쯔칭은 천성적으로 근엄하고 성실하여 온유한 태도로 학문과 저술에 힘썼다. 5·4운동과 함께 시작된 신문학기에 시와 산문을 통하여 계몽에 힘쓰고 하였으며, 산문을 문학의 새롭고 확고한 한 장르로 자리매김 시켜놓았다. 또한 소박한 그의 본성이 그대로 작품 속에 투영되어 예술적 경계를 형성하였다.

기술면에서는 정확한 관찰, 음악성과 색채감의 적절한 배합으로 아름다운 산문을 창조해 내었고, 비유와 유약한 듯 하면서도 섬세한 그의 필체는 그의 작품 속에 유유히 흘러 지금까지 명문이 되도록 하였다.

2. 후스(胡適)의 작품

1) 작가소개

후스

후스(1891-1962)는 1891년 안후이성에서 태어났다. 1904년 상하이로 가서 신식교육을 받았고, 장학금으로 미국의 코넬 대학에 철학을 공부하였다. 1914년 코넬 대학을 졸업하고 컬럼비아대학교에서 존 듀이에게 교육학을 배웠다.

존 듀이는 프래그머티즘(실용주의) 교육이론과 철학을 연구하였는데, 중국에서 유학 온 후스에게 큰 영향력을 끼쳤다. 민주와 과학을 표방하고 중국의 계몽운동을 보급하는데 프래그머티즘은 상당히 매력적이었다.

또한 후스의 성격이 이성적이며 자유주의적 성향이어서 존 듀이의 철학과 일치하였다. 후스는 이러한 실용주의적 사고와 교육방법은 중국을 오랜 전통으로부터 해방시킬 수 있는 수단이 될 수 있다고 보았다.

후스는 1917년 존 듀이의 지도를 받으며 박사논문을 끝내고, 중국으로 돌아와 베이징대 교수로 부임하였다. 유학시절 자신의 논문 <문학 개량추의(文學改良芻議)>를 잡지 ≪신청년(新靑年)≫에 발표하고 구어인 백화문에 의한 문학을 제창하였다.

후스는 1920년 최초의 백화시집 ≪상시집(嘗試集)≫을 출판하였다. 문학적, 정치적으로는 냉정함과 자기반성에 기반을 둔 실험적 방법의 가능성을 확신하고, 점진적 발전과 개인적 문제 해결을 주장하였다. 그러나 초기에 후스는 공산당과 국민당과의 관계가 그리 원만하지는 않았다.

후스는 서구의 어떤 특정 사상이 혼란 속에 빠진 중국의 모든 문제를 해결해줄 수 없다고 판단하고 마르크스주의나 무정부주의 같은 어떤 특정한 주의(主義)에 의존하는 것은 허망한 일이고 주장하였다. 실제로 중국이 처한 문제나 개인적 문제의 해결에는 크게 도움을 줄 수 없는 것이라고 생각하였다. 후스는 실용주의 적용에 의한 중국 고전을 새롭게 해석해야 한다고 주장하였고 마르크스주의자들과 결별하고 1938-1942년에는 주미대사, 1945년 베이징대 학장 등을 역임하였다.

1949년 마오쩌둥이 국민당을 이기고 중국에 공산당 정부를 수립하자 후스는 뉴욕으로 돌아가 살았다. 그리고 1957년에 타이완 정부의 국제연합(UN)주재 대사를 역임했다. 1958년 타이완으로 돌아와서 1962년 지병인 심장병으로 세상을 떠났다.

2) 작품세계

후스는 ≪중국철학사 대강(中國哲學史大綱)≫의 고대편에서 공자를 전통적으로 신격화하는 경향을 반대하는 입장을 보였다. 공자를 다른 제자백가들보다 한 단계 위로 모시는 경향과 달리 요순(堯舜) 등 전설상의 인물들마저도 삭제하는 실증주의적이면서 실용적인 입장을 견지하였다. 그리고 그는 공자가 노자에게 배웠다는 문헌이 있다는 것을 알고 중국철학사는 이제 더 이상 공자가 아니라 노자에게서부터 출발해야한다고 주장하였다.

후스는 중국 철학사에서 공자를 폄하하고 유교의 도덕률을 심각하게 비판하는 등 신문학 시기에 '공가점 타도(打倒孔家店)'의 선봉장에 서게 되었다. 이러한 급변적인 사상적 태도와 그의 주장은 중국 학술계와 문학계에 커다란 파장을 일으키게 되었다. 이러한 후스의 주장은 전통적으로 유가적 권위에서 벗어나지 못한 많은 지식인들에게 새롭게 전통사상을 평가하는 장을 마련하게 되었다.

중국이 1919년 문화혁명이후 서구의 사회주의 사상이 널리 전파되기 시작했다. 그러나 이 시기에 사회주의 사상과 함께 널리 지식인들에게 환영받은 사조는 바로 후스가 미국에서 받아들인 실용주의(Pragmatism)를 들 수 있다. 후스는 미국 컬럼비아 대학 유학시절에 존 듀이의 사사를 받았고 그의 영향이 지대하였다.

그리고 후스는 존 듀이의 실용주의를 중국에 전파하고자 노력하였다. 또한 후스는 유학을 마치고 귀국하여 많은 업적을 남겼는데, 그중에 문자 혁명의 주장이 대표적이다. 그는 문자 혁명을 통하여 중국의 문맹을 퇴치하고 계몽의 선구를 추구하였다. 이와 더불어 계몽을 위해서는 서양의 합리적인 사고와 과학적인 사고방식을 적극 도입할 것을 주장하였는데, 민주와 과학을 주창하였다.

후스는 혼란스러운 중국의 현재의 문제를 해결하는데 있어서는 어떠한 관념적이거나 구호적인 것으로는 변화시킬 수 없다는 입장을 견지하였다. 이는 미국에서 존 듀이로부터 영향을 받았기에 가능한 일이다. 그의 주장은 이념보다는 행동으로 옮겨갈 때 진리라는 것을 발견하게 되고 이 진리는 절대적인 것이 아니라 상대적인 것이라고 보았다. 따라서 중국의 당면한 문제를 타개할 수 있다는 것으로 그는 보았다.

실용주의는 인간의 모든 지성은 미래의 행동을 위한 도구이며 세계를 보다 나은 방향으로 개선해나갈 수 있는 하나의 도구로 보는 것이다. 인간의 창조적인 지성은 현재의 조건으로 미래를 개선해나가며 미래를 예측하며 행동의 지침으로 삼을 수 있다고 보는 도구주의이다.

따라서 실용주의는 궁극적인 진리나 해결책이란 없으며, 구체적인 문제점을 개선해 나아가는 과정만이 의미 있다고 보는 실천적 의미를 강조하고 있다. 이러한 실용주의를 학습한 후스는 중국의 여러 가지 모순된 점들을 해결해 나가는 데 있어서 급진적 개혁보다는 점진적 개량을 더 선호하게 되었다.

다시 말해서 후스는 혁명을 통해 사회 문제를 단번에 해결할 수 있다는 입장에 반대하였는데, 점진적 개혁주의라고 할 수 있는 이러한 그의 태도에 대해 마르크스주의자들과 상당한 대립적 관계를 형성하였다.

특히 천두슈와 리다자오(李大釗)는 마르크스의 이론으로 후스와 각을 세웠다. 그들은 경제 문제가 해결될 때 다른 사회 문제들도 해결될 수 있음을 주장하는 경제 토대론으로 마르크스주의를 옹호하였다. 그들은 물질적인 토대가 다른 모든 부문을 결정한다는 마르크스주의의 입장에 실용주의에 대한 지적을 가하였다.

그러나 후스는 '주의'의 문제도 중요하다는 것에는 동의하지만, 그

것 역시 검증을 거쳐서 확인이 되어야만 진리임을 인증할 수 있다고 반박하였다. 그는 철저히 실용주의 입장에서 마르크스주의의 주장을 진리로 간주하는 입장을 비판하였던 것이다. 중국이 통일된 후 중국 공산당은 1954년부터 후스를 관념적 부르주아 사상가로 격렬하게 비판하는 운동을 전개하기도 하였으며 대륙에 남아 있는 후스의 아들로 하여금 자신의 아버지를 비판하게 하는 글을 발표하게 하였다.

1919년에 존 듀이가 중국을 방문하고 중국 각지를 2년 동안 순회하며 강연을 실시하였다. 이 당시 중국 사상계에서는 그의 실용주의가 크게 환영을 받았다. 그가 강연한 내용들은 중국어로 번역되고 비평문들이 당시 중국의 유명한 신문들이나 잡지 등에 앞 다투어 실렸다. 당시의 분위기를 후스는 다음과 같이 말하였다. "중국이 서양과 접촉을 시작한 이래로 중국 사상계에 이렇게 깊은 영향을 미친 외국인은 없었다."

그러나 실재적으로 존 듀이의 실용주의 사상은 중국에서 지속적이고 실질적인 큰 영향력은 없었다. 다만, 후스라는 중국인 제자를 통해 서구의 자유주의적 정치과 철학 그리고 교육 이념의 모습으로 어느 정도의 영향력을 발휘하였다고는 볼 수 있다.

3) 작품 ≪차부뚜어 선생(差不多先生)≫ 감상

'차부뚜어'라는 사람이 있었다. 그가 어렸을 적에 어머니가 그에게 황설탕을 사오라고 했다. 그는 백설탕을 사서 돌아왔다. 어머니가 뭐라고 그러자 그는 건들거리면서 '백설탕이나 황설탕이 차부뚜어 하지 않냐'고 했다. 그가 학교에 다닐 때 선생님이 그에게 질문을 했다. "直隷省[Zhílìshěng -즈리]성, 서쪽은 무슨 성이냐?" 그는 陝西

[Shǎnxī - 산시]성이라고 대답했다. 선생님은 "틀렸다. 답은 山西[Shānxī - 산시]성이다." 그러자 그는 陝西(Shǎnxī)성이나 山西(Shānxī)성이나 똑같다. 차부뚜어 하지 않느냐고 대답했다. (주. 陝西와 山西는 발음은 같고 성조만 달라 많이 헷갈린다.)

나중에 그는 어느 점포에서 회계 일을 했다. 그는 읽고 쓸 줄 알았다. 하지만 세밀하지 못했다. 十자를 종종 千자로 썼고 千자를 종종 十자로 썼다. 주인은 화를 내며 그를 나무랐다. 그러자 그는 웃으며 말했다. "千자는 十자에 비해 획 하나 많을 뿐이에요. 차부뚜어 하지 않나요?"

하루는 그가 갑자기 병에 걸렸다. 하인을 시켜 동쪽 길의 의사 汪(왕)선생을 부르러 보냈다. 그러나 하인은 급하고 당황한 나머지 서쪽 길의 수의사 王(왕)선생을 데려왔다. 차부뚜어 선생 침상에서야 사람을 잘못 데려온 걸 알았다. 하지만 그의 병이 너무 위중하고 고통이 심해 조급한 마음에 汪선생이나 王선생 모두 차부뚜어 하니 그냥 수의사 王선생에게 치료를 맡겨보자고 하였다.

수의사 王선생은 동물을 치료하는 방법으로 차부뚜어 선생의 병을 치료했다. 그러나 채 1시간이 지나지 않아 차부뚜어 선생은 목숨이 경각에 달리고 말았다. 다 죽어가면서 차부뚜어 선생은 "산사람과 죽은 사람은 차부뚜어하다. 모든 일이 차부뚜어한게 좋은 게 아니냐? 뭣 하러 그렇게 심각하게 사느냐?" 하면서 죽었다.

차부뚜어 선생이 죽은 후 사람들은 그가 일생을 심각하게 살지는 않았지만 덕행을 하고 살았다며 圓通(원통)대사로 부르며 그가 살아온 방식을 따르기로 했다. 그의 명성은 점점 널리 퍼져 모든 사람들이 그를 모범 삼아 살게 되었다. 그리하여 중국은 게으름뱅이의 나라가 되었다.

4) 작품의 의미

중국 사람들은 평소에 '차부뚜어(대충대충, 差不多)'를 많이 말한다. 그리고 그들의 이러한 정신은 곳곳에서 발견된다. 이 말의 기본적인 의미는 '원만한 성격을 지니고 있다'라는 뜻도 지니고 있지만 '우유부단하다거나 성실하지 못하다'라는 좋지 못한 평가도 있다. 후스는 이것 외에도 몇 가지 중국인의 특성을 지적했는데 그의 성격과 함께 엄청 혹독하고 예리하다. 후스는 루쉰과 대조적으로 아주 냉정하게 차부뚜어 선생을 죽는 순간까지도 자신이 무엇을 정확하게 알고 있는지를 깨닫지 못하게 하였다. 그만큼 후스는 중국인의 대충대충하는 정신이 장차 중국을 힘들게 할 것이라는 안타까움으로 신랄하게 비판하고 있다.

차부뚜어 선생은 중국인의 전형적인 표상이다. 후스는 중국인이 모든 일을 대충 대충하거나 얼렁뚱땅하는 것을 비판하며 차부뚜어 공화국인 중국의 개화와 사회개선을 위해 노력했다. 그는 문화혁명을 주도했는데 그중에 그는 어려운 고문(古文) 대신 일반 중국인들이 이해하기 쉬운 백화문(白話文)을 써 새 문화와 사상을 전달하려는 백화문 운동을 주도하였다. 그는 중국을 좀먹는 오귀(5鬼)로 '가난, 질병, 우매함, 탐욕, 혼란'을 꼽고 특히 탐욕을 멀리 할 것을 주장하기도 하였다.

중국인의 이러한 정신은 아마 중국만의 폐쇄성 때문일 수도 있다. 중국의 대표적인 건물들을 보면 잘 알 수 가 있는데, 만리장성, 사합원, 신작대로, 자금성의 담 등은 중국이 북방민족으로부터 스스로를 보호하고자 하는 심리저변에 깔려 있는 문화의 표출이기도 하다. 또한 이러한 폐쇄성을 나타내는 사합원과 담들의 연결은 중국의 '꽌씨

(關係)'로 연결되는 것 역시 자연스러운 현상이기도 하다.

최근에 중국이 경제적으로 번영하면서 도시들마다 고층아파트와 빌딩들이 즐비하다. 여기에서도 그들의 전통적인 폐쇄성이 보인다. 건물의 고층과 비례해 담벼락이 높고 경비들이 이들을 지키고 있다. 중국의 문화를 잘 들여다 보면 한자, 바둑, 마작 모두가 다 네모의 형태를 띠고 있다. 이러한 문화 관념들이 건축과 놀이, 생활 그리고 생각의 폐쇄성을 지니게 하고 있는 것 같다.

차부뚜어 선생 역시 자신의 사고의 방식에서 벗어나지 못하고 죽음을 맞이하였다. 이는 중국이 자신의 사고의 틀 속에서 갇혀서 벗어나지 못하고 결국에는 밖에서 침략을 당하고 무너질 수밖에 없는 속성을 지니고 있는 것을 그대로 대변하고 있는 것이다.

후스는 이 작품을 통하여 청나라가 서구 열강에 의해 망하고 근대 문명이 중국으로 급속히 유입되면서 당연히 변해야 할 중국이 철저히 자신의 틀 속에서 벗어나지 못하고 옛 관습대로 대충대충 살아도 된다는 안일한 사고를 지닌 중국과 중국인들을 비판하였던 것이다.

장제스(蔣介石)는 후스가 죽었을 때 다음과 같이 평가했다. '신문화 중 구 도덕의 모범, 구 윤리 중 신 사상의 사표'라고. 그는 신문화를 받아들인 엘리트였지만 중국의 전통도덕을 지키는 모범이 되었고 낡은 윤리 속에서 활로를 여는 새로운 사상의 선구자 역할을 감당하였다.

제14장 산문 : 저우쭤런(周作人)과 린위탕(林語堂)의 작품

1. 저우쭤런(周作人)

1) 작가소개

저우쭤런

저우쭤런(1885-1967)은 1884년 저장성 사오싱에서 태어났으며, 자는 계명(啓明)이다. 그의 형인 루쉰(저우수런(周樹人)보다 네 살 적다. 어려서는 마을 서당에서 공부를 했으며 고전문학에 대한 조예도 상당히 깊었다.

형 루쉰과 마찬가지로 난징의 강남수사학당을 졸업하고 일본으로 유학길에 올랐으며, 1906년에 리쿄 대학에서 그리스어 등을 배웠다. 그는 또한 해군관리, 토목, 법정, 교육 등 다양한 분야를 공부 했으며, 일찍이 자신의 학문을 '잡학'이라고 평하기도 하였다.

저우쭤런은 신해혁명 후 1912년 일본에서 귀국하여 저장성 시학(視學)을 역임하고 후에는 중학교 교사를 지냈다. 1917년 형 루쉰을 따라 온 가족이 베이징으로 이사하면서 형의 소개로 베이징대 문과대 교수가 되었다.

저우쭤런은 천두슈, 후스, 루쉰 등과 함께 문학혁명을 주도한 ≪신청년≫에 글을 실으면서 세상에 알려졌다. 그리고 그는 그동안의 중국 문학이 비인간적이라는 것을 비판하면서 중국문학의 휴머니즘 문학을 주장하였다. 그는 시 <작은 강(小河)>, 산문집 ≪자신의 무대≫, ≪비 내리는 날의 글(雨天的書)≫ 등을 발표하였는데 많은 독자들의 사랑을 받았다.

저우쭤런은 1920년 문학연구회 발기인 중의 한 사람이었으며 동시에 1924년 루쉰이 발행한 ≪어사≫의 주요 필진의 한 사람이었다. 그는 이러한 잡지 등에 꾸준히 산문을 써서 중국의 대표적인 산문가가 되었다. 그리고 그는 공안파의 문학을 밝혀내고 한적한 산문인 소품문의 유행을 일으키기도 하였다.

저우쭤런의 사람됨이나 작품 경향, 그리고 정치나 사회에 대한 견해는 형인 루쉰과는 상당히 많이 달랐다. 루쉰을 직선적이라 한다면, 저우쭤런은 곡선적이었다. 루쉰이 공격적이었다면 그는 반어(反語)에 능했다. 또한 루쉰이 금강역사(金剛力士)처럼 사람들을 직시할 때 그는 조용하게 벙어리처럼 지냈다. 작풍에 있어서도 마찬가지였다.

루쉰의 표현이 단도직입적인데 반해 그의 표현은 완곡했으며 일정하게 우회한 것이었다. 루쉰이 혁명을 구가하였다면 그는 개량의 입장을 취했다. 1962년 일본인 부인이 세상을 떠나고, 5년 뒤 그도 아내의 뒤를 따라 세상을 떠났다.

2) 작품세계

저우쭤런의 산문에 대해 일찍이 후스는 그의 산문창작에 높이 평가했는데 중국 고전 산문만이 지닐 수 있는 미적 수준을 백화로 가능하게 한 작가로 평가하였다. 이것의 의미는 백화문의 발전이 산문을 통하여 점차 발전하였음을 의미하며 새로운 장르의 정착을 의미하기도 한다. 저우쭤런의 산문 창작은 20년대 초부터 30년에 이르기까지 이루어졌다.

그의 산문들은 평담과 한적 그리고 시대의 폐단을 지적하고 현실을 풍자 등이 있다. ≪비오는 날의 글≫, ≪오봉선(烏篷船)≫ 등은 평담과 한적으로, ≪3월 18일에 죽은 이들에 대하여≫라는 글은 돤치루이(段祺瑞) 정부의 죄행을 견책하고, ≪침묵≫은 반어적으로 언론의 자유를 유린하는 죄행을 풍자하는 것이다.

저우쭤런의 산문들은 대체적으로 청담과 한적을 대표하는데 위다푸는 절친한 친구로서 그의 산문을 깊은 가운데 반어적 의미가 담겨 있고 여유로우면서도 자유로운 맛이 있다고 평가하기도 하였다. 그는 산문을 쓰는 일에 있어서 단순함이라고 정의하였다.

본색이 나타나려면 원래의 모습을 있는 그대로 나타내어야만 진정한 의미가 있다고 보고 덧바른 화장품을 지우듯이 글의 본색을 드러내는 것이 진정한 글짓기라고 정의하였다. 이에 그의 산문들은 단순함이 있으면서도 평범함과 진실함 그리고 평담함의 매력을 지니고 있다.

저우쭤런의 산문에는 풍자도 일부 있지만 대다수가 일상생활의 자질구레한 일이든지 지난 일들을 회고하는 것들이다. ≪옛 일을 회상하며≫, ≪고향의 나물(故鄕的野菜)≫, ≪베이징의 다식(茶食)≫, ≪차를 마시다≫, ≪오봉선≫ 등이 대표적인 일상을 노래하는 산문들이다. 이들은 내용면에서 특별히 새로운 것은 없고 여유로우면서도 조용히 이야기를 하는 가운데 작가의 개성이 자연스럽게 드러난다.

저우쭤런의 산문이 평담, 한적한 풍격을 지니고 있고 그의 이러한 미적 성취로 말미암아 이후 현대문학계에 한적과 평담을 다루는 산문의 풍조를 열었다. 그는 또 다른 서술 방식은 언어 운용면에서 일종의 음각의 표현 방식을 사용하는 서술 방식을 사용하고 있다는 점이다. 그는 산문 작품 속에서 자신이 직설적으로 강력하게 말하는 것이 아니라 경치와 사물에 대해 자세하게 서술하고 독자들이 글을 읽으면서 스스로 체험하고 느끼게 하는 방법을 잘 운용하고 있다. 이것은 일종의 음각 표현방식으로서 논리와 이성으로 자신의 말을 밖으로 분명하게 표현해 내는 방식이라기보다는 자신의 감정과 충동을 언어 뒤에 숨기기면서 여운과 여백으로 표현하는 것이다.

저우쬐런의 산문은 문장과 단어의 운용이 자연스럽고 성숙한 단순미를 잘 보여준다. 그의 언어들은 단순하고 소박한 일상의 언어에 가깝고, 수사적인 장식도 거의 없다. 논리와 지적인 사고의 전개도 그렇게 압도적이지도 않다. 그리고 그는 인생의 중요한 문제들에 대해 자신의 감정개입이 즉각적이지 않다.

저우쬐런 산문의 주체는 중국의 신문화 건설에 있으며 그 근간으로는 자유로운 비판과 개성표출이 결합된 심미적 이상이다. 그는 일본 유학시절 접했던 서구의 자유로운 사고의 전개를 흡수하고자 하였다. 서구의 희랍문학에서 구미, 일본의 신문학을 거울로 삼아 중국에 새로운 문학을 건설하고자 하였다. 그의 심미이상의 이론적 근거는 서양의 문예부흥이후 개인주의적 인본주의를 기초로 하고 서구 근대의 인도주의, 자유주의, 개인주의적 가치관을 그 중심으로 삼았다.

그리고 기독교적 입장을 견지하며 민중을 선동하던 그 당시 개혁적 성향의 문학가들과도 대립적 태도를 취하였다. 그는 산문을 통하여 자신의 생각과 문학적 심미관을 추구하였으며 경물과 개인의 개성을 융합하는 산문체를 형성하였다.

3) 작품 ≪오봉선(烏篷船)≫ 감상

자영(子榮)선생

손수 쓴 편지를 받고, 당신이 나의 고향에 간다는 것을 알게 되어, 나로 하여금 당신에게 지도를 하게 하였습니다. 만약 말을 하라면, 나의 고향은, 진정으로 그리울만한 곳, 거기뿐이 아닙니다. 하지만 거기에서 자랐고, 10년 넘게 살았으며, 어쨌든 조금의 정황을 알기 때문에 이 편지를 써 당신에게 알려줍니다.

……

황혼이 회백색으로 물들 때 서울로 들어서 쑥과 담쟁이가 걸려있는 동문에 오니, 오히려 몹시 흥미로운 일입니다. 길에서 평온치 못했다면, 당신이 항저우로 오후에 출항 할 수도 있습니다. 황혼의 경치는 가장 아름다운데, 안타까운 것은 이 일대 지방의 이름을 내가 잊어버렸다는 것입니다. 밤에 객실에서 잠을 잘 때, 물소리, 노 젓는 소리, 오가는 배들의 인사소리, 시골의 개 짖고 닭 우는 소리까지, 역시 모두 재미있습니다. 배 한 척을 빌려 시골마을에 가서 '묘희'를 보면, 중국 고극의 진짜 흥취를 이해할 수 있을 것입니다.

그리고 배 위에서 행동을 자유롭게 하세요. 보고 싶으면 보고, 자고 싶으면 자고, 술 마시고 싶으면 술 마시고, 나는 역시 이것이 이상적으로 즐기는 법이라고 생각합니다. 아쉽게도 유신이래, 이런 연극과 환영회가 모두 금지되어, 중산 계급의 저능한 사람은 회관 밖에 별도로 '상하이식'의 극장을 세우고, 사람들에게 표를 사게 하여 상하이의 '猫兒戱'를 보게 했습니다. 이런 곳에는 당신은 절대 가지마세요.

당신이 나의 고향에 가면, 아마 아는 사람이 하나도 없을 것입니다. 나는 또 수업을 해야 하기 때문에 당신과 같이 놀러가고, 밤배를 타고, 한담을 나눌 수가 없습니다. 진심으로 사과하고, 미안해하고 있습니다. 천도군 부부는 현재 '佛山'아래 있어, 원래 당신에게 소개시켜 주려 했으나, 당신이 그곳에 갈 때면 그들은 아마 이미 고향을 떠났을 것입니다. 초겨울, 건강하세요, 이만.

기명 11월18일 밤, 베이징에서..

참고: 자영(子榮), 저우쭤런의 필명으로 1923년 8월 26일 <신보부간>에서 발표한 글 이후, 1923년, 1925년에 평균적으로 사용하였다.

"子榮"의 필명은 그가 일본에 있을 당시 한때 연인이었던 "乾榮子"의 이름에서 따온 것이라고 한다. 이글에서 편지를 쓴 사람과 받은 사람은 동일인이다. 작가 자신에게 말하는 조용한 독백이라고 볼 수 있다.

4) 작품 의의

저우쭤런의 한적 소품의 백미로 평가되는 작품이 ≪오봉선≫이다. 이 작품에는 평담과 한적을 표현하는 예술 방식이 잘 표현되어 있다. 우울과 적막을 한적함으로 분노를 해학으로 완곡함으로 바꾸는 정서적 미학이 잘 드러나고 있다.

저우쭤런은 ≪오봉선≫을 통해 자신의 고독을 상상 속의 벗을 찾아 자신의 마음을 전하는 모습을 보여준다. 그의 소품문은 주로 편지 형태의 글쓰기가 많은 편이다. 이는 작가의 성격이 조용하면서도 주변에 친구들이 많이 없다는 것을 간접적으로 보여주는 것이라 할 수 있다. 사실 그에게는 편지를 받아줄만한 친구도 그리 많지 않았다.

중국 남방 지역의 오봉선

위다푸와 몇 몇 작가들이 있을 정도다. 그는 자신에게 편지를 쓰는 방식을 택하는 데 산문에서 보이는 자영, 기명은 그의 필명이다. ≪오봉선≫은 자신으로부터 또 하나의 자신으로 향한 고독한 작가의 대화이다.

수신인 자영은 보통 인력거, 전차 혹은 자동차를 타고 야항선을 타고 서릉으로 가는 것이 아무래도 불편할 것 같은 전통생활의 정취에서 이미 멀어지기 시작한 현실 속의 자아이다. 이에 반해 기명은 현실의 자아에 내심으로부터 완강하게 저항하고 그를 객관화 하려는 또 다른 자아, 최소한 작가가 보기에 더욱 진실하고 더욱 가치가 있는 자아이다.

그는 흥미진진하게 고향의 배에 대해 설명한다. 백봉선, 오봉선, 큰 배, 작은 배 등. 오봉선을 설명할 때는 단지 삼명와를 설명하기 위해 전문의 많은 부분을 할애하기도 하고 작은 배를 설명할 때는 높이, 폭, 운행시의 느낌과 사고의 위험에 이르기까지 끊임없이 자세하게 설명한다. 이러한 세밀하고 자세한 묘사 속에 반복 사용되는 어휘가 '유취', '풍취', '취미' 등이다. 이는 어휘의 빈곤 때문이 아니다. 화자의 본뜻이 여러 배의 묘사에 있었던 것이 아니라, 배가 품고 있는 취미, 정감, 운치, 인생태도 등이 내포되어 있기 때문이다.

작품 속에 자연을 나타내는 시각적 이미지와 자연에서 나오는 소리와 동물들의 소리 등 청각적 이미지가 운용되고 있으며, 자연과 개인의 일치라는 형상화를 잘 이루고 있다. 저우쭤런은 작품에서 중국의 전통문화의 아름다움과 신문화가 밀려오는 데서 소외된 자아를 회복하고 다시 통합하고자 하는 시도를 하고 있다.

그는 필명을 사용하여 기명이 자영에게 고향에서 배를 타는 맛을 맛보라고 권하는 뜻도 작가의 깊은 정을 느낄 수 있다. 그러나 줄곧 근대 서구의 인본주의의 근간을 이루고 있는 인격의 자유와 개인 의지의 존엄의 근대성을 추구했던 저우쭤런으로서는 전통과 근대의 융합이 이루어지지 않고 사라지는 비애를 말하지 않을 수 없었던 것이었다.

《오봉선》은 전통문화의 부름이 아무리 아름답다 하더라도 그것은 결국 희망일 뿐이라는 것을 간접적으로 한적함과 평담함으로 승화시켰다.

〈참고〉

-루쉰과 저우쮀런 형제의 불화 비하인드 스토리-

루쉰, 저우쮀런은 우애가 좋기로 유명하다. 형 루쉰은 두 동생들을 불우한 환경 속에서도 맏형으로서 책임을 다하고 그들을 챙기는 전형적인 맏이의 역할을 하였다. 루쉰은 고향인 사오싱을 떠나 난징의 강남수사학당에 입학하여 신문물을 받아들였다. 그리고 얼마 후 동생 저우쮀런을 난징으로 불러 같은 학교에 입학하게 하여 학문의 길에 들여 두었다.

1902년 루쉰은 일본으로 유학을 가서 어머니의 권유로 주안과 결혼하기 위해 중국으로 돌아 왔지만 주안이 전통적인 여자인 것을 별로 마음에 들어 하지 않고 얼마 후 바로 일본으로 돌아 가버렸다. 1906년 저우쮀런은 형 루쉰을 따라 일본으로 같이 유학을 갔다.

일본에 두 형제는 같이 거처하면서 ≪신생≫이라는 문예집도 출간하고 번역도 같이 하며 지냈다. 루쉰은 먼저 일본에서 귀국하여, 차이위안페이(蔡元培)의 추천으로 중화민국 임시정부의 교육부 직원으로 취직하였고, 저우쮀런은 루쉰의 추천으로 베이징대 총장인 차이위안페이의 동의로 베이징대학 문과교수로 부임하게 되었다. 두 형제는 베이징에서 팔도만11호에 집을 마련하고 온 가족을 사오싱에서 불러 들여와 다 같이 머물게 되었다.

한편 저우쮀런이 늑막염으로 잠시 휴양차 향산의 벽운사에 요양을 하였는데 루쉰은 두 달 동안 저우쮀런을 찾아 병문안하고 치료비를 마련하였다. 이처럼 루쉰과 저우쮀런의 관계는 어려서부터 장성하여 유학과 결혼과 함께 베이징에 어머니를 모시며 살면서 형제우

애는 매우 좋았다.

그러나 1923년 7월 14일에 어떠한 일로 두 형제는 돌아 올 수 없는 다리를 건너 버렸다. 루쉰은 그의 일기에 이 날부터 따로 자신의 방에서 식사를 하기 시작하였다고 하였다. 그리고 7월 19일에 동생 저우쭤런이 직접 자기에서 편지를 가져와 다시는 보지 말자는 식의 편지를 주었다고 하였다.

루쉰 선생: 나는 어제야 알게 되었습니다. —— 그러나 지나간 일은 이야기할 필요가 없습니다. 나는 기독교인은 아니지만, 다행히 고통을 감내할 수도 있고 누구를 책망하고 싶지도 않습니다. —— 모두들 가련한 인간입니다. 나의 이전의 장밋 빛 꿈은 알고 보니 모두 허망한 환상(虛幻)이고, 어쩌면 지금 목도하고 있는 것이 참된 인생이겠지요. 나는 나의 생각을 바로잡아 새로이 새로운 삶으로 들어서고 싶습니다. 앞으로 다시는 후원에 오지 마십시오. 다른 할 말은 없습니다. 안심하고 자중하시기 바랍니다.

7월 18일, 作人

형 루쉰은 동생의 급작스러운 행동을 명확하게 이해를 하지 못하였다고 한다. 그리고 그 이유를 어렴풋하게 짐작은 하였다고 하지만 아직 까지 이 두 형제의 불화의 원인은 무엇인지 알 수 가 없다. 단지 주변 지인들이나 가족, 친구들의 증언이나 글로만 짐작할 따름이다. 불화설의 이유는 크게 두 개로 나뉜다.

하나는 저우쭤런의 아내인 일본인 하부토 노부코 (羽太信子)의 씀씀이가 너무 커 두 형제가 벌어온 월급으로 감당하기 힘들었다는 것과 다음으로는 베이징에서 사합원에 같이 살면서 루쉰이 제수씨의

목욕장면을 훔쳐보다 들켜 저우쭤런이 알게 되어 형제의 갈등이 생겼다는 설이 있다. 아직 까지 무엇이 진실인지 알 수 없지만 두 형제는 결국 저우쭤런의 일본인 아내로 말미암은 것은 사실이다.

특히 저우쭤런은 이 사건 이후로 형 루쉰을 호색인으로 호도하였다. 루쉰의 후처인 쉬광핑과의 연애와 결혼을 호색

저우쭤런과 하부토 노부코

의 결과로 치부할 정도이다. 여하튼 중국의 현대문학의 거목으로 추앙받는 루쉰의 비하인드 스토리는 아직까지 하나의 설로 남아있다.

2. 린위탕(林語堂)

1) 작가 소개

린위탕(1895-1976)은 1895년 10월10일에 푸젠성에서 태어났으며 아버지는 목사이다. 목사인 아버지의 영향으로 어린 시절부터 엄격한 기독교 교육으로 성장하여 서양의 종교와 문화에 익숙하였다.

린위탕은 특히 자신의 집에 함께 살았던 미국인 선교사의 영향을 받아 영어에 특출함을 보였다. 그는 17살에 상하이의 세인트 존스 대학(聖約翰大學)을 졸업하고, 칭화

린위탕

대학교의 영어 교사가 되었다. 이때에 그는 중국 전통문화와 중국의 고전문학에 대한 깊은 관심과 연구에 몰두 하였다.

린위탕은 칭화대학교에서 유학 보조금을 받아 1919년 하버드 대학에서 비교문학으로 석사 학위를 얻었다. 그러나 보조금 지원이 중단되자 그는 프랑스로 가서 중국인들에게 중국어를 가르쳤다. 또한 독일로 가서 예나 대학을 한 학기마치고 다시 라이프치히 대학으로 가서 1923년 언어학 박사학위를 받았다. 그 후로 베이징대, 베이징 사범대 교수가 되었다.

린위탕은 1926년 샤먼으로 옮겨 샤먼 대학 주임교수를 역임하고, 1929년 이후 상하이 동우대학 영어 교수를 지냈다. 한때 우한으로 건너가 우한정부의 일을 하였고 이후 상하이로 와서 문필가로 살았다. 1920년대 루쉰이 주도하던 ≪어사≫를 중심으로 창작활동을 하였다. ≪어사≫는 우리 마음에서 솟아나는 말과 언어로 자유롭게 창작활동을 할 수 있었기에 루쉰과 함께 하는 것을 상당히 좋아하였다.

특히 영어를 통하여 중국의 고전을 번역하여 중국의 전통문화와 중국인들을 외국에 소개하는 것을 주로 하였다. 1935년부터 1966년 까지 미국서 살았는데 이때 작가 펄 벅의 권유로 중국을 서양에 알리는 열심이었다. 만년에 타이완의 양음산에 거주하였으며 1976년 82세로 홍콩에서 세상을 떠났으며 이후 타이완의 양음산에 묻혔다. 그의 대표 저서로는 ≪생활의 발견(生活的藝術)≫이 있다.

2) 작품세계

린위탕은 중국의 현대문학에 있어서 다른 작가들과 특별히 다른 이력을 지닌 작가이다. 그의 아버지는 당시 목사로서 서양의 선교사들과 왕래하는 지식인이었고 기독교 문화를 잘 아는 사람이었다. 이에 자신의 아들도 서구 특히 기독교 문화로 교육을 시켰다. 이후 린위탕은 상하이를 거쳐 미국으로 프랑스로 독일로 유학을 가게 되었다. 이러한 특이한 경력은 그의 사고를 서양식 사고를 지닌 중국인으로 성장하게 하였다. 그래서 그는 중국의 전통문화 보다는 서양의 문화에 더 익숙하고 서양인의 시각을 지녔다.

린위탕이 베이징대에 부임하면서 기존에 잘 알지 못하였던 중국의 전통문화에 관심을 기울이게 되었다. 그리고 저우쭤런과 루쉰 등과의 교류를 통해서 더욱 깊이 관심을 갖게 되었다. 이러한 자신의 특징을 잘 알기에 일찍이 자신은 두 다리를 동서문화에 걸치고 마음을 가다듬어 우주의 문장을 평할 수 있다고 말하였다.

그러나 린위탕은 중국의 전통문화와 문학을 연구하면서 자신의 조국인 중국문화에 심취하게 되고 결국 동양문화를 찬양하게 되었다. 그는 중국식의 의복과 신발 속에서 영혼에 안식을 얻을 수 있었다라고 고백할 정도로 그는 중국의 전통문화를 사랑하였다.

린위탕은 동양의 문화 중에서도 유교보다는 도교에 더 관심을 가졌다. 그래서 그는 동서양의 문화를 아우르면서 도교의 문화와 철학에서 동양의 서정철학의 길을 발견하였다. 그는 특히 사람의 주변인 생활 속에서 문학의 창작을 추구하는 데에 이르렀다. 인간은 자신의 생활의 즐거움을 발견하고 향유하려면 예술적 안목과 더불어 유한한 심적 경지를 요구한다.

그리고 심미적인 눈으로 생활을 대하게 되면 자신도 몰랐던 생활 속의 풍부한 문학적 아름다움을 발견하면서 삶의 매 순간을 즐길 수 있는 한적하고 유한한 격조를 지닐 수 있다. 린위탕은 심리적 자아 조절을 통하여 번뇌와 고민을 벗어버리고 개방적인 태도를 취함으로써 인생의 즐거움을 맛볼 수 있는 서구적이면서 현대적인 생활 여유를 지닐 수 있다고 주장한다.

노자의 초상

린위탕의 사고적 근간은 도가이다. 그는 도가의 자연, 무위, 무사유 등을 사상적 기초로 두고 있다. 노장사상의 유한한 정신과 이 속에서 얻어지는 자유로운 의식에 대해 찬사를 보내었다. 그는 작품 속에서 대자연, 가정, 차, 담배, 술 등을 소재로 하여 인간이 일상에서 누릴 수 있는 여유의 미를 찬미하였다.

그는 도가의 자연주의적 심미관을 두고, 중국인들의 전통문화의 아름다움을 발견하고 이러한 중국의 전통문화의 우위성을 서양에 전하고자 하였다. 그는 어떠한 권위에도 구속받지 않는 자유사상과 개인의식을 추구하였다.

그의 심미관에는 노장에서 문학의 비공리성을 발견하고 성령(性靈)을 주장하는 공안파에 관심을 두었다. 그는 동양의 노장사상을 연결 시켜 도가적 기반위에 자유를 추구하는 서양의 사조와 동양의 한적함을 연결시키고 자 하였다.

3) 작품 ≪생활의 발견-부제: 현대생활과 서정철학≫ 감상

이 책은 사상과 인생에 관한 나의 체험을 밝힌 개인적인 증언이다. 이 책에서 밝힌 나의 입장은 객관적인 것도 아니고, 영구불변의 진리도 아니다. 실제로 나는 철학에서 객관성을 주장하는 것을 도리어 싫어하는 사람이다. 객관적인 진리보다는 사물을 어떤 입장에서 보느냐가 중요하다고 생각하기 때문이다. 나는 서정시적(抒情詩的)이라는 말을 개성이 강항 독자적 견해라는 뜻으로 여기고 있다.

그래서 이 책을 '서정 철학'이라고 부르고 싶지만 지나친 꾸밈인 듯싶어 그만두기로 하였다. 너무 높은 곳을 바라보게 되면 독자들에게 지나친 기대를 갖게 할 두려움도 있고, 무엇보다 내 사상을 구성하고 있는 주요 골자는 서정시적인 것이 아니라 평범한 산문이기 때문이다. 따라서 이 책은 누구나 손쉽게 읽을 수 있는 자연스럽고 쉬운 글이 될 것으로 바란다.

너무 높은 곳을 겨누지 않고 땅에 매달려 흙과 같은 존재가 되어버리더라도 나는 매우 만족스럽게 여길 것이다. 내 마음은 흙과 모래 속을 즐겁게 뛰노는 것으로 행복을 맛보고 있다. 이 땅 위의 생활에 도취될 때 사람들은 우화등선(羽化登仙)했나 여겨질 만큼 마음이 경쾌해지는 경우가 있지만, 실제에 있어 우리네 육신은 땅 위 6척(약 180cm)도 떠나는 일이 드물다.

....

마지막으로 지금까지 말한 사람들보다 위대한 인물이 몇 사람 더 있다. 마음의 벗이라기보다는 내가 스승으로 받드는 사람들인데, 인생과 자연에 대한 맑고 투명한 경지에 이르러 인간미가 담뿍 담겨져 있으면서도 아주 신성하고 자연스럽게 솟아나오는 슬기는 천의무봉(天衣無縫) 털끝만큼도 인위의 흔적이라고는 찾아볼 수가 없다. 이러한 인물로 장자가 있고 도연명이 있다. 그 마음의 소박함은 도저히 시시한 인물들이 따라 올 수가 없다. 나는 자주 이 인물들이 한 말을 인용하여 직접 독자에게 들려주었는데 나는 그 고마움을 결코 잊어버린 것이 아니다.

동시에 내 생각을 이야기하고 있는 것처럼 여겨질 때에도 사실은 이들 선철(先哲)을 대신해 내가 말하고 있는 것이다. 그들과의 마음의 교류가 오래되면 될수록 그들의 사상에서 받는 은혜는 더욱더 친화의 도를 더하여 내 자신도 알 수 없을 만큼 혼연일체가 되어 간다는 것이다. 마치 좋은 집안에서 자라난 사람이 부모로부터 받는 감화와 같다고 할 수 있다. 그렇게 되면 이러 이러한 점이 아주 비슷하다고 딱히 꼬집어 머라 말할 수가 없게 된다.

또한 나는 중국인으로서만이 아니라 근대 생활을 영위하고 있는 근대인의 하나로서 이야기하려고 애를 쓰기도 한다. 다시 말하면 고인의 사상의 충실한 소개자로서 이야기했을 뿐만 아니라 근대 생활에서 내 자신이 스스로 체험하여 얻은 것을 말하려 한 것이다.

이러한 태도에 있어서 부족한 점이 없는 것은 아니지만, 대체적으로 말하자면 더 진지한 태도로 일을 할 수 있게 된다는 것이다. 그러하기에 고인이 한 말에 대한 취사선택은 완전히 나의 자유재량에 의한 것이다. 어느 한 시인이나 어느 한 철학자의 전모를 여기다가 옮기려고 하지는 않았다. 그러니까 이 책에 쓰여 진 증거에 의하여 고인을 판단할 수는 없는 일이다.

......

마지막으로 나는 리처드 J. 월쉬 부부에게, 먼저 이 책을 쓰도록 좋은 생각을 갖게 해준 데 대하여, 다음으로 유익하고 솔직한 비평을 해준 점에 대하여 감사하는 바이다. 또한 원고를 인쇄에 붙이는 데 필요한 모든 준비와 교정에 있어서 협조해주신 휴 웨이드 씨에게 감사드리며, 색인을 만들어준 릴리안 페퍼 양에게도 고맙다는 뜻을 표한다.

4) 작품의 의미

린위탕이 추구한 산문은 유머와 한적이라 말할 수 있다. 그가 추구한 유머는 작가가 냉정하게 방관자의 입장에 서서 사회의 어두움과 중국인들의 고통에 대해 비분과 강개의 정서를 지니고 있어야 한다는 것이다. 그리고 그 가운데에 장중함을 지니면서도 웃음을 겸비한 문장으로 자신이 살고 있는 사회와 인생을 자연스럽게 이야기하는 것이다. 그는 초탈로부터 유머가 생성되고 온후한 것이어야 한다. 그리고 한적한 유머는 화를 낼 줄 모르고 그저 웃을 줄만 알면 되는 것이다.

린위탕은 어린 시절 가난하여 주변의 도움으로 학문의 길을 걸어서 가난이 무엇인지를 아는 작가이다. 그러나 그는 가난과 절망의 속에서도 언제나 유머를 잃지 않았다. 그가 자신의 작품에서 밝히고 있듯이 '내가 하버드 대학에서 공부할 때, 내 아내가 병이 나서 입원했다. 돈은 완전히 다 떨어지고 아내의 물건까지 다 내다 팔아 이제는 끼니조차 어렵게 되었다'라고 생활의 고달픔과 어려움을 피력하고 있다.

그러나 그는 힘들 때마다 스스로의 결단력과 의지, 생활에의 신념으로써 가난과 절망을 이겨 나갔다. '나'에 대한 사랑이 내 힘의 한계에 대한 인식을 통하여 운명의 한계를 극복하고 심기일전의 용기와 신념의 계기를 마련하였다.

린위탕은 서구의 사고방식으로 중국의 전통문화를 찬미하는 글을 썼다. ≪생활의 발견≫에서 보면 서양의 문화보다는 중국의 전통문화나 중국의 문화가 더 낫다는 식의 글을 쓰고 있지만 글의 논조는 서양의 시각에서 출발한다.

예를 들면 기독교 사상에서는 산다고 하는 문제는 영생이라는 문제 속에 파묻혀 있는 반면 중국의 철학은 인생을 즐길 줄 안다는 것으로 평가하고, 또 양복이 인체의 윤곽을 폭로하는 데 반해 중국옷은 결점을 넉넉히 숨겨 준다고 평가하고 있다. 서양식의 악수 하는 것 역시 유럽의 야만 시대의 유습이라고 저평가하고 모자를 벗는 예절 또한 서로 투구를 들어 화평의 뜻을 보이던 옛 습관에서 나왔다고 말한다.

린위탕은 이 책을 통해서 서양의 문화보다는 중국의 문화가 더 낫다고 하는 어느 정도의 민족주의 경향을 보이고 있다. 그러나 겉으로 보기에는 린위탕의 논조는 중국의 것, 중국의 전통문화 등이 서양보다 더 낫다고 보는 것은 자신이 정확하게 중국의 일상의 깊은 삶을 살아 보지 못한 그러나 서양인이 보기에는 좋아 보이는 것들을 소개하는 식의 글들이라고 볼 수 있다. 그래서 린위탕이 또 다른 문학가들에게 비판 받는 것이 당연한 것인지도 모른다.

중국 현대희곡

중국문학에서 희곡의 장르는 고전전통극인 희곡을 의미한다. 희곡은 노래와 춤으로써 스토리를 연출하는 것이다. 희는 놀이, 곡은 음악을 뜻하는 것이 기본으로 여기에 무술을 더하여 더욱 박진감 넘치고 이야기가 더욱 재미를 더하는 효과를 얻는 장르이다.

현대에 들어와서 서양의 영향을 받은 현대희곡은 노래와 춤, 무술 등은 생략되고 주로 말을 위주로 하는 희곡이라 하여 '화극(話劇)'이라고 구분하고 있다. 한국에서는 화극이라는 용어가 익숙하지 않으니 일반적으로 현대희곡으로 칭하기도 한다. 중국의 현대희곡에 있어서 극본의 창작은 다른 문학 장르에 비해 늦게 발전하였다. 그 이유는 화극이라는 것이 서양에서 도입된 희곡양식이어서 대중들에게 낯설었을 뿐만 아니라 신극운동으로 계몽하고자 하는 사람들도 전문적으로 교육을 받고 전개된 것이 아니었기 때문이다. 또한 이들이 공연을 하기 위해 극본을 쓰고 무대에 올리기가 그만큼 부담이 컸기 때문이다.

서구에서 처음 들어왔을 때 낯선 장르에 많은 사람들이 전통 희곡만 여전히 좋아하였다. 그러나 새로운 시도를 하면서 관심을 끌기 시작하였다. 사람들은 전통과 다른 희곡이라 하여 '문명희'라는 용어를 사용하였다. 서구의 문명된 내용과 새로운 스토리를 접하게 된 사람들은 신선하게 받아들여졌다. 초기 현대희곡은 일본에서 유학한 학생들이 크리스마스의 성극으로 시작되었고 ≪춘희≫ 등 서구의 내용이나 계몽의 내용들이 주를 이루게 되었다. 그러나 문명희는 초기의 순수 연극에서 상업적 내용이 들어오면서 그 순수성을 상실하게 되고 많은 연극계의 인사들로부터 각성의 촉구를 듣게 되었다.

중국의 현대희곡은 1918년 ≪신청년≫에 '입센 특집'을 내면서 발전을 하게 된다. 이곳에 소개 된 ≪인형의 집≫은 당시 중국 사회에 큰 충격을 주었다. 1921년에 조직 된 민중희극사는 월간지 ≪희극≫을 창간하고 현대극에 대한 이론과 기술, 서양극에 대한 이해도를 높이는데 기여하였다. 또한 전통극과 아마추어극의 제창과 보급을 위해 노력하였다.

1920년에는 민중희극사와 신월파의 희극인들 사이에서 희곡에 대한 견해차가 있었다. 민중희극사는 연극의 기능을 '사회의 암흑과 정치 비정을 고발'하여 민중을 계몽하는 것이었지만, 신월파 희극인들은 '예술로서의 희극'을 목적으로 삼았다. 이런 상황 속에서 이 시기에는 중국현대극에 있어서 수준 있는 극본은 나오지 못했고, 현대 희곡에 대한 연구와 실험적 연극이 활발하였다.

현대희곡이 성장하는 시기는 1927년부터 1938년이다. 이 시기에 가장 활발한 활동을 했던 단체는 상하이극협사와 남국사를 들 수 있다. 이 시기에는 현대연극이 서구의 극본이나 모방작 수준에서 벗어나 스스로 창작할 수 있는 수준으로 성장하였다. 그리고 현대희곡에 대한 이론과 작품을 폭넓게 수용하면서 연극의 수준도 높아졌다. 또한 중국의 전통 희곡과 서양 희곡을 융합하여 새로운 현대희곡을 창작하려고 노력하였다.

현대희곡의 전성기에 많은 작가들이 활동을 하였는데 1927년 이전부터 활동하던 작가와 신진 작가로 나눌 수 있다. 전자는 어우양위첸(歐陽予倩), 훙신, 톈한 등이 있고, 후자는 리젠우(李健吾), 차오위, 라오서 등이 있다. 중국 현대희곡에서 가장 크게 주목해야할 작가와 작품이 1933년에 나왔다. 현대희곡은 항전기에 대중들에게 선전효과가 크다고 여겨 많이 사용되었다. 그러나 항전극은 단막극이 대부분이며 선전에만 주력하여 수준 있는 연극은 그리 많이 나오지는 않았다.

1949년에 베이징에서 중화인민공화국이 건국되었다. 중국 건국 이후, 문학계는 사회주의 사실주의에 집중하는 현상을 보였다. 현대희곡은 더욱 정부정책에 맞는 형태로 발전하였고 독창적인 주제보다는 당의 당위성을 선전하는 비중이 높아졌다. 그리고 문화대혁명의 시기를 거치면서 더욱 이러한 현상은 뚜렷해졌다. 그 중에서 앙가극(秧歌劇)이 대표적이라 할 수 있다.

앙가극은 마오쩌둥이 옌안에서 연설한 <옌안문예강화>로 태어난 중국식 현대연극 형식이다. 앙가는 일반적으로 중국 북방 농민들이 논밭에서 일하며 부르는 일종의 노동요이다. 앙가극은 농민들이 농사를 지으면서 힘든 것을 잊게 하고 즐거움을 주면서 동시에 그들에게 공산주의에 대한 선전과 교육을 하는 것이 목적이다. 주로 단막극 위주로 단순화시켰는데 단막극에서 오는 단조로움을 피하기 위해 다막극을 창작하기 시작하였다.

제15장 희곡 : 차오위(曹禺), 샤옌(夏衍), 톈한(田漢)의 작품

1. 차오위(曺禺)

1) 작가 소개

차오위

중국에서 현대희곡의 대표자를 말하면 차오위(1910-1996)이다. 차오위는 1910년 톈진에서 태어났으며 본명은 완자바오(萬家寶)이다. 그의 성인 완(萬)의 글자를 분리하여 차오(曺)발음과 같은 차오(曹)와 위(禺)로 정하였다. 그의 아버지는 일본 육군 군관학교 출신이었으며 어머니는 문학과 연극을 좋아했다. 그러나 모친의 이른 사망으로 이모가 대신 그를 키웠다.

차오위는 톈진남개중학(天津南開中學)에 입학하였으며 사실주의 신극(新劇) 활동을 하였다. 그는 어린 시절부터 연극에 관심이 많아 중학시절부터 연극을 시작하였다. 난카이대학 정치학과에 입학하였으나 2년 후 칭화대학 영문학과로 전학하였다.

칭화대학에 다니면서 차오위는 문학과 연극에 심취하였고 그의 나이 23세에 그의 대표작인 ≪뇌우(雷雨)≫(1934)를 창작 발표하였다. 차오위는 대학시절에 서구의 문학을 좋아하여 많은 독서를 하였다. 그 중에 서구의 희랍문학과 희곡에 집중하였다. 그에게 영향을 끼친 작가는 헨리크 입센(Henrik (Johan) Ibsen)과 유진 오닐(Eugene Gladstone O'Neill) 그리고 안톤 체호프(Anton Pavlovich Chekhov)

등이다. 그의 작품들은 대부분 풍부한 상상력과 사실적인 내용으로
대중들의 환영을 받았다.

차오위의 유년 시절은 중국의 전통 봉건 관료가정에서 성장하고
어머니의 이른 죽음으로 가족의 따뜻함을 잘 모르며 성장하였다. 그
는 어린 시절 부유한 가족이 몰락하면서 불우한 환경으로 우울한 성
격을 지녔다. 그러한 그의 경험은 작품들 속에서 많이 나타나고 있
는데 《뇌우》 속의 배경이 되고 있는 봉건가정과 작품 인물들이 그
대로 적용되었다는 평가를 받고 있다.

이어서 《일출(日出)》(1936)을 발표하면서 상하이를 중심으로 하
는 중국 상류 사회의 화려함과 부패를 그대로 표현하여 큰 반향을
일으켰다. 또한 《원야(原野)》(1937)를 발표하여 차오위는 중국 현
대희곡의 대표자로서의 지위를 굳혔다.

항전시기의 그의 작품 활동은 주로 항일 애국지사를 칭송하고 민
족의 부패함을 규탄하였다. 우한의 전국희극항적(抗敵)협회의 이사
로 활동하면서 사람들에게 항전을 고취시키고 지속적으로 반봉건의
주제를 강조하였다. 차오위는 1946년에 라오서와 함께 미국의 요청
으로 미국에 가서 강의를 하고 이듬해 귀국하여 상하이의 문화영화
공사에서 감독직을 맡기도 하였다.

차오위는 1961년부터는 역사극을 창작하였는데 《단검편(胆劍篇)》
과 《왕소군(王昭君)》 등을 창작하였다. 그리고 1996년 12월에 세상을
떠났다.

2) 차오위의 작품세계

차오위는 반봉건과 개성해방이라는 주제를 다루면서 비극적 표현

에 뛰어나 중국 현대희곡 작가 중에서 가장 뛰어난 문학적 성취를 이루었다. 그의 극작 중에는 '차오위 삼부곡'인 ≪뇌우≫, ≪일출≫, ≪원야≫가 대표작품들이다. 그의 희곡에는 사실적 연극적 기교가 있으며 표현주의 연극이 잘 녹아 있다. 그의 희곡은 입센의 사실주의 연극을 계승하고 미국의 오닐 연극의 특징을 잘 흡수하여 자신만의 연극적 경지를 확대시켰다.

작품 ≪뇌우≫는 봉건집안인 주씨와 노씨 사이의 대립을 갈등의 축으로 하여 중국 상류 사회 가정의 부패와 불행한 하층민들의 고통을 잘 반영하고 있다. 특히 당시에 다루기에 힘든 근친상간이라는 금기를 연극의 제재로 다루면서 극의 비극적 효과를 극대화 하였다. 또한 작품 곳곳에 상징적 무대장치와 조명처리 등으로 표현주의적 기법을 잘 활용하였다.

두 번째 작품인 ≪일출≫은 주인공 진백로의 처지와 그녀를 둘러싼 많은 인물들을 통해 상하이의 상류사회의 죄악을 폭로하였다. 차오위는 극적 효과를 높이기 위해 비천한 인물을 선택하고 무대 장소를 화려하지만 어두운 호텔을 중심으로 하여 사회적 불평등과 모순이 존재하는 갈등 구조를 구현하였다.

세 번째 작품인 ≪원야≫는 호구가 자신을 파멸시킨 초염왕에게 복수를 하려 하지만 초염왕의 며느리인 화금자를 사랑하게 되고 결국 자신은 자살하고 화금자는 들판에서 울부짖는다는 비극작품이다. 이 작품은 농촌 지역을 배경으로 하고 복수 사건을 다루면서 표현주의 기법을 확고히 다진 작품이라고 평가받고 있다. 특히 작품 인물들의 이미지 처리와 배경을 신비하게 처리한 기법은 상당한 수준이다.

이 세 작품인 차오위 삼부곡은 그의 독특한 예술 풍격과 비극을 다루는 예술적 능력과 인물의 내면세계를 심도 있게 묘사하고 극적 갈등을 탁월하게 형상화한 수준 높은 작품들이다. 차오위의 현대희곡은 사실주의의 풍격을 계승하고 모더니즘적 예술 기법인 표현주의 기법을 잘 구현하였다. 또한 작품속의 인물들의 이미지를 생동적이고 극적 장면이 긴장을 주면서 갈등의 충돌이 격렬하게 하여 중국 현대 희곡에서 대표작품으로 받아드려지고 있다.

3) 작품 ≪뇌우≫ 감상

다음은 제2막에 나오는 주복원의 부인 주번의와 주복원의 전처의 아들 주평과의 대화 장면이다.

주번의: (화를 벌컥 내며) 아버님, 아버님. 아버지란 말 좀 그만둬! 체통? 너도 체면을 따지는 거야? (차갑게 웃으며) 나는 이런 체면을 지키는 가정에서 이미 18 년을 살았어. 주씨 집안에서 일어난 죄악이란 죄악은 내가 다 들었고 다 보았고 내가 저질러 보기도 했지. 그러나 나는 언제나 너의 주씨 집안의 사람이 아니었지. 그러니 내가 저지른 일은 내 스스로가 책임을 져야하는 거야.

나는 너희 조부나 숙부 그리고 그 잘난 네 아버지가 몰래 끔찍한 일들을 수없이 저질러 놓고 다른 사람에게 화를 덮어씌우고 겉으로는 도덕군자요 자선가요 사회의 훌륭한 인물이나 되는 것처럼 그렇게 하지는 않아.

주평: 물론 대가족이다 보면 좋지 못한 사람도 있을 수 있겠죠. 하지만 우리들 중에선 저만 빼면...

주번의: 전부 다 똑 같아. 네 아버지가 가장 위선자야 알아? 이전에도 양가집의 한 아가씨를 유혹해서 말야.

....

주번의: 네 아버지는 나에게 정말 잘못한 짓을 한 거야. 같은 수법으로 나를 속여 데리고 왔고, 나는 도망 갈 수가 없어서 네 동생 충이를 나았지. 십여 년 동안 조금 전과 같은 횡포가 나를 서서히 돌과 같은 찬 산송장으로 만들어 버린 거야.

그런데 네가 갑자기 시골에서 올라와 나를 어머니인데도 어머니 같지도 않고 정부이면서도 정부 같지도 않은 길로 유인했잖아. 바로 네가 말이야!

...

주번의: (무거운 어투로)잠깐, (주평이 선다) 아까 내가 한 말은 너에게 어떤 요구도 아니라는 것을 알아주었으면 좋겠어. 내가 바라는 것은 네가 진심으로 옛날에 우리들이 이 방에서 한 말들,(잠시 멈춤, 괴로워하며) 수 없이 수 없이 많이 했던 말들을 잘 한번 생각해 달라는 거야. 네가 알다시피, 한 여자의 몸으로 두 대에 의해 모욕을 받는 것이 어떤 것인지, 너도 상상할 수 있잖아.

주평: 저도 이제까지 깊이 생각해 봤어요. 요즘 저의 고통에 대해서도 당신이 잘 알리라 생각합니다. 그럼, 전 가겠어요.

4) 작품의 의미

희곡 《뇌우》는 4막으로 구성된 비극으로 1934년에 발표되었고, 1935년 일본 도쿄(東京)에서 공연되었다. 1920년대를 전후로 한 봉건지주인 주복원과 그의 가족들을 중심으로 벌어지는 봉건가족의 비극을 다룬 작품이다.

주복원은 봉건지주이자 매판 자본가로 돈과 자신의 이익을 위해서는 수단과 방법을 가리지 않는 인물로 나온다. 그는 후처 번의(繁漪)를 두었지만 번의는 큰 아들 주평과 사랑을 이룬다.

또한 30년 전에 주씨의 하녀로 일하다가 버림받았던 시평과 주복원과 시평사이에 난 딸 사봉은 주평과 사랑하는 사이가 된다. 이처럼 가족 간의 벌어지는 불륜과 치정이 극의 전반적 흐름을 갖게 된다. 번의는 이러한 질식된 관계를 알고 광적으로 저항하며 주평은 자살하고 사봉과 주충은 죽는다.

결국 극은 가족들이 죽고 가정이 붕괴되는 참담한 비극이다. 이 불륜의 갈등 외에도 주복원과 주평, 주충과 사봉 간의 갈등을 다루고 주복원과 시평의 아들 노대해와의 노동자층 사이의 노사갈등이 복잡하게 얽혀 있다.

전체 4막의 ≪뇌우≫는 하루 동안의 시간과 주씨와 노씨 두 집의 거실과 안방이라는 좁은 공간을 배경으로 삼고 있다. 이 짧은 시간과 좁은 공간을 중심으로 두 가정이 약 30년이라는 긴 시간을 두고 벌인 갈등과 투쟁 속에 실재했던 죄악을 축소 비극화한 작품이다.

≪뇌우≫가 발표된 이후 지금까지도 왕성한 생명력을 잃지 않고 있다. 중국뿐만 아니라 한국, 일본, 미국 등 세계무대 위에 올려지고 있다. 이는 ≪뇌우≫가 선명한 주제와 전기적 구성, 인물의 개성화, 인물간의 복잡한 갈등과 대립 구조, 개성적인 언어 등을 복합적으로 잘 융합되어 있기 때문이라고 할 수 있다.

참고) 차오위의 ≪뇌우≫와 장이머우 영화 ≪황후화≫ 비교하기

영화 ≪황후화≫   연극 ≪뇌우≫

≪황후화≫는 중국 중세를 배경으로 하는 시대물로 궁궐 안에서 황제와 황후, 세 왕자가 벌이는 암투극으로 중국 현대극작가 차오위의 작품 ≪뇌우≫를 원작으로 한 영화로 당나라 왕조를 배경으로 황후, 황제, 이복왕자 사이의 미묘한 삼각관계를 그렸다. ≪뇌우≫는 국내에서도 각색되어 1950년에 국립극단 정기 공연작으로 무대에 올려 졌고 2004년 국립극단이 레퍼토리 복원작으로 공연한 바 있다.

중국 역사상 가장 화려한 왕조였던 당나라 황실이라는 매력적인 소재를 흥미진진하게 그린 이 영화는 중양절 축제를 하루 앞둔 황궁은 황금빛 국화들로 치장되어 화려하기 그지없다.

축제를 즐기기 위해 하늘 아래 단 한 명의 권력자인 황제를 중심을 황후와 세 명의 왕자가 황실에 모이고, 시작된 축제의 밤, 찬란한 달빛을 등지고 황궁을 피로 물들일 반란은 장이머우 감독의 탁월한 연출력에 힘입어 거대한 스케일과 화려한 액션으로 승화되어 시선을 사로잡는다. 그리고 이 영화의 하이라이트인 대규모 전투장면은 실제 군인 천 여 명의 엑스트라가 동원되었다. 그리고 모든 군인들의 황금갑옷, 황제의 갑옷과 황후의 왕관에 모두 순금이 도색되어 총 제작비만 450억 원을 들여 스케일을 자랑한다.

이 영화는 중국 개봉 당시 엄청난 흥행을 가져왔다. 개봉 당일에만 역대 최고 기록인 한화 18억 원을 기록하면서 개봉 첫 주에 한화 약 150억 원으로 중국 개봉사상 최대 주말 성적을 기록하였다고 한다.

최종적으로는 한화 360억 원의 흥행기록을 세우며 역대 중국영화 사상 최고 흥행기록을 세웠다. 하지만 중국에서의 엄청난 흥행성적과는 달리 한국에서는 크게 흥행하지는 못하였다.

2. 샤옌(夏衍)

1) 작가 소개

샤옌(1900-1995)은 1900년 저장성 항저우에서 태어났다. 본명은 선돤셴(沈端先)이다. 1925년에 일본으로 유학을 가 일본 규슈공업학교를 졸업하였다.

1929년 상하이에서 '예술극사'를 결성하고 루쉰과 함께 좌련을 결성하였다. 그는 특히 러시아문학에 관심이 많았는데 러시아 작가 막심 고리키(Maxim Gorki)의 작품을 번역하여 소개하기도 하였다.

샤옌

샤옌은 ≪새금화(賽金花)≫, ≪자유혼(自由魂)≫ 등의 현대희곡을 발표하였으며, 1937년 이후 주로 상하이에서 연극을 통하여 항일 운동을 참가하기도 했다. 그는 ≪상하이의 밤(上海夜)>, ≪파시스트 세균(法西斯細菌)≫, ≪상하이 처마 아래서(上海屋檐下)≫ 등 일본군이 점령 하고 있던 상하이를 배경으로 한 희곡작품을 썼다. ≪새금화≫는 청말민초의 기녀(妓女) 새금화가 홍균과 결혼하고 홍균이 죽자 연합군 사령관과 동거를 다룬 역사에 근거한 작품이다.

샤옌은 중국현대문학사에서도 보기 드물게 다재다능한 작가이다. 연극과 영화 분야에 있어서 20세기 중국을 대표할만한 작가라고 불릴 정도로, 소설과 희곡 뿐 만 아니라 영화나 번역 방면에서도 적지 않은 성과를 남겼다. 그 가운데서도 희곡 방면의 성과는 가장 두드러진다.

1965년 마오둔의 소설 ≪임가포자(林家鋪子)≫를 근거하여 동명 영화 ≪임가포자≫를 만들었다. 1979년에는 중국 영화가 협회 주석이 되었고, 1995년에 세상을 떠났다.

2) 샤옌의 작품세계

샤옌은 사실주의에 근거하여 현대희곡작품을 창작하면서 뛰어난 예술적 재능 보여 주었다. 그는 정치적 내용을 예술적으로 표현하는 데 탁월한 재능을 지니고 있었다. 샤옌은 희곡의 인물, 장면, 배경, 스토리의 전개, 그리고 플롯 등에 당시의 시대적 상황을 잘 담아내었다. 그의 또 다른 현대희곡의 특징은 비극적 내용을 희극의 수법을 통하여 신선한 감동을 만들어 내는 정치 서정시의 특징을 만들어 내었다.

샤옌의 사실주의 희극예술의 기본특징은 고도의 진실성을 내포하고 있다는 것이다. 그의 희곡은 평범한 일상생활 중 심각한 내용을 찾아낸다. 그는 이상한 스토리나 불편한 인물을 선택하지 않고 스토리의 전개에서 의외의 놀람을 끌어내지 않고 꾸밈없이 일상생활의 본래 모습을 재현시킴으로써 다양하면서도 일반적인 사회상을 작품에 담았다.

샤옌은 함축적인 수법으로 극중 인물의 내면세계를 세련되게 그려내려고 노력하였다. 그는 극중 인물들의 심각한 심리 변화나 복잡한 감정들을 단순한 대사를 사용하면서도 풍부한 언어의 뜻을 배우가 만들어 내도록 함으로써 관중들이 무대에서 이러한 맛을 느끼도록 하였다.

샤옌의 작품은 소박하면서도 세련된 사실주의 예술적 경지를 현대극단에 지대한 영향을 끼쳤으며 중국 현대희곡발전에 중요한 위치를 차지하였다.

3) 작품 ≪임가포자(임씨네 가게)≫ 감상

마오둔(茅盾)은 소설 ≪임가포자≫를 통하여 서구 제국주의 열강의 경제 침략 속에 몰락해가는 중국의 상인들과 민중들의 고통스런 삶을 생생하게 묘사했다. 샤옌은 이러한 성격을 띠고 있는 소설을 바탕으로 영화화하였다. 샤옌은 좌련의 도움 하에 중국의 사회경제적 토대의 변화와 이것이 초래한 심각한 사회적 모순을 묘사하는데 더 집중하였다. 이 영화는 이데올로기적으로 좌편향된 당시 영화들보다 좀 더 문학적인 감수성이 잘 표현됐다는 평가를 받았다.

줄거리는 다음과 같다.

1931년 임씨네는 일본 물건을 파는 상점 '임가포자'를 운영하고 있다. 이 때만해도 당시 중국의 도시들은 일본군의 침략으로 일본 물건 불매운동이 확산되고 있었다. 임씨는 이러한 사회적 분위기를 무시하고 가족의 생계를 위해 일본 제품을 계속 팔고 있었다.

그러나 공교롭게도 그는 마을 사람으로부터 돈을 빌려 어렵게 가게를 운영하였지만, 경쟁하고 있는 이웃 가게의 공세적인 영업과 전쟁으로 인해 상황은 더욱 나빠진다. 겨우 버텨내던 임씨는 빚더미에 시달리다 마침내 가게를 닫을 결심을 하고 문을 닫고 파산한다. 임씨가 파산했다는 소식은, 거기에 몇 푼 안 되는 돈을 맡겨두고 이자를 받아먹던 마을 사람들에게는 마른하늘에 날벼락 맞는 것이나 마찬가지였다.

그래도 설마 하면서 임씨네 가게로 달려간 사람들은, 굳게 닫힌 문을 경찰들이 지키고 있는 것을 보고는 망연자실하고 만다. 평생 동안 어렵게 모은 돈들을 하루아침에 몽땅 날리게 되었으니 말이다.

문을 지키고 서 있는 경찰들에게 항의를 해보지만 소용이 없다. 경찰들은 몰려오는 사람들을 귀찮아할 뿐, 그들의 손해에 대해서는 별 관심이 없다. 그리고 그들의 항의가 심해지자 결국에는 총을 쏴서 이들을 해산시키고 만다. 사람들은 총소리에 놀라 이리저리 도망치면서 뒤엉켜 서로 밟고 밟히는 아수라장이 되고 만다.

그 와중에 아이를 잃어버린 과부 장씨는 정신을 잃어버린다. 없는 자들의 비극이란 게 새로운 것은 아니었지만, 그래도 비극은 볼 때마다 가슴을 무겁게 한다. 이 와중에 마을의 권력자는 임씨의 딸을 첩으로 들이게 해주면 돈을 제공하겠다고 한다.

4) 작품 의미

중국 공산당이 1949년 중국 대륙을 통일하고 사회주의 국가로 거듭나면서 문예의 정치화에 집중하였다. 당연히 중국 영화는 초기에 모두 국유화되었고 사회주의 건설의 강력한 선전수단이 되었다.

영화 ≪임가포자(임씨네 가게)≫

샤옌이 극작화한 영화 ≪임씨네 가게(林家鋪子)≫(1959)는 10여 년 동안 제작되어온 '신중국영화' 중에서 단연 대표작으로 꼽히는 작품이다. 이 영화와 함께 셰진(謝晉) 감독의 ≪무대자매(舞台姐妹)≫(1965)는 사회주의 사실주의의 수작이 제작되면서 중국영화는 제 3의 황금기를 맞이하였다.

1959년은 중국 건국 10주년을 맞는 의미 있는 해이기도 하지만, 중국영화사에 있어서는 ≪임씨네 가게≫의 개봉으로 더욱 의미 있는 해이기도 하다. 이 영화는 5·4문학과 사회주의 이데올로기의 갈등 때문에 큰 논란을 일으키기도 했다.

당대 최고의 소설가 마오둔, 중국영화의 개척자로 불리 우는 희곡작가 샤옌, '신중국영화'의 선구자 수이화(水華)의 만남은 '신중국영화'로서 뿐만 아니라 중국영화 100년사의 작품들 중에서도 단연 돋보이는 작품을 탄생시켰다.

영화 ≪임씨네 가게≫는 1983년 '제12회 포르투갈 국제영화제'에서 심사위원대상을 수상했고, 1986년 홍콩에서 '세계 클래식영화 회고전'에서 유일한 중국영화로 선정되었다.

3. 톈한(田漢)

1) 작가 소개

톈한

톈한(1898-1968)은 1898년 후난성 창사현의 가난한 농민의 가정에서 태어났다. 6세에 사숙으로 공부하였고, 9세 때에 아버지가 세상을 떠나자 생활이 더욱 어렵게 되었다. 고향에서 유행하던 민간 희곡은 톈한에게 희곡에 대한 기초적인 관심을 가지게 하였다.

18세가 되던 해에 일본으로 유학을 가 도쿄고등사범학교를 졸업하고 '창조사'에 참가하여 신문학운동에 참가하면서 1922년부터 희곡을 발표하였다.

24세에 중국으로 귀국한 후 평생 희곡작품을 하며 희곡인으로서 삶을 살았다. 또한 톈한은 희곡창작 뿐만 아니라 영화창작에 관심을 두어 영화인으로서 '남국전영극사'를 이끌면서 초기 중국 영화의 발전에 크게 기여했다.

톈한은 ≪바이올린과 장미≫를 창작한 이후 단만극 ≪카페의 하룻밤(咖啡店之一夜)≫을 창작하여 낭만적 작품을 담아냈다. 그리고 ≪범 사냥의 밤(獲虎之夜)≫을 창작하여 중국의 전통적 봉건 혼인 제도를 비판하고 개성해방과 자유연애의 주제를 다루었다.

1928년을 전후하여 톈한은 남국사와 남국예술학원에 참가하며 이를 주도하였다. 톈한의 초기창작의 특징은 낭만적 정서를 담고 있으면서도 또한 우울한 정서 속에서 어두운 현실에 대한 불만과 비판도 담고 있다.

1931년에 그는 '남국사'를 이끌고 좌련에 가입하고 ≪난종(亂鐘)≫, ≪폭풍우 속의 7인의 여성(暴風雨中的七個女性)≫ 등의 좌익극을 창작하였다. 1932년에는 중국공산당에 가입했다. 1930년대를 들어서면서 초기의 낭만적이고 감상적인 작풍에서 벗어나 사회모순을 폭로하고 봉건주의 등을 비판하는 경향으로 나아갔다.

1949년 중화인민공화국이 성립된 이후 톈한은 중국희극가협회 주석 등 주요 직책을 맡는 등 중국 희곡계를 대표하는 인물이 되었다. 그렇지만 문화대혁명 때에 경극 ≪사요환(謝瑤環)≫(1961)이 반당작품으로 비판받으면서, 반역자로 오명을 쓰고 투옥되었다. 그리고 1968년에 감옥에서 세상을 떠났다. 톈한은 희곡뿐만 아니라 평생 동안 10여 권의 영화극본도 썼으며, 특이한 것은 그는 작가가 녜얼(聶耳)의 곡에 '의용군행진곡(義勇軍進行曲)'의 가사를 썼는데 이것이 오늘날 중국의 국가가 되었다.

2) 톈한의 작품세계

톈한은 중국 현대희곡사에 있어서 뛰어난 작가로서 희곡운동의 발전에 크게 공헌하였다. 희곡창작에 있어서도 톈한 만의 예술적 풍격과 성취를 이루었다. 톈한은 중국의 고전희곡을 잘 알고 또한 현대 서구의 연극이론을 다 겸하고 자기의 것으로 만들었다.

그는 어린 시절부터 체득하여 온 다양한 예술 경험을 바탕으로 자신의 희곡 창작에 있어서 변화 운용하였다. 또한 서구의 연극이론을 중국의 현 실정에 맞게 잘 적용시켜 자신만의 독특한 풍격으로 형성시켰다.

톈한은 일본 유학시절에 서구의 각기 다른 역사시기와 각기 다른 예술유파의 희곡을 열심히 배워 자신의 것으로 만들기에 아주 열정적인 태도를 보였다. 또한 중국 전통희곡 중에서 예술의 정수를 선택하여 선명한 계승의 태도를 보였다. 톈한은 일본 유학시절에 상징주의, 유미주의, 퇴폐주의 등 다양한 사조를 섭렵하였다.

그리고 신낭만주의를 받아들여 그의 현대희곡 창작에 다양한 색채를 가미시켰다. 그의 유미주의적 특징은 내용면에선 감상성, 퇴폐성, 심미성을 추구하였고 형식적인 면에서는 새로운 희곡적 표현, 역설적 비유, 색채미, 신비적 표현을 추구하였다.

톈한의 희곡 창작시기 중에 초기에는 서구의 유미주의와 퇴폐주의 영향을 받았다. 그러나 극작 중에서는 이미 톈한식으로 전환되었다. 그는 시대성을 지니고 있는 작가로서 중국이 당면한 시대와 긴밀한 관계를 지녔다. 또한 외국 희곡작품과 희곡이론을 적극적으로 중국에 번역하고 소개하였다.

톈한은 1920년대에 와일드와 일본의 현대극을 번역 소개함으로써 중국 현대희곡 발전에 큰 영향을 끼쳤다. 그는 평생 약 100부의 희곡 극본을 창작함으로써 현대극작가 중 가장 많은 작품을 남긴 작가로 평가받고 있다.

톈한의 현대희곡 창작 특징은 다음과 같다. 먼저 작품 속에서 심미적으로 현실생활을 파악할 때 강렬한 주체의식을 가짐으로써 그의 희곡작품의 미학 형태는 일종의 초현실적인 특징을 가지며 이로써 시와 극의 통일을 이룬다.

톈한의 극작은 아주 큰 사실성과 표현성을 가지게 되었다. 그는 극 줄거리의 구체적인 갈등이나 사건은 막 뒤에다 숨겨두고 갈등과 사건이 인간의 영혼 세계에서 반향과 감응을 일으키는 정을 관중들 앞에 내놓았다. 둘째는 극의 구성에 낭만주의의 전기성을 추구하였다. 톈한의 극작은 시의 의경과 전기성의 스토리를 함께 결합시켜 이루어진 것이다. 서방의 정통적인 사실 원칙에 따라서 극본을 창작한 사람들은 대부분이 객관적인 사건의 우연성을 통해 관중의 긴장과 놀라움을 유발시키고 현실생활에 필연적인 갈등을 반영시키는 등 객관적인 생활논리를 반드시 준수시켰다. 그러나 톈한은 그러지 않았다.

그의 전기성은 주관적 감정을 외형화 시키는데 불과했다. 생활의 우연성에 대해서는 강렬한 시정을 가지고 주관적으로 상상하고 창조하였으며 농후한 낭만주의의 색채로 초감각적인 세계를 표현해 내었다.

3) 작품 ≪명배우의 죽음(名優之死)≫ 감상

≪명배우의 죽음≫은 1929년에 톈한의 가장 우수한 작품이다. 이 작품은 중국의 경극 원로배우 유홍성(劉鴻聲, 1876-1921)이라는 실존 인물을 극화한 것이다. 유홍성은 작품에서는 유진성(劉振聲)으로 등장하고 있다. 유홍성은 그 당시 중국 연극의 도덕성과 품위를 중시하여 예술 사업을 자신의 생명보다 소중히 여겼다. 그는 열심히 여제자 유봉선(劉鳳仙)을 가르쳤지만 그녀는 부패한 사회를 이기지 못하고 건달인 지방 유지인 양대인의 유혹에 빠져 점차 타락한다.

여제자 유봉선의 타락은 자신의 스승인 유진성의 이상을 파괴하는 것이나 마찬가지였다. 이에 유진성은 양대인으로 대표되는 구세력에 필사적으로 대항하고 최후에는 양대인에 대한 분노를 이기지 못하고 무대 위에서 죽음을 맞이한다.

유봉선:(운다)선생님, 선생님. 낫기만 하시면 선생님이 절 어떻게

하시든 그대로 따를게요. 선생님...

[유진성이 약간 눈을 떠 여러 사람들을 바라보다 유봉선을 보더니 자신도 모르게 눈물을 흘린다.]

좌보규, 하경명: 됐어요. 됐어.

사람들: 됐어, 됐어. 정신이 돌아왔어.

[경리가 다시 달려온다. 몰려와 구경하는 사람들이 더 많아진다. "어떻게 됐어?", "어때?", "괜찮아, 됐어."]

양대인: (살며시 다가와 유진성을 바라보더니, 의기양양하게) 유사부, 안녕하신가, 날 알아보시겠는가?

유진성: 내 너를 잘 알지 암. 우리 배우들은 당신을 용서할 수 없어! (필사적으로 주먹으로 그를 때리려 하지만 이미 심장이 약해져 버티지 못하고 그만 쓰러진다.)

[소욱란] 격앙되어 양대인에게 다가가서는 멱살을 잡는다.]

양대인: 미스 소, 장난 하면 안되오.

소욱란: 누가 당신이랑 장난친다 말이오. 이런 나쁜 놈 같은 이라고! 파렴치한 놈!(뺨을 한 대 때린다)

군중: 때려 버려, 때리라구!

양대인: 네가 어찌 감히 사람을 친단 말야. 이 창부 같으니라고! 경찰서로 가자!

(소욱란과 서로 움켜잡고 함께 퇴장한다)

좌보규: 사부, 사부, 좀 어떠세요? 허선생이 치료를 하실 수 있으니 어서 이리 와서 맥 좀 짚어 봐주세요!

[하경명이 유진성의 손목을 잡고는 계속 말을 이어가지 못한다]

하경명: (잠시 긴장 속에 침묵하다가는 갑자기 소리친다) 진성! 설마 일대의 명배우가 이렇게 끝장나는 건 아니겠지요?

좌보규: 사부님, 사부님! 평생 무대 위에서 살아왔다고 설마 무대 위에서 돌아가시는 건 아니죠? 이렇게 눈을 감아서는 안됩니다. 우리는 저 귀신같은 놈들하고 아직 끝나지...

유봉선: (양심 때문에 울기 시작한다) 사부님! 깨어나시기만 하면 무슨 일이든 선생님 말씀대로 하게요. 사부님 말씀 꼭 들을게요. 사부님, 설마, 저한테 마지막 참회의 기회도 안 주시는 거예요? 사부님!

4) 작품의 의미

이 ≪명배우의 죽음≫은 그 당시 많은 연극계 인사들에게 연극적 주제에 대한관심을 불러일으켰고 여주인공인 유봉선에게도 새로운 평가를 가져왔다.

≪명배우의 죽음≫은 연극무대 위에서 쓰러지기 전의 유사부의 끝없는 분노는 당시 중국인민들의 억눌린 감정을 대신하고 있다. 이 때문에 이 연극은 당시에 많은 사람들에게 영향을 미쳤다.

≪명배우의 죽음≫은 당시 톈한에게 사상과 예술적 측면에서 큰 전환점을 가져다 준 작품이다. 이 극은 지식인의 개성해방과 개인 항쟁의 주제를 뛰어넘어 사회에 만연한 모순을 좀 더 날카롭게 부각시켰다. 그리고 감상적이고 신비적인 색채를 지닌 초기 극본에 비해 좀 더 객관적인 묘사로 작품창작을 하여 극에 있어서 어느 정도 진전된 모습을 보여주었다.

또 이 작품은 예술 무대와 생활 무대를 잘 융합시켜 배우가 배우의 역할로 연기하면서도 연극 중에 연극이 있는 그 당시에 보기 드문 독특한 효과를 통해 강한 예술적 능력을 발휘하였다.

참고) 중국 모범극(樣板戲) 영화와 주선율(主旋律) 영화 알아보기

중국 영화산업은 날로 더 발전하면서 새로운 모습들을 보이며 거듭나고 있다. 특히 2000년대 들어오면서 중국의 영화와 영화산업은 유례없는 전성기를 맞고 있다. 이러한 놀라운 발전을 보이는 이면에는 또 다른 중국만의 독특한 영화적 특징을 지니고 있다. 정치와 상관된 시대적 특징을 영화에 담아내는 중국만의 특징이라고 볼 수 있다.

중국 영화사에서만 볼 수 있는 독특한 영화가 있는데 바로 모범극 영화이다. 모범극 영화는 문화대혁명 시기에 나타난 중국 특색의 영화이다. 1960년대의 문화대혁명 시기는 모든 것이 정치적 판단에 따라 규정되는 시기였다. 영화도 예외는 아니었다. 따라서 일반적으로 중국 영화사에서는 이 시기를 구체적으로 언급하지 않는 경우가 많다.

그러나 쑨위(孫瑜) 감독의 ≪무훈전(武訓傳)≫을 둘러싼 비판으로 촉발된 사상 논쟁이 문화대혁명의 시발점이 되었던 사실과 비록 이

모범극 ≪홍등기≫

시기에 제작된 영화가 정치적 선전에 치우쳐 영화의 예술적 자율성이 말살되긴 했지만 영화를 선전 매체로 적극적으로 활용했다는 점에서 볼 때 이 시기의 영화가 지니는 역사적 의미를 되돌아 볼 필요가 있다.

문화대혁명 시기의 영화는 시대적 상황이 증명하듯이 극히 제한적으로 제작되었다. 1968년 만들어진 다큐멘터리 형식의 ≪위대한 성명≫을 제외하고 1970년 까지 제작된 극영화는

거의 찾아보기 힘들 정도로 제작이 제한되었다. 1970년 전직 연극영화배우 출신인 장칭(江靑)이 혁명 모범극인 이른바 '양판희'를 영화로 제작하도록 지시함에 따라 ≪지략으로 위호산을 취하다≫, ≪홍색낭자군≫, ≪홍등기≫, ≪해항≫ 등이 차례로 제작되었다. 그러나 혁명 모범극 영화는 진정한 의미의 영화에 포함시키기에는 영화적 가치가 있다고 보기에는 힘든 것들이다.

모범극은 문화대혁명을 주도했던 장칭이 제작한 연극 개혁방안에서 비롯되었다. 그녀는 새로운 문화주제를 담은 모델을 제시함으로써 기성의 문화체제를 부정하려 하였다. 그녀가 모델로 제시한 여덟 개의 공연작품은 크게 경극을 개혁한 현대경극과 서구의 발레에서 서사극을 접목한 발레극, 교양악극 등 3가지 스타일에 한정된다. 당시에는 극단적으로 외래문화를 배척했지만 모범극에서는 서구의 양식이 중국의 전통양식보다 더 많이 수용되었다.

문화대혁명의 후반기에 접어들면 영화에 대한 정치적 간섭도 다소 줄어들어, 1973년 이후 문화대혁명이 끝나는 3년간은 <새싹>, <결렬> 등 79편의 극영화가 제작될 정도로 본래의 모습을 회복하게 되었다.

이와 맥락을 같이 하는 것이 주선율 영화이다. '주선율'이란 애국주의, 전체주의의 정신을 고양시키는 문화경향을 뜻하는 단어로 1970년대 덩샤오핑이 이 개념을 제시한 이후로 널리 쓰이고 있다. 즉, '주선율 영화'란 '중국공산당의 정책을 선전하는 임무를 기본 취지로 하는 영화'를 말한다. 넓게는 사회주의 윤리 의식을 강조하고 국가와 가족 등 집단주의를 고취하는 영화가 여기에 해당한다. 따라서 영화의 내용은 당과 국가를 미화하고 선전하는 일정한 패턴으로 구성된다. 한국의 1960,70년대 국책 영화와 같이 국민을 통제하고 대중을 교화시키기 위한 목적을 지닌 영화와도 유사한데 여전히 중국 영화에서 차지하는 비중이 제일 높다.

최근에는 주선율 영화가 기존의 패턴을 벗어나 새로운 시도를 하고 있다. 경우에 따라서는 주선율 영화와의 구분이 모호한 주선율의 요소를 가미한 영화가 만들어지기도 한다.

그 특징을 보면 크게 세 가지로 나눌 수 있다.

첫째, 영화의 내용면에서 당과 정부 정책을 수용하면서도 다양한 소재와 재미를 추구한다는 것이다. 둘째, 주선율 영화도 막대한 자본을 들여 블록버스터 형태로 제작되고 있다는 것이다. 끝으로 지명도 있는 감독들과 배우들을 캐스팅하여 주선율 영화의 관념을 깨고 새로운 형태의 정부정책 영화로 만든다는 점이다.

영화<건국대업>

<전랑2>

최근의 대표적인 주선율 영화로는 <건국대업>, <공자>, <건당위업> 등이 있다. 또한 최근에 들어서 중국의 주선율 영화 즉 중국의 혁명 이데올로기를 표현하는 영화가 더욱 상업적 요소와 결합하여 많은 호평과 실적을 올리고 있다.

2017년 우징(吳京) 감독이 만든 영화 <특수부대 전랑2>는 중국의 박스 오피스 수입인 56억 8천만 위안을 올리는 놀라운 결과를 만들어 내었다. 중국과 영국이 공동으로 주최하는 제5회 중영 국제영화제에서 최우수 감독상과 조직위원회 특별 공로상을 수상하기도 하였다.

(참고) 상흔문학(傷痕文學)과 반사문학(反思文學)

소설<상흔>

소설<반주임>

문화대혁명이 끝나고 맞게 된 중국 문학의 시기를 '신시기 문학'이라고 한다면 이 시기의 문학을 대표하는 것이 바로 '상흔문학'이다. 상흔문학이라는 명칭은 1978년 발표된 루신화(盧新華)의 단편소설 ≪상흔(傷痕)≫에서 유래한 명칭이다. 상흔문학의 첫 작품으로는 류신우(劉心武)의 단편소설 ≪반주임(班主任, 담임선생)≫을 꼽아 볼 수 있다.

이 시기 문학의 공통점은 대부분 문혁기간에 대해 과감하게 비판을 가하고 있다는 것이다. 이러한 상흔문학은 1978년 덩샤오핑 계열이 공산당 지도부를 장악하면서 공인되었다. 그리고 이 때에 문혁은 암흑과 재난의 시기로 규정되었고, 개혁과 개방이라는 새로운 노선이 천명되었다. 이러한 상황 아래서 상흔문학은 본격적으로 발전하게 되었고, 문혁 기간 동안 박해를 받았던 많은 작가와 작품들이 그 명예를 회복할 수 있게 되었다.

전 중국인의 공감 아래 대중적으로 널리 유포되었던 상흔문학은 문혁과 사인방에 대한 비판으로부터 점점 비판과 재조명의 범위를 확대해나갔다. 이러한 활성화는 필연적으로 문화대혁명을 야기했던 극좌파의 노선과 이념, 극좌파가 권력을 장악하고 전횡할 수 있었던 중국의 현실에 대한 비판으로 발전해 갔다.

이러한 확산된 형태의 상흔문학의 경향을 '반사문학(反思文學)'이라고 한다. 반사문학은 1980년대 초반을 거치며 반성과 비판이 더해졌고 문예강화의 비현실성에 대한 비판적 논의와 더불어 마오쩌둥 사상의 문제점에 대해서까지 그 범위가 확대되어졌다. 그 결과, 중국공산당은 문학계에 대해 지나친 중국 현실에 대한 비판의 자제를 요청할 정도에까지 이르게 되었다.

참고문헌

金性堯, ≪唐詩三百首新注≫, 上海古籍出版社, 1980.

金聖嘆, ≪天下才子≫, 萬卷出版社, 2009.

李湘, ≪詩經研究新編, 河南大學出版社, 1990.

가토 미키로우, 『영화관과 관객의 문화사』, 역자 김승구, 소명출판, 2017

강태권, "≪금병매≫의 성(性)", 『중국어문학』, 24(1), 1994.

강태권, "中國 禁書 研究: 明代 愛情小說을 中心으로", 『중국어문학논집』(7), 1995.

강태권, ≪중국고전문학의 이해≫, 국민대학교출판부, 2000.

고려대 중국학연구소, ≪중국문학의 즐거움≫, 차이나 하우스, 2009.

高旼喜, "毛澤東의 ≪紅樓夢≫평가에 관한 연구", 『中國語文論叢』 14. 1998.

고민희, "문화대혁명시기의 ≪홍루몽≫평론 소고", 『中國語文論叢』 27. 2004.

공봉진, ≪시진핑 시대, 중국 정치를 읽다≫, 한국학술정보, 2016.

곽말약, ≪곽말약이 쓴 이백과 두보≫, 오상훈 옮김, 바른글방, 1992.

구준모, ≪혼돈의 시대 수호전을 다시 읽다≫, 도서출판 피플파워, 2016.

길 베트먼, 『영화연출을 위한 무빙카메라의 모든 것』, 김진희 역, 커뮤니케
       이션북스, 2016.

김미현, 『영화 산업』, 커뮤니케이션북스, 2014.

김병정, 『단편영화 제작 가이드』, 아모르문디, 2016.

김시준 외, 『중국현대문학론』, 한국방송대학교출판부, 2000.

김욱동, ≪우리가 정말 알아야 할 동양고전≫, 현암사, 2007.

김장환, ≪간추린 중국문학사≫, 학고방, 2001.

金宰民, "≪金瓶梅≫ 작품 속 인물의 죽음에 대한 고찰", 『중어중문학』, 2007.

김재웅, ≪나관중도 몰랐던 삼국지 이야기≫, 청년사, 2000.

김종관, 『더 테이블 지나가는 마음들』, arte, 2017.

김준연, ≪중국 당시의 나라≫, 궁리, 2015.

김지석, 강인형, 『향항전영 1997년 홍콩영화의 이해』, 한울, 1995.

김학주, 『중국문학사』, 신아사, 2001

金曉民, "≪水滸傳≫ 構造의 特徵에 대한 考察", 『中國語文論叢』 14. 1998.

김희보 편저, ≪중국의 명시≫, 종로서적, 1984.

나관중, ≪(완역결정본) 삼국지 연의 1-10≫, 김구용 역, 솔, 2003,

나선희, "명대소설(明代小說) ≪서유기(西遊記)≫에 나타나는 세계와 그 의
　　　미", 『中國文學』 36.

나선희, ≪서유기 : 읽기의 즐거움: 고대 중국인의 사이버스페이스≫, 살림, 2005.

나카노 미요코, ≪서유기의 비밀 : 도와 연단술의 심벌리즘≫, 김성배 역,
　　　모노그래프, 2014.

다케우치 미노루, ≪절대지식 중국고전≫, 양억관 역, 이다미디어, 2010.

려동방, ≪삼국지 교양 강의≫, 문현선, 돌베게, 2012.

魯迅・周樹人, ≪루쉰전집. 11, 중국소설사략≫, 루쉰전집번역위원회 역, 그
　　　린비출판사, 2015.

류성준 옮김, 『중국현대단편선』, 혜원출판사, 1999

류짜이푸, ≪쌍전 : 삼국지와 수호전은 어떻게 동양을 지배했는가≫, 글항
　　　아리, 2012.

바운드, ≪삼국지 100년 도감≫, 전경아 옮김, 이다 미디어, 2018.

박일봉, ≪고문진보 시편≫, 육문사, 1990.

박충록, ≪두보와 그의 시≫, 료녕인문출판사, 1985.

배상준, 『작가영화』, 커뮤니케이션북스, 2016.

사마천, ≪사기열전 1,2≫, 김원중 옮김, 민음사, 2015.

사마천, ≪사기열전≫, 연변대학 고적연구소 옮김, 서해문집, 2006.

사마천, ≪한 권으로 읽는 사기열전≫, 이언호 평역, 도서출판 큰방, 2004.

서경호, "[소설 ≪금병매≫출간 450주년] ≪金瓶梅≫와 소설의 등장", 『지
　　　식의 지평』 (9). 2010.

서경호, ≪중국소설사≫, 서울대학교 출판부, 2006.

笑笑生, ≪(완역) 금병매 : 천하제일기서. 1-10≫, 강태권 역, 솔, 2002.

손홍기, 송원문, 『문학, 영화, 비평이론』, 한신문화사, 2004.

송재소, ≪중국인문기행≫, 창비, 2015.

송정화, '문화원형으로서 『西游記』의 특징과 현대적인 수용양상 - 중국을
　　　중심으로', 콘텐츠 문화, Vol.7. 2015.

송철규, ≪송선생의 중국문학교실≫, 소나무, 2008.

슈테판 크라머, 『중국영화사』, 황진자 역, 이산, 2000.

시내암, ≪(新譯) 水滸誌 1-7≫, 延邊大學水滸傳飜譯組織 역, 청년사, 1990.

안선주, "≪金瓶梅≫속 女人들의 性格과 運命分析", 단국대학교 대학원, 석
　　　사학위논문, 2009.

안치, ≪이백≫, 신하윤, 이창숙 옮김, 2004

양비 편저, ≪그림으로 읽는 중국고전≫, 노은정 옮김, 2010.

에밀리 비커턴, 『카이에 뒤 시네마 영화비평의 길을 열다 (영화비평의 길을 열다)』, 정용준 외 1명 역, 이앤비플러스, 2013.

여사면, ≪삼국지를 읽다 : 중국 사학계의 거목 여사면의 문학고전 고쳐 읽기≫, 유유, 2012.

오성수, ≪한시를 보면 중국이 보인다1≫, 청동거울, 2002.

오승은, ≪서유기 1-10≫, 서울대학교 서유기 번역 연구회 역, 솔, 2004.

오승은, ≪서유기 1: 돌 원숭이 손오공≫, 임홍빈 옮김, 문학과지성사, 2010.

위안텅페이, ≪(역사보다 재미있고 소설보다 깊이 있는) 위안텅페이 삼국지 강의≫, 라의눈, 2016.

유병례, ≪백거이, 세속의 욕망과 그 달관의 노래≫, 신서원, 2007.

유병례, ≪시경본색≫, 도서출판 문, 2011.

유봉구, '호적(胡適)의 『홍루몽(紅樓夢)』 연구에 대한 고찰 -역사 고증학적 연구방법과 그 한계를 중심으로' 中國硏究, Vol.50, 2010.

윤화중, 강계철 옮김, 『아Q정전 외』, 학원사, 1985

이규일, ≪한시, 마음을 움직이다≫, 리북, 2012.

이나미 리츠코, ≪(이나미 리츠코의) 삼국지 깊이 읽기≫, 김석희 옮김, 작가정신, 2007

이나미 리츠코, ≪중국인이야기≫, 신동기 옮김, 아세아미디어, 2002.

이병한, ≪중국 고전 시학의 이해≫, 문학과 지성사, 1992.

이석호, 이원규, ≪중국명시감상≫, 워즈온, 2007.

이유여, 『중국현대문학사』, 정유중 옮김, 동녘, 1986

이중톈, ≪삼국지 강의. 1≫, 김영사, 2008.

이중톈, ≪삼국지 강의. 2』, 김영사, 2008.

이해원, ≪중국시 산책≫, 박민정 엮음, 세창미디어, 2008.

장 일, 조진희, 『대중문화와 영화비평 (2014-1)』, 한국방송통신대학교, 2014.

장개충 편저, ≪한 눈에 익히는 사마천 사기열전≫, NC미디어, 2014.

장기근 역저, ≪신역 두보≫, 명문당, 2003.

장기근 편저, ≪백낙천≫, 태종출판사, 1981.

장기근 편저, ≪이태백≫, 대종출판사, 1975.

장수열 외, ≪중국문학유람≫, 차이나하우스, 2008.

정수국, 윤은정 옮김, 『중국현대문학개론』, 신아사, 1998

정학유, ≪시명다식≫, 허경진, 김형태 옮김, 2007. 한길사.

조관희, "(수호전)인론', 『중어중문학』 9, 1987.

조관희, "서사적 관점에서 본 中國 小說의 演變', 『中國小說論叢』 8. 1998.

조관희, "淸末 小說理論의 批判的 考察", 『중국어문학논집』 2, 3. 1991.

조관희, ≪소설로 읽는 중국사≫, 돌베개, 2014.

조미원, "≪홍루몽(紅樓夢)≫ 첫 5회의 서사적 함의 분석", 『中國語文論叢』 26. 2004.

조미원, "≪紅樓夢≫에 描寫된 大觀園의 性格에 관한 연구', 『中語中文學』 34. 2004.

조미원, "雅會를 상상하다 : ≪紅樓夢≫ 속의 大觀園 공동체 小考", 『中國學研究』 50. 2009.

조설근·고악, ≪홍루몽 1-7≫, 최용철·고민희 역, 나남, 2009.

종보현 공역, 『홍콩 영화 100년사 홍콩 영화·TV 산업의 영광과 쇠락』, 역자 윤영도, 이승희, 그린비, 2014.

주자청외 76인, ≪중국차 향기 담은 77편의 수필≫, 지영사, 1994.

최경진, ≪두 딸과 함께 한 중국문학기행≫, 인터북스, 2011.

최용철, "금병매와 홍루몽의 우스갯소리", 『홍루아리랑』(6), 2018.

최용철, "홍루몽을 왜 읽어야 하는가?", 『홍루아리랑』(3), 2017.

최용철·고민희·김지선, 『붉은 누각의 꿈 ≪홍루몽≫ 바로보기』, 나남출판사, 2010.

최형섭, 『개인의식의 성장과 중국소설: 四大奇書부터 ≪紅樓夢≫까지』, 서울대학교출판문화원, 2014.

캐런 펄먼, 『커팅 리듬, 영화 편집의 비밀』, 김진희 역, 커뮤니케이션북스, 2014.

포유 편집부, 『대중문화와 영화비평』, 포유, 2007.

한순호, 『영화 마케팅의 모든 것 (천만 관객을 위한 10가지 법칙)』, 루비박스, 2015.

함순용, 심현성, 『중국 6세대 영화, 예술철학 페르소나』, 함박누리, 2017.

허문영, 『세속적 영화, 세속적 비평』, 강, 2010.

허세욱, 『중국고대문학사』, 법문사, 1986.

허세욱, 『중국현대문학론』, 문학예술사, 1982

홍상훈, "120회본 ≪홍루몽≫의 의의와 서사 구조", 『中國文學』, 71. 2012.

http://blog.naver.com/uuuau
http://users.sinology.org/dodami/
https://blog.naver.com/redology2006/26071247
https://blog.naver.com/redology2006/26103005
https://blog.naver.com/redology2006/26397135

http://cafe.daum.net/buzhidao/TzqF/20?q=%E4%BA%95%E4%BB%B0&re=1

http://cafe.daum.net/jangdalsoo/eEie/646?q=%EA%B3%A0%EB%8C%80%20%

    EC%82%B0%EB%AC%B8%20%EC%8B%9C%EA%B2%BD%EA%B3

    %BC%20%EC%B4%88%EC%82%AC

http://gichulpass.com/bbs/board.php?bo_table=HANZA&wr_id=18&page=45

    공무원기출은행

http://news20.busan.com/controller/newsController.jsp?newsId=2015122400004

http://shtong.co.kr/bbs1/bbs/board.php?bo_table=xingshi&wr_id=148　수원백씨

    (水原白氏) 금성범씨(錦城范氏) (검색일 : 2018.7.7.)

http://wb.sznews.com/html/2016-04/14/content_3502134.htm

http://www.baike.com/wikdoc/sp/qr/history/version.do?ver=9&hisiden=YRF,1RV

    UReAmVXekZJWFJS,TA　孔子删诗说

http://www.haoshiwen.org/　好詩文網

http://www.ohmynews.com/NWS_Web/View/at_pg.aspx?CNTN_CD=A0002136447

https://blog.naver.com/touchchina/220340532251

https://ko.wikipedia.org/wiki/%EC%B5%9C%EC%B9%98%EC%9B%90

https://so.gushiwen.org/gushi/shijing.aspx　诗经

https://so.gushiwen.org/guwen/book_5.aspx　史记

https://so.gushiwen.org/guwen/bookv_148.aspx　七十列传·伯夷列传

https://so.gushiwen.org/guwen/bookv_216.aspx　七十列传·货殖列传

https://so.gushiwen.org/shiwenv_15cd220102d6.aspx　蒹葭

https://so.gushiwen.org/shiwenv_4c5705b99143.aspx　关雎

https://so.gushiwen.org/shiwenv_6932e2ed659f.aspx　蟋蟀

https://www.gushiwen.org/mingju_1224.aspx　自去自来梁上燕，相亲相近水中鸥。

https://www.gushiwen.org/shiwen/default_2A247A1.aspx　李白的诗文

https://www.gushiwen.org/shiwen/default_2A474A1.aspx　杜甫的诗文

https://www.gushiwen.org/shiwen/default_2A665A1.aspx　白居易的诗文

https://www.gushiwen.org/shiwen/default_3A1A1.aspx　先秦诗文

http://cluster1.cafe.daum.net/_c21_/bbs_search_read?grpid=BfRN&fldid=4NNQ

    &datanum=69&openArticle=true&docid=BfRN4NNQ6920040823071929

고구려 역사저널 http://www.greatcorea.kr

네이버 열린 연단, '제 29강. <홍루몽>과 변혁의 중국' 최용철

    https://openlectures.naver.com/paradigmlist

인간의 추악한 욕망을 그린 중국의 고대소설
http://portal.changwon.ac.kr/homePost/download.do?postfileno=58098
문화콘텐츠닷컴, https://www.culturecontent.com
조미원의 홍루몽 세상, https://blog.naver.com/redology2006/26007929
한국경제신문 [바람난 고사성어]http://snacker.hankyung.com
홍루몽 등장인물 120 블로그, https://blog.naver.com/redology2006/26325174

김창경

부경대 중국학과 교수
『단절』(2007), 『중국인의 정신』(2004), 『그림으로 읽는 중국문학 오천년』(공역, 2000),,
『쉽게 이해하는 중국문화』(공저, 2011), 『중국문화의 이해』(공저, 2018) 외 다수
"중국 무형문화유산과 국가적 정체성 고찰: 소수민족 무형문화유산등재 문제점을 중심
으로", "고대 중국인의 해양 인식바다", "동북아 창조문화도시와 울산의 전략" 외 다수

공봉진

부산외대 G2융합학부 초빙교수
『중국지역연구와 현대중국의 이해』(2007), 『중국 민족의 이해와 재해석』(2010),
『중국대중문화와 문화산업』(공저, 2013), 『한 권으로 읽는 중국문화』(공저, 2013),
『세상 속 로그아웃 아니 로그인! 3장 세상의 처방』(공저, 2013), 『중국문화의 이해』
(공저, 2018) 외 다수
"중국 '문화굴기(文化崛起)'에 관한 연구: 화하(역사)문명전승혁신구를 중심으로",
"漢族의 민족정체성에 관한 연구", "'중화민족' 용어의 기원과 정체성에 관한 연구"
외 다수

김태욱

뽀兒중국연구소 연구원
전 부경대, 동아대 외래교수
전 부경대학교 국제지역연구소 선임 연구원
동아시아국제정치학회 편집이사
『차이나 컨센서스 : 중국발전의 실험과 모델』(공저, 2013), 『중국 지역발전과 시진핑
시대』(공저, 2017), 『중국문화의 이해』(공저, 2018) 외 다수
"현대 중국 자본주의와 기업지배구조", "싼샤(三峽)의 추억", "광동의 봄: 광동모델
을 중심으로" 외 다수

이강인 ————————————————————————————————

부산외대 글로벌 비즈니스 대학 교수
국제지역통상연구원 연구위원
부산대학교 중국연구소 연구원 역임
『중국대중문화와 문화산업』(공저, 2013), 『중국지역문화의 이해』(공저, 2013),
『시진핑 시대의 중국몽-부강중국과 G1』(공저, 2014), 『중국 현대문학작가 열전』(2014),
『중국문화의 이해』(공저, 2018) 외 다수.
"학교장치에서 보이는 영화<로빙화>의 교육-권력과 <책상서랍 속의 동화>의 규율:
권력의 의미적 탐색", "중국문학과 노벨문학상의 의미적 해석:가오싱젠과 모옌을 중
심으로", "TV드라마에서 보여지는 중국 도시화에 따른 문제들에 대한 小考" 외 다수.

중국 문학의
감　상

초판인쇄　2019년 2월 25일
초판발행　2019년 2월 25일

지은이　김창경 · 공봉진 · 김태욱 · 이강인
펴낸이　채종준
펴낸곳　한국학술정보㈜
주소　경기도 파주시 회동길 230(문발동)
전화　031) 908-3181(대표)
팩스　031) 908-3189
홈페이지　http://ebook.kstudy.com
전자우편　출판사업부　publish@kstudy.com
등록　제일산-115호(2000. 6. 19)

ISBN　978-89-268-8743-1 93820